JAN 0 8 2010

W9-ANB-625

La contienda

La contienda

Richard North Patterson

Traducción de Mar Vidal

Rocaeditorial

Título original: *The Race*
Copyright © 2007, Richard North Patterson
All rigths reserved

Primera edición: abril de 2009

© de la traducción: Mar Vidal
© de esta edición: Roca Editorial de Libros, S. L.
Marquès de la Argentera, 17, Pral.
08003 Barcelona
info@rocaeditorial.com
www.rocaeditorial.com

Impreso por EGEDSA
Rois de Corella, 12-16, nave 1
08205 Sabadell (Barcelona)

ISBN: 978-84-92429-85-1
Depósito legal: B. 9.019-2009

A John Sterling

El héroe

*E*n la oscuridad de su cautiverio, antes de que el presidente le hubiera convertido en héroe por aquel acto negligente que su amigo había pagado con la vida, el capitán Corey Grace se inhibía de la culpa y del dolor de la tortura recordando el motivo que le había hecho desear volar: huir de la oscuridad para encontrar la luz.

Sus primeros recuerdos eran de esa suerte de prisión en la que se fue convirtiendo la casa de sus padres; la manera en que la rabia silenciosa y alcoholizada de su padre se revolvía dentro de sí misma; la forma en que su madre ocultaba el sufrimiento apretando los labios, con una expresión tan tensa como el moño que le recogía el pelo. Incluso el pueblo de Ohio donde vivían, Lake City, daba la impresión de ser un lugar agobiante: no sólo por las casitas casi idénticas, con sus diminutas parcelas de césped, sino por las vidas monocromáticas de aquellos que no parecían marcharse jamás, por los chismorreos que no había manera de evitar, por la absurda intolerancia hacia las minorías con las que nunca nadie había tenido contacto. Solamente en su cautiverio, cuando la vergüenza y una caridad tardía limaron su desdén hacia su familia y su pasado, Corey vio en esa imagen despiadada un reflejo más de su vanidad.

«Eres alguien especial», le habían dicho siempre: maestros, entrenadores, párrocos. Incluso, a su manera críptica, se lo decían sus padres. Desde su primera juventud, la belleza había sido una de sus muchas virtudes: la sonrisa fácil y los ojos castaño oscuro —receptivos, alerta y ligeramente risueños—, las facciones fuertes pero regulares, que mantenían una agradable proporción. Ya destacaba en el colegio; se convirtió en el capitán de tres equipos deportivos; adquirió una facilidad de palabra y una astucia que no podía atribuir a la herencia recibida de ninguno de sus progenitores; aprendió a ocultar sus diferencias con un encanto natural que despertaba el deseo en sus compañeras y las ganas de emularlo en sus compañeros.

Por su parte, sus padres eran unos extraños, no solamente para Corey, sino el uno para el otro.

—Me pregunto con quién te casarás —reflexionó su madre en voz alta la noche del baile de final de bachillerato.

Aquel día, mientras le arreglaba innecesariamente la pajarita del esmoquin —la máxima expresión de cariño maternal de la que era capaz—, Nettie Grace lo miró a la cara. Con un temor instintivo de que, de alguna manera, aquella vida lo fuera a atrapar, Corey fue consciente de que su madre todavía quería imaginárselo casado con alguien de Lake City. Tal vez con Kathy Wilkes, la chispeante animadora que esta noche era su pareja de baile. Tal vez su madre hablara desde el corazón, pensó Corey; tal vez fuera sólo el miedo a que los dejara atrás. Hasta el orgullo que sus padres sentían por él parecía impregnado de sus propios rencores.

Mirando a su madre a los ojos, respondió a media voz:

—Con nadie de aquí.

Nettie Grace le soltó el corbatín.

Corey paseó la vista lentamente por el pequeño salón, como si fuera la última vez que miraba el lugar. Su padre miraba la televisión con una botella de cerveza entre las manos, llenas de callos por su trabajo de fontanero. En un rincón, Clay, su hermano pequeño, de cinco años —cuya sola existencia le conjuraba imágenes que apenas era capaz de soportar—, miraba a Corey con una admiración infantil. Mientras observaba el alborotado pelo castaño del pequeño y sus inocentes ojos azules, a Corey le embargó una empatía que deseó poder sentir también por sus padres. Tenía ya la sensación de que Clay —quien, para evidente satisfacción de su padre, no parecía especial en absoluto— no escaparía jamás a su familia.

Con un gesto impulsivo, Corey tomó a su hermano en brazos y lo agitó en el aire antes de acercar la cara del chico a la suya. Clay le rodeó el cuello con los brazos.

—Te quiero, Corey —le oyó decir.

Por unos instantes, abrazó fuerte a su hermano; luego lo volvió a levantar, mientras se preguntaba por qué su sonrisa no surgía con tanta facilidad.

—Sí. Yo también te quiero. Aunque seas tan bajito.

Lo dejó en el suelo y le dio un beso en la frente, antes de marcharse sin decir nada más a nadie.

Los dejaba a todos atrás: a su madre y a su padre; a los amigos que creían conocerlo; a su cita en aquel baile, que le ofrecería acostarse con él con la esperanza de que aquel momento, la cúspide de sus imaginaciones juveniles, fuera el principio y no el fin; hasta a su hermanito. Y lo sabía desde que su entrenador, Jackson, lo nombró primer *quarterback*:

—Eres lento —le había dicho, lacónicamente— y tu brazo no supera la media, pero eres listo y no pierdes los nervios. Sin embargo, por encima de todo, no eres un simple líder: eres un líder nato.

Aquello era nuevo.

—¿Cuál es la diferencia? —preguntó.

—Que tú nunca miras atrás para ver quién te está siguiendo. —El entrenador ladeó la cabeza, como si estudiara a Corey desde un ángulo distinto—. ¿Has pensado en alguna de las academias? ¿West Point, tal vez?

Aquel día fresco de otoño, Corey regresó a casa meditando sobre aquel comentario. Entonces levantó la vista y vio un avión que se elevaba por el espacio y la luz infinitos, y que dejaba por único rastro una estela de vapor. No, pensó Corey. West Point no.

Su admisión en la Academia de las Fuerzas Aéreas llegó con tanta facilidad como su momento de marcharse. Dejó a sus padres y a su hermano en el aeropuerto después de unos cuantos abrazos contenidos y unos momentos de silencio incómodo, tan sólo conmovido por lo pequeño y solitario que su hermano Clay le parecía de pronto.

Era la primera vez que Corey Grace volaba.

Y

Los días en la academia también pasaron sin más, como la escuela de aviación y el ascenso. Cuando estalló la guerra del Golfo, el capitán Corey Grace estaba destinado en Arabia Saudí, esperando ansiosamente el momento definitivo para dar prueba de sus habilidades: entrar en combate con los pilotos iraquíes a velocidad supersónica con tanta destreza que mataría sin que le mataran.

Para Corey, el F-15 que pilotaba era una extensión de sí mismo: la máquina perfecta, con una tecnología en sus articulaciones que era capaz de obedecer todas sus órdenes. La única otra variable humana era su copiloto.

Joe Fitts era un joven negro de Birmingham, Alabama. La primera vez que Corey lo vio tuvo que reprimir la risa del asombro: la sonrisa dentuda de Joe y sus orejas de soplillo le daban un aspecto, según el juicio reacio pero despiadado de Corey, de personaje cómico e inocente, y su manera desgarbada de andar hacía pensar que tenía las extremidades pegadas al cuerpo con gomas elásticas. Sin embargo, el primer vuelo que hicieron juntos transformó la apariencia de su copiloto.

Joe tenía la mente tan aguda como su vista; parecía saber todo lo que hay que saber de su oficio… y del de Corey. Unos cuantos vuelos más le confirmaron la sensación de estar con un hombre cuyo juicio se acercaba tanto a la perfección como el del mejor de los mortales. Unas cuantas sesiones en el bar de oficiales le dieron la pista de que Joe era un ser humano complicado, pero, en conjunto, brillante. Y el hecho de que Joe fuera el primer negro al que Corey había conocido bien le hizo enfrentarse a una verdad elemental: fuera cual fuera la idea que tenía de su propia infancia en Lake City, había sido, en un sentido muy básico, un niño privilegiado.

El padre de Joe era conserje; su madre, costurera. Sus vidas habían estado marcadas por un tiempo y un lugar en el que ningún detalle escapaba a la absurda lógica del fanatismo, como esas fuentes de agua potable separadas para que los negros no mancharan las de los blancos. Los padres de Joe no habían tenido derecho a voto hasta 1965, un año después de que él naciera, lo cual les daba la sensación de que este acto temerario podría dejar a su hijo huérfano. Pero, aunque su formación era todavía más elemental que la de los padres de Corey, el orgullo que sentía Joe por sus padres era tan profundo como su amor: de la estricta dureza de su existencia habían conseguido extraer la feroz resolución de darle a Joe Fitts las oportunidades que ellos sólo se habían atrevido a soñar. La única fisura que había entre Joe y sus devotos padres baptistas era un hecho que él les ocultaba: excepto cuando estaba en casa, Joe no iba nunca a la iglesia.

—¿Así que eres ateo? —le preguntó Corey una noche.

Sentado a la barra, mientras se tomaba el whisky escocés a sorbos, Joe consideró la pregunta con los ojos apretados.

—Ser ateo es ir demasiado lejos —respondió—. ¿Por qué invertir tanta energía en algo que no podemos saber? Cualquiera que te diga que está seguro de que Dios existe, o de que no existe, es que se droga. Y, de todos modos, la pregunta está mal formulada. Tal vez sí que haya un dios, y tal vez sea un tipo estupendo, o una chica, o un hermafrodita, o cualquier cosa que la gente quiera creer; no tengo ninguna objeción. Lo que me revienta es cuando la gente cree que creer en un dios les da derecho a cagarse en otra gente, o hasta a matarles. Ya sean cristianos o musulmanes, da igual. —Se volvió hacia Corey—. ¿Has visto alguna vez esas viejas fotos de linchamientos? ¿Esos tipos blancos bien vestidos con su hazaña del día colgando de un árbol?

—Claro.

—¿Adviertes algún detalle peculiar en ellas?

—Sí, que el negro está muerto. —Corey hizo una pausa y luego se aventuró—. ¿Que no hay mujeres?

—Vuelve a mirarlas. En el instituto hice un trabajo sobre ellas. Lo que verás es que muchos de esos canallas iban vestidos con sus mejores ropas de domingo. Salían de la iglesia, ¿te das cuenta? —La media sonrisa de Joe expresaba tanto asombro como consternación—. He conocido a cristianos verdaderos, y también he conocido a unos cuantos cabrones asquerosos cuyo dios estaba creado a su imagen y semejanza. En general, diría que la relación entre devoción y bondad es más bien aleatoria. Y de alguna manera, eso te hace pensar en cómo sería la historia si hubiera habido más gente un poco menos creyente.

Esas reflexiones malhumoradas no impedían a Joe disfrutar

de los pilares de su vida: el orgullo de hacer bien su trabajo y el amor que sentía por su esposa y su hijo de cuatro años.

—¿Sabes por qué no me quiero morir? —confesó entre copas—. No porque crea que sea el final, que no seré más que un cadáver, sino por todo lo que me perdería, y todo lo que se perderían ellos de mí. Bastante castigo es estar aquí contigo, metido en este bar de mierda.

—Curioso —dijo Corey con un tono mordaz—. En cambio yo, cuando estoy contigo, no echo de menos a Janice. El simple sonido de tu voz es música para mis oídos.

Joe soltó una carcajada compungida.

—Ya, me lo imagino. Déjame ver esa foto otra vez.

Corey puso la foto encima de la barra: una imagen de su esposa con Kara en brazos. Su hija, contemplando una tarta con cinco velas con expresión solemne, parecía más alta que la niña de cuatro años a la que Corey había visto la última vez. Detectó en ella el primer indicio de la gracia y la belleza de su madre. En cuanto a Janice, estaba más guapa que nunca. Tal vez sólo Corey percibía la reprobación en sus ojos, o sólo él sabía que le había dado motivos.

—Qué guapas —dijo Joe—, las dos. ¿Sabes?, a veces me duele mirar a «los míos». Janie y Maxwell son la mejor esposa e hijo del mundo, y ahora no puedo ni abrazarlos ni besarlos. —Con una sonrisa apenada añadió—: En ocasiones, de noche, eso me duele mucho.

Aunque Corey le sonrió con comprensión, sintió una vaga inquietud y envidia. Todavía deseaba a Janice, y ella parecía desearle también; sin embargo, cada vez más, cuando hacían el amor, ella parecía estar ausente. Y a medida que pasaba el tiempo, su hija le parecía una extraña, como una extensión de su madre.

Aunque se sentía muy próximo a Joe, eligió hablar sólo de Kara:

—Creo que no me ve lo suficiente. A veces creo que apenas me conoce.

Normalmente, la alusión a los niños bastaba para que Joe empezara a ensalzar el milagro de desarrollo infantil que era Maxwell Fitts: su humor, su rapidez, sus extraordinarios dones retóricos. Pero Joe era un tipo sensible. Con aquella mirada perspicaz que a veces le hacía parecer un viejo prematuro, respondió a media voz:

—Se acostumbrará a ti, chico. Sólo es cuestión de tiempo. —Hizo una pausa; después, con cierta impaciencia, añadió—: Estoy harto de estar aquí esperando a que estalle esta maldita guerra. Ya va siendo hora de que nos den la orden de cepillarnos a esos pavos y de que podamos volver a casa con los nuestros.

Detrás de sus palabras, parecía haber cierto temor latente.

—No temas —le dijo a su copiloto—. Una vez empiece, estarás abrazando a Janie antes de lo que tardaremos en tragar las tres próximas copas de whisky.

Los dos amigos brindaron por ello con solemnidad.

La guerra del Golfo duró poco más de un mes. Para Corey Grace y Joe Fitts, todos los días menos el último fueron un paseo.

Los dos hombres funcionaban como un reloj. Sin el más mínimo reparo, Corey derribó tres aviones iraquíes mientras afirmaba que le encantaba la emoción del combate aéreo. Y cuando el jefe de la fuerza aérea iraquí intentó huir a Irán en un Mig de fabricación rusa, le pareció correcto que Corey y Joe recibieran la orden de derribarlo. El único requisito era interceptar al general Hussein Al-Malik antes de que entrara en el espacio aéreo iraní.

Volaron por un cielo azul eléctrico a 1.1 mach, tan rápido que no tenían sensación de velocidad. El problema era hacerlo todo en décimas de segundos: comprobar el radar, escuchar el informe del AWAC sobre la distancia de Al-Malik de la frontera, controlar el consumo de fuel… El equilibrio de estos factores podía ser asunto de vida o muerte. El avión quemaba miles de kilos de fuel por minuto; cuando sólo les quedaran tres mil kilos —la reserva— tendrían dos opciones: volver a casa o estrellarse en el desierto.

Los dos hombres, rodeados por el azul infinito del cielo, eran ajenos al tiempo y al espacio. Aunque no podían ver el Mig iraquí, estaban casi tan cerca de su objetivo, les dijo el AWACS, como éste lo estaba de la frontera.

—Vamos a derribar a ese hijo de puta —dijo Corey.

Joe miró el depósito.

—Cinco mil quinientos kilos —informó con calma—. Nos quedan unos cuatro minutos.

Al-Malik estaba a tres minutos del espacio aéreo iraní.

—Tiempo suficiente —respondió Corey.

Pasó un rato sin ningún iraquí a la vista.

—Cuatro mil quinientos kilos —dijo Joe, con un tono más tenso—. El combustible se quema más rápido de lo normal.

Corey movió la cabeza:

—El indicador tiene que estar mal.

—Es posible, pero creo que tenemos un escape en el depósito, Corey.

Corey sintió que se le tensaba la musculatura, como si quisiera que el avión fuera más rápido de lo posible.

—Le cazaremos —repitió.

De pronto, una esquirla gris reflejó la luz del sol a toda velocidad: Al-Malik, a segundos del espacio aéreo iraní.

—¡Estamos en reserva! Hay que volver —gritó Joe, perdida toda su calma.

Corey siguió avanzando.

—Diez segundos.

—Vamos, tío —rogó Joe, muy tenso.

Corey inició la cuenta atrás desde diez y luego apretó el botón del misil guiado por radar.

En una décima de segundo, la esquirla se convirtió en una aparatosa explosión. El general Al-Malik no era ya más que una multitud de partículas de humanidad esparcidas por encima de la frontera iraní.

Corey dio media vuelta.

Pasó un minuto hasta que se volvió a oír la voz de Joe:

—Mil ochocientos kilos —dijo, en voz baja—. Está claro que hay una fuga. Tenemos que saltar.

Corey hizo una mueca, pero ya no había tiempo para lamentarse.

—Tú primero —ordenó.

La cabina se abrió y Joe desapareció.

Segundos más tarde, Corey abandonó el aparato, lanzado de cabeza a una histérica caída libre hasta que se abrió el paracaídas. Al hacerlo, el dispositivo se infló y amortiguó la caída de Corey hasta un descenso todavía precipitado. Debajo, las rocas irregulares del suelo crecían a una velocidad sobrecogedora.

Corey tiró de los cables, pero se dio cuenta de que lo había hecho demasiado tarde. Sus pies chocaron con la roca y luego el hombro derecho aterrizó con un crujido escalofriante que le provocó una oleada de náusea por todo el cuerpo. Cuando su cabeza se estrelló contra una roca, perdió el conocimiento.

Recuperó el sentido en medio del aturdimiento. Parpadeó y se dio cuenta de que estaba rodeado por un contingente de soldados iraquíes harapientos y de que el sol señalaba el final de la tarde. No advirtió la presencia de ningún oficial: el soldado que avanzaba hacia él llevaba una barba que no parecía militar, y sus ojos delataban un cansancio próximo a la locura.

El hombro fracturado le provocaba un dolor punzante. El hombre se mantenía inclinado sobre él, con el rifle entre las manos.

—¿Habla inglés? —bramó Corey.

El hombre no respondió. Con una extraña indiferencia, cogió el rifle por el cañón, lo levantó hacia su cabeza y luego lo bajó de golpe hasta el hombro izquierdo de Corey.

Mientras se retorcía de dolor, el norteamericano preguntó, con los dientes apretados:

—¿Dónde está mi copiloto?

El hombre levantó el brazo derecho, señalando en silencio:

—Suicidio —le dijo el iraquí en inglés—. Ese negro no tenía coraje.

Sobre una roca plana, vio la cabeza aplastada del compañero de Corey: el único testigo de su funesto error.

El mes siguiente cambió a Corey Grace para siempre.

Sus captores lo retenían en algún lugar subterráneo, en una oscuridad tan profunda que perdió toda noción del tiempo o del espacio. El único alivio de la ceguera era cuando le daban de comer o lo torturaban.

Su técnica era primitiva pero eficaz: utilizando cuerdas como un arnés improvisado, lo colgaban del hombro fracturado hasta que gritaba de dolor o se desmayaba por el tormento y el agotamiento. Sus ropas apestaban a orines y a heces. Si Corey hubiera podido suicidarse, lo habría hecho.

Sin embargo, eso no era todo. Durante horas, su cabeza dejaba de razonar, y la falta de sueño estallaba en forma de locura y alucinaciones. Entonces se concentraba desesperadamente en su esposa y en su hija, dos caras en una instantánea impresa en su cerebro.

—Por favor —musitaba, aunque no sabía si se dirigía a Dios, a Janice o a Kara—, me portaré mejor...

Empezó a perder cualquier sensación en los hombros y en los brazos... Con sus últimas reservas de energía, se resistía con temple a cualquier cosa que los iraquíes le pedían: una confesión grabada, información sobre un sistema de armas o cualquier otro acto de traición. Entonces le inundó un terrible temor: quizá sus captores no querían nada más que lo que ya estaban obteniendo. Privado de cualquier otro objetivo más allá de la supervivencia, Corey sentía que la locura se iba apoderando de una oscuridad en la que su única sensación era el dolor, su único alivio el discutible acto de piedad que consistía en mantenerlo vivo para convertirlo en infrahumano.

Sin embargo, lo liberaron.

El intercambio de prisioneros tuvo lugar de una manera poco clara. Sus captores eran una facción criminal de un ejército en vías de desintegración. Los iraquíes que lo encontraron y lo liberaron le ofrecieron unas vagas disculpas, pero no le informaron de nada. Su regreso a Estados Unidos ocurrió en medio de una nebulosa de sueño y agotamiento. Finalmente, sintió que un Corey Grace distinto iba ocupando su despedazado cuerpo.

Recuperó el humor, pero una autocrítica profunda e implacable venció a su habitual desapego. La imagen de Joe Fitts lo perseguía.

Había sacrificado la vida de su amigo por la oportunidad de matar a un general iraquí; por vanidad. Abatido, deseaba poder recuperar aquellas décimas de segundo, en especial cuando se enfrentaba a otra amarga realidad: el Corey de antes de aquel

20

combate no habría cambiado su vida por la de Joe. La promesa con la que Corey trataba de salvar su conciencia —que llenaría el resto de su vida de significado— le parecía una manera patética, incluso narcisista, de buscar la redención por la muerte de un hombre mejor que él.

No se lo podía contar a nadie. Mientras se recuperaba en el hospital Walter Reed, Janice lo trató con una amabilidad intachable que a él le pareció fruto de la voluntad. Corey no colmaba de expresiones de amor, de promesas de cambio o de confesiones gratuitas de infidelidades a su esposa; sólo cambió la llegada de un nuevo propósito de contemplarla con claridad y compasión. Pero lo que vio en ella le impidió hablarle de Joe Fitts: la consideración con que Janice lo trataba no era amor. Ni siquiera era capaz de mencionar tal palabra.

Puede que el tiempo los curara, al igual que sería capaz de transformar a la solemne criatura de cinco años que estaba junto a su cama en una niña que adorara a su padre. Tiempo era lo único que le sobraba: aunque sus brazos y sus piernas volverían a funcionar correctamente —según le aseguraron los doctores—, el capitán Corey Grace no podría volver a pilotar.

Corey era ahora un hombre sin metas.

Joe Fitts nunca lo abandonaba. Corey dictó cartas para sus padres, su esposa y hasta para su hijo de cinco años, Maxwell, con la esperanza de que, cuando el muchacho creciera, las palabras de Corey fueran capaces de dar vida a su padre. En cada carta, en cada relato sobre Joe y sobre las historias que le contó de su familia, Corey procuró ser riguroso, salvo en un aspecto: la naturaleza de la muerte de Joe. «Todos vosotros ayudasteis a hacer de Joe la persona más feliz que jamás conoceré», escribió.

Corey no le reveló su secreto a nadie. Tal vez no tenía a nadie a quien contárselo; quizá lo que rodeaba la muerte de Joe le resultaba demasiado cruel como para hablar de ello; puede que, sencillamente, temiese que alguien pudiera averiguar la verdad. La vida le había dado su aprobado, algo que no le parecía pertinente. Sin embargo, la vida le siguió dando aprobados.

El presidente le concedió una medalla.

21

Υ

También hubo medalla para Joe, por supuesto.

Sus padres acudieron a la Casa Blanca con Janie y Maxwell. Cuando Janie conoció a Corey lo abrazó con fuerza, como si quisiera recuperar con ese gesto una parte de su marido. Cuando le miró, tenía los ojos húmedos:

—Joe te quería mucho, ya lo sabes.

Corey intentó sonreír:

—Y a ti te quería más que a su vida. Me hablaba tanto de vosotros dos que tenía la sensación de estar viviendo en vuestra casa. —Miró a Maxwell, cogido de la mano de su abuela: el único hijo de su único hijo—. ¿Qué tal el niño, lo superará?

Janie, pensativa, miró a su hijo.

—Con el tiempo, supongo. Está rodeado de mucho amor. Cada noche le leo tu carta. —Miró a Corey y le dijo, a media voz—: Eso que hiciste por Maxwell es muy bonito, significó darle un padre héroe y hombre a la vez. Aunque el universo de un niño de cinco años es un lugar extraño…, ahora mismo, el héroe pesa más que el hombre. Cuando salga de aquí con la medalla de Joe colgada, puede que durante un tiempo crea que el cambio ha valido la pena.

En aquel momento, y durante cada instante hasta que la ceremonia hubo terminado, Corey deseó desaparecer de la faz de la Tierra.

Sin embargo, besó a Janie Fitts en la frente; a pesar del dolor que sentía en el hombro, cogió a Maxwell en brazos. Luego, por una vez, trató de refugiarse en su propia familia.

Habían venido los tres adultos: su esposa, su madre y su padre. Y también Clay, un chico de quince años flaco y ansioso cuya reticencia a estar con sus padres quedó eclipsada por su admiración hacia Corey y su asombro de encontrarse en la Casa Blanca. Mientras la familia Grace se juntaba en la Sala de los Mapas, Clay mostraba una habilidad instintiva con Kara y le provocaba las sonrisas que la niña raramente dedicaba a su padre. Sin embargo, los otros, Janice y los padres de Corey, pululaban como desconocidos a la espera de un tren que viene con retraso.

El presidente apareció acompañado por el general Cortland Lane, el primer afroamericano jefe de Estado mayor de las Fuerzas Aéreas.

El presidente, un patricio larguirucho que también había sido piloto condecorado, se mostró a la vez cortés y muy humano. Sin embargo, a Corey le impresionó el general Lane. Su aura inequívoca de mando estaba suavizada por una mirada a la vez cálida y penetrante, y sus maneras sobrias lo hacían parecer más espiritual que militar; reflejaban, quizá, la fama que tenía de profesar una devoción religiosa tan profunda como poco ostentosa. Fuese como fuese, el carácter de Lane atrajo a Corey de un modo poco habitual.

Lane llevó a Corey a un aparte y lo felicitó. Le habló con un tono de voz que resultaba casi íntimo:

—Lamento mucho lo de sus lesiones. Y lo del capitán Fitts.

—Yo también —respondió Corey—. Sobre todo lo de Joe. De alguna manera me hace dudar si capturar a Al-Malik valió realmente la pena.

Lane lo miró un largo instante:

—No deje nunca de preguntarse cosas. Es el precio de ser humano. —Hizo una pausa y luego añadió—: Una fuga de combustible, decía el informe.

—Sí, señor.

—Tiene suerte de estar vivo —dijo, y, después de tocarle cariñosamente el codo, añadió—: Debo pasar un poco de tiempo con la familia de Joe…

—Señor —dijo Corey, de manera impulsiva—, hay algo que debo decirle.

Lane asintió con la cabeza:

—¿Qué ocurre, capitán?

—No soy ningún héroe. Actué como un chaval idiota que quiere ganar en un videojuego —dijo, antes de hacer una pausa—. Esa fuga de combustible, Joe se dio cuenta antes de que yo derribara a Al-Malik. Él quería que diéramos media vuelta.

Lane no se mostró sorprendido:

—Ya lo había supuesto —dijo, en voz baja—, pero ¿qué cree que debo hacer con ello? O, lo que es más importante, ¿qué querría hacer usted con ello?

Corey movió la cabeza:

—No lo sé.

—Pues, entonces, déjeme sugerirle qué debe hacer y qué no

23

debe hacer. Lo que debe hacer es aceptar esa medalla y rendirle a Joe el homenaje más cálido que se le ocurra. —Miró a Maxwell Fitts y su voz bajó de tono todavía más—. Y lo que no debe hacer es obligar a su familia a cambiar a su héroe por una información amarga. Tomó usted una decisión en décimas de segundo: eso es lo que se les pide a los pilotos en la guerra. Y luego les pedimos que vivan con ello. Pero no hay nadie que pueda decirle cómo.

El general posó la mano sobre el hombro de Corey durante unos segundos; luego se volvió a saludar a la familia de Joe.

Al abrir la ceremonia, el presidente habló con un agradecimiento sincero, recordando a Joe, halagando a Corey y subrayando la gratitud de su país hacia ellos. Cuando le tocó hablar a Corey, reunió fuerzas y dio las gracias al presidente, al Ejército, y a los padres, la esposa y la hija a los que había regresado.

—Soy afortunado por muchos motivos —concluyó—, pero mi mayor suerte ha sido conocer a Joe Fitts: no sólo haber visto su valentía, sino haber sentido lo muchísimo que apreciaba los sacrificios de sus padres, y el don de Janie y Maxwell. —Se volvió hacia la familia de Joe y dijo—: Todos ustedes hicieron de él el hombre al que siempre querremos: un hombre que personifica todos los valores que hacen de nuestro país un lugar que vale la pena amar.

Cuando hubo acabado, mirando a Corey a los ojos con expresión astuta, el presidente le murmuró:

—Tendrías futuro en mi profesión, Corey. Hasta podrías acabar viviendo aquí.

Más tarde, en la suite que las Fuerzas Aéreas les había reservado, Corey se lo repitió a Janice.

—Qué generoso —concluyó—. Y absurdo.

Por un instante, ella le miró en silencio:

—¿Tú crees? Yo también te he estado viendo.

—Ha sido todo muy confuso, Janice. No sé qué quieres decir.

Ella le dedicó una sonrisa apenas perceptible:

—Precisamente esto, Corey. No pareces enterarte, ni siquiera cuando sospecho de que sí te enteras. Los demás te ven como alguien que, sencillamente, es especial.

Corey la tomó por los hombros y la miró con atención:

—Lo que a mí me importa es cómo me ves tú. Ya no soy el mismo, Janice. Ahora te valoro de la manera que siempre debería haberlo hecho.

La sonrisa de Janice desapareció:

—¿A mí? ¿O a la idea de mí?

Corey no fue capaz de responder.

Aquella noche hicieron el amor pausadamente, como si intentaran extraer sentimientos de cada una de sus caricias. Luego, mientras yacían a oscuras, Janice dijo en voz baja:

—Presiento lo que se acerca, Corey. Van a darte algo más de lo que ocuparte.

Al cabo de un mes, una delegación de republicanos fue a verle para preguntarle a él, a Corey Grace, al héroe, si tenía algún interés en presentarse a las elecciones al Senado, como candidato por su estado natal, Ohio.

PRIMERA PARTE

El senador

1

*U*n día frío de septiembre, trece años más tarde, cuando el senador Corey Grace se reunió con Lexie Hart, la controversia que trataba de evitar no tenía nada que ver con su vida sentimental.

—¿La actriz? —le preguntó a su coordinadora—. ¿De qué va esto?

A Eve Stansky, una rubia coqueta, graciosa y astuta, le divirtió su perplejidad.

—Cuestión de vida o muerte —dijo, alegremente—. La señora Hart está presionando a los senadores para que voten a favor de la investigación con células madre.

Corey, reclinándose en el respaldo de su silla, puso los ojos en blanco:

—Fantástico —dijo—, los únicos que apoyan este proyecto de ley son los demócratas. Esto es una reprimenda directa al presidente de mi propio partido, al que ya no le gusto; por no hablar de los conservadores cristianos, a los que les gusto todavía menos. Eso podría convertirse en mi carta ganadora. —Su voz adquirió un tono muy irónico—. Las elecciones son el año próximo, la nominación está totalmente abierta, ¿y ahora me programas esto? ¿Quieres que sea presidente, Eve? ¿O es que, simplemente, te importa un comino el destino de los embriones congelados?

—De todos modos tendrás que votar, Corey —advirtió Eve

con su tono menos convencido. Como el resto de su personal, lo trataba por su nombre de pila—, a menos que aquel día decidas esconderte. Y en el despacho todos queremos conocerla. Lo mínimo que puedes hacer es darnos un poco de emoción.

—¿Ha sido realmente tan aburrida la vida por aquí? ¿O tal vez ya habéis decidido lo que tengo que votar y tratas de seducirme?

Eve sonrió.

—Tengo clarísimo lo que debes votar. Y no, tú no eres nada aburrido. Sencillamente, estoy cansada de programarte citas con amigas que no te duran ni medio día. Aquí, en Fort Grace, llamamos siempre a la última «la titular», excepto que su mandato dura menos.

Aunque Corey sonrió reconociendo la situación, ese comentario le dolió un poco. Tenía muchos motivos para haber permanecido soltero durante tanto tiempo después de su divorcio, y no todos —al menos, eso esperaba— estaban relacionados con algún defecto fatal de su carácter. Pero ése no era un tema que tuviera ganas de discutir con Eve. Ni, en realidad, con nadie.

—Dudo que la señorita Hart vaya a venir a cambiar mi vida —respondió Corey sardónicamente—. Sencillamente, vendrá a arruinar mi carrera. Recuérdamelo cuando tú y yo estemos mirando el baile inaugural por el C-SPAN.

Aquel día, Corey acabó disfrutando de un lujo poco habitual: un respiro de diez minutos entre el almuerzo con Blake Rustin —el sereno consejero político que le asesoraba sobre su posible candidatura a la presidencia— y esa reunión con la actriz cuya misión no lo ayudaría en su carrera hacia la Casa Blanca.

A solas en su despacho, hizo algo que raras veces tenía ocasión de hacer, contemplar cómo había llegado a tal punto: una auténtica perspectiva presidencial cuyo camino hacia la Casa Blanca estaba, sin embargo, lleno de baches que demasiado a menudo provocaba él mismo. Sin embargo, seguía soltero, sin ninguna vida personal digna de llamarse así, y se sentía solo con demasiada frecuencia. La raíz de todo esto estaba reflejada en dos fotografías que le dolían tanto como le consolaban: una era de Kara, ahora estudiante universitaria en Sidney, la única prueba visible de que alguna vez había sido padre; la otra, de Joe Fitts, un recordatorio de que tenía la obligación de dar importancia a su carrera política.

A sus cuarenta años era un hombre mejor, o eso esperaba, que aquel que una vez fue el mejor amigo de Joe Fitts. No había duda de que amaba a su país: Estados Unidos había conservado la fe en él, y estaba decidido a servirlo como se merecía. Desde luego, su terrible experiencia en Iraq le había dado un profundo sentido de la fugacidad de la vida, la necesidad de vivir con intensidad, usando todos los dones que Dios le había dado para disfrutar del momento, correr riesgos y diferenciarse; todo ello, esperaba, al servicio de algo más que la mayor gloria de Corey Grace. Parecía sentir siempre esa inquietud torrencial, como un reloj que marcaba el compás en su cabeza, como si todo el tiempo transcurrido desde la muerte de Joe lo hubiera tomado prestado. Y tampoco se preocupaba mucho por trabar amistades en el Senado si el precio era su integridad: sus mejores amigos seguían siendo aquellos que habían servido con él en las fuerzas aéreas y que compartían sus valores: la lealtad, la perseverancia y la intención de vivir de manera honorable.

Corey no intentaba expresar nada de eso en público; hubiera parecido que se ensalzaba a sí mismo, que hacía un esfuerzo deliberado por diferenciarse de muchos de sus semejantes, menos valientes. Y, aunque tenía amistades en ambos partidos, era muy consciente de la envidia que sentían muchos de sus colegas republicanos; en especial el senador Rob Marotta, de Pennsylvania, un diligente político de carrera que era líder de la mayoría en el Senado y que había decidido ser candidato a la presidencia. Para Marotta, como para los demás, la llegada de Corey al Senado había resultado tan fácil como su sonrisa, lubricada por un acto de heroísmo que parecía despertar incómodas dudas sobre ellos mismos a aquellos que nunca habían sido llamados a ser héroes. Tampoco ayudaba que el actual presidente, como todos los presidentes, tendiera a considerar el desacuerdo como deslealtad, o que Corey, en un momento de más candidez que de tacto, le hubiera dicho que el

31

plan de su encargado de Defensa de invadir un país en Oriente Medio era «una estupidez propia de un fumador de *crack*» y un «desperdicio de vidas humanas»; y todavía ayudó menos cuando el curso de los acontecimientos hizo sospechar que Corey tenía razón. No ayudó tampoco, en la mente de sus colegas, que una prensa demasiado halagadora pregonara la candidez de Corey y su inclinación a votar lo que su conciencia le dictaba. «El senador Grace —comentaba una nota del *Washington Post*— parece no haberse preocupado nunca por construirse un personaje público que difiera de su personaje privado.» Cuando se le preguntó por eso, Corey se limitó a reírse y a comentar: «Si eres la misma persona las veinticuatro horas del día, tienes muchos menos problemas para acordarte de quién eres».

No era tan fácil, por supuesto. En su fuero interno, los restos de culpabilidad y la dureza de la experiencia vivida eran elementos que no compartía con nadie. Cuando cierta vez dijo: «La vida me ha enseñado que hay cosas peores que perder unas elecciones», sus colegas supusieron que estaba hablando del hecho de ser colgado de un hombre fracturado. Pero su razonamiento iba más allá: no había nada peor que perderse uno mismo.

Corey hizo una pausa y miró la foto de Clay.

De momento, su madre había tenido razón: su hermano, muerto años atrás, se había perdido por tratar de ser como Corey, en vez de su auténtico yo, más vulnerable y al menos igual de valioso. Pero el error había sido no tanto de Clay como de su familia, de todos ellos: la facilidad para crear un chivo expiatorio en «el otro», algo que había estropeado el entorno social de su país y, demasiado a menudo, la política de su propio partido.

Corey tenía importantes motivos para ser republicano: su dedicación a la defensa nacional; su fe en la empresa privada; su preocupación por que los demócratas descartaban con demasiada facilidad las auténticas amenazas hacia Estados Unidos en un mundo de regímenes hostiles, terroristas fanáticos y proliferación nuclear. Pero no había llegado al Senado armado con un paquete rígido de ortodoxias. Corey, lector de nueva voracidad y un hombre que se dejaba aconsejar, se diferenciaba de muchos conservadores por su preocupación por el medio ambiente, su desagrado por los sistemas de creencias estáticos y una mente abierta hacia los puntos de vista opuestos. Y había algo más en lo que no necesitaba pensar: el senador Corey Grace despreciaba la política que enfrentaba a unos grupos con los otros, así como aquellas que promovían el abuso de los poderosos contra los débiles.

Desde sus primeros años en el Senado, Corey había sido un apasionado defensor de los derechos humanos. Para él, el motivo fundamental estaba claro: para encabezar el mundo, su país tenía que representar algo más que la fuerza militar o la retórica piadosa. No habló nunca de la ejecución de Joe Fitts ni de su propia tortura, ni tampoco buscaba excusar cierto incidente que sus enemigos políticos emplearon para ejemplificar su carácter impulsivo, su poca atención al protocolo y su poca aptitud en general para la presidencia.

Y es que poco después de su llegada al Senado, Corey, junto a su jefe de gabinete, Jack Walters, viajó a Moscú como primer paso para familiarizarse con la Rusia del cambiante periodo postsoviético. En un monovolumen conducido por un agente de seguridad ruso, Corey se dirigía a ver al presidente ruso cuando, de pronto, una manifestación cortó el tráfico y una hilera de soldados se enfrentó a un grupo de jóvenes que únicamente iban armados con gritos y pancartas.

—¿De qué va la protesta? —le preguntó Corey al conductor.

El hombre se encogió de hombros:

—Dicen que nuestro presidente encarcela disidentes con acusaciones falsas. No tiene ningún sentido, como usted sabe.

Corey no sabía nada. Tenía la intención, de hecho, de hablar de este tema con el presidente con el tono más diplomático del que fuera capaz. Pero ahora prefirió no decir nada. A través del parabrisas, vio cómo un soldado ruso levantaba la culata de su rifle contra un manifestante que le acababa de escupir en la cara.

Enmarcado por el cristal antibalas, como si fuera un actor de una película muda y violenta, el soldado golpeó al joven en la cabeza con una violencia que hizo estremecer a Corey. El manifestante cayó de rodillas con la cabeza ensangrentada mientras el soldado volvía a levantar el rifle y el resto de los soldados apuntaban sus armas hacia los demás manifestantes.

33

Al segundo golpe, Corey llevó la mano a la manecilla de la puerta; al tercero, que tumbó al manifestante de lado contra el suelo, Corey salió del coche de un salto.

Jack Walters lo sujetó de un brazo:

—¡No!

Corey se soltó. Avanzó a trompicones entre la muchedumbre y vio al soldado que volvía a levantar la culata del rifle otra vez.

—*Stop!* —gritó.

Sintió que el chófer y Jack Walters lo sujetaban de los brazos por detrás. El conductor gritó algo en ruso. El soldado, con el rifle paralizado encima de su cabeza, lo miró, luego miró a Corey y, lentamente, bajó el arma. A un lado, Corey oyó el chasquido nítido de una cámara.

Por un momento, la escena que tenía delante se había casi congelado: los solados apuntando con sus rifles; los manifestantes reculando; el hombre caído en medio de un charco de sangre. Entonces el chófer volvió a hablar; dos soldados avanzaron hacia ellos, tomaron a la víctima de los brazos y las piernas y se la llevaron.

Corey se soltó de sus acompañantes y regresó al coche.

Durante el resto del trayecto estuvo mirando por la ventana, presa de una rabia tan palpable que nadie osó decir nada.

—Lamento llegar tarde —le dijo al presidente ruso—, pero es que me he detenido a mirar cómo sus soldados trataban de matar a alguien por haber escupido.

Aquel pasaje y la foto adquirieron más valor con los años. Entre algunos colegas se comentaba que el comportamiento de Corey había sido demasiado brusco, demasiado parecido al tipo de actuación que podía haber provocado un incidente internacional si, aquel día, las cosas en Moscú hubieran tomado un giro distinto. «El liderazgo —opinó el editorialista del *Wall Street Journal*— requiere mucho más que valor.» Los medios más próximos a Rob Marotta dieron a la noticia un matiz todavía más retorcido: por muy humanos que hubieran sido los instintos de Corey, el mes de tortura le había desquiciado. «Nombrar senador a Corey Grace fue una cosa —dicen que comentó Marotta—, pero ¿está la gente dispuesta a poner el dedo de un irreflexivo en el gatillo nuclear?»

En aquella escena de Moscú, creyendo que había un hombre a punto de morir, Corey no pudo haber actuado de otra manera. Ahora tampoco hubiera obrado diferente; sin embargo, trece años más tarde, mientras esperaba a Lexie Hart, comprendía que se había excedido; en realidad, había ayudado a justificar el rechazo de sus detractores por su independencia, pues podían argüir que Corey Grace jamás debería convertirse en presidente de los Estados Unidos con semejantes comportamientos. Y para Rob Marotta, cada desviación de la convención, cada desvío de la ortodoxia del partido, se añadía a la lista de agravios que estaba construyendo contra su rival.

La puerta del despacho de Corey se abrió.

—La señorita Hart está aquí —le anunció alegremente Eve Stansky.

Fue en ese momento cuando Lexie Hart entró en la vida de Corey.

Su experiencia con las mujeres era más que suficiente. Aquella misma primavera, para excitación de Washington y diversión del personal de su oficina, la revista *People* había puesto a Corey en la lista de los cincuenta hombres más atractivos del mundo. Al entrar en su despacho con un enérgico apretón de manos y una sonrisa decidida, Lexie Hart desprendió una belleza eléctrica, un porte que de alguna manera la hacía parecer distinta, oculta a los demás de alguna manera misteriosa que ninguna revista era capaz de plasmar. El impacto que le causó fue tan vívido como la primera vez que vio a Janice, sólo que ahora Corey era más maduro, más receptivo y mucho menos impulsivo.

Después de indicarle a Lexie que se sentara en el sofá, eligió su butaca favorita para acomodarse frente a ella, mientras rápidamente repasaba los elementos que la hacían tan cautivadora. Era delgada y elegante, y su postura tan rígida de actriz de teatro la hacía parecer más alta de lo que era. El pelo rizado y corto hacía destacar unos rasgos marcados que denotaban cierto aire imperioso: los pómulos prominentes, el surco en el mentón, los labios carnosos. Pero fueron sus ojos los que más le impresionaron: su color gris verdoso, sorprendente en una afroamericana, sugería la cauta inteligencia de una mujer que utilizaba sus poderes de observación como arma o, tal vez, como defensa. O eso es lo que se imaginó Corey: su instinto le decía que Lexie Hart era una mujer a la que le costaría llegar a conocer realmente.

Con una sonrisa rápida, Corey le dijo, en tono ligero:

—Creo que viene a censurar mi silencio sobre la investigación con células madre.

La sonrisa de aquella mujer fue tan leve como la manera en que asintió con la cabeza:

—He venido a razonar con usted, senador. Si usted lo vive como una reprimenda es sólo porque sabe que cualquiera que esté a favor de la vida debe preocuparse por los vivos.

El comentario era tan afilado que Corey estuvo a punto de reírse:

—Supongo que no me lo pondrá fácil.

—No puedo. El presidente se opone a ampliar la investigación con células madre, lo mismo que la mayoría de los senadores de su partido. Por lo que tengo entendido, puede que el resultado dependa de uno o dos votos, o quizá sólo del suyo. —Se inclinó hacia delante y prosiguió con una pasión serena—: Usted puede cambiar la vida de alguien que no puede mover las extremidades, o que no puede dejar de temblar. O de una mujer que no es capaz de recordar quién es la hija a la que dio a luz, aunque esa misma hija sea quien le está sosteniendo la mano mientras busca en su mirada un ápice de reconocimiento.

Era actriz, pensó Corey de inmediato, y tenía la capacidad de las actrices de atraer a su público hacia cualquier mundo que ella quisiera crear. Menos fácil de reconocer fue la casi certeza de Corey de que aquella actuación tenía algo de personal:

—¿Está hablando de su madre?

Lexie vaciló un instante.

—Alzhéimer. Sin esperanza de cura. Pero usted puede impedir que otra gente acabe viviendo en ese lugar desconocido en el que se halla mi madre. Y no sólo esto, senador. Las células madre embrionarias tienen el potencial para frenar enfermedades como el párkinson o la diabetes del tipo 1, y de curar los defectos medulares que provocan la parálisis. ¿Cómo puede una sociedad decente dar la espalda a esto?

—Bueno, supongo que conoce usted el argumento moral, señora Hart. Para muchos de mis colegas, la vida no empieza con el nacimiento, de modo que cualquier componente de la vida, como un embrión, tiene derecho a recibir protección...

—Un embrión congelado —lo interrumpió Lexie con cierta aspereza— no es una vida, y los restos que quedan en las clínicas de fertilidad no lo serán nunca. Una sociedad humana puede hacer esta distinción sin por eso destapar la caja de los truenos del genocidio o la eutanasia.

Corey se dio cuenta de que estaba lo bastante intrigado como para querer alejarla de sus argumentos. O, al menos, convencerla de que no era ningún tonto. Con un tono pausado, le dijo:

—Una sociedad humana, dirían algunos, sabe que un feto es una vida, y lo valora demasiado como para jugar a ser Dios con él. Pero, sin conocerla demasiado, señora Hart, apostaría mi casa a que está usted a favor del aborto y que no distingue entre un embrión congelado y los fetos que usted y yo fuimos un día, antes de salir del vientre de nuestras madres.

Ante esto, Lexie se reclinó, apoyó los brazos a los lados y lo observó con sus ojos serenos.

—Aunque ese comentario fuera cierto, o justo, seguro que usted sí es capaz de hacer esta distinción, de modo que le ruego que no utilice mis supuestas creencias como motivo para no reflexionar sobre las suyas. Una probeta no es un vientre, pero un adulto con párkinson, y supongo que en esto estamos de acuerdo, sí es una vida. ¿O es que es usted uno de esos tipos provida que sólo ama a la gente hasta que ha nacido?

Incluso mientras se reía del comentario, Corey se daba cuenta de que encontraba atractiva su falta de deferencia.

—Hábleme de su madre —le pidió—. No he conocido nunca a nadie con alzhéimer...

Ella juntó las manos y bajó la vista. Corey presintió que trataba de decidir cuánto contarle:

—Es terrible —dijo, por fin—. Cuando me siento junto a ella, es como si estuviera en presencia de la muerte. Tengo tendencia a susurrar, aunque no cambiaría nada si gritara. Vive tan profundamente encerrada en sí misma que las cosas más sencillas, como comerse un bocadillo, puede llevarle hasta horas. Lo puede tener en la mano, sin darse cuenta, y luego se lo lleva a la boca, con los ojos todavía muertos, como si las manos tuvieran vida propia. Obviamente, intento hablar con ella, pero no puedo saber si mi voz le estimula los recuerdos o si es como si oyera la televisión. —Lexie movió la cabeza—. La noche que me dieron el Oscar, la enfermera que la cuida le encendió la tele. Durante mi discurso de aceptación, la enfermera me contó que mi madre empezó a parpadear. Me gustaría pensar que, por un momento, me reconoció, pero no hay manera de que sepa lo que he conseguido.

Su voz encerraba la decepción de una niña orgullosa de alguna hazaña que no ha podido compartir.

—¿Cuándo empezó? —le preguntó.

—Hace siete años. Pero cada etapa de la enfermedad aportaba algo nuevo. Primero fueron las listas interminables mientras trataba de recordar las cosas que tenía que hacer; luego la mirada clavada en la foto de mi padre, tratando de recordarlo; luego el día en que ya no se acordaba en absoluto de él. —Su voz iba suavizándose con resignación—. Durante un tiempo más, yo seguí siendo yo. Luego empezó a confundirme con una amiga de cuando tenía seis años. Luego la amiga también cayó en el olvido. Las tareas más básicas la molestaban. Y luego, justo antes de perder la capacidad de hablar, ya nada la molestaba. Sus ojos se volvieron opacos como el mármol.

Lexie se reclinó en el sofá, como si quisiera distanciarse de sus propias emociones.

—Usted y yo hemos estado hablando sobre la vida humana. Nuestros recuerdos son lo que nos convierte en humanos, senador. La enfermedad le ha quitado esto a mi madre.

Corey la observó un instante.

—Hay quien dice que no necesitamos embriones humanos para combatir el alzhéimer, que las células madre adultas son suficientes.

Rápidamente, Lexie dejó de lado lo personal:

—Eso es absurdo —respondió—. Es un triunfo de las guerras de la cultura contra la ciencia, en las que el estatus de los embriones tiene más valor que el sufrimiento humano o que los datos científicos. Las células madre adultas son una distracción: la ciencia, sencillamente, no está allí.

—Tampoco —dijo Corey— puede tener seguridad sobre las células madre embrionarias. Estamos hablando de esperanza, no de certeza. Sus partidarios todavía no saben si todo esto funcionará, ¿no?

Lexie lo admitió mientras se encogía de hombros:

—No es seguro. Pero todos aquellos que ya están sufriendo están desesperados por encontrar alguna luz. —Su expresión se dulcificó—. Hace unos años estuve con Chris Reeve, cuando testificó ante un comité parlamentario. Chris creía realmente que las células madre podían curarle. Ante su fe, no pude más que sentirme triste: sabiendo lo que sabía, nunca creí que él pudiera sobrevivir demasiado tiempo. Pero científicos responsables, premios Nobel incluidos, creen que las células madre fetales contienen promesas verdaderas. —Su sonrisa fue fugaz y deliberada—. Usted sabe mucho más sobre este tema, senador, de lo que aparenta. Mucho más…, como para seguir apoyando a los líderes de su partido con la conciencia clara. Y dicen los rumores que la tiene.

Por unos instantes, Corey la miró en silencio. Entonces unos golpes a la puerta los interrumpieron y Jack Walters se asomó por ella.

—Disculpe —le dijo a Lexie, y luego se dirigió a Corey—: Es la hora de la reunión del comité. Es tu Día del Juicio Final con Alex Rohr.

—Estoy contigo dentro de un par de minutos. —Cuando la puerta se cerró, se volvió hacia Lexie y le preguntó—: ¿Conoce usted a Alex Rohr?

—Lo bastante para saber que es gentuza.

—¿En qué sentido?

La mirada de Lexie era fría:

—En el sentido en que muchos hombres blancos con poder son gentuza. Se creen que el dinero y la posición les dan derecho a hacer cualquier cosa.

La frialdad de su tono despertó la curiosidad de Corey, pero no tenía tiempo de profundizar en aquello.

—No quiero parecer como Alex Rohr —la tranquilizó él—, pero no tengo la sensación de que hayamos acabado. ¿Podría arreglárselas para cenar conmigo?

Lexie apretó un poco los ojos, con una expresión no tan

hostil como especulativa. Luego se limitó a negar lentamente con la cabeza:

—Me temo que tendremos que acabar de hablar por teléfono. Esta noche tengo otros compromisos, y mañana por la mañana tengo que estar de regreso en Los Ángeles. No volveré hasta la votación.

Corey vaciló, tratando de adivinar si esta última frase era una oportunidad.

—Pues, tal vez —dijo—, podamos vernos entonces…

Ella lo miró con una mezcla de ironía y curiosidad:

—Puede que me convenza —respondió, finalmente—. Depende del sentido de su voto.

Volvió a estrecharle la mano, que sostuvo unos instantes mientras lo miraba a los ojos. Luego le dio las gracias por el tiempo que le había dedicado y corrió a su siguiente cita.

2

*E*n las entrañas del Capitolio, Corey se desplazó en el metro del Senado hasta la sala de audiencias mientras escuchaba a Jack Walters lamentándose en voz alta.

—¿Estás seguro de que quieres hacerlo? —le preguntó Jack, desanimado—. Quiero decir que Alex Rohr controla nada menos que una cadena de periódicos, dos editoriales importantes, la mitad de las emisoras conservadoras de tertulias radiofónicas y la cadena de noticias por cable mejor considerada de Estados Unidos. Y todo esto lo puede utilizar para hacerte pedazos.

Irritado por la insistencia de Jack, Corey levantó la vista de sus notas:

—¿Y ahora se supone que tenemos que entregarle a ese hijo de puta el control de nuestro primer proveedor de Internet? Es lo único que nos faltaba: un país en el que Alex Rohr le dice a todo el mundo lo que tiene que pensar.

—Ya hay bastantes norteamericanos —replicó Jack— que piensan lo que Rohr quiere que piensen. ¿Por qué quieres enemistarte con ese tío?

—Tal vez porque necesita tener un enemigo.

—De acuerdo, pero ¿por qué has de ser tú? Mira, Rohr no sólo es capaz de influir en millones de personas, sino que puede levantar millones de dólares para financiar a cualquier candidato presidencial que tenga su misma visión del mundo. Y

ahora te quieres meter con él. —Jack miró a Corey inquisitiva-
mente, con la cara retorcida de frustración—. Rohr ya está lo
bastante cabreado con tu gran cruzada para desvincular el dinero de la política. Si te enfrentas deliberadamente con él por
otro tema, sólo estás dejando bien claro que no sabes cuándo te
debes detener.

—Me detendré cuando Rohr se detenga. —Leyendo la expresión de su amigo, Corey habló con un fatalismo caute-
loso—. En el sentido político, tienes razón: tengo tanta necesidad de que Rohr ande detrás de mí como de tener un segundo
ombligo. Estaría encantado de que fuera cualquier otro miembro de mi partido quien quisiera pararle los pies. Pero Rohr
personifica todo lo que en este país funciona mal…

—¿Todo?

—¡Coño, casi todo! Lo único que le guía es acaparar: más
dinero, más poder… Y apoyará a los republicanos sólo mientras le demos lo que quiere: un monopolio mediático, inmuni-
dad ante las querellas, impuestos bajos y nuevas maneras de
amasar fortuna. La última vez que honró al Senado con su presencia fue para obtener el derecho a organizar su propia cadena
mediática y a adquirir una serie de canales de televisión. Algunos de nosotros empezamos a ponerle trabas, de modo que
Rohr sobornó a nuestro antiguo líder de la mayoría con un ju-
goso contrato editorial con varios ceros.

»Acuérdate de lo que pasó a continuación: nuestro solitario
líder coló el proyecto de Rohr en el Senado antes de que nadie
se diera cuenta de que estaba comprado. Y cuando la peste del
asunto empezaba a ensuciar demasiado a nuestro líder como
para permitirle volver a presentarse, Rohr lo contrató para que
moderara una tertulia en Rohr News, donde, irónicamente, se
dedica a defender las pequeñas causas de Rohr. —Corey movió
la cabeza, indignado—. Llámame ingenuo, pero la primera vez
que me pidieron que me presentara al Senado, sentí un respeto
reverencial. Ser senador me parecía algo respetable, un cargo
en el que la gente confiaba para que los ayudaras a que su país
fuera un lugar mejor. Todavía no he aceptado que soy una fur-
cia con un título respetable.

Resignado, Jack sacudió la cabeza. Cuando entraban en la
sala de audiencias, Corey le puso la mano en el hombro:

—Anímate, hombre: la cobertura será fantástica. Todavía hay unas cuantas cadenas y periódicos que Alex Rohr no controla.

Cuando ocupó su asiento junto al senador Carl Halprin, el veterano cascarrabias que hacía de presidente del comité, echó un vistazo a la sala, cosa que le confirmó que había calculado bien: la audiencia estaba al completo, llena de periodistas, cámaras y fotógrafos alineados contra la pared. Cuando Alex Rohr entró en la sala, los flashes se empezaron a disparar.

El magnate de la comunicación ocupó su lugar en la mesa de testigos, flanqueado por dos abogados especializados en propiedad de medios de comunicación. Con su cara de rasgos suaves, el pelo castaño peinado hacia atrás y un traje hecho a medida que se adaptaba perfectamente a su cuidada figura, Alex Rohr iba hecho un figurín. Pero lo que sorprendió a Corey fue su expresión: hermética pero autosuficiente, sus ojos oscuros destilaban desdén hacia aquella cansina misión. Rohr escudriñó el panel de senadores y su mirada se detuvo unos instantes en Corey.

—El Estado Mayor cree que tratas de crear problemas —le murmuró Halprin a Corey.

Aunque Corey le sonrió, no dejó de mirar a Alex Rohr:

—No para ti, Carl.

El interrogatorio inicial después de la declaración de Rohr —primero por el senador Halprin y luego por el senador Rives, el demócrata de mayor grado— confirmó lo que Corey sospechaba: la mayoría de los republicanos iban a alinearse con Rohr, y la mayoría de los demócratas se opondrían, lo cual convertía a Corey en el comodín. O, en palabras de Halprin, en la gran incógnita.

—Senador Grace —dijo Halprin en tono neutro—, ¿tiene alguna pregunta para el testigo?

—Sí. —Corey levantó la vista de sus notas e hizo una pausa, como si se le acabara de ocurrir algo—. Permítame hacerle una pregunta filosófica, señor Rohr. ¿Cuánto le parece suficiente?

Aunque una comisura de sus labios se levantó con irónica

43

comprensión, Rohr fingió asombro. Con su cuidado acento de Oxbridge, que, según el senador, había aprendido con los vídeos de *Masterpiece Theater*, Rohr contestó:

—Lo siento, senador Grace, pero no estoy seguro de comprender lo que me quiere decir.

—Entonces, definamos «suficiente». Según este comité, es usted propietario de cinco revistas, tres importantes productoras de cine, una empresa de alquiler de vídeos, un servidor de cable, cuatro discográficas, dos editoriales (una para el gran público y otra dirigida a un público cristiano conservador), una importante cadena de radio, la mayor cadena de noticias por cable, la mayor cadena de periódicos del país y ciento diecinueve emisoras de radio. —Corey hizo una pausa y sonrió—. Discúlpeme si me olvido de algo; a veces nos cuesta llevar la cuenta. Pero ¿diría usted que esta larga lista se podría calificar de «suficiente»?

Rohr extendió las manos:

—En el país al que vine, del cual soy ahora ciudadano, las palabras en vigor eran «libertad» y «oportunidad»…

—Entonces, estará de acuerdo en que todos los norteamericanos deben tener la «oportunidad», por no decir la «libertad», de leer, mirar o escuchar las noticias ofrecidas por otros.

—Senador —respondió Rohr con una leve sonrisa—, pueden hacerlo.

—Cada vez menos, señor Rohr. En San Luis, por ejemplo, es usted propietario del periódico, de dos de las principales cadenas de televisión, de la principal emisora de radio de tertulias y de la revista local. Los ciudadanos de San Luis no se despertaron un día y decidieron concederle un semimonopolio; fuimos nosotros, desde el Gobierno, quienes le permitimos engullir sus medios. —Corey se inclinó hacia delante—. En el mundo feliz que usted ha creado, una única corporación, Rohr-Vision, domina los medios de comunicación locales de la mayoría de las ciudades estadounidenses. Está bastante claro que usted no va a decir nunca «ya es suficiente». Así que, ¿cuándo cree que deberíamos decírselo nosotros?

—Eso es una pregunta retórica —replicó Rohr con una sonrisa irónica—, cuya respuesta, sospecho, está a punto de ofrecernos usted mismo.

—Probablemente deba hacerlo —dijo Corey, sin mucho entusiasmo—. Al fin y al cabo, soy senador de los Estados Unidos, mientras que usted, sencillamente, es rico. Y es importante que ambos recordemos cuál es la diferencia. «Suficiente», señor Rohr, es lo que usted ya tiene. «Demasiado» es a lo que ha venido: controlar el mayor servidor de Internet de nuestro país.

Corey sentía cómo Halprin cambiaba de postura a su lado, nerviosamente. Pero todavía disponía de diez minutos y tenía toda la intención de agotarlos. Conscientes de ello, los periodistas de la sala estaban atentos, paseando la vista de Corey a Rohr.

—Discrepo humildemente —respondió Rohr—. Lo único que ocurre es que Netcast está a punto de ofrecer a veinticinco millones de ciudadanos un servicio mejor y más barato.

—Me parece que no es lo único que ocurre —dijo Corey, con la voz más aguda—. He aquí el resto de las cosas que podrá usted hacer. Podrá facilitar a sus clientes el acceso a las páginas web que reflejan su punto de vista político, y podrá dificultarles el acceso a las páginas que no lo reflejan; podrá poner tarifas prohibitivas para acceder a las páginas que no le gustan; y hasta podrá impedir que los usuarios accedan a ellas. Podrá impedir la recogida de fondos para los candidatos a los que usted se opone. Y en el supuesto de que, en su Norteamérica, RohrVision necesite generar todavía más beneficios, podrá usted guiar a sus clientes hacia películas, juegos y música propiedad de otras divisiones de RohrVision. Hasta podrá guiarlos hasta un sitio web que adquirió usted el mes pasado, Hook-Up, que facilita abiertamente la prostitución de menores, lo cual debo admitir que refleja una mentalidad muy abierta para un hombre que acaba de publicar un libro de tintes cristianos llamado *Guía a tus hijos hacia Dios*.

Rohr se incorporó en su asiento y respondió en un tono de voz bajo y frío:

—Disculpe, senador, pero encuentro insultante su letanía.

—¿Exactamente, cómo? ¿Porque ha creído que estaba insinuando que es usted usuario de Hook-Up? Me resulta difícil saber qué más puede haber creído, teniendo en cuenta que ha rebajado usted los estándares del periodismo en todos los me-

45

dios que ha ido adquiriendo. Por no mencionar los estándares de este Senado...

—Senador Grace —lo interrumpió Halprin.

Sin apartar la vista de Rohr, Corey continuó:

—Discúlpeme un segundo, senador. El señor Rohr afirma encontrar insultante mi «letanía», pero él, en cambio, se ha gastado millones en los *lobbys*, tratando de convencer al Senado para que rechace un proyecto de ley que impediría a su empresa abusar de NetCast precisamente tal y como acabo de enumerar. —Corey se inclinó hacia delante y le preguntó a Rohr—. Hasta aquí es todo cierto, ¿no?

Rohr miró a uno de sus abogados, un hombre menudo y con gafas; Corey le recordó a un director de funeraria. El abogado le susurró algo a Rohr al oído.

—Senador —dijo Rohr con irritación—, no veo por qué la defensa vigorosa de un punto de vista legítimo ha de mermar el nivel del Senado. Y le recuerdo que otras voces independientes, incluida la de Consumidores Libres de Internet, están dispuestas a testificar sobre cómo va a beneficiar a los clientes nuestra adquisición de NetCast.

Reprimiendo una sonrisa, Corey le preguntó:

—Así que usted no ha tratado nunca de engañarnos.

Mientras miraba a su abogado, Rohr parecía más un zorro que un oso:

—Jamás.

—Pues, entonces, dígame, señor Rohr, quién financia esta «voz independiente» que está a punto de echarnos una mano..., ¿los Consumidores Libres de Internet?

En silencio, Rohr escrutó a Corey mientras el abogado con cara de director de funeraria le susurraba de nuevo al oído.

—Supongo que no lo acaba de descubrir —añadió Corey con aire de preocupación—; a mi equipo le llevó tres semanas.

Desde algún punto del público que estaba sentado detrás de Rohr se oyó una risita nerviosa. A la izquierda de Corey, su amigo y colega Chuck Clancy le lanzó una sonrisa disimulada.

—Me informan —dijo Rohr a regañadientes— de que parte de su financiación puede estar proporcionada por una subsidiaria de RohrVision.

—Le informan —repitió Corey con una leve incredulidad—. ¿Quiere eso decir que usted no sabía que RohrVision estaba financiando a este grupo hasta que yo se lo he preguntado?

Con secreto placer, Corey observó cómo su presa sopesaba las ventajas y los riesgos del perjurio.

—No recuerdo estar al corriente de la implicación de mi empresa —respondió Rohr.

Esta vez las risas fueron levemente burlonas. Aunque Rohr no se volvió, su rostro era una máscara de hielo.

—Bueno —dijo Corey sin darle importancia—, ha estado usted muy ocupado, entre otras cosas con la compra de Hook-Up y presentando a nuestros niños a Dios. Una minucia como tratar de engañar al Senado de Estados Unidos se le podía haber escapado con facilidad.

Mientras Rohr se ruborizaba, el decoro del público se convirtió en otra ola de risas.

Corey estaba seguro de que Rohr comprendía que aquel momento de humillación sería la noticia de portada de todos los noticiarios de la noche. El senador sabía dos cosas más: por un lado, de momento, había convertido el proyecto más nuevo de Rohr en radioactivo; por el otro, la enemistad de Rohr lo perseguiría durante mucho tiempo. Porque para aquel tipo, si había algo peor que ser engañado, era que lo hicieran quedar como un tonto.

—Gracias —concluyó educadamente—. Ya me ha dicho usted todo lo que quería saber.

3

—Ya está hecho —le dijo Corey a Blake Rustin con desenfado.

Inquieto después de la audiencia, Corey paseaba con Rustin por la Elipse. Aquel hombre calvo y con gafas, que era su principal asesor político, lo miró de reojo con astucia y, como Corey quería, optó por dejar de lado el tema de Alex Rohr. Rustin se conformó con contemplar el paso brioso de Corey, aguardando la ocasión de pinchar a su cliente más importante con el tema que estaba en todas sus conversaciones: cuándo pensaba presentarse el senador Grace como candidato a la presidencia.

—Bueno, ¿y por qué tengo que asistir a eso de esta noche? —preguntó Corey por fin.

—Buena pregunta —dijo Rustin cortante—, teniendo en cuenta cómo te has negado a hablar. Al fin y al cabo, es tan sólo una oportunidad para los aspirantes a candidatos presidenciales de impresionar a mil de los mayores donantes del partido.

—Éste es el problema —replicó Corey—. A menos que la actual dinámica política cambie totalmente, no pienso presentarme. Así pues, ¿por qué voy a meterme en un concurso de ganado con Rob Marotta, con un evangelista que se cree el elegido de Dios, y con tres gobernadores que, como mucho, aspiran al cargo tradicionalmente más patético de Estados Unidos: la vicepresidencia?

»Además, la «clase donante» ya se ha alineado detrás de

Marotta con la esperanza de que Rob les recorte los impuestos, aunque eso conduzca al país a la bancarrota. Lo único que me apetece esta noche es decirles lo que no desean oír: que las rebajas de impuestos que ya hicimos están paralizando al Gobierno, jodiendo a los jubilados y a los pobres, y cargando a nuestros nietos de deudas, nada de lo cual parece importarles. Deberías alegrarte de que sea tan tímido.

Rustin se detuvo. Puso los brazos en jarras y movió la cabeza, fingiendo desesperación:

—Llevo en esto veinte años, Corey, y he ayudado a ganar a todo tipo de candidatos que se merecían perder. Pero ¿sabes lo que es trabajar contigo? Es como contemplar un puto pozo de petróleo que va desparramando su tesoro por el suelo: una pérdida de recursos total y absurda. Me limito a observarlo, impotente, y lo único que puedo hacer es quejarme.

Corey sonrió:

—Eso es muy conmovedor, Blake.

—Pues, entonces, ¿no podías, al menos, casarte? Preferiblemente con una viuda de guerra con dos hijos sanotes y adorables. La mayoría de los hombres se conformarían con trece años de conquistas románticas como los que tú llevas.

Corey sintió que su buen humor se iba desvaneciendo poco a poco.

—Cuando se trata de mi vida sentimental, la gente confía demasiado en mí. De todos modos, yo no la he planeado; simplemente, ha ido ocurriendo así, un día tras otro.

Mientras volvían a echar a andar, Rustin se quedó en silencio. Corey observaba cómo se iban alargando las sombras del final de la tarde y, contra su voluntad, recordó una época en la que, lego en amor por todo lo que veía en el matrimonio de sus padres, se imaginó capaz de hacerlo mejor.

Janice Hall era la hija del comandante.

La primera vez que la vio, en un baile formal en el otoño de su cuarto año, ella iba de pareja de otro. Sin embargo, incluso viéndola deslizarse entre los brazos de Bob Cheever, era la imagen de la mujer que deseaba, pero que nunca había encontrado: alta y elegante, con una melena larga y oscura que enmarcaba, formando un pico en la frente, un rostro que no podía dejar de mirar: un mentón perfecto, labios regulares, pómulos marcados y, lo que a Corey le pareció más atractivo, unos ojos grises que al instante inspiraban desafío y vulnerabilidad, la necesidad de ocultar algo. La miró desde el otro extremo del salón hasta que, inevitablemente, ella se dio cuenta.

Había otras cosas que habría podido hacer: fingir no haberse dado cuenta, o devolverle la mirada avergonzada o molesta, pero, en cambio, con la cabeza apoyada en el hombro de Bob Cheever, miró fijamente a Corey como si lo retara a desviar la vista. Aunque tal vez sólo fueron unos segundos, el momento pareció quedar congelado, como una foto fija del deseo impresa en la mente de Corey. Y entonces el baile terminó y la chica pareció acordarse de que estaba con Bob Cheever. Para Corey, su cita de aquella noche, ocupada en el baño de señoras, había pasado a la historia.

—¿Quién es la chica que acompaña a Cheever? —le preguntó a Jerry Patz.

Jerry se lo dijo:

—A Cheever le da miedo tocarla —añadió—. ¿Te imaginas follarte a la hija del comandante?

Corey pasó el resto de la velada bailando con su pareja y bromeando con sus compañeros, actuando como si la hija del comandante hubiera desaparecido de sus pensamientos. Sólo, al final de la noche, se las arregló para rozarle el hombro al pasar junto a ella. Cuando ella lo miró, se dio cuenta de que era tan consciente de su presencia como él lo era de la suya.

Corey le musitó:

—Te llamaré.

Janice no desvió la mirada ni un segundo:

—¿Soy yo, quien te interesa, o mi padre?

—Tú.

Por un instante, Janice vaciló. Luego le susurró un número de teléfono y se volvió.

Al cabo de dos días, Corey la llamó:

—Dice mi padre que puedes venir a cenar —dijo ella, con tono despreocupado.

Eso no era lo que Corey había imaginado. Ni tampoco que, cuando llegara a la casa del comandante enfundado en su traje de militar bien almidonado, el general Hall, viudo, estaría en Washington y su hija estaría sola.

Cuando Janice abrió la puerta, la casa de su padre estaba casi a oscuras. Corey entró y luego ella cerró la puerta.

—Bueno —dijo Janice, a media voz—, ¿era esto lo que querías, o habrías preferido una cena con papá?

Corey sentía su propio pulso. Dejó de lado sus recelos y respondió:

—Esto.

La buscó con los brazos y la abrazó, mientras olía el frescor de su piel y de su pelo. Ella se mantuvo un poco separada, ni cediendo ni resistiéndose, pero cuando Corey la besó en el cuello, se estremeció y susurró:

—Dios mío, eres tanto lo que no quería…

Corey sintió que preguntar por qué destruiría sus posibilidades de poseerla, de modo que le levantó el mentón y la besó dulcemente hasta que sintió que se alejaba la resistencia de su cuerpo con una inspiración lenta.

Mientras se besaban, Corey encontró la cremallera de su vestido. Sintió su espalda cálida, como una esbelta escultura de la perfección. Ahora ya no pensaba en las consecuencias.

Cuando estuvieron desnudos, Janice lo guio hasta el salón.

Hicieron el amor en el suelo; Janice se movía con él, pero permanecía en silencio, como si hubiera empujado su alma fuera del cuerpo. Incluso antes de que gritara en éxtasis o agonía, Corey supo que sus ojos estaban cerrados.

Las primeras palabras que Janice musitó, extrañamente apagadas, respondieron a la pregunta que él no se había atrevido a hacer:

—Mi madre era alcohólica. No porque le gustara el alcohol, sino porque odiaba esta vida. El suicidio fue su última huida.

Aquella amarga historia evocó en Corey su pensamiento más claro: ambos eran fugitivos, pero corrían en direcciones distintas.

—Yo no soy tu padre —le respondió.

Ella se volvió a mirarlo. Él sintió cómo buscaba su rostro en la oscuridad.

—Tal vez no —dijo—, mi padre le era fiel.

Sin saber qué decir, Corey la abrazó. Cuando volvieron a

hacer el amor, para su sorpresa fue Janice quien le expresó su deseo con sus caricias.

La siguiente vez que fue a cenar, su padre estaba en casa. A su manera silenciosa, el general Hall parecía complacido. Tal vez, supuso Corey, viera la relación de su hija con él como una forma de aceptación o, quizá, de perdón.

Tal vez estuvieran enamorados.

Lo que era seguro es que entre ellos había química. Entre brotes de retraimiento, Janice era su pareja perfecta: no sólo era una mujer brillante, estudiante destacada del Colorado College, sino que además era divertida y a veces temiblemente receptiva, con un humor inocente y algo cínico que llegaba al fondo de la mayoría de las situaciones. Y tenía una belleza que hacía que la gente se volviera a mirarla, y eso a Corey le provocaba siempre la mezcla de reconocimiento y asombro que sintió el día que la vio por primera vez. Una tarde de primavera, Corey la tomó de la mano sobre la manta en la que estaban tomando un picnic y le dijo lo que pensaba:

—Creo que estamos hechos para estar juntos.

Janice lo escrutó, con una sonrisa que de pronto pareció nostálgica:

—¿Quieres decir, cadena perpetua? Entonces, que Dios nos ayude.

Al cabo de dos meses, una semana después de que Janice se graduara, se casaron en la capilla de la Academia.

Para entonces, la carrera de aviador de Corey había empezado a escalar de manera meteórica. Ansiaba la sensación de volar, una emoción distinta de todo lo que había experimentado en tierra. Sus reflejos y su coordinación eran impresionantes, y Corey pasó por la academia de vuelo como un número uno absoluto. Al cabo de un año, cuando Janice estaba embarazada de ocho meses, Corey, sumergido en el vuelo de un F-15 en Tailandia, pasó una noche con una atractiva muchacha tailandesa; se dijo que no significaba nada, era sólo que se encontraba lejos de casa.

Arrepentido, regresó para ver nacer a su hija.

Se habían reservado el sexo del bebé como sorpresa. Pero Janice, tal vez desorientada por el parto, le dio la bienvenida a su hija recién nacida con una actitud tan meditabunda que a

Corey le recordó, con cierta inquietud, la noche que habían hecho el amor por primera vez.

Al volver de hacer un recado cuatro días después del nacimiento de Kara, se acercó al dormitorio de su apartamento y oyó la voz de Janice, que no advirtió su presencia.

—No te volverá a pasar —le prometió a su hija—, a ti no te sucederá.

Corey se volvió a marchar a Tailandia; no le preguntó qué había querido decir.

—Lo único que puedo decirte —le explicaba ahora Rustin—, y hablo como estudioso de la política y como experto en historia, es que ningún hombre soltero o divorciado ha sido jamás elegido presidente.

—Algún día tiene que haber una primera vez —respondió Corey—. De todos modos, no voy a improvisar ahora una esposa para ti porque se acercan las elecciones, Blake. Y en cuanto al matrimonio, creo recordar haberlo probado.

Con las manos en los bolsillos, Rustin se encogió de hombros.

—Nos podríamos sentar —dijo, al cabo de un rato—. Algunos no creemos que hablar de política requiera un ejercicio aeróbico.

Se sentaron en un banco delante del estanque que acaba en el Lincoln Memorial. Con la llegada del otoño, Corey echaba de menos ver a todas las familias que visitan el lugar, con niños a menudo cansados o quejumbrosos, y a veces maravillados. Pero había algo en aquel escenario —tal vez el reflejo acristalado en el agua— que lograba aliviar su a menudo inquieto espíritu.

—En cuanto al motivo por el que vas a asistir al acto de esta noche —le recordó Rustin sardónicamente—, quiero que te plantees a quién más tiene nuestro Magnífico Viejo Partido[1] para ofrecer al país. Líderes en la noble tradición de Abraham

---

1. Referencia a GOP, *Grand Old Party*, tal y como se conoce al Partido Republicano de Estados Unidos. (*N. de la T.*)

Lincoln: el senador Rob Marotta y los gobernadores George Costas, Sam Larkin y Charles Blair. Son tiempos de grandeza, con el terrorismo, una guerra fracasada, la profunda incertidumbre económica y la amenaza creciente de un apocalipsis nuclear, y el Partido Republicano está listo para responder a la llamada.

Corey miró fijamente al agua, que brillaba con el reflejo de una pareja de deportistas que pasaban corriendo; la mujer se volvió a mirar fugazmente a Corey.

—Es una lástima, lo sé. Me sentiría mucho mejor si se presentara Cortland Lane.

—Lane tenía razón —dijo Rustin rotundamente—. El país no está preparado para elegir a un afroamericano. Desde luego, nuestro partido no lo está.

Corey movió la cabeza:

—No estoy de acuerdo, al menos respecto a Cortland. Creo que los norteamericanos están preparados para elegir un candidato, sea cual sea su raza; un candidato al que se puedan imaginar realmente como presidente.

Rustin se encogió de hombros.

—De todos modos, Lane está fuera. Si lo que buscas es la novedad, siempre tienes al reverendo Christy.

—Estupendo.

—Tiene una audiencia de más de diez millones de personas —lo reconvino Rustin—, la mitad de las cuales creen que es el mismísimo Dios. El tío es algo serio, Corey.

Pensativo, Corey recordó la primera y única vez que se había encontrado con Bob Christy y lo que había seguido a aquel encuentro.

—Christy —respondió Corey a media voz— hace mucho tiempo que va en serio.

—Pero ahora va más en serio. Y convierte temas como el de las células madre en dinamita: porque cree, de veras y a ciegas, en la moralidad que predica. Para muchísima gente es la última esperanza de Estados Unidos en una época de incertidumbre; el regente de Dios, enviado a gobernar en el nombre del Padre hasta que vuelva el Mesías. Y los que lo siguen son los nuevos elegidos de Dios.

Corey movió la cabeza:

—Sin embargo, puede que en estados como Carolina del Sur ese tipo no logre convencer ni siquiera a un veinte por ciento del electorado.

Rustin se volvió a mirarlo con los ojos entrecerrados:

—Hasta un veinte por ciento puede cambiar el resultado, y Christy tiene instinto para el poder. ¿Tienes tiempo para que te cuente una historia breve?

—Claro.

—Antes de que entraras en el Senado, cuando Christy ya estaba en alza, el presidente empezó a celebrar servicios de plegaria en la Casa Blanca. Yo era el director político del presidente. Un día llamó Christy para que algún domingo le dejáramos dar el sermón. Como no soy tonto del todo, le dije: «Sí, claro, siempre y cuando no te importe facilitarnos tu *mailing*».

—Al fin y al cabo, estabais todos en el mismo partido: el presidente, Christy y Dios. —Corey se rio.

—Exactamente. Pero entonces se enteró Pat Robertson y me llamó para echarme la bronca: me dijo que ni muerto se conformaría con que le diéramos a su principal competidor la oportunidad de fanfarronear de ser el pastor del presidente. Tuve que volver a llamar a Christy para cancelar aquel encuentro. Si te dijera que se ofendió, me quedaría corto: no sólo no nos facilitó el *mailing,* sino que lo utilizó para iniciar el Compromiso Cristiano. —Rustin se permitió una sonrisa compungida—. Siempre he pensado que ese día Christy decidió que si él no iba a ser el pastor del presidente, sería presidente.

—Bonita historia, Blake. Ilumina la naturaleza espiritual del personaje.

—Christy es un tipo complicado —le advirtió Rustin—. Cree realmente que el Cielo se está cayendo, pero también cree en el poder. Es duro, carismático y un magnífico hombre de negocios: desde su programa de televisión hasta una cadena de parques temáticos cristianos, todo lo que toca se convierte en dinero. Y todo ello, en su mente, es otra señal de la aprobación divina. Y todo ello, además, puede ayudarlo a financiar su propia campaña.

—El dinero no basta —objetó Corey—. Mira a Ross Perot.

—Perot obtuvo un maldito diecinueve por ciento, Corey, y eso después de que la gente se diera cuenta de que era un de-

55

mente. Puede que Christy diga cosas que parecen locuras, pero él no parece un loco: es como el abuelo que se preocupa de sus nietecitos; simplemente, sabes que se ocupará de todo. Y es un oportunista en el mejor sentido de la palabra. ¿Te acuerdas de cuando ese juez de Misisipi trasladó una estatua de mármol de Jesús a la corte suprema del estado, a medianoche?

—Buff, sí, claro. Casi tuvieron que arrancar a Jesús con un martillo neumático. El juez se hizo famoso en todo el país.

—Pues Christy fue quien le dio la idea, y luego convirtió a aquel Jesús de mármol en el centro de una campaña para recoger fondos que dio a Compromiso Cristiano otros veinte millones. En su programa de televisión, Christy empezó a bramar contra los jueces federales ateos y contra la separación de la Iglesia y del Estado. Por otro lado, se pronunció a favor de colgar los Diez Mandamientos en todos los tribunales de Estados Unidos, lo cual, por cierto, apoyaron un sesenta y cuatro por cierto de los encuestados en el último sondeo Zogby. —Rustin se levantó para estirar su espalda, siempre dolorida—. De modo que no infravalores al reverendo. Lo que ofrece a la gente no es sólo esperanza, sino certidumbre. Ya no tienes ni que pensar, ni dudar ni preguntar: lo único que has de hacer es interpretar la Biblia literalmente. Apartando el sexo, la ciencia y los años sesenta, no sólo te salvas tú y tus hijos, sino que también puedes salvar al país del Infierno. Si te creyeras la premisa, ¿no la encontrarías bastante atractiva?

—Mi madre ya lo ha hecho —se rio Corey.

—¿Y qué opina de la investigación con células madre? Te ruego que me lo digas.

—Está en contra desde que vio el programa en que Christy afirmó que Dios le había dicho que se opusiera a ella. —Movió la cabeza—. Al menos, cuando Dios habla conmigo tengo el buen criterio de saber que es una llamada a larga distancia.

Con los brazos cruzados, Rustin lo miró:

—El dios de Christy está siempre de su parte y quiere que él sea el presidente. La pregunta es si Bob es lo bastante pragmático para transformar a su Jesús en un rebajador de impuestos que quiere darles a los avaros como Rohr todo lo que le piden. Si Christy consigue hacerles llegar su mensaje, su Dios le está dando consejos muy perspicaces.

Corey asintió lentamente con la cabeza.

—Los Alex Rohr de este mundo pueden pagarle un aborto a sus hijas o a sus novias cuando quieran. Si Christy pudiera darles todo lo demás que quieren, estarían encantados de dejarle revocar la teoría de la evolución, siempre y cuando no vaya a cenar a sus casas y les llene la cabeza de tonterías a sus hijos.

—Si Christy consigue forjar una alianza entre el dólar y la cruz —respondió Rustin—, resultaría concebible que fuera capaz de iniciar una revolución cultural. Pero un auténtico revolucionario se daría cuenta de que la forma en que Rohr hace dinero, incluyendo empresas como Hook-Up, es la antítesis de todo lo que Cristo representa. Así pues, ¿qué es Christy? ¿Un revolucionario o un cínico tan mercenario como Rohr?

—Por eso esta noche vamos a asistir a ese acto. Estoy poniendo las bases de una revolución: no hay compromiso con el pecado ni con Rob Marotta.

Aunque sabía la respuesta, Corey decidió lanzar la pregunta que había estado latente desde el principio:

—Y, básicamente, ¿qué tiene que ver conmigo todo esto?

Rustin se rio tranquilamente:

—Todo. De la misma forma que tiene que ver con Marotta.

—El Darth Vader de la política norteamericana, Magnus Price, ayudó a Christy a empezar. Luego Price dejó a Christy y apoyó a Marotta, con el argumento de que un político de carrera extremadamente listo era más probable que lo escuchara a él que a Dios. —Rustin hizo una pausa y luego prosiguió lenta y enfáticamente—. Para Christy, Price es un Judas, de modo que Christy le odia y, por extensión, odia también a Marotta. Y si Christy se presenta, apartará el apoyo de Marotta y creará una oportunidad para otro. Marotta sabe que debe evitar la candidatura de Christy, o darle una excusa para presentarse. Eso explica el desmesurado interés de Marotta por cargarse la investigación con células madre: para captar a Christy o, al menos, a algunos de sus ardientes seguidores.

—No —dijo Corey—, a ninguno de esos hombres le gusto especialmente, pero soy importante para sus ambiciones, te guste o no. Empezando por mi voto sobre las células madre.

—Te guste o no —repitió Rustin a media voz—. Y le guste

57

o no a tu famosa visitante de hoy, la señorita Hart. Eso va mucho más allá de unos cuantos embriones congelados, Corey. Puede que de ello dependa que consigas algo, a pesar de las posibilidades, que sé perfectamente que deseas: la presidencia. A nuestro partido le dieron una patada en el culo en las últimas elecciones al Congreso; hasta habíamos perdido el Senado hasta que Bob Hansen cayó fulminado y fue sustituido por un republicano, lo que convirtió a Marotta en líder de la mayoría. Tienes una nueva oportunidad: alguien que habla al interés común, no sólo a los extremos. Pero la tensión que hay entre la gente del partido que tiene dinero y la derecha religiosa tiene que fundirse y darte una oportunidad real. Y ahí es donde entra Christy.

Corey observó en silencio a su asesor, tratando de aclararse. Sabía que lo que Bob Christy eligiera hacer era vital para sus ambiciones.

—Lo pensaré —concluyó.

4

*C*on una indiferencia divertida, Corey se deslizó por la enorme sala de baile del hotel, atiborrada de mesas redondas que servirían para sentar a los acomodados hombres y mujeres que habían pagado diez mil dólares por cubierto para escuchar a cinco presidenciables tratando de ganarse su favor.

Este acto era fundamental para lo que Blake Rustin llamaba «las primarias del dinero», donde los candidatos se esforzaban y sudaban tinta para agradar a los electores ricos que votaban con sus talonarios. Los donantes, ufanos, curiosos o sencillamente inherentemente leales, estaban dispuestos a juzgar qué candidato les complacía más, mientras que los candidatos esperaban hacerse con los suficientes donantes y amasar los dólares necesarios para espantar a sus oponentes antes de que se emitiera ni un solo voto. Era la hora del cóctel y los asistentes estaban en un espacio abierto reservado para mezclarse y hacer vida social. Los donantes más importantes —los que podían mandar correos electrónicos para reunir fondos a millares en una semana— se dejaban cortejar como principitos mientras los candidatos los perseguían. Corey vio a Rob Marotta acercarse a Walter Prohl, un inmigrante alemán que había fundado un imperio de recambios de automoción; oyó que lo llamaba Prohlsy, con más entusiasmo del que Corey sospechaba que sentía realmente. Prohlsy esbozó una sonrisa torcida, con sus ojos grises y astutos que parecían calcular y medir las ventajas de seguirle la corriente a Marotta unas cuantas semanas o meses más contra el crédito que podría obtener si se decantaba por otro compromiso más inmediato.

—Menudo sistema —le murmuró Corey a Blake Rustin.

Con la mirada divertida, Corey siguió merodeando, observando a aquellas mujeres que lucían sus joyas, ruborizadas bajo el brillo de sus manicuras, tratamientos faciales, masajes, Botox y todo lo que sus cirujanos plásticos y sus entrenadores personales fueran capaces de hacer para detener los estragos del tiempo. A su lado, sus esposos —lo bastante seguros de su estatus y de su condición masculina como para dejar que la naturaleza siguiera su curso— hablaban con plácida autoridad. Aquélla no era la gente de Corey; él había consagrado casi una década a poner límites a la influencia del dinero sobre la política, y no agradaba a muchos de los ahora presentes desde el día en que comentó: «Sobornar a los políticos con dinero es la única manera que tienen los ricos de compensar los perjuicios de dejar votar a la gente corriente». No era que los asistentes a aquel acto fueran mala gente, pensó Corey: sin duda amaban a sus hijos y a sus nietos, y disfrutaban de sus alegrías y éxitos, y sufrían con sus debilidades y fracasos. Lo que le inquietaba era su falta de interés por cualquier mundo que no fuera el suyo propio. Demasiados de los presentes —Corey lo había aprendido hacía mucho tiempo— creían que su gran contribución a Estados Unidos consistía en, sencillamente, ser ellos mismos.

—Corey.

Al volverse, se encontró cara a cara con Magritte Dutcher, la ex esposa cincuentona de un magnate de los cosméticos. Llevaba el pelo recogido hasta la inmovilidad; su cara estaba tan tensa que un saltamontes podía ponerse a patinar por su frente. Corey era consciente de que el brillo ávido en los grandes ojos verdes de Magritte no era sólo debido al vodka, sino a una afición tan intensa al poder que desprendía cierta grandeza. Tal pasión se había manifestado hacía poco: le había invitado a que pasaran juntos una velada romántica en su yate de 30 metros de eslora, uno de los muchos botines de su divorcio. Corey tuvo la suerte de contar con una excusa medio creíble: un vuelo urgente a Bagdad a primera hora de la mañana. Le besó en la mejilla.

—Si fuera Cary Grant, Magritte, te diría que estás divina.

Magritte lo miró entre escéptica y divertida:

—Cary Grant era gay.

—¿De veras? Tal vez ése sea mi problema.

Las comisuras de los labios en forma de corazón de Magritte se levantaron fugazmente:

—No sé por qué, pero no me lo creo. Aunque la mitad de los armarios de Washington están llenos de republicanos homosexuales. Y, bueno, cuéntame, ¿qué tal por Iraq?

«Qué caramba», pensó Corey.

—Fantástico. Desde que los liberamos, los suníes y los chiitas son libres para matarse los unos a los otros a mansalva. Es la forma más perfecta de democracia jeffersoniana, que combina la libertad de expresión de la Primera Enmienda con el derecho a llevar armas de la Segunda. Todos los que están aquí deberían verlo con sus propios ojos.

Magritte se rio tranquilamente:

—¿Sabes cuál es tu problema de verdad?

Corey sonrió:

—No tengo ni idea, así que no me tengas más en vilo.

—Que eres demasiado real para ser presidente. Eres el único perdedor seguro que me he querido cepillar en mi vida.

Corey le dio un beso en la mejilla.

—Puede que ésta sea la frase más sincera que se dirá esta noche aquí.

Corey no contaba con Bob Christy.

Corey y Blake Rustin se sentaban con seis de los más ardientes patrocinadores de Rob Marotta, tres parejas casadas cuya pasión más profunda era tramar más recortes de impuestos: ésta era la represalia tácita del *establishment* del partido por los actos de herejía de Corey. Su única compañía real era Rustin y sus propias reflexiones no expresadas, puntuadas por la gélida mirada de Alex Rohr desde una mesa cercana.

—Está claro que hoy has hecho un nuevo amigo —le susurró Rustin al oído.

Corey sostuvo la mirada de Rohr hasta que su antagonista la desvió.

61

—Sí —contestó Corey—, es un don que tengo.

En el estrado, el portavoz nacional del Partido Republicano alabó la valentía y la convicción del actual presidente antes de presentar a los candidatos. Los tres gobernadores hablarían primero, luego Christy; el último en hablar sería Rob Marotta. Aunque Rustin se había referido a los gobernadores como «Larry, Curly y Moe», a Corey le parecían más deprimentes que divertidos. El primero, el gobernador Charles Blair, de Illinois, aunque era de una belleza antiséptica, tenía tan poca sustancia que, con su ansiedad, a Corey le recordaba un aspirante a un puesto de trabajo de principiante. George Costas, de Nueva York, era un orador tan torpe que sus intentos de enfatizar golpeando el atril parecían más propios de un robot que de un animador. El mejor de los tres, Sam Larkin, de Misisipi, era campechano, divertido y totalmente incapaz de ahuyentar el tufo de corrupción y pillaje que, a pesar de la devoción que le profesaba a nuestro Señor, estaba subrayado por sus trajes hechos a medida y su rostro rubicundo de bebedor.

—Deberían haber titulado este acto como «El declive de Occidente» —le murmuró Corey a Rustin justo antes de que el reverendo Christy subiera al estrado.

A partir del momento en el que Christy tomó la palabra, todo cambió.

Corey no lo había visto en persona desde hacía catorce años. Ahora Christy tenía el pelo plateado, y su caro traje no era capaz de ocultar una barriga prominente. Pero tenía la misma aura magnética de energía contenida, ahora al servicio de una visión moral tan absoluta que hacía que los oradores anteriores parecieran enanos.

—Avergoncémonos —empezó de inmediato con un rugido melancólico—. Avergoncémonos por nuestro partido, por nuestro país.

El cambio de tono fue tan profundo que Corey se puso en alerta de inmediato.

—Dios mío —murmuró Rustin—, ¿qué piensa hacer?

Christy se mantenía erguido, con una voz y una postura propias de quien no alberga dudas:

—Y lo peor es que sabemos hacerlo mejor. Conocemos la diferencia entre los Estados Unidos donde muchos de nosotros nacimos, una tierra de fe y de familia, y la cloaca moral en la que ahora vivimos. Y no hay riqueza material capaz de frenar la rapidez de nuestro declive. Tenemos clubs nocturnos en los que uno puede ver actos sexuales en directo, escuelas en las que se toleran las drogas y se prohíbe la plegaria, mujeres que matan a sus bebés en un holocausto que haría palidecer la obra del propio Hitler, un Gobierno que se opone a los valores morales en vez de protegerlos. —Christy hizo una pausa y barrió la sala con una mirada autoritaria—. Y, lo peor de todo, tenemos una elite cultural y económica que define la calidad de nuestra existencia a través de lo material, no de lo espiritual...

—La gente que está aquí —susurró Rustin satisfecho— se lo va a tomar personalmente.

Cuando Corey miró a su alrededor, detectó que el público estaba atónito. Muy a pesar suyo, empezaba a sentir una admiración perversa hacia el puro nervio de aquella actuación.

—Ningún gobierno —dijo Christy con voz desdeñosa— ha hecho levantar nunca a un muerto. Y ningún recorte de los impuestos estatales nos salvará de la muerte espiritual. —De pronto, bajó la voz hasta un susurro que, sin embargo, alcanzaba hasta el fondo del salón—. Sólo Dios tiene en sus manos nuestra esperanza de salvación. Todos los retos morales a los que nos enfrentamos se pueden resolver de una sola manera: siguiendo las leyes dictadas por Dios Todopoderoso.

Dejando estas sentencias en el aire, Christy hizo una pausa antes de preguntar:

—Entonces, en el nombre de Dios, ¿qué le pasa a nuestra sociedad? ¿Por qué es imperativo salvar un parque nacional pero no un embrión congelado?

Mientras algunas risas nerviosas rompían el silencio, los compañeros de mesa de Corey —los patrocinadores de Marotta— escuchaban petrificados. Corey paseó la mirada por el salón. Vio a Rob Marotta, que observaba a Christy con una expresión que no denotaba nada.

—¿Qué clase de gobierno —preguntaba Christy— salva con medidas heroicas a un bebé que todavía no ha nacido, y mata luego a otro sin inmutarse, como si fuera una rata? ¿Qué

clase de sociedad convierte a Adán y Eva en Adán y Steve?
—Una oleada de risas recorrió el salón antes de que Christy
acabara con—: Y con todo, estoy seguro de que hay muchos
aquí esta noche que son culpables de lo que llamo relativismo
moral. Esa vieja excusa: tengo un pariente que es homosexual.

Se oyó otro brote de risa nerviosa. Pero Corey no sonrió: a
eso era a lo que llevaba la visión de Christy: más división, más
represión, más presión sobre Rob Marotta para que se ajustara a
los duros requisitos del dios de Christy. Corey vio de reojo a un
joven senador republicano al que conocía desde hacía años,
un hombre totalmente respetable que ahora se aferraba nerviosamente a su servilleta, consumido por su mayor temor: que su
homosexualidad furtiva saliera a la luz.

—El matrimonio —seguía retronando Christy— no es una
calle sin salida, un callejón cortado cuya única función es el
placer sexual. Y si este partido utiliza las profundas preocupaciones morales de los cristianos sólo para asegurarse votos, los
cristianos se levantarán y dirán: «Dejad de tratarnos como si
fuéramos vuestras amantes y empezad a respetarnos como a
vuestras esposas, pues el Infierno no tiene bastante furia como
los tan pacientes cristianos, humillados demasiado a menudo».

El reto era tan alarmante que algunos entre el público res-
pondían con aplausos aislados y extrañamente temerosos. Rob
Marotta echó una mirada nerviosa al reloj, como quien desea
que la velada se termine pero no osa hablar ni moverse.

—Seamos sinceros —dijo Christy en un tono que sonaba
repentinamente a confidencia—, en el *establishment* de nuestro partido hay algunos que sienten un desdén especial por los
cristianos que creen en la Biblia. Hasta contratan a asesores
para que les enseñen frases como «gestión del poder superior»,
con la esperanza de que si nos hablan de manera codificada, los
no creyentes no se darán cuenta. —Christy avanzó el cuerpo
hacia delante, mientras seguía hablando lenta y enfáticamente—. Ha llegado la hora de que los cristianos digamos que
deseamos que éste sea el partido de Dios, no el partido de la
avaricia. Y, sí, que queremos a vuestros hijos, y que vosotros
debéis querer que los tengamos.

Mientras Rustin emitía un silbido bajito, un silencio absorto envolvió al público. Mientras miraba a Marotta, Corey

observaba la total inmovilidad con que aguardaba la siguiente afirmación de Christy. Pero la mirada de Christy no estaba fija en Marotta, sino en otro hombre.

—Tampoco —dijo, con voz fría y clara— servirán los cristianos a las ambiciones de los magnates de la prensa cuya única preocupación es llenar sus grandes bolsillos. —Con una pausa, Christy miró a Rohr fijamente, con la voz llena ahora de rabia—. Esos hombres han de estar advertidos: apagaremos vuestra programación, abandonaremos vuestras salas de exhibición, sacaremos vuestra música, boicotearemos vuestros negocios y nos llevaremos a nuestros hijos. Y entonces sacaréis vuestras garras de nuestra nación para siempre.

Apretando los ojos, Rohr le devolvía la mirada a Christy, ignorando el escrutinio de los demás. Rustin se acercó un poco a Corey y le susurró:

—Parece que tu pequeño Alex está teniendo un mal día...

Christy seguía hablando:

—Es hora de que todos nosotros elijamos. Sólo en el año pasado, vuestros supuestos líderes perdieron el control efectivo del Congreso porque ignoraron las plegarias de los conservadores cristianos. Así pues, estáis avisados. Dentro de pocos días, el Senado de Estados Unidos decidirá si da su bendición a la investigación con células madre. Hay quien cree que eso es una tormenta en una probeta. No lo es. Cada uno de estos embriones es un ser humano a la espera de nacer. No es competencia nuestra apoderarnos de vidas... ni siquiera si lo que nos proponemos es salvar vidas.

Se hizo el silencio.

—El poder pertenece sólo a Dios —dijo Christy enfáticamente—. Así pues, a aquellos que podrían ser presidentes, les digo: rechazad esta ley o marchaos.

—A Marotta —le susurró Rustin a Corey— más le valdrá proteger a cada uno de estos embriones como si fueran su primogénito.

Rustin tenía razón, y Corey lo sabía. Christy le estaba haciendo guiños a Rob Marotta.

—Tal vez —prosiguió Christy con un tono de voz desconfiado—, uno de los hombres que os han hablado, u os hablarán, sea el líder que los cristianos están esperando. Si es así, benditos somos, pero si no, los cristianos buscarán en otra parte.

Tenso, el público esperó un pronunciamiento que, si se hacía, podía transformar totalmente la carrera hacia la candidatura del partido.

—En nuestro partido están aquellos —dijo Christy— que creen que el hecho de que un pastor persiga la presidencia no hará más que perjudicar nuestra causa. A ellos les digo: descansad tranquilos, puesto que si Jesse Jackson y Al Sharpton no lograron matar el liberalismo norteamericano, el conservadurismo no tiene nada que temer de mí...

Mientras el público se echaba a reír de manera espontánea, Corey advirtió en Rob Marotta una sonrisa breve e irónica.

—Tal vez —sugirió Christy amigablemente— estos líderes espirituales en particular no se ajustaban exactamente a las necesidades de nuestra nación. O tal vez, en estos tiempos más peligrosos, los norteamericanos están por fin preparados para un servidor de Dios distinto.

Esta última frase, a favor de Christy, fue pronunciada con cierto humor.

—De momento —concluyó—, os imploro que ayudéis a hacer de nuestro querido país lo que Dios tenía intención que fuera.

Christy acabó de golpe, bajando la cabeza como si estuviera orando.

Por un instante se quedaron en silencio y luego empezó un aplauso entre los que lo escuchaban, cada vez más fuerte, que tal vez reflejaba cortesía, tal vez miedo, pero quizá, sospechaba Corey, un respeto nuevo.

—¿Crees que se conformaría con la vicepresidencia? —le preguntó irónicamente a Rustin.

—Es posible. —Todavía mirando a Christy, los ojos de Rustin parecían brillar más que antes—. Pero de esto estoy seguro: si Dios quiere que seas presidente, le dirá al reverendo Christy que se presente el primero.

5

$\mathcal{U}$n poco más tarde de las once de aquella noche, el senador Rob Marotta y su jefe de estrategia, Magnus Price, se reunían con Alex Rohr en el bar de la azotea del hotel Washington. Desde el principio, Marotta estuvo en guardia: con lo que desconfiaba de Rohr, el hecho de que Price hubiera convocado aquella reunión de emergencia le hacía desconfiar todavía más.

Su mesa en una esquina ofrecía una vista panorámica del monumento a Washington y de los memoriales de Lincoln y Jefferson; mucho más cerca, la Casa Blanca destacaba bien iluminada sobre el cielo oscuro de la noche.

—Este lugar tiene un aire decididamente noble —dijo Price, arrastrando las palabras con su acento sureño—. Todo este mármol iluminado, sin gente que lo fastidie. Si eres lo bastante burro, o estás lo bastante bebido, casi te olvidarías de que este lugar es la prueba definitiva de que Darwin tenía razón: sólo los más fuertes, y los más perversos, sobreviven. Para llegar a ser un hombre de Estado, primero tienes que ser un cabrón.

—¿Y qué es Bob Christy? —preguntó Rohr, cortante.

A Marotta le parecía una cuestión complicada:

—Un experimento fallido —respondió Price con tono compungido—. Esta noche ha sido como contemplar a un Frankenstein fugitivo. Llevo treinta años dejándome la piel para atraer a los cristianos al partido, incluido a Christy, pero ahora está tan enloquecido que se cree el puto amo.

Marotta era consciente de que el tono lacónico de Price enmascaraba su frustración. En el ambicioso proyecto de Price, él era el manipulador de la Hidra, a través de la cual los distintos tentáculos del partido (empresas, conservadores cristianos, prensa de derechas y grupos de defensa que van desde las asociaciones pro tenencia de armas hasta los defensores de las rebajas fiscales) se combinaban para dominar la política y la cultura del país.

—La idea fundamental —prosiguió Price— consiste en asegurarse de que cada accionista de nuestra empresa ayude a los otros a obtener lo que quieren. Los ricos y los que funcionan a golpe de Biblia no tienen por qué amarse entre ellos. Basta con que se ayuden. No hay nadie más importante que el conjunto. El problema con el reverendo Bob, Alex, es que está empezando a creerse Dios. Y Dios no convoca reuniones ni establece coaliciones. El dios de Bob, para gran pesar mío, no es un jugador de equipo.

—Entonces, ¿qué piensas hacer con él —intervino Rohr— cuando el senador se enfrente a ese bastardo en las primarias?

—Si lo hace —corrigió Price—. Ahí es donde Rob necesitará toda la ayuda que puedas prestarle. —Price hizo una pausa y sonrió a Marotta, sentado frente a él a la mesa—. Después de las últimas elecciones hice mi propio sondeo. Rohr View convenció al diez por ciento de su audiencia de que cambiara su voto y apoyara al presidente. A pesar de su modestia, Alex, aquí presente, es una especie de genio. Tal vez te obsequie con lo que yo llamo su «teoría posmoderna de la prensa».

Rohr no sonrió. Para Marotta, que le conocía solamente de manera superficial, desprendía la frialdad del hombre que desprecia a cualquiera cuyo éxito —como en el caso de Marotta— requiera cierta dosis de calidez humana. Rohr se encogió de hombros y le dijo a Marotta, con frialdad:

—El viejo modelo consistía en que las noticias son hechos; y la objetividad, el ideal. La verdad hoy en día es que las noticias, como cualquier otra cosa que vendemos al público, son un producto. Nuestro producto-noticias no es una noción abstracta de la verdad, ni siquiera de la realidad. Es una historia, coherente y repetitiva, que contiene un mensaje emocionalmente satisfactorio para el espectador. —Dirigió una sonrisa a

Marotta—. No engañamos a nadie. Sintoniza Rohr News y tienes exactamente lo que quieres. Yo puedo ayudarte a sentirte mejor con esta guerra, o en la lucha contra los terroristas, y ya no tienes que pensar más en ello. Si utilizamos también este poder para promocionar a nuestros amigos y hacer avanzar nuestros intereses, que así sea. La información es un negocio, no un servicio público.

Mirando directamente a Marotta, Price cogió su vaso de Pepsi entre las manos.

—Afortunadamente para todos nosotros, Rob, los intereses de Alex y los nuestros están en la misma línea. Tu interés es llegar a ser presidente. —Price se permitió una leve sonrisa—. A través de Rohr News, millones de norteamericanos empezarán a verte como presidente: con principios, apegado a profundos valores religiosos, y parecido a Churchill en tu determinación por salvar a Estados Unidos.

El tono sardónico subyacente irritaba a Marotta; mientras escuchaba a aquellos dos pragmáticos discutir sobre su futuro, no se sentía senador, sino un frasco de champú. Para tratar de recuperar el equilibrio, Marotta preguntó, cínicamente:

—Si a mí me toca ser Winston Churchill, ¿a ti quién te toca ser, Alex? ¿Ciudadano Kane?

—Kane quería ser presidente —respondió Rohr con una tranquilidad pasmosa—. Yo lo único que quiero es una política económica que beneficie a mi empresa y un sistema político que respete mis intereses.

Price le lanzó a Marotta una mirada de advertencia.

—No hay nada malo en ello —dijo Price tranquilamente—. Alex ayuda porque creemos lo mismo que él, y porque está en posición de ayudarnos.

Rohr asintió con la cabeza y le devolvió a Marotta la misma sonrisa confiada.

—Las noticias, como a menudo me dice Magnus, son el *software* de su máquina de mensajes.

Marotta miró a Price: con su barriga caída, el pelo fino rubio rojizo y una máscara de astuta autocomplacencia, le recordaba al típico abogado perverso y sureño de las películas, con la diferencia de que éste era mucho más peligroso, incluso, por muy excepcionalmente dotado que estuviera, para el propio Marotta.

—Y la finalidad de esta máquina —prosiguió Price con tono amigable— no es convencer a nuestros oponentes, sino apretarles las tuercas todo lo que podamos. Eso significa repetir hasta la saciedad el mensaje de que son como ratas amaneradas, ateos, blandos y moralmente laxos, proclives a la gorronería, gais, ilegales y, lo peor de todo, liberales; patéticamente intimidados por los asesinos árabes; absolutamente incapaces de defender nuestro país o nuestras familias y, en definitiva, los perdedores de la lotería de Darwin. Quiero decir: ¿quién puede estar interesado en ser uno de ellos?

Rohr se rio un poco.

—El mensaje —continuó Price con una sonrisa— requiere dinero, organización e ideas. Y nosotros lo tenemos todo: doscientas fundaciones y cuatrocientos grupos de apoyo que se gastan casi mil millones de dólares al año para defender las ideas en las que creemos: bajar los impuestos, frenar las demandas, luchar contra los ecologistas extremistas, acabar con la política de apoyo a los grupos minoritarios y, lo más importante, convertir a los abogados conservadores en jueces que controlen el sistema legal norteamericano durante las próximas décadas. —Price sonrió con aprobación mirando a Rohr—. Alex nos está ayudando a cambiar el panorama legal, político y económico de Estados Unidos.

—Christy —señaló Marotta— no parece tan entusiasmado con tu punto de vista.

Price se apoyó en su butaca, mirando la vista iluminada que tenían a sus pies.

—Christy —dijo finalmente— es mi único error en una idea, por lo demás, muy inspirada: convencer a los votantes cristianos de que contribuyan a financiar nuestro poder centrándonos en temas que no vayan a costar ni un puto céntimo a tipos como Alex.

—La plegaria en los colegios, si llegamos a conseguirla algún día, es gratuita. Y también lo sería prohibir el aborto. Alex no gestiona cruceros de luna de miel, de modo que prohibir el matrimonio homosexual no le hará desequilibrar su línea de flotación. Pero todo eso significa tanto para esta gente pía que negárselo significaría la ruina.

—Están también las mamás acomodadas —respondió Marotta—. Los moderados de barrio pijo, los que nos abandonaron a manadas en las últimas elecciones al Congreso. Curiosamente, ellos todavía buscan un partido «más amable y simpático» que el que tienes en la mente.

—Para eso están los republicanos negros como Cortland Lane —contestó Price—. Se ponen en el gabinete no para que los votantes negros nos quieran, sino porque hace que los votantes blancos bienintencionados se sientan mucho mejor. Y, otra vez, es gratis. Aunque son un problema, los centristas siguen eclipsados por los conservadores cristianos, en especial en las primarias republicanas. —Volviéndose hacia Rohr, Price preguntó—: ¿Sabes cuál fue el indicador más exacto de voto en las dos últimas elecciones presidenciales?

Rohr se encogió de hombros:

—¿El analfabetismo?

Price movió la cabeza, riéndose:

—La religión. Dos tercios de los cristianos practicantes nos votaron. No ganas unas elecciones si lo único que tienes son ateos y agnósticos. Y yo, a favor de mi credibilidad, lo adiviné en la década de los setenta. Hace treinta años, Alex, los conservadores cristianos eran como un jugador de baloncesto de dos metros sin experiencia: tenían un potencial intimidante, pero no eran un factor real en el juego. Ni siquiera votaban. Pero yo percibí todo este potencial. Si pudiera convencer al partido de que llegara a ellos, cambiaríamos totalmente el juego. —Ahora volviéndose hacia Marotta, añadió—: Cuando yo era niño, en Carolina del Sur, los ricos obtenían los votos de los blancos pobres enfrentándolos con los negros. Pero el racismo perdió encanto, los negros empezaron a votar, de modo que los blancos que formaban parte del *establishment* tuvieron que encontrar su lugar y hablar dentro de un código racial. Pero yo... —aquí Price hizo una pausa, mientras levantaba un dedo—, yo, Magnus Price, formulé una manera totalmente nueva y más elevada de comunicarnos con la gente blanca corriente: reclutando a su dios. Ahora, los conservadores cristianos son más del cuarenta por ciento de todo nuestro electorado. Y estamos todavía en una posición privilegiada. A menos que Christy la cague.

Rohr frunció el ceño:

71

—¿Y cómo podría cagarla, ese payaso?

—Todo el secreto está en mantener unidos a los conservadores cristianos y a los capitalistas como tú. Éste es el atractivo de la candidatura de Rob Marotta: comparte tus creencias y al mismo tiempo sigue siendo genuinamente religioso. Pero Christy lo encuentra contradictorio, porque cree que los empresarios como tú viven de la «cultura popular envilecida» contra la que clama en televisión. Por esa razón su discurso de esta noche me ha puesto los pelos de punta. —Price hizo una pausa y su expresión se volvió dura—. Si Christy presenta su candidatura, será el Dinero contra la Moral, es decir, nuestra peor pesadilla. Si Christy gana a Rob en las primarias, perderá las elecciones generales: la mayoría de los votantes seguirán sin apoyar al presidente Elmer Gantry. Pero, incluso si Rob gana a Christy, el partido estará dividido…

—Ganaré a Christy —le dijo Marotta—. Y con todos los respetos, lo haría también sin vuestra ayuda.

—Hoy lo harías —contraatacó Price—, pero imagina que los malditos Al Qaeda hacen explotar el estadio de Notre Dame a media campaña. Eso podría desatar una locura que sólo Dios sería capaz de arreglar. Y Dios, como bien sabemos, habla a través del reverendo Christy.

—Pero ¿cómo impedimos que se presente? —interrumpió Rohr.

—Ungiendo a Rob: apoyos, sondeos favorables, compromisos de los donantes, toda la fanfarria de la inevitabilidad. —Price puso una mano amistosa sobre el hombro de Marotta—. Y recordándoles a los conservadores cristianos que Rob está tan comprometido con ellos como lo está Christy. Eso implica luchar contra el matrimonio homosexual, promover la oración en las escuelas y prometer jueces «que saben que nuestros derechos provienen de Dios Todopoderoso». Entonces podremos reflotar el mensaje de que la presidencia no es un puesto para novatos. Créeme, hay otros muchos evangelistas que estarán encantados de subirse a nuestro tren.

—¿Por qué? —preguntó Rohr.

—¿Crees que desean que su principal competidor en el juego de la religión lucrativa se convierta en el presidente de Estados Unidos? Ellos ayudarán a extender nuestro mensaje:

«Bob se presenta para ampliar su lista de *mailing*», o «Bob empieza a creerse que es Dios», o «¿Qué sabe Bob de echar el freno en el maldito Iraq?». Necesitamos que los cristianos crean que Christy es unególatra avaricioso y que su candidatura es una vergüenza para la gente de bien religiosa que lo único que quiere es proteger a sus familias. —Con la mirada fija en Rohr, Price concluyó—: Tú puedes extender la noticia a través de Rohr News, las tertulias de las emisoras, los periódicos y todo lo que tienes. Después de la actuación de Christy esta noche, debes de estar motivado, ¿no?

—Si Rob quiere —dijo, volviéndose hacia Marotta—. Lo único que quiero, Rob, es lo que Magnus me dice que tú crees: un gobierno que no ahogue a los creadores de riqueza.

Marotta comprendió al instante que aquél era un momento crucial: se sentaba entre dos hombres arrogantes que creían controlar su futuro, y que necesitaban saber que él, como Christy, no podía ser controlado:

—Todo esto está muy bien —dijo, con cierto retintín—, y estaría muy agradecido si contara con vuestro apoyo, pero os estáis olvidando de un par de detalles: el primero es que estoy donde estoy por un motivo, y que he llegado hasta aquí sin vuestra ayuda. Si nuestros proyectos coinciden, perfecto. Pero me fiaré de mis propios instintos y estaré al mando de mi propia campaña. —Hizo una pausa; miró a Rohr y a Price—. El segundo detalle son todas las cosas que no controláis, empezando por las células madre.

—Cierto —respondió Price—. Parecen ser la excusa de Bob para presentarse.

Marotta asintió:

—Si perdemos la votación de las células madre, él se presentará.

—Si pierdes, Rob..., tú eres el líder de la mayoría. —Volviéndose hacia Rohr, Price preguntó—: Imagina que podemos encontrar a un científico que esté dispuesto a declarar que todo este tema de las células madre es una patraña. ¿Crees que podrías ganar un poco de tiempo?

—Desde luego —respondió Rohr con un deje de impaciencia—, pero si me permitís dar mi opinión de aficionado, creo que estáis olvidando el mayor problema de todos.

73

—No lo he olvidado —dijo Marotta, a media voz—. Corey Grace.

Rohr asintió con la cabeza y repitió, con el mismo tono suave:

—Corey Grace.

—Está claro que es un problema para ti, Alex. El nombre Hook-Up me viene a la cabeza. —La voz de Marotta volvió a sonar desenfadada—. Así pues, déjame hablarte claro: en efecto, Grace es una criatura de Christy. Que Christy entre en la carrera, desplazando votos cristianos, es una invitación para que Grace se presente.

—No si yo puedo evitarlo —interrumpió Rohr bruscamente—. No quiero que ese hijo de puta chapucero se acerque a la Casa Blanca. Nadie que yo conozca lo quiere.

—Lo cual —dijo Marotta con cinismo— le rompe el corazón. Corey carece de lo que llamaríamos los incentivos normales; eso incluye cualquier interés perceptible en lo que piensas de él.

Rohr miró al senador con dureza:

—¿No hay algo que le podáis dar?

—Nada, que yo sepa.

—Es mejor ni intentarlo —intervino Price—. ¿Por qué dar ideas a nuestro héroe?

—Ya las tiene —dijo Marotta, rotundo—. Le he estado observando durante el discurso de Christy y parecía absolutamente encantado. Siempre que tiene esa expresión, me da el día. En el fondo de su alma, Corey está convencido de que tiene que ser el presidente de Estados Unidos, y sabe que su única oportunidad depende del reverendo Christy.

—Pues ya podemos rezar —dijo Rohr, asqueado, mientras miraba fijamente su copa.

—Oh —sonrió Price—, creo que podemos hacer algo más que eso.

74

6

*E*l día después del discurso de Christy, Corey quiso mirar su programa diario de televisión.

Sentados frente al televisor de su despacho, él y Jack Walters tomaban bocadillos de Reuben.

Con la cabeza gacha, Christy estaba solo en un escenario: «Gracias, Señor, por hacer que el huracán Sarah se aleje de nuestro amado estado de Virginia…».

—El problema es —observó Jack— que está a punto de barrer Long Island. Parece que los contactos de Christy con el Todopoderoso son estrictamente regionales.

Corey se encogió de hombros:

—Atacar Long Island forma parte del proyecto divino.

En la pequeña pantalla, Christy levantó la cabeza, con la voz embargada de emoción: «Hoy puedo sentir la presencia de Dios, oír los indicios de sus gentes. En palabras de John F. Kennedy: "Aquí, en la Tierra, la obra de Dios debe ser realmente la nuestra"».

—Hablar de Dios es una cosa —opinó Jack—, pero utilizar a JFK es no tener vergüenza.

Mirando al televisor con atención, Corey levantó la mano para pedir silencio.

«Me enfrento a una importante decisión —decía Christy a sus telespectadores—, ¿debo presentarme a las elecciones presidenciales, o debo resistirme a los cantos de sirena del poder temporal? Por favor, os lo recuerdo, decid a vuestro Senado que prohíba la abominación que representa la investigación con células madre. Y, por encima de todo, tened al país en vuestras plegarias.»

Jack miraba a la pantalla con ojos pasmados e inexpresivos: aunque su apariencia era cándida, Jack llevaba dos décadas presenciando las luchas del Senado y estaba acostumbrado a juzgar a los políticos que tenían los pies en el suelo.

—Este tío es realmente de otro planeta. ¿No me has dicho que lo conociste?

Por un momento, Corey se quedó en silencio:

—Nuestros caminos se cruzaron —lo corrigió—. En realidad no llegamos a conocernos.

Lo dijo sin darle importancia, como si fuera un recuerdo de un momento fugaz; pero eso distaba mucho de lo que había sido la realidad, por motivos demasiado personales, y demasiado dolorosos, como para contárselo a Jack. Cuando Jack volvió a concentrarse en el televisor, la mirada de Corey, inevitablemente, se volvió hacia la foto de su hermano, Clay.

Corey permaneció en silencio durante el resto de la emisión. Cuando acabó, salió para encontrarse con el asesor al que más valoraba.

—Estoy pensando en presentarme a las elecciones presidenciales —dijo Corey sin rodeos—. Y sigo sin entender a Bob Christy. Nunca lo he entendido.

De pie al mando del timón de su lancha, Cortland Lane navegaba a una velocidad tranquila por las aguas azuladas del Potomac. Incluso aquí, pensó Corey, el pelo corto y plateado de Lane le daba un aspecto más de general que de navegante de recreo. Sin embargo, a sus sesenta y cuatro años, Lane ya estaba jubilado: cuatro años antes, mientras era secretario de Estado, sus silenciosas pero perseverantes reservas sobre la política en Oriente Medio del presidente le llevaron a dimitir. Sin embargo, Lane era todavía tan admirado que algunos miembros del partido, y muchos en todo el país, habían expresado sus deseos de que se presentara a las elecciones.

No obstante, Lane se retiró de la vida pública para cultivar el interés de su vida en la religión, entrando en la Harvard Divinity School. El senador Grace llevaba años buscando sus consejos, primero en asuntos militares, luego en política exterior, hasta que el general que antes había intimidado a Corey se convirtió en su amigo. Pero la finalidad de esta reunión era única: saber lo que Lane pensaba sobre la intersección entre política y religión, un tema al que Corey nunca había prestado la suficiente atención.

Para saber por dónde iba, Lane le preguntó:

—¿Qué es exactamente lo que no entiendes?

—Toda esta visión del mundo —dijo Corey, antes de tomar un sorbo de una botella de agua mineral—. Para mí, Christy es primo de Alex Rohr, un hombre que busca el poder a base de estrechar la mente de Estados Unidos. Y lo ha conseguido hasta el punto de que hoy en día no puedes admitir que te crees las teorías de Darwin y aspirar a ganar la nominación de nuestro partido.

—Que yo sepa, no ha leído nunca *El origen de las especies*. Para él, *Los Picapiedra* son un documental: gente conviviendo con los dinosaurios. Me parece increíble.

De perfil, los labios de Lane dibujaban un asomo de sonrisa.

—Unas palabras de advertencia, senador. De entrada, son más los estadounidenses que creen en la inmaculada concepción que los que creen en la teoría de la evolución. Segundo, Christy no es nada nuevo: los evangelistas llevan doscientos años entrando y saliendo de la política, casi siempre para promover causas progresistas como la abolición y el sufragio de las mujeres.

—Y luego está el movimiento de la templanza —señaló Corey—. En ese episodio inspirador, se propusieron liberarnos del alcoholismo y acabaron dándonos a Al Capone.

—Es bastante cierto —aceptó Lane—. Ésta fue una de las cosas que los llevó al margen de la política, pero el principal factor fue el proceso de los monos de Scopes, en el que el gran fundamentalista William Jennings Bryan sentó en el banquillo de los acusados a un profesor de biología de bachillerato de Tennessee por insinuar que los monos son, en realidad, nuestros ancestros.

—Cuando vi la película sobre Scopes en bachillerato —dijo

Corey—, creí que era una comedia, pero ahora se presentarán a las elecciones…, aunque con la ayuda de ese Maquiavelo sureño, Magnus Price.

Lane dio un golpe de timón para evitar a un esquiador y se quedó en silencio unos instantes.

—Magnus —dijo, finalmente— puede creerse Moisés. Pero todo empezó en los años sesenta y con una cadena de sacudidas sociales que, en palabras de Christy, «provocaron que los cristianos despertaran de su trance»: aborto, drogas, promiscuidad, quema de banderas, profesores homosexuales y la prohibición de la plegaria en los colegios. Para Christy, todo esto simbolizó la arrogancia moral e intelectual de una autoproclamada elite liberal sobre los ciudadanos corrientes. Creo que un chico de Ohio es capaz de comprenderlo.

—Lo comprendo —dijo Corey, a media voz—. Al fin y al cabo, soy hijo de mis padres.

Lane asintió con la cabeza y preguntó:

—Todavía no saben lo de tu hermano, ¿no?

—No. —Corey hizo una pausa—. Anoche, en medio de mil donantes, la mayoría de los cuales no me pueden soportar, tuve una visión. De pronto, me quedé mirando a Christy y pensé: tú ayudaste a matar a mi hermano, ¡tú, mojigato de mierda!

Lane miró hacia delante:

—¿No tus padres?

—Ellos también. Mi madre sigue convencida de que Christy y la Biblia tienen todas las respuestas. —Levantando la voz con frustración, Corey añadió con aspereza—: Dios mío, Cortland, el dios del Antiguo Testamento es un monstruo psicótico. Ahora, si crees a gente como Christy, hasta Jesús va a volver como un ángel vengador para matar a toda la gente mala. ¿Qué se supone que tengo que hacer con esto?

—Distanciarte. —Con una mano en el timón, Lane se volvió hacia él—. Hace años aprendiste a ver a Christy como a un mensajero del odio. Pero, para sus seguidores, él sólo trata de defender a sus familias y a su país contra un gobierno proclive a destruir la estructura moral de nuestra sociedad. Y es bastante difícil argumentar que el SIDA, la desestructuración familiar y el ocio popular de tintes sórdidos sean cambios a mejor.

—¿Quién lo cree?

—Bueno, ¿qué vas a hacer tú con ello? Al menos Bob Christy tiene una respuesta.

—Desde luego —replicó Corey—. El Apocalipsis.

—Éste es el problema. En la mentalidad de Christy, él es un patriota que trata de salvar el país de los designios de Dios antes de que nosotros, casi literalmente, nos suicidemos. Dime una cosa: ¿crees que estamos al borde de un declive nacional?

—Sí.

—Yo también lo creo. Y Christy también lo cree. Diría que la mayoría de los conservadores creyentes, exactamente igual que nosotros, temen por nuestra sociedad aquí y ahora. Por ejemplo, ¿no te sentirías mejor si hubiera menos divorcios?

La pregunta, sospechó Corey, llevaba una carga personal: la batalla de la esposa de Lane contra la depresión, le había confiado, estaba arruinando su matrimonio.

—Pues depende de cada matrimonio —respondió Corey—. Hay días en los que me sentiría mejor si no estuviera divorciado.

Lane se volvió hacia él.

—¿Cuándo fue la última vez que tuviste noticias de Kara?

—Hace dos meses, una postal. Me sentí tan patéticamente agradecido que le escribí una carta de cuatro páginas con el tipo de cursiladas que pondrías en una tarjeta de Navidad. Pero es muy difícil comunicarse con una hija mayor que está al otro lado del mundo.

Desviando la vista a la derecha, Lane observó el Pentágono, su antiguo lugar de trabajo.

—¿Dispuesto a probarlo de nuevo? —preguntó—. El matrimonio, quiero decir.

—En teoría. Hay buenas razones por las que no lo he hecho.

—En este caso, te doy crédito por haber colocado los principios por encima de la ambición. Como estoy seguro de que Rustin te habrá dicho, hace más de un siglo y medio que no se ha elegido a un presidente soltero. Y en cuanto a un agnóstico confeso, no ha ocurrido jamás.

Corey inclinó la cabeza:

—¿Qué le hace pensar que lo soy?

—¿Agnóstico, o confeso?

Mientras cavilaba la respuesta, Corey se acordó de su amigo Joe Fitts, aquel hombre que le contó su falta de fe ante un vaso de whisky:

—Nunca he estado seguro.

—Necesitarás una respuesta mejor si decides presentar tu candidatura. En nuestro partido, los religiosos son tan importantes como los del dinero.

—Oh, ya lo sé —dijo Corey—. Se me ha ocurrido un eslogan para la campaña de Marotta: «De la cartera de Rohr a tu alcoba». O, lo que es lo mismo, tu congelador. Por esa razón tenemos ese debate sobre las células madre: Marotta está tan obligado a amar a esos embriones congelados como Christy.

Lane se rio brevemente:

—¿Qué vas a hacer con éste?

Espontáneamente, Corey pensó en Lexie Hart:

—Es complicado.

—Sin duda. —Ahora Lane lo miraba de frente, con expresión preocupada—. Por tu propio bien, Corey, tienes que encontrar la manera de hablar con la gente de Christy. Y con gente como yo, que somos profundamente creyentes, aunque sea en un dios distinto, y creemos que la humanidad está perdida sin su dimensión espiritual.

—Usted la tiene, lo sé. Pero le ayudaría reconocer, aunque sólo interiormente, que la mayoría de los seguidores de Christy son tan sinceros e idealistas como Magnus Price es cínico y calculador. Por eso les cuesta tanto llegar a un compromiso. Y, dejando los embriones congelados de lado, usted y yo sabemos que un feto es el principio de una vida.

Corey se sintió sonreír:

—Curiosamente, ayer hice el mismo comentario. Por desgracia, a una mujer que es también liberal. Mal momento.

Los ojos de Lane se iluminaron con interés:

—¿Lexie Hart? Ya vi que estaba haciendo las rondas. Dime, ¿es tan guapa como parece en la pantalla?

—Como mínimo. Pero lo que me impresionó es lo lista que es. Y complicada, creo.

—Las mejores suelen serlo, en mi experiencia.

Esa referencia tácita a la depresión de su esposa disparó otra idea.

—Dígame por qué —se aventuró Corey— hablamos siempre de mí cuando sale el tema de la presidencia.

La sonrisa de Lane, pensó Corey, tenía algo de melancólico:

—Porque ninguna otra posibilidad tiene sentido.

—Podría usted haber sido presidente, Cortland. Todavía puede serlo.

Lane movió la cabeza a un lado y a otro, lentamente:

—Se me ha pasado el momento —respondió—. Y, probablemente, nunca fue mi momento. Sólo espero que llegue el tuyo.

Mientras volvía conduciendo a su despacho, Corey se dio cuenta de que tenía mucho sobre lo que reflexionar: la toxina del racismo que todavía seguía viva en la política, las maneras en las que los políticos invocaban a la religión o abusaban de ella. Sin embargo, pronto, su mente y sus recuerdos se centraron en su hermano muerto.

81

7

*E*n los meses que siguieron a su salida de las Fuerzas Aéreas para presentarse al Senado, Corey llegó a aceptar que, por mucho que se esforzara en estar cerca de su hija de seis años, su relación con Kara era menos cálida que la que tenía con su hermano adolescente, Clay.

Tal vez la siempre atenta Kara había aprendido a tratarlo con reserva a base de observar el matrimonio de sus padres. A petición de sus mecenas políticos, Corey y Janice habían regresado a Lake City —como un asesor dijo: «el lugar y la gente que hicieron de ti quién eres»—. Pero, mientras Corey, escarmentado con la muerte de Joe Fitts y el cautiverio que le siguió, trataba de ver la ciudad y sus habitantes con ojos más tolerantes, Janice la vio con una claridad despiadada, un lugar en el que las hileras simétricas de casas unifamiliares simbolizaban una rígida uniformidad de pensamiento y acción empeorada por la bienintencionada pero constante atención de diez mil ciudadanos. «Es como una base aérea de civiles —dijo Janice, cortante—. Sigo viviendo en una vivienda temporal y sigo siendo la hija del general.»

Tampoco se adaptó bien a la familia de Corey, y no es que fuera una tarea fácil: Hank Grace seguía siendo el hombre corpulento y desconfiado que bebía demasiado y hablaba demasiado poco; Nettie todavía reaccionaba ante su esposo tan recelosamente como lo hacía a la vida más allá de los estrechos confines de su pequeño mundo. Pero, para Corey, Clay fue una sorpresa.

Clay era doce años más joven que él y debía su existencia a un fallo de los métodos anticonceptivos y parecía considerar su lugar en el mundo como algo igual de endeble. Para asombro de Corey, la habitación de Clay era un templo virtual a la figura de su hermano mayor, repleta de los trofeos del instituto de Corey, fotos de Corey de uniforme, recortes de prensa de su regreso... La primera vez que Corey lo vio, se volvió hacia Clay con un comentario irónico en los labios, pero luego lo reprimió: en los ojazos azules de su hermano vio a un muchacho demasiado sensible para el humor seco de un héroe de cartón.

Con dieciséis años, Clay tenía un aspecto indefinido entre larguirucho y nervudo. Corey sospechaba que era igual de indefinido en su personalidad. Clay parecía haber emprendido todas las actividades del instituto que Corey había dominado —atleta, actor de teatro y delegado académico— con gran determinación, pero con mucho menos éxito. Al menos, en los cálculos de Corey, haberse convertido en su referente le daba a Clay una útil identidad provisional, aunque no fuera capaz de aislar a su hermano de los despiadados juicios de su padre.

—El chico lo intenta —le dijo Hank Grace a Corey con un leve desdén—, pero Clay no será nunca como tú.

—Yo no fui yo —dijo Corey— hasta que mi avión se quedó sin combustible y caí prisionero de los iraquíes. Sólo espero que Clay no tenga que matar a nadie antes de que aprendáis a quererle.

Que Corey se refería a Joe Fitts era algo que Hank no sabría nunca. Percibiendo que, fundamentalmente, tanto Clay como él habían carecido siempre de padre, Corey se propuso ser, al menos, un buen hermano. A pesar de su apretada agenda, él y Clay practicaban el béisbol y jugaban juntos al baloncesto, esos rituales masculinos que no requieren hablar para transmitir cariño.

—Es hora de que nos pongamos al día —le dijo Corey, lacónicamente—. Cuando yo tenía diecisiete años, tú tenías cinco y una pelota de fútbol te habría tirado al suelo.

Clay absorbía su atención. Sonreía abiertamente más a menudo en presencia de Corey y empezó a sacar su travieso sentido del humor.

—Es como comer con cavernícolas —dijo Clay de la hora de cenar con sus padres—, pero sin la conversación.

Sin embargo, con sus compañeros, en especial con las chicas, Clay parecía demasiado tímido para hablar. Cuando empezó su último año se parecía a Corey sólo en la determinación con la que declaraba su ambición de entrar en la Academia de las Fuerzas Aéreas.

—Es una vida muy dura —le dijo Corey—. Y más dura para las familias.

—Quiero volar —respondió Clay, simplemente—. Como tú.

El hecho de que su tono lo hiciera parecer más como una vía de escape que como una pasión encendió en Corey una luz de alarma, aunque no era capaz de decir si Clay quería huir de sus padres o de sí mismo.

84 A su madre le habría gustado que Clay entrara en la Universidad Carl Cash.

—¿Qué demonios es? —preguntó Corey—. ¿Una facultad para fanáticos de la Biblia o para encantadores de serpientes?

—Las dos cosas —resopló Clay—. Está en Carolina del Sur, y allí todavía creen que Dios creó el mundo en siete días. Pero lo mejor es todo en lo que no creen: no creen en beber, en fumar, en bailar o en las relaciones interraciales.

—¿Y en los linchamientos interraciales, creen?

Pero la religión, aprendió Corey rápidamente, no era para tomársela a broma: ni en casa de sus padres ni, cada vez menos, en sus viajes por el estado.

Como orador, Corey resultaba muy natural y encantador, capaz de deslizarse por el discurso patriotero mientras se ponía al día de los temas y entablaba relaciones con los fieles del partido. A pesar de su éxito, se preguntaba sus motivos. ¿Sería su ascensión al Senado, si ocurría, pura suerte —una irónica recompensa final por haber ignorado el ruego de Joe Fitts— o serviría para alguna causa más elevada? Una noche, mientras lanzaba preguntas en una reunión de la organización Kiwani en Chillicothe, Corey conoció a una mujer que estaba bastante convencida de cuál debía ser esa finalidad: «Servir a Dios», le dijo, simple y llanamente.

Mirando a los que estaban a su alrededor, Corey se sintió más perplejo de lo que parecía estarlo su público.

—Hay muchas maneras de servir a Dios —la esquivó cortésmente—. ¿A qué manera se refiere usted?

—A la manera de Dios —dijo ella, con un deje de impaciencia—. Dirigir nuestro Gobierno según una interpretación literal de la Biblia. Es como lo que dice el reverendo Christy: si es bueno para Dios, es bueno para los Estados Unidos de América. Usted ha sido designado por un motivo, señor Grace: para salvar al país del pecado.

Cuando se marcharon en coche de aquel encuentro, le preguntó Corey a Hollis Spencer:

—¿La habré convencido?

Su nuevo director de campaña se recostó en el asiento del copiloto, mirando hacia arriba como si estuviera en comunión con una deidad a la que sólo podía entrever. El silencio se hizo más denso; al principio, Corey lo interpretó como las reflexiones de un veterano estratega político que se estaba encargando de Corey como favor al partido, y que todavía no estaba seguro de qué había tras aquella superficie eminentemente vendible.

—Quién sabe —dijo Hollis por fin—, pero cada vez veo a más gente como esa mujer, que sólo se preocupan por el derecho a la vida, la oración en los colegios, la prohibición de la educación sexual, la enseñanza del creacionismo en vez de la teoría de la evolución y, por alguna extraña razón, el derecho a la tenencia de armas. Ahora resulta que Jesús era un fanático de las armas. —Cuando Hollis se volvió a mirar a Corey, su expresión era de desaliento—. Empiezo a pensar que fabricarás un oponente principal, un conservador cristiano que hable el mismo idioma que esta mujer. Tú no pasarías la prueba de fuego del reverendo Bob Christy.

—¿Quién demonios es —preguntó Corey exasperado— ese Bob Christy?

Hollis le dedicó una sonrisa lastimera.

—Pregúntaselo a tu madre, Corey. Ella lo sabrá.

85

—El reverendo Christy —le informó su madre después de la oración con la que ahora empezaba cada comida— me salvó la vida.

Bob Christy, según dedujo, tenía un programa diario de televisión que contaba historias personales de salvación inspiradas en un dios infalible. Y, por muy retorcida que Corey encontrara la visión del mundo que su madre tenía, advirtió que ahora la señora se enfrentaba a la vida que el destino le había deparado con mucha más serenidad.

—Es posible que el reverendo Christy —se conformó Corey con decirle— quiera salvar Ohio de mis manos.

—Pues entonces tendrás que preguntarte por qué —le respondió su madre, remilgada.

Janice permanecía en silencio y con la mirada enfocada a una distancia media, como si se hubiera dado cuenta de que estaba en una residencia de locos que convertía su deprimente trabajo en la biblioteca de Lake City en una especie de programa de terapia ocupacional. Con la idea de complacer a su mujer, después de cenar, Corey se llevó a Kara a un parque cercano, después de recordarle a Janice que la vida en la capital de la nación sería mucho más enriquecedora.

—¿Contigo volando a Ohio cada fin de semana? —preguntó Janice—. ¿Y qué me dices de calmar al reverendo Christy y a sus seguidores? Sólo te puedes quedar en Washington si los de tu pueblo te mandan de vuelta.

Era cierto, se confesó Corey interiormente mientras él y Clay, que lo había acompañado, empujaban a una Kara encantada en un columpio, hasta que los intentos fracasados de Clay de «atraparla» le arrancaban ataques de carcajadas.

—Eres mejor padre que yo —le dijo Corey, secamente—. Si aprendes algún día a hacerte la cama, harás a alguna mujer afortunada muy feliz.

—¿Y no puedo ser como tú, y hacer antes muy felices a unas cuantas mujeres desgraciadas?

Corey rodeó los hombros de su hermano con un brazo:

—Cada cosa en su momento —le dijo, en el tono más paternal—; antes tienes que llamarlas.

Sin embargo, Clay, como Corey le comentó a Janice, parecía estar encallado con la teoría. Y la noche antes de su primera

cita ocurrió una tragedia, una tragedia tan grande que la cancelación del baile fue tan inevitable como inútil: el asesinato
del profesor preferido de Clay, Vincent Morelli, a manos de
uno de sus compañeros de clase.

Había ocurrido de noche. Johnny Wall, un fornido jugador
de fútbol, le dijo a la Policía que el señor Morelli lo había atraído hasta los barracones de madera de Taylor Park prometién-
dole un poco de marihuana, y una vez allí le pidió sexo oral. La
fatal paliza, insistió Johnny, estuvo motivada por el *shock* y el
miedo, y no empezó hasta después de que Morelli le tocara la
bragueta de los vaqueros. La Policía no encontró la marihuana;
en cambio, su registro dio con un fajo abandonado de billetes
de veinte dólares; la autopsia descubrió restos de semen en la
boca y en la garganta del profesor. La única conclusión razona-
ble, sugirió Corey mientras cenaban la noche siguiente, era
una transacción entre comprador y vendedor que se había
complicado hasta una incendiaria y dolorosa autoculpabilidad.

—¿Y qué más da? —dijo Hank Grace, mordiendo cada palabra—. Eligió al muchacho equivocado y se buscó que lo mataran. ¡Hasta nunca!

Clay miraba fijamente a la mesa, con las mandíbulas apretadas con fuerza.

—¿Estás diciendo que Morelli merecía que lo mataran?
—le preguntó Corey a su padre.

—Digo que se la jugó, y que es mejor esta muerte de mariquita que tenerlo enseñando en nuestra escuela. En estos momentos ya le están preparando un funeral en la iglesia católica
como si fuera una especie de mártir.

Janice miraba al padre de Corey como si fuera un espéci-
men en un tarro de laboratorio, mientras su madre permanecía con las manos unidas, como si estuviera rezando.

—No como a un mártir —respondió Corey con voz serena—, sino como a un muerto.

Hank Grace movió la cabeza. Sin levantar la mirada de la
mesa, Clay murmuró:

—Pienso ir al funeral del señor Morelli.

—Clayton —le dijo la madre—. No querrás que te vean

como alguien que aprueba estas cosas. La homosexualidad es pecado.

—También lo es el asesinato —dijo Clay, con la voz un poco temblorosa—. A mí tampoco me gustan los mariquitas, pero no creo que se pueda juzgar a un buen hombre por la peor cosa que ha hecho en su vida.

Esta afirmación tan sencilla provocó un silencio compasivo. Desde el otro lado de la mesa, Corey contempló a Clay con un renovado respeto.

No obstante, para la familia Grace, el asunto no acababa ahí. Al cabo de dos semanas, el principal nuevo opositor de Corey aparecía en un mitin en Taylor Park organizado en apoyo de Johnny Wall. Lo más sorprendente —y, para Nettie Grace, agradable— era la identidad del orador principal: el mismísimo reverendo Bob Christy.

Bordeada por los bosques verdosos que para Vincent Morelli habían sido letales, la extensión de césped de Taylor Park rodeaba una glorieta blanca afiligranada, una pieza curiosa pero encantadora y típicamente norteamericana en la que, en las celebraciones del 4 de Julio, no faltaba nunca una banda local, y alrededor de la cual se congregaban ahora varios cientos de personas para escuchar al reverendo Christy.

De pie junto a sus padres y su hermano, Corey evaluaba a la multitud. Él, más joven y cáustico, podía haber visto pura malicia debajo de aquella manada que parecía sacada de un cuadro de Rockwell, ciudadanos petulantes atraídos por el fervor descerebrado, reunidos para escuchar a un charlatán que dispensaba devociones que, para los desinformados, podían llegar a pasar como pensamiento. Pero ahora un hombre más reflexivo veía allí un mosaico de distintas necesidades y motivos. Muchos de los allí reunidos, como su madre, sentían inequívocamente que Bob Christy había hecho renacer la esperanza en sus vidas y les había dado una dimensión superior a lo casual o lo prosaico. Otros —como su cita en el baile de fin de bachillerato, Kathy Wilkes, que miraba a Corey de reojo mientras sostenía a su hijo recién nacido— estaban sin duda movidos por una emoción que su yo adolescente nunca habría imaginado:

las incontables maneras en que los adultos aprenden el temor teniendo a sus propios hijos. Y todavía sabía de otros que habían acudido atraídos por el propio asesinato, algunos por rabia o por odio. Pero muchos más habían venido por lealtad a Johnny Wall y a sus padres, o por puro desconcierto ante lo que le había ocurrido, o le podía llegar a ocurrir a alguno de los suyos.

Y finalmente estaban los soldados rasos del Compromiso Cristiano, el grupo de alcance nacional de nueva formación fundado por Bob Christy para fusionar la acción política con su marca de cristiandad, y que ahora formaban una base de apoyo para el oponente de Corey en las elecciones primarias. Con sus pancartas aparcadas momentáneamente, estaban arrodillados formando un círculo, rezando. Corey se dio cuenta de que su madre los observaba con una expresión cercana al deseo: si no fuera por las fisuras con su propia familia, Nettie se habría unido a ellos.

Clay observaba también a los seguidores de Christy.

—¿Qué les has hecho a esta gente? —le preguntó.

—No ser uno de ellos —respondió Corey—. Al parecer, es lo único que les molesta.

Los oradores que precedieron a Christy eran de lo más variopinto: el padre de Johnny Wall, tan mortificado que hizo que el público se acercara más a él; el abogado de Johnny, cuyos intentos de parecer locuaz se ensombrecían por alguna confusión verbal; y luego el principal oponente de Corey, George Engler, un agente inmobiliario del sur de Ohio con una convicción típica de la Cámara de Comercio. Pero Engler aprovechó la oportunidad de asociarse con el reverendo Christy con una florida presentación que, de alguna manera, los glorificaba a los dos.

—Me siento muy honrado —concluyó Engler— de presentar a un hombre tan importante para mi familia como lo es para la vida moral de Estados Unidos, un hombre cuya misión es acercar más a Dios a todas las familias hasta convertirnos —y cito sus elocuentes palabras— en «una nación con alma de Iglesia».

Corey se dio cuenta de inmediato de que el reverendo Christy tenía un talento innato.

Lo había observado brevemente en televisión: afable, con sentido del humor pero al mismo tiempo imbuido de una seguridad capaz de teñir de acero su discurso, Christy parecía tan tridimensional que casi sobresalía de la pantalla.

En persona, su forma alta y abultada se movía por la glorieta con una energía contenida, combinada con una elegancia sorprendente; su voz dominaba tantas notas como estados de ánimo tiene el ser humano: pasión, desdén, ternura, amor y anhelo de trascender. Christy era capaz de emocionar a su público hasta recitando la lista de ingredientes de una caja de cereales. Pero lo más impresionante para Corey era que Bob Christy parecía creerse cada palabra, incluidas aquellas que estaban diseñadas para cortocircuitar la carrera política de Corey.

—Están aquellos —informó Christy a su público— que creen que en el Gobierno no hay lugar para los principios cristianos.

—¡No! —gritó uno de sus seguidores.

Sonriendo, Christy levantó una mano:

—Muchos son buena gente que cree sinceramente que el reino de Dios está en el aire, o en una iglesia, o en nuestros hogares, pero que nuestros colegios, o nuestro Congreso, no son el reino de Dios. Pero hay muchos más que, con su silencio, dan aire y apoyan esta errónea manera de pensar. No estoy aquí por motivos políticos. Estoy aquí con todos vosotros para apoyar a Johnny Wall y, a través de Johnny, a todos los jóvenes a los que hay que proteger de los depredadores, hasta de los mismos profesores a los cuales confiamos sus mentes, que serían capaces de encauzarlos en un estilo de vida que les roba el alma y se lleva sus vidas.

—¿Te parece atractivo? —le murmuró Corey a Clay.

Sin embargo, mientras su padre tenía el ceño fruncido por el desagrado que le producía tener que sufrir los sentimientos exacerbados de alguien, Nettie Grace asentía con la cabeza, un gesto reflejo del que no parecía ser consciente.

Con el micrófono en la mano, el reverendo Christy hizo una pausa para observar a su público, parte del cual se acercaba más al estrado; la otra parte lo escuchaba tranquilamente sentada en sus mantas.

—¿Qué líder moral —exigía saber Christy— puede quedarse en silencio delante de tamaño flagelo? En cambio, el oponente de George Engler en las primarias republicanas ha elegido el silencio, hasta cuando esta terrible perversión llega a su propia puerta.

—¡Cobarde! —gritó alguien entre el público.

El reverendo Christy levantó su mano rechoncha.

—Corey Grace —protestó— es un genuino héroe norteamericano. Cualquiera que ame a nuestro país le debe una sincera gratitud. Pero darle las gracias con nuestros votos sería, moralmente, un error. Invitamos al capitán Grace a hablar aquí hoy. Declinó la oferta, diciendo a través de un «portavoz» que no quería «politizar un asunto legal abierto». —Christy hizo una pausa, dejando que sus comillas verbales quedaran como un golpe artístico—. Pero no le pedimos que tome partido en un «asunto legal», sino que se pronuncie contra un pecado.

—Amén —gritó alguien.

Cuando unos cuantos de los que les rodeaban se volvieron hacia Corey, Nettie Grace se puso a mirar al suelo.

—Me dicen —gritó el reverendo Christy— que Corey Grace está aquí hoy con nosotros. Y a él le digo, Corey, amigo, vuelve a casa: no sólo a Lake City, sino a la casa de Dios.

Si no fuera por las miradas ajenas, Corey habría soltado una carcajada: aquel tío era muy bueno.

—Porque todos nosotros, aquí —proseguía Christy— somos hijos de Dios. Y es por esto por lo que no podemos permitir que nuestros hijos estén tentados de salir del orden natural ordenado por el Todopoderoso.

Christy bajó un poco la cabeza:

—Un hombre murió en este parque —dijo, en un tono que combinaba la tristeza con la advertencia—. Ahora algunos hablan de crimen de odio, pero lo que provocó tal tragedia fue la repulsión de un hombre joven hacia un crimen contra Dios. Como sabemos por el primer capítulo de la Epístola a los Romanos, una ciudad entera fue destruida por este motivo y por el pecado de la homosexualidad, llamado por su nombre: abominación. —Con los ojos cerrados, Christy levantó la cabeza, con las palabras vacilando en el aire mientras procedía a concluir con voz atenuada pero contundente—: Rezo porque todos los que han elegido el camino de la homosexualidad se avergüencen de ello. Porque abrazar la homosexualidad es abrazar la muerte: la muerte de nuestros hijos, la muerte de nuestra civilización.

Corey se volvió hacia su madre y se dio cuenta de que le caían las lágrimas. Clay también la miraba.

—Tengo que salir de aquí —dijo su hermano, con una vehemencia tranquila—. No sólo de este lugar: de esta vida.

Al día siguiente, Corey llamó al general Cortland Lane. Después de un extraño comienzo, le habló de la admisión de la solicitud de Clay en la Academia de las Fuerzas Aéreas.

—Es un buen candidato —le aseguró Corey al general—. He preguntado por ahí. Clay ha aprobado su examen de calificación y ha hecho un buen papel en las entrevistas. Pero en nuestro distrito hay sólo tres plazas, y Clay está cuarto.

En el silencio que siguió, Corey se imaginó al general Lane sopesando la justicia de una petición de este tipo.

—Es un buen chico —insistió Corey—. Si le admiten, sé que nunca defraudará a las Fuerzas Aéreas.

—Déjame ver qué puedo hacer —dijo finalmente Lane—. Y, dime, capitán, ¿cómo lo llevas tú? Bien, espero.

—Más o menos —respondió Corey—. Tener un objetivo ayuda.

El día después de que Corey venciera a George Engler en las primarias —aunque por un margen más estrecho de lo que Hollis Spencer hubiera deseado—, Clay fue aceptado en la Academia.

—¿Has tenido tú algo que ver con esto? —le preguntó Clay a su hermano mayor.

—Nada en absoluto —le respondió Corey con una sonrisa—. Ahora soy civil, ¿recuerdas?

Dos noches antes de que Clay se marchara a la Academia, en junio, su hermano lo llevó a cenar a uno de los mejores restaurantes de Cleveland. Cuando Corey pidió whisky para los dos, nadie pareció inmutarse.

Mientras sorbía de su vaso con precaución, Clay le preguntó:

—Bueno, ¿y cómo va a ser este verano?

Animado por el whisky y por la celebración fraterna, Corey se acomodó en su butaca. Se planteó cómo explicarle a Clay lo que tal vez le pareciera un ritual de alguna tribu de aborígenes:

—Hay una parte de ritual —empezó— y una parte de adoctrinamiento. Una finalidad es exorcizar el ego, para poner en su sitio a los grandullones que entran en la Academia. Los abusos los cometen principalmente los de rango superior: entrenamiento agotador, deporte al límite y un acoso interminable diseñado para hacerte polvo mientras ellos te gritan desde el amanecer hasta que se pone el sol. A las cinco de la mañana vuelve a empezar, cuando te levantan como un zombi y te hacen despertar con una carrera de seis kilómetros. Y así empieza un nuevo día, hasta que los días se empiezan a confundir. —Al ver la cara de su hermano, Corey pensó que era el momento de moderarse—. Lo que hay que tener en la mente es que no estás solo. Todo el mundo es muy desgraciado: al final de la primera semana, todos quieren hacer las maletas.

»Pero nadie lo hace: por un lado, nadie quiere enfrentarse a sus padres. —Corey se acercó a su hermano y le dio una palmadita en el brazo—. El secreto para sobrevivir, chico, es recordar que se trata de un juego. Algunos de los rangos superiores son unos cabronazos, es cierto: es terreno abonado para sádicos de baja estofa. Pero hasta ellos están para servir a la finalidad básica del juego: hacerte aceptar la disciplina que los hombres necesitan para sobrevivir en una guerra, y unirte a tus compañeros de manera irreversible. Algunos de mis compañeros de promoción serán amigos hasta la muerte.

Durante un rato, Clay se quedó mirando su copa:

—Creo que me da un poco de miedo —dijo, finalmente.

—No has de temer nada—lo tranquilizó Corey—. A lo único que te enfrentas es a otros tipos como tú.

Con gran dolor, meses más tarde, Corey averiguó que eso no era exactamente así.

93

8

El día antes de que el Senado celebrara su debate sobre la investigación con células madre, el senador Rob Marotta hizo una extraña visita a la oficina de Corey. Con una sonrisa tan forzada que a Corey le pareció dolorosa, Marotta extendió las manos con gesto de resignación:

—Vengo por el tema de las células madre, por supuesto. Necesito tu voto, Corey.

Corey sintió cierta misericordia; sabía perfectamente cuánto le desagradaba a Marotta pedir favores, y que estaba contrariado por lo que veía como una ascensión a la luz pública demasiado rápida de Corey. En la cabeza de Marotta, él era quien había tenido que trabajar más duro: hacer favores sin fin, hablar en las recaudaciones de fondos de sus colegas, dominar las normas y la cultura del Senado... mientras que Corey se consideraba por encima de tales luchas. Éste era el secreto de su distanciamiento: para Marotta, Corey no se tomaba en serio el mundo tal y como él lo definía; para él, Marotta se tomaba en serio todo menos lo que realmente importaba, una causa a la altura de su talento y ambición. Así pues, estaban destinados a ser antagonistas. Según la valoración pesimista de Corey, era muy posible que, al final, uno le hiciera mucho daño al otro.

—¿Estás seguro? —preguntó Corey.

—El voto se puede inclinar en cualquiera de los sentidos —admitió Marotta—. No es que seas el único que decide, pero hay tres o cuatro senadores más que están esperando a ver qué haces. Al igual que el presidente.

Corey se encogió de hombros.

—Pues entonces será mejor que me asegure de que el presidente tiene razón.

Normalmente, el aspecto algo taciturno de Marotta estaba compensado por un aire juvenil propio de su edad —la misma que Corey— y su capacidad de ocultar las emociones con una actitud de calma y compostura. Pero la sonrisa amarga que asomaba por la comisura de sus labios denotaba que la respuesta de Corey le parecía arrogante y falsa.

—¿Qué es en este caso lo correcto, Corey? Nadie tiene la seguridad de que la investigación con células madre fetales no es una quimera absoluta. ¿Por qué no esperar a métodos que no pongan en entredicho la manera en que valoramos la vida humana?

—Porque hay gente que está sufriendo ahora. ¿Has conocido alguna vez a alguien con alzhéimer?

Marotta vaciló:

—Es posible. Empezamos a pensar que la madre de Mary Rose puede estar en una fase inicial.

—¿No te gustaría ayudarla?

—¿Basándome en qué? ¿En suposiciones? Somos católicos y, para nosotros, lo sagrado de la vida no es negociable. —Con una sonrisa de autodesaprobación, Marotta añadió—: Por eso tenemos cinco hijos, entre diecisiete y cinco años.

Corey le devolvió la sonrisa:

—Y yo pensaba que habías suspendido el programa favorito de Bob Christy: la educación sexual basada en la abstinencia.

La mención de Christy, aunque fuera de pasada, borró cualquier rastro de buen humor de la cara de Marotta:

—Políticamente hablando, eso nos lleva al quid de la cuestión: Christy ha provocado que esta votación sea sobre él.

—En eso no es único. Si se lo preguntas al presidente, es sobre él. Y estoy seguro de que tú crees que yo la considero una votación sobre mí. ¿Y por qué no es sobre un niño con una enfermedad de la médula espinal?

—Si Christy se presenta —dijo Marotta, con contunden-

95

cia— dividirá el partido, y tal vez ayudará a que salga elegido un demócrata. No creo que sea lo que tú quieres.

Corey se rio.

—Desde luego. Hace al menos seis años que no veo ni el más mínimo indicio de que los demócratas sean aptos para gobernar nada.

—Pues, entonces, ¿por qué darle una excusa a Christy para ayudarlos?

Corey se apoyó sobre los codos, apoyó la mandíbula sobre los dedos y miró atentamente a su rival.

—Hay algo fuera de lugar en esta conversación, Rob. Nos las hemos arreglado para reducir una cuestión de sufrimiento humano a problema político parroquial. Parece que nos ocupa cómo tranquilizar a un evangelista que nos está chantajeando por televisión.

—Eso —escupió Marotta— va mucho más allá de las células madre. Éste es todavía tu partido, Corey: el presidente es nuestro líder, y yo soy su líder en el Senado. Si divides nuestro partido, corres el riesgo de acabar siendo un hombre muy arrepentido.

Ante esta amenaza tan poco sutil, Corey sintió la rabia crecer dentro de él.

—Con todos mis respetos —dijo, con voz tranquila—, eso lo dice un hombre que no ha sabido nunca lo que es arrepentirse.

Marotta lo escrutó:

—Pues por qué no me lo explicas.

—No tendré nunca tiempo de hacerlo, Rob. Admite tan sólo que implica convivir conmigo mismo. Esta decisión la tomaré individualmente.

Por supuesto, no resultaba tan sencillo: el presidente de los Estados Unidos llamó cuando todavía no había transcurrido una hora. Corey no se comprometió a nada. Al colgar consideró el riesgo de intensificar la antipatía del presidente. Como Marotta había dado a entender, Corey podía esperar estar en la política mucho tiempo después de que el mandato del presidente hubiera terminado, pero él mismo retendría un poder considerable para asegurarse de que el próximo presidente no fuera Corey Grace.

En aquel momento lo distrajo una voz familiar que sonaba por televisión: en los últimos días, Jack Walters se había acostumbrado a mirar el programa de Bob Christy.

—Estamos controlando el Senado de cerca —aseguraba Christy a sus seguidores— para saber si el senador Marotta y sus compañeros republicanos vencerán a esta manipulación impía de la vida.

—¿Te has preguntado alguna vez —preguntó Jack— por qué Christy no ha presionado contra ti?

Corey inclinó la cabeza, intrigado:

—¿Qué te hace pensar que Christy quiere que yo vote en contra?

Mientras Corey miraba el programa de televisión entró Eve Stansky:

—Ha llamado Leslie Hart. Se pregunta si debería aplazar la cena hasta la votación de mañana.

Sorprendido, Corey se rio:

—Dile que mire el debate. Se enterará al mismo tiempo que yo.

Cuando Corey llegó al Senado, la tribuna reservada al público estaba atiborrada. Lexie Hart se sentaba en primera fila.

Corey levantó la vista hasta que ella lo vio. Hasta de lejos podía advertir su ansiedad y sus dudas.

El senador Rob Marotta abrió el debate.

—Un embrión congelado —dijo algo forzado— es el equivalente moral a un feto, destinado a «ser» para que un matrimonio pueda satisfacer su sagrada misión de crear vida en su mundo. Sin embargo, ahora, los defensores de este proyecto científico proponen crear vida para destruir vida. —Marotta hizo una pausa y observó las caras de sus colegas—: Actualmente hay unos cuatrocientos mil embriones congelados. Desatar la experimentación científica con tantas vidas potenciales es el equivalente moral a una matanza masiva, a autorizar el aborto a la carta.

»Hay siempre «buenas razones» —prosiguió con desdén— para destruir un feto humano, y ahora hay otras «buenas razones» para destruir un embrión humano. Pero nunca habrá una razón lo bastante buena para permitirnos jugar a ser Dios.

Mientras observaba a Marotta, Corey pensó que su discurso, inusualmente apasionado, intentaba igualar la vehemencia de Christy.

—¿Empezamos a juguetear con las células, o incluso la configuración genética, de nuestros bebés? ¿Creamos «niños de estudio» para satisfacer cualquier experimento que se nos ocurra? ¿Empezamos a creer que la clonación humana es realmente tan impensable? —De pronto, la voz de Marotta subió de volumen—. ¿Nos estamos acercando al día en que nuestro preceptor moral dejará de ser Dios, el Padre de todos nosotros, y será Joseph Mengele, el padre de la experimentación nazi en aquel laboratorio que fue Auschwitz?

Corey levantó la vista y vio la expresión en el rostro de Lexie Hart, como una máscara estoica.

—La vida es algo precioso —dijo Marotta, con una serenidad inesperada—. Olvidarlo es ponernos en peligro.

Corey se había escrito su propio discurso. Cuando le llegó el turno, después de una hora de debate, sintió sobre sí la atenta mirada de los senadores indecisos: Lynn Whiteside y Timothy Cole, de Maine; Brian Kell, de Rhode Island; y, para su sorpresa, Chris Lear, de Nebraska.

—Estos últimos días —empezó Corey— hemos asistido a un espectáculo casi tan inquietante como los horrores citados por el senador Marotta: la politización de la ciencia; parece que las decisiones que afectan a la salud y el bienestar de los norteamericanos se han de basar en datos falsos y en cálculos políticos. Hemos oído que el calentamiento global no existe. Hemos visto a portavoces de agencias científicas cuya ignorancia sólo es equiparable a su celo partidista. Incluso hemos escarbado en la tragedia familiar de una mujer clínicamente muerta. Y, al final, resulta que todo esto es tan inhumano como carente de sentido.

Unas cuantas filas delante de él, Marotta se volvió a mirarlo. Pero Corey estaba más alerta a los otros nativos de Ohio que se habían plantado en su despacho y cuyos nombres llevaba grabados dentro: Warren Harding, que había llegado a presidente porque era maleable; Robert Taft, tal vez merecedor de la presidencia, pero con demasiados principios como para convertirse en otro Harding.

Corey sabía —y eso lo tentaba y lo inquietaba a partes iguales— que lo que estaba a punto de decir podía ayudar a hacer, o a no hacer, al próximo presidente.

—La política —dijo— ya no puede bloquear el progreso científico legítimo como los anticientíficos del Renacimiento intentaron que Galileo no cambiara nuestra concepción del universo. No podemos detener el avance del conocimiento humano: tan sólo perjudicaríamos al ser humano.

Después de hacer una pausa, Corey se dirigió con serenidad a sus colegas, como si no fuera consciente del público que abarrotaba el Senado:

—Con todo mi respeto al senador Marotta, creo que la mayoría de los norteamericanos son capaces de distinguir un feto vivo de un embrión congelado que, de otro modo, acabaría desechado. De la misma manera que creemos que nosotros, como senadores, sabemos que hacer experimentos nazis es distinto que trabajar para aliviar el sufrimiento humano.

De inmediato, Rob Marotta se puso de pie.

—Senador Grace —pidió, bruscamente—, ¿le puedo hacer una pregunta?

Aunque no era habitual, esta intervención no sorprendió a Corey en absoluto.

—Por supuesto, senador.

Marotta levantó una carpeta.

—En esta carpeta hay una serie de artículos de expertos científicos que afirman que la investigación con células madre procedentes de embriones no reportarán ningún beneficio científico. ¿Está usted al tanto de estos trabajos?

—Lo estoy, senador. De la misma manera que estoy al corriente de los médicos que afirmaban que Terri Schiavo[2] tenía actividad cerebral. —Mientras un espasmo de risas nerviosas

2. Theresa Marie Schiavo fue una estadounidense en estado vegetativo irreversible que murió en 2005 después de ser desconectada de la máquina que la mantenía con vida. Su caso provocó, en Estados Unidos y más allá de sus fronteras, un encendido debate sobre la eutanasia. (N. de la T.)

recorría la galería, Corey prosiguió—. Déjeme sugerirle que aplace esta votación una semana; entrégueles esta carpeta a los ganadores más recientes del Premio Nobel de Medicina, los doctores Carole Lauder y Joseph Di Santi, y luego venga a contar al Senado sus conclusiones. Una vez lo haya consultado con ambos, sé que estarán encantados de ayudarle.

Aunque Marotta parecía atónito, se recuperó rápidamente:

—Los expertos siempre discutirán, senador. Nuestra obligación es colocar las consideraciones éticas por encima de las ventajas científicas que puede que no lleguen a existir jamás.

Con el rabillo del ojo, Corey vio a la senadora Whiteside moviendo la cabeza y supo que Marotta la había perdido.

—Mi oferta sigue en pie —dijo Corey, quitándole importancia, para luego volver a mirar a sus colegas—. En esta galería —dijo— hay hoy muchas personas que esperan que estas investigaciones pongan fin algún día a su sufrimiento, o que salve a otros de lo que ellos o sus seres queridos ya han sufrido. No podemos decirles, con buena conciencia, que los seres humanos deben sufrir o morir para proteger a un embrión que jamás se convertirá en vida. Por no hablar de que se hagan sacrificios humanos en pro de la conveniencia política. Ni tampoco, en mi opinión, el Dios en el que decimos creer nos pediría esto.

La galería rompió en un aplauso, rápidamente interrumpido por los martillazos del portavoz interino, un venerable senador de Montana que era aliado de Marotta.

—Y es por esto —concluyó Corey, sencillamente— por lo que votaré a favor de la investigación con células madre.

Aunque el resultado de la votación fue de cincuenta y cinco votos a favor y cuarenta y tres en contra, Corey no sintió ninguna euforia. Cuando regresaba a su despacho estaba convencido de que su relación con Marotta sería ahora todavía más difícil, y que la prensa —con parte de razón— se concentraría ahora en el papel que la política presidencial desempeñaba en la decisión de Corey.

En su silla encontró una hoja de papel que había escrito Eve. Tenía un número de móvil apuntado: «Está libre para cenar. Llámala».

9

*M*ientras el *maître* acompañaba a Corey y a Lexie Hart a su mesa, situada en un rincón del Tosca, el senador se sintió más observado de lo habitual. Una vez sentados, comentó:

—Parece que hoy resulto especialmente fascinante. Me pregunto por qué será.

A ella se le escapó una sonrisa por la comisura de los labios.

—Algunos —dijo— pueden pensar que eso que haces no es presidencial.

—Depende de cada presidente, supongo —se rio él.

Cuando llegó la camarera, se mostró algo preocupada por si Lexie aprobaba la mesa que les habían asignado. Al instante, Lexie se mostró tan receptiva, tan atenta para que la joven no sufriera por ellos, que Corey la vio desde una luz distinta. Cuando le preguntaron si deseaba una copa o un poco de vino, ella pidió agua mineral.

Cuando levantó el vaso le dijo, con una sonrisa:

—Quiero agradecerte lo que has hecho hoy, por muy complejos que fueran tus motivos.

—¿No eres una persona fácil, eh?

—No lo soy desde que nací. O eso es lo que me decía mi mamá.

Corey vaciló y luego chocó su vaso con el suyo:

—Por mamá.

Sus miradas se cruzaron brevemente.

—Sí —dijo ella a media voz—, por mamá.

Para los demás, pensó Corey, aquel momento podía parecer más íntimo de lo que era en realidad; había dos parejas en una mesa cercana que los miraban y hacían comentarios susurrados de vez en cuando.

—¿Y qué te hace pensar que toda esta atención es por mí? —preguntó Lexie—. Tú tienes cierta fama, ya lo sabes.

Otra vez aquello. Aunque trataba de ahuyentar esos comentarios, temía ser malinterpretado.

—Eso he oído. Y toda absolutamente inmerecida.

Sus ojos gris verdosos lo escrutaron; le pareció captar su estado de ánimo.

—Si hay algo que comprendo bien es la sensación de ser objeto de las fantasías de los demás. Es a lo que me dedico.

Corey percibió que no eran una pareja que los demás podían malinterpretar, más bien eran dos personas que en las próximas fases definirían qué tipo de relación podrían llegar a tener.

—Bromeo sobre esto —le dijo—, pero miro al tipo que sale en la revista *People* y no me parece que sea yo.

Mientras Lexie lo miraba en silencio, se dio cuenta de lo indiferente que permanecía a los lubricantes sociales habituales: la risa demasiado fácil, el parloteo para no caer en silencios incómodos.

—¿Así que crees que la gente te malinterpreta?

Eso podía ser una pulla o, simplemente, una invitación para que explicara con palabras más claras lo que quería decir. Tal vez por soledad, tal vez porque ella lo desafiaba, cedió ante el impulso de mostrarse cándido.

—No te conozco en absoluto, Lexie. Después de esta noche, es probable que no te vuelva a ver nunca más, de modo que no tengo nada que perder siendo sincero. Tuve una experiencia con el matrimonio y metí la pata. Primero fui infiel; luego me involucré en política: resulta difícil saber qué fue lo peor. Tal vez Janice no fuera la mujer adecuada para mí, pero, como marido, yo no era ningún chollo. Ni tampoco como padre. —La mirada desconfiada de Lexie se había desvanecido, advirtió Corey; aquello le animó a seguir—. Y ahora soy senador en una ciudad llena de mujeres obsesionadas con la política y el poder, algunas de las cuales puede que fantaseen sobre mis posibilidades futuras. Resulta difícil encontrar agradable este tipo de interés, o incluso tomarlo de manera personal. Y desde que salí de la Academia he llevado una vida errante, y todavía la llevo: un discurso aquí, una recaudación de fondos allí, una crisis del día en cualquier otro lugar. Tal vez sea inquieto por naturaleza. Sea cual sea la causa, y por muy desastroso que pueda sentirme por ello, la situación no me ha llevado hasta un segundo matrimonio. Así que salgo con mujeres, y a veces incluso me acuesto con alguna…, tal vez porque le haya gustado y todo. Y así es como vivo.

Lexie puso un dedo frente a sus labios entreabiertos:

—Desde luego sabes cómo edulcorar las cosas, senador. ¿Has pensado alguna vez en dejarlo?

—¿Salir con mujeres?

Lexie se rio tranquilamente:

—No, la política.

—¿Y qué iba a hacer? De vez en cuando me ofrecen un puesto de responsabilidad en algún sucedáneo de Halliburton que vive de los contactos con el Gobierno. Y está claro que no me quieren por mi aguda comprensión del mercado libre; su idea es que rentabilice mi fama y mis contactos, invitando a cenar a oficiales próximos al Gobierno o enjabonando a antiguos colegas, con la mitad de los cuales jamás he hablado voluntariamente. —Corey se detuvo y sonrió—. La verdad pura y dura es que me gusta lo que hago, y que soy demasiado joven para jubilarme. De manera que… estoy atrapado.

—¿En el Senado?

—Eso parece. Aunque, cada vez más, me siento como un hombre en estado catatónico: incapaz de hablar o moverme, pero perfectamente consciente de todo lo que me rodea. Incluyendo la realidad de que mi país está desquiciado y de que mi partido es todavía un pacto entre los fundamentalistas y los poderosos. Es bastante desagradable de ver.

—Pero tú eres más que un transeúnte —objetó Lexie—, hoy llevabas a mucha gente a tus espaldas.

—No ha sido más que algo simbólico. La verdad sea dicha: he estado apoyando una propuesta de ley que está muerta de entrada. El presidente la vetará nada más entrar en su despacho. Lo único que he hecho es crearme más enemigos.

Ella volvió a sonreír:

—No es lo único —replicó—. También has removido las aguas políticas. El año que viene se abre una vacante, un puesto desde el que tú podrías tratar de cambiar todo lo que no te gusta.

Corey jugueteó con su vaso.

—Lo sé —dijo, al fin—. Y todos los demás lo han sabido siempre. Éste es otro de los motivos por los que Janice me dejó: sabía el precio que pagaría y que estaba dispuesto a pagarlo.

—Pues entonces, tal vez ya lo hayas pagado.

—Tal vez sí.

En aquel momento llegó la camarera para tomarles nota. Cuando se marchó de nuevo, Lexie tomó un sorbo de agua y se quedó un momento en silencio.

—Bueno, y ¿te presentarás? —le preguntó—. Tienes un magnífico historial, como dicen en las reuniones de propuestas, y mucho encanto por desplegar. Incluso interpretas bien la candidez, y la gente a la que conozco les encanta un poco de todo eso.

—Parece que estés hablando de un casting —respondió Corey—. Si fuera candidato a la presidencia y me masacraran, perdería la poca influencia que tengo como alguien que podría ser presidenciable. La misión suicida de hoy ilustra el problema: con un solo voto me las he arreglado para alejarme todavía más del presidente actual, fastidiar al líder de la mayoría en el Senado e incendiar a un montón de conservadores cristianos. Si lo juntas todo, equivale a que te deseen la muerte.

—¿No forma eso parte de tu encanto?

—Basta ya de la hora del aficionado —protestó Corey riéndose—. Sabes muy bien cómo ser peligrosa, Lexie. Vamos a explorar la realidad: Rush Limbaugh me ha golpeado la cabeza y los oídos. Marotta se ha asegurado a los que pueden financiarle. Los fanáticos de las armas, los creacionistas, los antimedioambiente y otros miembros de la coalición del partido me odian como si fuera una enfermedad contagiosa. Y la gente a la que gusto, los moderados y los tipos buenos del Gobierno, han sido marginados o se han ido directamente del partido. —A su pesar, Corey sentía la frustración asomando la cabeza—. ¿Me gustaría ser presidente? Por supuesto, pero antes tendría que librar una guerra santa por el alma del Partido Republicano, tratando de liberarlo de gente como Christy o Marotta, procurando llevarlo a mi propia visión para el siglo XXI. La gente que está detrás de Marotta, como Alex Rohr y Magnus Price, no sueltan el poder de manera voluntaria: tendrías que arrancarles los dedos del volante. La campaña sería sangrienta y brutal, un nido de serpientes absoluto. Y yo saldría perdedor.

Mientras tomaba otro sorbo de agua mineral, Lexie le observó por encima del cristal.

—¿Y si fuera desde un tercer partido?

—Ya se me había ocurrido. Pero nadie lo ha probado nunca con éxito. Y en el supuesto de que lo consiguiera, los otros dos partidos harían que gobernar resultara imposible. —Con una sonrisa, Corey añadió—: Estoy seguro de que todo esto es fascinante, pero, como diría George Hamilton: «Ya está bien de hablar de mí». ¿Por qué no nos fijamos en tu vida por un rato?

La expresión de aquella mujer no parecía invitar a hacerlo:

—¿En qué parte?

—Tú eliges. La beca en la Universidad de Carolina del Sur, los dos años en el Peace Corps, el periodo en la Escuela de Arte Dramático de Yale, tu historial de activismo a favor de causas odiadas por los republicanos. Tal vez tu papel estelar como la primera Lady Macbeth de Broadway, o lo que sentiste al ganar un oscar. —Corey sonrió—. Tienes mucho donde elegir. Aunque, personalmente, lo que más me interesa es tu matrimonio. Sería lo justo, ¿no?

Lexie levantó las cejas.

—Parece que me hayas buscado en Google.

—Lo he hecho.

En aquel momento llegó la cena.

—Me siento halagada —le informó Lexie—… y hambrienta. La historia de mi vida puede esperar.

La cena le permitió observarla más de cerca. Como ella misma, su apetito era simple y claro: saboreaba su filete sin reservas fingidas. De todos modos, Corey continuaba teniendo la sensación de que había una parte considerable de ella que, a pesar de todo su aplomo y seguridad, elegía no mostrar a los demás. Lo que se le escapaba eran los motivos, aunque había muchas posibilidades, empezando por el hecho de que era negra.

Era una mujer indudablemente hermosa: sus pómulos marcados y los ojos en forma de almendra desvelaban, observó, un rastro de ancestros indios americanos. Pero lo que le atraía más de ella era su actitud sumamente alerta, una mezcla de delicadeza y de sentirse siempre como si estuviera trabajando: la mirada vigilante, las respuestas rápidas, una sonrisa que asomaba y se desvanecía, pero que expresaba toda una gama de emociones. Llegar a conocer a esta mujer podía ser fascinante, pero, aunque fuera posible, a uno podía llevarle años.

Mientras se acababan la cena, Corey le preguntó:

—No hablas mucho con la prensa, ¿no?

—¡Noooo! —respondió ella, en un tono satírico de horror—. Tal vez sea como mis ancestros indios, que creían que una foto te puede robar el alma.

—Y, sin embargo, eres una mujer famosa.

—Sí, pero es el precio de hacer lo que quiero hacer. Así que lo pago.

Corey tomó un sorbo de su copa de vino:

—¿Incluía este precio también tu matrimonio?

Lexie miró hacia la mesa, como si ponderara su respuesta o, quizá, como si decidiera si debía responder.

—Ron era guionista —dijo, al fin—. Era negro, tenía una buena formación, y parecía tener los mismos valores que yo. Y los dos estábamos al principio de nuestras carreras, más esperanzados que cosechando éxitos. Pero, al parecer, de la noche a la mañana mi carrera despegó: fiestas, estrenos y todo lo que te ocurre cuando estás emergiendo. De pronto, Ron se convirtió en «el señor Hart». Nunca supo por qué le daban los trabajos que le daban, en especial cuando nada de lo que escribía se convertía en película.

De pronto, se detuvo.

—¿Qué pasó luego? —preguntó Corey.

Lexie movió un poco los hombros.

—Nuestro matrimonio se convirtió en un tópico: una noche regresé antes de lo previsto de un rodaje en París y descubrí que me había estado engañando. De pronto, todo terminó: Ron creía que por fin había encontrado el amor.

—A mí me suena como el precio de la fama. O, tal vez, el precio de su inseguridad.

Lexie volvía a mirar hacia el mantel:

—Tal vez se juntara todo, pero lo único que Ron me dijo fue: «No estás en casa por mí, Lexie. Hay algo en ti a lo que yo no llego».

Aunque hablaba en voz baja, aquellas palabras parecían cargar con el peso de sus propias inseguridades.

—¿Crees que es justo? —preguntó Corey.

Lexie volvió a encogerse de hombros.

—En estos momentos me cuesta mucho saberlo. La gente se cree que puedo conseguir a cualquier hombre que me proponga, pero no es tan sencillo: me da la sensación de que asusto a los hombres, o que los hago sentirse pequeños. Y nada más lejos de mi intención.

Por unos instantes, Corey percibió su soledad y quiso aligerar el momento.

—¡Mírate! —La regañó con una sonrisa—. Eres demasiado guapa… y demasiado lista. ¿Qué crees que el hombre medio, patético e inseguro, debe sentir ante esto?

Aunque su propia sonrisa era compungida, Lexie parecía aliviada de que el interrogatorio hubiera terminado.

—Mi madre siempre me decía que hablaba demasiado claro. En eso no se equivocaba, ¿no?

Corey se quedó en silencio un momento.

—Después del postre, ¿por qué no vamos a dar un paseo? Parece que hace una buena noche.

Lexie lo miró brevemente y luego le dedicó algo parecido a una sonrisa sincera:

—Supongo que un paseo no nos hará ningún daño.

10

—Carolina del Sur —le dijo Lexie— es un lugar bastante raro: lleno de fanáticos, evangelistas, cuentistas, alguna gente realmente adorable y más locos de los que puedes llegar a contar. Pero todavía me hace sentir como en casa.

Llevaban un rato andando por la fresca noche de finales de septiembre y se habían sentado en un banco del parque cerca del hotel de Lexie, observando el tráfico que pasaba a través de las ramas de los árboles.

—Tu casa —observó Corey— es también el lugar donde se celebran unas primarias muy críticas, y donde hay una de las políticas más sucias que te puedes encontrar. En buena parte por el racismo.

—No hace falta que me lo recuerde, senador: criarme allí no fue nada fácil. Pero ahora mi tío es diputado en el Congreso y yo soy la «ciudadana reina» de Carolina del Sur de este año. Así que algo hemos avanzado. O tal vez sea que yo he avanzado.

Corey la miró de reojo.

—¿Cuándo empezaste a actuar?

—Pronto. —En la oscuridad, la sonrisa de Lexie parecía reflexiva—. Fue bastante triste, en realidad. Actuar fue mi vía de escape.

—¿De qué?

—Mi padre estaba enfermo del corazón: el siguiente infarto, decían los médicos, lo mataría. Y el mensaje que recibí de mi madre fue: sé buena, no hagas ruido, mantén el mundo de papá de cierta manera o tal vez seas tú la que acabes con él. —Movió la cabeza lentamente—. Cuando miro las fotos de aquella época veo a una niña delgadita y de cara triste. Recuerdo que me inhibía. Me iba a sentar debajo de un árbol del jardín de atrás y leía durante horas, perdida en mi propio mundo. Estoy segura de que fui la única niña negra de nueve años de Greenville que lloró con *Cumbres borrascosas*. Y luego descubrí el teatro y cómo puedes convertirte en otra persona.

—¿Había alguna de estas «otras personas» que te gustara de manera especial?

—¡Claro! —respondió Lexie, riéndose—. Un personaje de *El crisol*, una chica adolescente histérica. Me permitía gritar, a todo pulmón, sin arriesgarme a matar a mi padre. Y me di cuenta de que en el escenario me sentía más libre de lo que me sentía en ninguna otra parte. Y una parte de mí sigue experimentándolo. Puedo estar actuando en una obra, delante de amigos que me han venido a ver, y luego no tener nada que decirles. En *Macbeth* me ocurrió. Pero casi siempre sé cómo ponerle freno: ahora me voy a casa y soy Lexie Hart, no un personaje.

La historia le dejó intrigado, tanto por ella misma como por el hecho de que, suponía Corey, ella nunca hablaba de sí misma.

—Pero ¿actuar sigue siendo una vía de escape para ti? —preguntó.

—Sí y no. Tal vez la política sea un vicio, pero mi forma de fantasear viene con su propia y dura realidad: Hollywood puede ser como el instituto de bachillerato más duro, donde encuentras a la gente más traidora del mundo. Y tengo casi treinta y siete años: si eres una mujer de más de treinta, puedes caducar en una décima de segundo. —Lo miró brevemente—. Hay días en los que me siento bastante sola. Pero mira lo que dicen de Washington: si quieres un amigo, mejor te compras un perro.

—Yo debería pagar a alguien para que me lo cuidara. —Corey se rio—. Y, ¿cómo te las apañas, con todo esto?

Lexie miró el césped que había bajo sus pies:

109

—Limitando mi acceso a la fama, de alguna manera. Después de ganar el oscar no quise quedarme atrapada en la maquinaria, posando para todas las revistas con vestidos de modistos famosos, o haciendo pelis malas y caras para un público de dieciocho años. —Movió la cabeza a ambos lados y sonrió—. Aunque había una en la que disparaba un arma láser y gritaba: «¡Chúpate ésa, bola peluda!». De vez en cuando necesitas su dinero, aunque sea para pagarte trabajos más importantes. Pero, en general, elijo películas que me enseñan, aunque nadie las vaya a ver. Supongo que es como lo que tú has dicho sobre lo de presentarte a la presidencia: no quiero hacer lo que otros esperan que haga y acabar ganándome su desprecio por haberlo hecho. O incluso sentir desprecio por mí misma. —Lexie hizo una pausa y concluyó, a media voz—. Lo que no sé nunca es si eso me hace sentir orgullosa o, simplemente, temerosa. ¿No te lo preguntas nunca?

—Cada día.

Ambos se quedaron en silencio. Corey pensó en lo mucho que sus mundos se parecían —o, tal vez, ellos se parecían— y, al mismo tiempo, en lo distintos que eran.

—¿Qué te resulta más difícil: ser mujer o ser negra?

Lexie respondió con una carcajada triste:

—¿En Hollywood o en la vida?

—En los dos, supongo.

Ella se volvió a mirarlo.

—La vida es un tema más amplio de lo que tendremos tiempo de considerar. Pero, como en la vida misma, la raza es el escollo más duro en Hollywood. No creo que te sorprenda: el número de papeles para actores blancos en relación con los negros es muy parecido a la ratio de senadores blancos y negros: noventa y nueve a uno, la última vez que lo miré. —Su voz se volvió plana, y tal vez un poco dubitativa—. Si eres mujer, te estás haciendo mayor y eres negra, simplemente debes seguir luchando por conseguir buenos papeles.

»Parte del problema es que los guionistas varones que dominan la industria del cine no crean personajes femeninos creíbles —¡por no hablar de personajes femeninos negros!—, y se dedican a reciclar viejos estereotipos. O, tal vez, sus estereotipos: si te fichan para interpretar a la madre de alguien, resulta que estás interpretando a su madre. De modo que tienes que encontrar la humanidad en cualquiera que hayas accedido a interpretar.

—¿Y entonces ya tienes «cuarenta» y siete?

Lexie lo miró con más atención y dijo:

—Ya he hablado mucho, senador…

—Corey.

—Está bien, Corey —dijo, en un tono ligeramente sardónico—. Es como si hubiera estado interpretando un monólogo. ¿Cuánto de lo que hago te puede interesar realmente?

¿Cómo podía traspasar, pensó Corey, las barreras de su desconfianza?

—En realidad, todo —respondió él—. Y ahora me encuentro preguntándome qué te depara el futuro.

Al cabo de un momento, ella se encogió de hombros:

—Producir películas que me interesan; tal vez incluso dirigirlas. Pero necesitaré financiación. Y los poderosos de la industria cinematográfica suelen ser tan poco sensibles como poderosos. Alex Rohr, por ejemplo. Ahí es donde se cruzan nuestros mundos. Más allá, me gustaría hacer más teatro. Puede ser maravilloso: cada noche, el mismo personaje resulta ser un poco distinto. Y la política, por supuesto —añadió mirando a Corey fijamente—. Para mí, empezó tan pronto como el teatro.

—¿Por lo de los derechos civiles?

—Por eso y, sencillamente, por haber nacido pobre. —Su voz se dulcificó—. A mamá siempre le gustaron los Kennedy, la idea de que algunos ricos, de alguna manera, se preocupaban por ella. De modo que aprendí a ver al Gobierno como algo capaz de salvar a la gente: la obligación que tenemos de cuidarnos los unos a los otros. A través de la fama tengo la oportunidad de hacer algo; al menos, hasta que la fama se apague. Pero la fama también me ha hecho ser precavida. —Hizo una pausa y se ajustó la chaqueta de su traje alrededor de los hombros, para protegerse del frío—. En tu mundo hay muchísima gente que no me gusta, pero sé lo doloroso que puede ser vivir tu vida ante el público. Así que me esfuerzo mucho por mantenerme concentrada en los temas concretos, incluso cuando los políticos me persiguen, a mí o a mi industria, de una manera personal y desagradable.

111

—De alguna manera eres un objetivo —respondió Corey—. Personalmente, me da igual si un actor decide ir detrás de mí. Pero me preocupa mucho el tipo de mierda con que el mundo del espectáculo inunda a nuestros chicos. Ahí es donde Christy y yo podríamos tener algo en común.

—¿Incluso si hablamos de censura? —preguntó Lexie.

—No de censura, pero estoy convencido de que tu industria puede hacer cosas mucho mejores de las que hace. Y también creo que lo sabes. —Corey sintió vibrar el teléfono móvil en su bolsillo; dada la hora tenía que ser un mensaje urgente—. Mira —añadió, con un tono conciliador—, los pecados del mundo del espectáculo no tienen que ver contigo ni conmigo, pero he pensado que no debía guardarme mis opiniones.

—Oh, en eso estamos de acuerdo. Mi industria puede hacer cosas mucho mejores sobre los negros que el tipo de mierda que hacen sobre nosotros. Hay una película que quiero producir que tratará de esto. Suponiendo que consiga hacerla despegar.

A juzgar por la frustración que reflejaba su voz, eso era para ella tan importante como todo lo que había mencionado anteriormente.

—Háblame de ella —le pidió Corey.

Lexie negó con la cabeza.

—Es una larga historia…, y se está haciendo tarde.

Corey, decepcionado, se encogió de hombros.

—Quizá la próxima vez.

Por un largo instante, Lexie le miró a los ojos.

—Tal vez sea lo que me has estado pidiendo, y lo que yo he elegido contarte. O tal vez sea solamente yo. Sea lo que sea, siento la necesidad de serte sincera. Pareces una persona honesta, Corey. Esta noche lo he pasado muy bien y, además, te agradezco mucho lo que has votado hoy. Pero no puedo soportar a tu partido político: para mí, lleva el germen del racismo y de los privilegios desde que la mayor parte de los segregacionistas de Carolina del Sur lo convirtieron en su nuevo hogar.

—Yo no los invité —interrumpió Corey—; a mí tampoco me gustan.

—Igualmente, forman parte de la gente a la que has elegido como compañeros. —Aunque su voz se suavizó, su tono era firme—. Tal vez, en algunas cosas, podríamos acordar no estar de acuerdo. Tal vez eso te suene increíblemente extraño, como mi propia y particular forma de fanatismo. Pero la raza es algo que me ha marcado mucho. Si tengo que discutir con alguien de este tema, o pedirle que tenga en cuenta todo lo que he tenido que pensar desde el día en que fui consciente de que no era blanca, es demasiado para aceptarlo.

Irritado, Corey se puso de pie con las manos en los bolsillos.

—Así pues, ¿la gente no puede cambiar nunca ni evolucionar, y todos los republicanos son iguales? Suena muy condescendiente. ¿Por qué no dejar que nosotros dos seamos, sencillamente, personas?

Lexie cruzó los brazos y dijo a media voz:

—Como tú mismo reconoces, eres un hombre ocupado con grandes ambiciones. Por tanto, ¿qué importancia tiene para ti? ¿Simbolizo yo una especie de programa de ayuda social, o es que soy tu reto del día?

La pregunta daba un poco en el clavo; una pregunta capaz de dejarle en silencio. Pero la respuesta que se le ocurrió se le antojó como una verdad más profunda:

—Realmente no puedo explicarlo, Lexie. De alguna manera, tengo la sensación de que eres alguien que me importa: tú, no una estrella del cine afroamericana ganadora de un oscar cualquiera. No puedo imaginarme estar contigo y, simplemente, ser como un ligue cualquiera. Y, a riesgo de sonar engreído, soy lo bastante grande para ti.

Hasta a la luz de la luna, Corey pudo ver su sonrisa escéptica:

—¿Porque eres senador?

—Porque no me asustas. Ni siquiera me dejas especialmente boquiabierto. Y eso me da la libertad de que me gustes y, lo creas o no, interesarme sinceramente por la manera en que percibes el mundo, incluido mi mundo. Incluso puedo ser capaz de diferenciar tu actitud increíblemente defensiva de tu increíble falta de tacto. De manera que sí, creo que me gustaría volver a verte.

Durante un buen rato, Lexie se limitó a mirarle. Luego se puso de pie y le tocó la manga.

—Acompáñame hasta casa, ¿vale?

113

Anduvieron tres manzanas en silencio, solos por las aceras desiertas. Cuando llegaron al hotel, el portero, que se esforzaba por no mirarlos, le recordó a Corey aquello de lo que ambos no podrían nunca huir.

Ella se volvió a mirarle, con la mirada directa y fija:

—Gracias por la cena —dijo—. Si he sido demasiado dura, lo lamento.

El teléfono de Corey volvió a vibrar en su bolsillo.

—No has sido demasiado dura. Solamente, alguien que no me conoce. Y tal vez no llegues a conocerme nunca. Pero te prometo que no me tomaré la cena siguiente como si fuera una peli Tracy-Hepburn en la que yo te ayudo a descubrir a la niña que llevas dentro…, por no decir, a la republicana que llevas dentro.

Lexie le dedicó una última sonrisa fugaz.

—Eso es imposible —dijo. Luego se dio la vuelta y desapareció, mientras el portero la escoltaba al entrar.

Mientras pensaba en lo que había querido decir, Corey decidió buscar un taxi.

Tardó cinco minutos en encontrarlo. Cuando se acercaban a su casa pareada, la visión del Capitolio, una cúpula iluminada en medio de la oscuridad, le recordó que tenía mensajes que consultar.

Había tres, todos de Blake Rustin: Bob Christy, Rustin lo sabía de buena tinta, planeaba hacer un anuncio la semana próxima: «Hoy le has hecho enfurecer. Estoy casi seguro de que se presentará. Después de esto, la única duda es el daño que eso le hará a Marotta, y cómo eso te afecta a ti».

11

El primer martes de octubre, Corey y Blake Rustin miraron cómo el reverendo Christy hacía su «anuncio especial». El predicador aparecía sentado en una butaca muy mullida en el plató de su programa de televisión, hablando sin notas mientras la cámara le enfocaba el rostro: «Durante cuarenta años, he contemplado cómo nuestro Gobierno precipitaba el declive moral de nuestra nación. Todavía me quema en la memoria el día en que todo empezó. Estaba en la Facultad de Teología, mirando las noticias, cuando Walter Cronkite nos dijo que el Tribunal Supremo de Estados Unidos, el supuesto protector de nuestras libertades, había prohibido que los niños norteamericanos empezaran su jornada escolar con una sencilla plegaria a nuestro Creador. —La voz de Christy se hacía más grave—. Las lágrimas me inundaron los ojos y, sin embargo, no hice nada».

—Se presenta —dijo Rustin.

Christy se acercó más a la cámara, de modo que ahora su rostro llenaba la pantalla.

«Diez años más tarde, ese mismo tribunal les dijo a las mujeres de Estados Unidos que tenían derecho a matar a sus hijos no natos. Y yo me di cuenta de que esos nueve jueces se habían convertido en los sumos sacerdotes de la nueva «religión» de nuestro Gobierno: un humanismo laico que no conocía límites y que no sentía necesidad de Dios.»

Mientras se tomaba su café solo, Corey se imaginó a su madre mirando el programa:

—El tío es bueno —le dijo a Rustin—. Puedes estar de acuerdo o no, pero tiene la virtud de saber meter el dedo en la llaga de la inquietud social.

«Siempre he menospreciado la política, hasta el día que me di cuenta de que nuestra política menosprecia a nuestro Dios. ¿Cómo podía Dios, me pregunté, ordenar nuestra forma de gobierno y luego permanecer indiferente a sus obras? —La voz de Christy sonaba grave y severa—. Pero éramos nosotros los que permanecíamos indiferentes, haciendo caso omiso de nuestro deber de asegurar que Estados Unidos obedezca las leyes de Dios. Desde aquel día terrible en que el Tribunal Supremo autorizó el asesinato, millones de norteamericanos corrientes se han levantado para luchar contra un Gobierno ateo que nos pide que aceptemos el divorcio desenfrenado, la promiscuidad sexual, el matrimonio homosexual, la erradicación incesante de Dios de la vida pública y un desprecio tan profundo hacia la propia vida que nos lleva a arrancar a los bebés de los vientres de sus madres.»

Los ojos de Christy se humedecieron, y sus rasgos de expresión parecieron quedar inmóviles por el peso del dolor.

«El resultado de esta gran batalla permanece dudoso. Hace dos semanas, en el Senado de los Estados Unidos, un grupo de republicanos renegados se asociaron a los demócratas para aprobar una sentencia de muerte para cuatrocientas mil vidas potenciales que no pueden hablar para defenderse. Imaginad lo que dirían si pudiéramos oírlos.»

Christy hizo una pausa, moviendo la cabeza en señal de condena:

«Es todo lo mismo, el aborto o la investigación con células madre. Pero hay algo que resulta obvio: todos los que creen en el aborto han nacido. Tal vez no se den cuenta de que una sociedad que les permite seleccionar qué bebés han de morir, también puede decidir qué ancianos van a vivir».

—Ahí es donde yo me apeo —observó Corey—. Intentar curar la parálisis no implica la eutanasia.

Christy cerró los ojos brevemente y prosiguió con una voz próxima al susurro:

«Durante dos semanas he estado pidiendo en plegaria qué hacer. Millones de vosotros habéis compartido conmigo vuestras esperanzas y plegarias por nuestro amado y díscolo país. He escuchado vuestras voces y creo que, humildemente, la voz del propio Dios. Y así, el periplo que inicié hace cuarenta años me ha conducido hasta este día asombroso. —Poco a poco, los ojos de Christy se abrieron y prosiguió con voz ronca y temblorosa—. Hoy, agradecido por vuestra bendición, declaro mi candidatura a la presidencia de los Estados Unidos.»

—Eso lo desmonta todo —dijo Rustin, encantado—. El mundo de Marotta acaba de dejar de girar sobre sí mismo.

En aquel momento sonó el móvil de Corey. De pie, miró el número de la pantalla y se preguntó de dónde era el prefijo 310. Y entonces lo adivinó.

Al responder, dijo a media voz:

—Esto es una sorpresa.

Rustin se volvió a mirarle.

—No sé exactamente cómo decirlo —le dijo ella—, pero he estado pensando mucho en ti.

—Y yo en ti. —Rápidamente, reaccionó—. ¿Dónde estás?

—En Martha's Vineyard. He alquilado una casa hasta la semana que viene. —Hizo una pausa y añadió—: Me preguntaba si la casita de invitados sería de tu agrado.

Corey vaciló, repasando mentalmente su agenda mientras trataba de evaluar los pros y los contras de pasar un fin de semana célibe con aquella mujer que había reconocido al instante. Con voz vacilante, ella añadió:

—Sé lo muy ocupado que estás…

De pronto, Corey se decidió:

—Es demasiado tarde para que me cortes la cabeza. Dime cómo puedo llegar hasta allí.

Su carcajada expresaba alivio, como si hubiera temido sentirse rechazada.

—Hay aviones que salen desde Boston, como los que usaban los hermanos Wright: un piloto y un par de hélices.

—He volado en cosas peores —respondió Corey.

Al colgar, se sorprendió sonriendo a Bob Christy.

—¿Quién era? —preguntó Rustin—. Tenemos a Christy

117

delante intentando hacerte presidente y tú tienes cara de recién lobotomizado.

Corey cambió de expresión y le respondió:

—A menos que sea candidato a la presidencia, Blake, mi
vida privada me pertenece.

12

Al cabo de tres días, Corey voló hasta Martha's Vineyard. No le contó a nadie sus planes. Ella no fue a buscarle al aeropuerto. Por si las moscas, acordaron que era mejor que llegara y se marchara de la isla sin crear problemas para ninguno de los dos.

La casa que había alquilado en Chilmark era de una estructura excéntrica y laberíntica que parecía haber sido construida en distintas épocas y a partir de estilos arquitectónicos poco coherentes. Corey aparcó su coche de alquiler y, tal como habían acordado, la buscó por el jardín de detrás de la vivienda.

La encontró medio tumbada en una terraza, frente a una extensión de césped que bajaba hasta las aguas bravas del Atlántico, iluminadas por el sol de media tarde. Ataviada con unos vaqueros y un jersey de lana, Lexie tenía un libro en el regazo y leía tan concentrada a través de sus gafas que le recordó más a una atractiva estudiante de doctorado que a una estrella del cine.

—Hola —dijo.

Ella se sobresaltó visiblemente y luego, casi de inmediato, se rio de sí misma.

—Perdona —dijo—, a veces me asusto. Creo que me he perdido en esta historia.

—¿Qué lees?

—Es una novela de una escritora nigeriana joven, basada

en la muerte de un escritor al que colgaron por exponer los tratos de su Gobierno con un cártel del petróleo. La autora la ha escrito porque nadie parece acordarse. —Se levantó y tocó brevemente el brazo de Corey—. Pero, bienvenido.

—Gracias. —Con las manos en los bolsillos de sus pantalones de algodón, Corey observó la casa—. ¿Cuál es la historia de este lugar?

—Excéntrica. La construyó un artista local como una especie de campamento rural. Cuando empezó a vender sus cuadros, comenzó a añadir anexos de manera caprichosa. —Señaló hacia una galería acristalada que sobresalía de la casa como si un huracán hubiera estrellado un camión contra la pared—. Como ves, el sentido de la proporción del hombre estaba limitado a sus obras de arte. Pero las vistas son fantásticas, y la mayoría de la gente ni siquiera sabe que aquí hay una casa. —Con una sonrisa, añadió—: Y además, a mí me gusta. Me recuerda una vieja muñeca que iba remendando hasta que los botones de sus ojos eran de distinto color y tuvo todas las extremidades torcidas. De algún modo, me da la sensación de que no puedo abandonarla.

Algo en aquella historia le llamó la atención por peculiar: le resultaba fácil imaginársela de niña, tejiendo fantasías debajo de su árbol. Se sorprendió al darse cuenta de que, fuera cual fuera la causa, parecía más accesible que la mujer reservada que había conocido en Washington.

—¿Me la enseñas? —le pidió.

Ella lo fue llevando de una habitación a otra mientras le señalaba un batiburrillo de muebles y artefactos tan estrafalarios como la misma casa. La visita acabó en un mirador de la segunda planta que tenía una espléndida vista panorámica sobre el océano.

—Y aquí tienes el océano —dijo ella, agradecida—, otro motivo por el que vengo aquí.

—¿Cómo encontraste esta casa?

Lexie se apoyó en la barandilla, contemplando el mar a través del césped.

—Desde siempre había oído hablar de Vineyard: el municipio de Oak Bluffs era un centro del movimiento abolicionista y se ha convertido en un paraíso para los intelectuales negros, o, simplemente, para las familias negras que buscaban un lugar de vacaciones socialmente confortable. Spike Lee pasa muchas temporadas aquí, por ejemplo. Pero hace años, cuando decidí venir por primera vez, la casa de Spike estaba ocupada y yo necesitaba desesperadamente estar sola. Y esto —concluyó a media voz— estaba solo.

Corey se puso a su lado, apoyado en la barandilla.

—¿Estabas en medio de alguna crisis?

Ella pareció meditar la respuesta:

—Una pequeña crisis del alma, supongo. Ron y yo habíamos roto hacía un año y yo iba un poco a la deriva, todavía dolida, todavía sin saber qué nos había ocurrido. De modo que hice lo más estúpido que podía hacer: me lié con un compañero de rodaje.

—¿Estúpido? —preguntó Corey—. ¿O humano?

—Estúpido —dijo ella, con énfasis—. Y potencialmente fatal para otros. En concreto, su agradable esposa rubia y sus tres hijos rubios.

—Es posible —admitió Corey—. Pero sé unas cuantas cosas sobre este tema. Y al fin y al cabo, se trataba de su matrimonio.

—Eso es lo que me decía a mí misma. Pero era consciente de mucho más, como era consciente de lo que nos estaba ocurriendo a los dos. —Su voz adquirió un tono de arrepentimiento—. Nos pasamos dos meses rodando en Córcega, y no hay ningún papel tan irreal como la atmósfera que se crea en un plató de cine. Allí ya no sacas la basura; todo lo que dices es divertido, y creas una relación intensa con gente que, como tú, están totalmente alejados de cualquier realidad que no sea lo que se ha convertido en una obsesión común. En este caso, una historia de amor.

»Si quieres un entorno totalmente romántico y proclive a las relaciones, éste es uno de los mejores. Y los problemas son tan obvios. —Se volvió a mirarlo—. Lo que en el plató tiene sentido, en la vida real no lo tiene. Yo me refugié en ese hombre en busca de seguridad: de que era una mujer deseable cuya sexualidad había estado, simplemente, anestesiada. Y pude haber arruinado el matrimonio de un hombre al que estaba usando para intentar recuperar mi integridad. Así que decidí romper y vine aquí para reflexionar. Cuando me marché, al cabo de dos semanas, había recuperado algo parecido al equilibrio. Y desde entonces he tratado de no volver a perderlo.

A Corey le dio la sensación de que aquella historia era una más de las piezas de puzle que formaba a Lexie Hart, y estaba seguro de que tenía mucho más que aprender. Mientras ella lo escrutaba, con un rastro de duda asomando por sus ojos, Corey se preguntó si le había leído los pensamientos.

—Ahora que estás aquí —dijo ella—, no tengo muy claro qué hacer contigo.

—Muy fácil —respondió Corey—. Dame de comer.

Decidieron acercarse a un pueblo pesquero cercano, Menemsha. Allí, según Lexie, podían comprar la mejor langosta cocida de la isla.

—Hablando de cosas irreales —apuntó Corey—, que tu idea de comida para llevar sea una langosta habla del estilo de vida que llevas.

Sonriente, Lexie se concentró en la carretera de dos carriles que serpenteaba por los muretes de piedra y los prados que, para Corey, eran tan típicos de Nueva Inglaterra.

—Pronto volverás a tu propio mundo irreal —le dijo—. ¿Te ha costado mucho escaparte?

—De mi personal, desde luego. Y también de la política presidencial... Me temo que tendré que dedicar parte de nuestro tiempo a pensar qué debo hacer. Supongo que sabes que Christy se presenta.

—Y supongo que no te sorprende —respondió ella, irónicamente—. Al menos, desde que te convencí de que persiguieras a todos esos embriones a los que Christy ha jurado proteger.

Corey se volvió hacia ella.

—¿Cómo lo ves?

—¿A Christy? —Se encogió de hombros—. Tal vez sea sincero, pero cuando lo escucho no puedo evitar acordarme de todos esos predicadores de mi infancia que sabían, sabían perfectamente, que la Biblia prohibía que nuestras razas se mezclaran, y cuyo Dios fundamentalista me odiaba a mí y a mi Dios.

»Cuando tenía unos siete años, mi madre cuidaba de un

niño blanco de más o menos mi edad. Un día, mamá me dijo: «No le cojas tanto cariño a Stevie. Puede que algún día crezca y te llame negra». Y, más o menos, lo hizo. Y también se convirtió en predicador. Christy lucha por los embriones como si no hubiera futuro. Pero una vez que nace el niño negro, él no tiene nada que decir sobre dónde vive o cómo se alimenta o educa. Tan sólo un puñado de cosas piadosas sobre «nuestro camino común hacia la eternidad». Entre el nacimiento y la muerte, creo que no nos ve en absoluto.

Cuando llegaron a Menemsha, Corey entró en el mercado de pescado y Lexie se quedó en el coche. Se preguntó si ella se sentía tan extraña como él.

Al lugar al que lo llevó se accedía solamente por un camino de carros tan irregular que el todoterreno de Lexie vibraba a cada salto. Pero una vez en la pista de arena que conducía por entre las hierbas marinas hasta el promontorio desde donde descendía la playa, comprendió por qué lo había llevado.

123

Bendecidas por la exposición al poniente, kilómetros de arena blanca y rocas medio enterradas se extendían hacia el promontorio de arcilla roja sobre el que asomaba el faro de Gay Head, una forma distante sobre el cielo azul cobalto de primera hora del anochecer. Por encima del agua espumosa que llegaba hasta las islas Elizabeth, el sol en declive iluminaba por detrás una madeja de nubes que filtraban la luz absorbida por las olas y teñían de varios colores —verde de las hierbas, azul acuático, gris de las rocas, pardo de la arena— con un tono sepia muy cinematográfico.

—Precioso —dijo Corey.

Lexie asintió.

—Para mí, lo más bonito es el mar. Puedo quedarme horas mirando el agua sin darme cuenta del tiempo que ha pasado.

Tendieron una manta entre dos rocas que los protegían de la brisa. Mientras Lexie disponía la comida —langosta, pan y una ensalada—, Corey abrió una botella de agua mineral; procuraba asumir tanto la rareza como el estímulo de estar a solas con ella. Le llenó el vaso.

—¿Por qué brindamos?

—Pues no lo sé —dijo Lexie, sonriendo dubitativa—. Por la confusión, quizá. O por la ambigüedad.

—Oh —dijo Corey ligeramente—, a las dos las conozco muy bien.

Se quedaron sentados en silencio durante un rato, mientras degustaban la langosta con salsa de mantequilla y limón.

—Me preguntó —dijo Corey finalmente— qué te ha llevado a invitarme.

—No iba a hacerlo —respondió Lexie, riéndose un poco—. Primero tuve que comprobar tu historial de votaciones y leer unos cuantos discursos tuyos.

Corey la miró con más atención.

—Lo dices en serio, ¿no? No estás bromeando.

Su mirada mezclaba humor, vergüenza y desafío.

—Ya te dije lo que pienso de los republicanos. Pero no hay mucho en tu historial con lo que yo discrepe. Me gustó especialmente el discurso en el que llamabas a la oposición el «elegante racismo disfrazado de creencia piadosa de que ha llegado la igualdad» de la Voting Righs Act. —Sonrió fugazmente—. Aunque te queda mucho por recorrer; perteneces a un partido financiado por tipos ricos como Alex Rohr, cuya premisa principal es que debemos darles todavía más poder del que tienen. ¿Estás seguro de que no quieres deshacerte de esa gente?

—¿Deshacerme de ellos? —respondió Corey con una sonrisa—. Yo soy su salvación, pero ellos todavía no lo saben.

Ella lo miró con escepticismo.

—Tenemos que hablar mucho de este tema. Pero tal vez tenga la paciencia suficiente para dejarte comer.

Acabaron de comer en un silencio amistoso. Apoyado en una roca, Corey observaba cómo el sol iluminaba las nubes de un naranja intenso mientras se deslizaba bajo el agua.

—¿Te importaría hablarme del proyecto de película en el que andas metida?

Lexie frunció el ceño.

—En ese sentido, soy un poco supersticiosa, como si hablar de la historia pudiera provocar que nunca se fuera a convertir en una película... Paranoias mías, supongo.

—No, creo que te entiendo.

La oscuridad empezaba a envolverlos. Entonces, para sorpresa de Corey, Lexie dijo:

—Es una historia normal de cuando crecemos, de alguna manera. Excepto que el chico protagonista es negro y tiene dieciséis años, y está atrapado entre la vida de pandilla de gamberros de su hermano y todo el potencial que tiene para alcanzar un futuro distinto. No es una historia alegre: quiero que la gente sepa la verdad. Y la verdad es tragedia. Hemos perdido a tres generaciones de jóvenes negros y lo único en lo que piensan los políticos es en endurecer las penas para los fumadores de *crack*. —Su voz se mantenía serena—. Seguramente hay más cosas que el «Estados Unidos blanco» puede hacer, pero hay mucho más que tenemos que hacer por nosotros mismos. Eso es lo que intento transmitir.

Pasaron unos momentos y su silencio parecía ahora más íntimo que antes. Detrás de ellos, Corey se fijó en que se había materializado un cuarto de luna por encima de las hierbas marinas.

—Si te presentaras a la presidencia —preguntó finalmente Lexie—, ¿habrías venido?

En la oscuridad no era capaz de descifrar su expresión.

—No lo sé —dijo—. Es una pregunta que va más allá de lo que puedo responder con facilidad.

—Bueno —respondió ella a media voz—, al menos eso suena sincero.

Se quedaron en silencio de nuevo. Cuando Corey la tomó de la mano, ella no trató de apartarse. Tenía la piel cálida.

125

13

*P*asaron el fin de semana haciendo excursiones a pie, paseando en kayak, corriendo por la playa y conversando sobre cualquier cosa que se les ocurría, ya fuera seria o superficial. Sólo se separaban de noche, esos largos tramos que Corey pasaba despierto, consciente de su proximidad, preguntándose si ella también estaría pensando en él.

El domingo por la tarde subieron el camino serpenteante que llevaba hasta Waskosims Rock. Sentados encima de la colina, contemplaron la extensa vista de bosques y campos. Las hojas empezaban a mudar los colores y los robles se teñían de naranja rojizo hasta donde alcanzaba la vista de Corey. Aquellos bosques habían sido campos de labranza, le contó Lexie, hasta que los granjeros se mudaron y la naturaleza recuperó su territorio. Los viejos muretes de piedra que entretejían el terreno boscoso eran el último rastro del pasado agrícola.

—Por toda Nueva Inglaterra corre esta impresión de abandono —explicó Lexie—, de gente que, sencillamente, ha desaparecido. A mí me da una sensación druídica, como si visitara Stonehenge: paredes que se desmoronan lentamente, lápidas en cementerios abandonados extrañamente torcidas, con los nombres medio borrados por la erosión del viento y la intemperie. A veces me paro en alguno de estos lugares y me pregunto, ¿quiénes fueron? ¿Cómo eran?

Corey sonrió.

—Lo haces mucho, esto, ¿no? Imaginarte a otras personas.

—¿Crees que es malo? ¿O sólo raro?

—Nada de eso. Es sólo que a veces creo que este país muere por eso: por una falta masiva de empatía y de imaginación.

Ella se volvió a mirarlo.

—¿Qué quieres decir?

—¿Por dónde empezar? Piensa en la política tal y como la practica Magnus Price: inflama a sus seguidores tachando a todos los que no piensan como él de enemigos, inclinados demoníacamente a destruir el «Estados Unidos real», hasta que la mitad de la gente de este país odia a la otra mitad y el resto cree que la política es algo tan tóxico que ni siquiera merece la pena votar. O piensa en una prensa tan perversa como la de Alex Rohr, que enseña a despreciar a la gente a la que ni siquiera conoces. Es todo un cínico ejercicio de marketing: encontrar tu grupo demográfico y explotarlo. —La voz de Corey estaba llena de frustración—. En los Estados Unidos de Price y Rohr, los votantes son ratas de laboratorio en un experimento de ciencias políticas, programadas para ser más temerosas de «los otros» que la gente con la que yo crecí... Dios sabe lo que mis padres son en realidad. Pero, en realidad, no son tan distintos de los liberales de ambas costas que tratan con desdén, sin hacer ningún esfuerzo por imaginarse qué aspecto tiene el mundo para ellos. En vez de vernos los unos a los otros, hemos empezado a vivir en comunidades mentalmente cerradas creadas por cabrones como Price y Rohr. Me dan ganas de vomitar.

Lexie lo escuchaba con los ojos abiertos de par en par y luego se echó a reír.

—¡Buen discurso, senador Grace! ¿Cómo es que me lo ha dedicado solamente a mí?

Él movió la cabeza.

—Siempre tengo la tentación de decirlo, pero sería el último clavo en mi tumba política. Además —añadió irónico—, probablemente sonaría como una rabieta de tertulia televisiva, algo totalmente antipresidenciable. O eso es lo que dicen todos mis asesores.

Lexie hizo una mueca.

—Porque la verdad es algo terrible, ¿no? Necesitamos que nuestros líderes sean robots porque somos demasiado tontos para elegir a seres humanos. La próxima vez que oiga a un candidato a la presidencia fracasado diciendo: «La próxima vez no permitiré que mis asesores no me dejen ser yo mismo», tiraré una piedra a la pantalla.

—Pero esto es exactamente lo que hacen los demócratas —replicó Corey—. Llevan muchos años sin elegir a un ser humano: sólo a androides cuyos discursos suenan como grabaciones ajustadas para grupos especiales. Preguntaría de dónde demonios sacan a gente así, si no fuera porque lo sé perfectamente: del Senado.

Los ojos de Lexie brillaban, divertidos, como advertencia para otra flecha envenenada:

—Todo esto es muy interesante. Especialmente la parte en la que descubro que en realidad no eres huérfano. ¿Cómo es que nunca oigo ninguna anécdota entrañable de mamá o papá? ¿O del hermano o la hermana? ¿O eres como yo, hijo único?

Corey sintió que aquella pregunta le transformaba totalmente el estado de ánimo. Apartó la vista de ella y miró una granja que se veía en un claro lejano.

—Ahora lo soy.

—¿Qué quieres decir?

—Es una historia muy larga y que acaba muy mal.

—¿Te gustaría contármela?

Por unos instantes, Corey recordó a Clay tal y como le había visto la última vez, y luego sintió la mirada de Lexie clavada en su rostro.

—Si es tan mala, Corey, no me la cuentes. Comprendo los secretos. Pero también soy mejor guardándolos de lo que podrías imaginarte.

Sus propias emociones eran como un campo minado de contradicciones. Su deseo de romper el silencio era tan fuerte como su deseo de protegerlo; el miedo de cómo se presentaba frente a ella, como senador y también como hombre; la mezcla de esperanza y desprecio hacia él mismo cuando pensaba que desnudar su alma podía ayudar a atraerla.

—Corey Grace —murmuró finalmente—. Un chico tan sensible. No tan cerrado como tu ex marido.

—¿Qué quieres decir?

—Que no quiero utilizar la muerte de mi hermano.

Lexie negó con la cabeza.

—Si crees que me voy a acostar contigo como pago por haberme abierto el corazón, olvídate. Estamos hablando de igual a igual. Lo que tú hagas con esto depende de tus otras necesidades, sean cuales sean.

Corey fijó su mente en nada, y sintió una opresión en el pecho. Y luego, sin vacilar, empezó a contarle lo que nunca le había contado a nadie.

14

*D*espués de las jornadas agotadoras de su primera campaña para el Senado —una serie indefinida de aeropuertos, autocares, habitaciones de motel y, por encima de todo, gente que se mostraba escéptica o ávida, o que sencillamente deseaba tocarlo—, Corey Grace se relajó leyendo las cartas que le había mandado su hermano desde la Academia.

Comprendía que la política se le daba bien, en parte porque había empezado a rebelarse contra los temas fáciles y que se repetían hasta la saciedad para apoyarse en la franqueza y en su dominio creciente de los asuntos. Pero la campaña no se presentaba sencilla: su oponente era muy hábil cuando insinuaba, sin afirmarlo directamente, que el único mérito que había llevado a Corey hasta el Senado era haber estrellado un avión muy caro. Y eso no sólo contenía el acuerdo secreto de Corey, sino que, además, le recordaba, como si tuviera alguna necesidad de hacerlo, a Joe Fitts y a su familia. Y también se sentía muy solo: Janice apenas aparecía a su lado. Cuando lo hacía, aunque su elegancia era impecable, Corey comprendía que su mujer actuaba irónica y totalmente consciente de un personaje al que despreciaba: la esposa perfecta del general. En el caso de Janice, implicaba una personificación inquietante de su propia madre desaparecida. Por tal razón, al principio, leer las cartas de Clay representaba un buen remedio contra la soledad.

Con un fatalismo lacónico, Clay describía la fase inicial de convertirse en *wad*: se llevaban tus pertenencias, te afeitaban la cabeza, te metían en un dormitorio con tres tipos más para que durmieras unas cuantas horas y luego te despertaban dando golpes con un palo a unos contenedores metálicos de basura. Clay había empezado a despertarse cinco minutos antes que los demás y se quedaba allí tumbado, temiendo aquellos golpes a las basuras; acostumbrado como estaba a dormir ocho horas o más, ahora tenía que conformarse, con suerte, con cinco. Al borde del agotamiento, Clay describía cómo se le estaba empezando a desgastar la serenidad, cómo su manera de actuar se iba volviendo adormecida y robótica. A Corey, todo aquello le pareció normal, excepto por un tema que en las últimas cartas de Clay empezaba a ser recurrente.

Un veterano llamado Cagle se había convertido en su protagonista.

Para Clay, Cagle era la personificación de la maldad sin motivo. Su hermano le describía su animosidad como si estuviera no tanto dirigida contra él como contra un compañero al que tan sólo nombraba como Jay, pero con quien parecía identificarse tanto que, preocupado, Corey empezó a preguntarse si Jay era un seudónimo del propio Clay.

Cagle había convertido a ese Jay en su proyecto personal. Lo despertaba a media noche para hacerle correr *sprints* hasta que vomitaba, o para hacer abdominales boca abajo en un campo lleno de barro por el sistema de riego automático, hasta que, con los músculos temblando, el chico «besaba» el barro. Durante las comidas, Cagle le obligaba a sostener su cuchillo y tenedor a un ángulo de cuarenta y cinco grados y a sentarse bien recto, con la espalda a un palmo del respaldo; Cagle lo atormentaba entonces con tantas preguntas que al pobre Jay, ya muy flaco, le resultaba imposible comer. Cada día que pasaba estaba más delgado.

Mientras leía las cartas, Corey podía visualizar al veterano que disfrutaba atormentando a los cadetes; un veterano que percibía en Jay algo que lo exacerbaba tanto que estaba decidido a forzar a su víctima a abandonar la Academia. Si el objetivo más ostensible del abuso era estrechar los lazos entre los compañeros de curso, desde luego, estaba funcionando: las cartas de Clay describían sus esfuerzos por animar a su decaído

131

compañero, tratando de conjurar la posibilidad de una crisis nerviosa. Pero Corey empezó a preocuparse por el propio Clay:

—Cuida de tu amigo —le aconsejó a su hermano—, pero también de ti mismo. Tu supervivencia no está vinculada a la de Jay.

Cuando acabó el verano de entrenamiento inicial, Corey sintió un profundo alivio. Su hermano había sobrevivido.

Clay había dejado de hablar de Jay. Pero al empezar el otoño, Cagle volvió a aparecer en sus cartas, esta vez como un tirano de tres al cuarto que se dedicaba a hacer registros aleatorios de los dormitorios a altas horas, rompiendo su sueño y el de sus compañeros para limpiar la habitación de contrabandos imaginarios. En una carta tras otra, los registros resultaban tan impredecibles y tan frecuentes que se convertían en una obsesión. Aunque a veces dejaban traslucir cierto humor, las cartas de Clay adoptaron un tono creciente de amargura. Una de ellas se centraba en un cadete que se había hundido abruptamente: habían tenido que convencerle de que no se tirara del tejado de un edificio; otra hablaba de dos cadetes femeninas que habían desaparecido una noche entre rumores de lesbianismo: «Nadie habla nunca de ellas —escribió Clay—, pero anoche no podía dormir pensando en lo que les habrían dicho a sus familias».

Sin responder a esas historias, Corey le mandó una carta de ánimos: «Estamos todos orgullosos de ti —le decía—. Papá ha empezado a presumir de ti, y mamá ya ha descartado la idea de exiliarte a la Universidad Carl Cash. Tal vez el año que viene hasta tengas tiempo para algún rollete».

Dos días más tarde, a mediados de octubre, el sucesor del general Hall como comandante localizó a Corey por teléfono en un hotel de Toledo, Ohio. No había una manera amable de darle aquella noticia, le dijo el general Pierce con voz sombría: su hermano se había suicidado.

Durante un buen rato, Corey fue incapaz de articular palabra.

—¿Cómo? —preguntó finalmente, y se sintió arrugar por dentro ante la ineptitud, la pura estupidez, de su pregunta.

—Saltó desde el tejado de su dormitorio. —El general hizo una pausa—. Una altura de cinco pisos, se acordará, con un patio de cemento debajo.

Corey sintió cómo se le cerraban los ojos.

—¿Qué les ha dicho a mis padres?

—Nada. Hemos querido hablar antes con usted. Como deferencia con alguien a quien todos respetamos, por si pudiera ser de alguna ayuda.

Corey se obligó a tomar una decisión, casi un acto reflejo por su carácter de oficial.

—Por favor, no los llame —le pidió—. Iré yo personalmente.

—Hágalo pronto —le respondió el general con serenidad—. No me siento cómodo con este tema sin resolver.

—Lo comprendo. —Corey vaciló, y luego añadió—. Antes de que Clay lo hiciera, ¿tuvieron que impedir que saltara algún otro cadete?

—No —respondió el general con voz sorprendida—. ¿De dónde lo ha sacado?

Sentado al borde de la cama, Corey se sintió mareado. Las cartas habían sido una ventana al propio tormento de Clay: una sucesión de pistas que él no había sabido interpretar. Y ahora, cuando la verdad horrible y entera afloraba, cayó en la cuenta del motivo por el que quería mantener a sus padres al margen de aquello.

—Estaré ahí mañana —le prometió a Pierce.

Corey no había regresado a la Academia desde su graduación.

Una vez allí, sus recuerdos quedaron en nada; todo lo inundaba la muerte de Clay. A trescientos metros por encima de Colorado Springs, el campus de Terrazzo ofrecía la vista favorita de Corey, un panorama majestuoso de las Montañas Rocosas. Aquel lugar le había hecho siempre reflexionar sobre el milagro de volar. Pero, incluso en medio de aquella grandeza, el campus le parecía ahora extraordinariamente frío. Con los brazos cruzados, miró hacia su antiguo dormitorio de cadete, la última morada de su hermano. Ahora recuperó otro recuerdo: el cadete de su clase que, temeroso de regresar a su hogar fracasado, metió un lápiz en el cañón de su M-1 y se disparó en un ojo. Pero lo único que consiguió fue quedarse ciego.

Corey se dirigió en coche hasta el depósito de cadáveres.

Su hermano yacía en un cajón, el cráneo aplastado, la cara magullada y distorsionada por el impacto de su caída. Su muerte había estado precedida de una macabra decisión: había saltado de cabeza, como afirmó un testigo, un salto casi perfecto que le garantizaba la rotura del cuello. Con las manos temblorosas, Corey le acarició delicadamente el pelo.

—Lo siento —susurró—, nunca lo supe.

Antes de ir a visitar al comandante, pidió ver la habitación de Clay.

El comandante del escuadrón, el mayor Kelleher, lo acompañó en silencio. La habitación era tan espartana como lo había sido la suya: un suelo de mosaico, un armario, un lavamanos, un mueble de cajones y dos camas de acero inoxidable. Pero esta habitación estaba absolutamente vacía.

—¿Dónde está el compañero de Clay? —preguntó.

Kelleher parecía petrificado por la visión de las dos camas vacías.

—Se ha ido.

Corey ya no estaba sorprendido.

El comandante evitó la vergüenza que le provocaba aquella situación contando los hechos telegráficamente, al estilo militar.

Una semana antes, un poco antes de las dos de la madrugada, un veterano con una linterna efectuó un registro sorpresa de la habitación. Al abrir la puerta de par en par, sorprendió con el foco de luz un acto que se castiga con la expulsión: el cadete Clayton Grace estaba practicándole una felación a su compañero de dormitorio.

Corey escuchaba impasible.

—Ese veterano —preguntó—, ¿no se llamaría, casualmente, Cagle?

El comandante apretó los labios.

—Me temo que es confidencial.

—Pues entonces, dígame esto —preguntó Corey con voz

serena—. Cuando su cadete sin nombre llevó a Clay ante el mayor Kelleher, ¿todavía tenía una erección? ¿O se había corrido antes?

Pierce apretó los ojos:

—¿Qué quiere decir?

—Que el cadete más pervertido en esta historia no es el que está muerto. Me lo pensaría mucho antes de convertir a ese hombre en oficial.

—El veterano no rompió ninguna norma —respondió Pierce con voz monótona—. Su hermano sí. Cualquier cadete en la posición de ese hombre se habría sentido obligado, por código de honor, a denunciarle.

—Pero no cualquier cadete, general, habría estado en el lugar de ese hombre.

El silencio del general, presintió Corey, quiso decir que lo entendía.

—Así que su compañero de habitación también ha abandonado la Academia —dijo finalmente Corey.

—Sí. Aceptó lo que también le ofrecimos a Clay: una baja administrativa por motivos que, por nuestra parte, permanecerán confidenciales.

—Al menos, todo lo confidenciales —lo corrigió Corey— como su siempre alerta veterano quiera que sean.

Pierce miró hacia la mesa como si estuviera ponderando cuánto decir.

—A este veterano se le recordó nuestra normativa. Pero, sí, su hermano expresó esta preocupación ante el mayor Kelleher.

Corey intentó imaginarse el dramático desconcierto de su hermano.

—¿Cómo actuó Clay? —preguntó.

—Estaba asustado. —Mucho más que su compañero de habitación, pensó Kelleher—. Cuando los pusimos en cuarentena, por separado, por supuesto, durante el tiempo necesario para resolver el asunto, su hermano dejó de comer.

—¿Y no estuvieron pendientes de él?

Al general se le velaron los ojos.

—No lo bastante, al parecer.

No tenía sentido, se dijo Corey, dirigir su sentimiento de culpabilidad y de autorrepugnancia hacia el general Pierce.

135

—Habría pensado —dijo Corey a media voz— que Clay dejaría una carta.

—No, que nosotros sepamos. —Pierce frunció el ceño y luego añadió—. Según Bill Kelleher, sí expresó una vergüenza terrible y un temor profundo a ser descubierto en público. Estaba convencido de que sus padres lo rechazarían...

—¿Y por qué no me llamaron entonces, por el amor de Dios?

Pierce miró desde el otro lado del despacho:

—Nos imploró que no lo hiciéramos. Usted era un héroe, tal como le dijo a Bill..., y un héroe no puede tener a un hermano «mariquita».

Corey bajó la cabeza y se llevó las manos a los ojos.

Durante incontables segundos permaneció así, apenas consciente del hombre que tenía delante. Cuando levantó la vista dijo, cansinamente:

—Pues, entonces, podrían hacer honor a la petición de Clay.

—¿En qué sentido?

—El secretismo. Estaba en lo cierto, respecto a mis padres.

Pierce asintió con un movimiento lento de la cabeza.

—Por lo que a nuestros archivos respecta, y siempre sujeto a la aprobación del general Lane, creo que podemos acordar que su hermano estaba deprimido. En cuanto a su compañero de habitación, no puedo más que suponer que permanecerá en silencio. Asumo que usted no le conoce.

Corey sintió caer la última ficha:

—Sólo sé que se llama Jay.

Pierce asintió.

—Tendremos que dejarlo así, entonces. Como puede ver, todo lo demás sobre él es confidencial. Él también deberá vivir con esto, ¿comprende?

Con una sensación nauseabunda de irrevocabilidad, Corey asumió lo equivocadamente que había interpretado las cartas de su hermano.

—Sí —respondió—. Lo comprendo.

Con su campaña en suspenso, Corey acompañó el cuerpo de su hermano de vuelta a Ohio.

Las cámaras de televisión aguardaban a la entrada de la iglesia evangélica elegida por la madre de Corey, presentes para dejar constancia de la pérdida sufrida por el héroe militar y su familia. Janice se mostró como un apoyo silencioso, dejando de lado cualquier tipo de tensión. Aunque no dijo nada de ella misma, estaba claro que la muerte de Clay evocaba con dureza el recuerdo del suicidio de su propia madre y que, para ella, era una tragedia que no tenía remedio. Así es como Corey se sentía; el propio servicio religioso, que se centró más en exaltar a Dios que en evocar al chico de dieciocho años que yacía en el ataúd, no hizo más que intensificar su dolor. Su padre estuvo sentado a su lado, mudo e incapaz de comprender, como un alma extraviada. Kara, desconcertada y vulnerable, se agarraba a la mano de su madre. La madre de Corey era la única que parecía encontrar consuelo en aquel servicio que no hacía más que agudizar el desagrado de Corey por el dios altanero de Nettie Grace.

Enterraron a Clay una tarde gris de otoño, en el último rincón abierto del cementerio que algún día acogería a sus padres, aunque no a Corey: él mismo lo había decidido. Incluso ahora, reflexionó amargamente, su hermano estaba solo.

Luego volvieron a la casa de sus padres, la familia y unos pocos amigos, e intercambiaron recuerdos bienintencionados hasta que la reunión fue menguando y los Grace se quedaron solos con el viejo álbum de fotos de Nettie. Su conversión religiosa, pensó Corey, había provocado un antes y un después en aquel álbum; antes, las fotos de Corey y Clay estaban colocadas ordenadamente en sus fundas de plástico; después, casi todas estaban en sus paquetes, sin abrir. El reverendo Christy había logrado dirigir los pensamientos de Nettie hacia un lugar mucho mejor.

Con los ojos velados de lágrimas miraba las fotos de Clay, tan delgado y de aspecto incierto, comparado con la despreocupación que emanaba de las fotos del Corey adolescente. De pronto, toda su flaca figura pareció agitarse. Levantó los ojos del álbum y, con una voz llena de pena e indefensión, le dijo a Corey:

—¿No lo veías, Corey? Nunca debiste animarlo a entrar en ese lugar terrible. Ha muerto por querer ser como tú.

Atónito, el primer impulso de Corey fue soltarle alguna reprimenda mordaz: sobre su propia ceguera o acerca de su fanatismo, o sobre el hecho de que seguramente Clay tenía suerte de estar en brazos de Dios. Pero no dijo nada de esto. Ni tampoco dijo la verdad: superado por la tragedia que los había llevado hasta aquí, preso de una familia mermada por su falta de empatía y comprensión, Corey se limitó a mirarla, decidido tan sólo a evitar que aquel día se convirtiera en algo todavía peor.

Por unos segundos nadie habló. Cuando se volvió a mirar a Janice, Corey advirtió su expresión de compasión.

—Creo que deberíamos irnos —dijo ella.

Cuando se marchaban, entrelazó sus dedos con los de su marido:

—Creo que ella no debería culparte, Corey.

Por un instante, Corey quiso contarle el motivo por el que Clay se había quitado la vida. Pero, por muy dolido que estuviera, su impulso se desvaneció.

—Déjala —respondió, a media voz—. Es lo único que le queda, aparte de Dios.

Aquella noche, mientras estaba sentado a oscuras en el bungaló que él y Janice habían alquilado, sonó el teléfono. Estuvo a punto de no responder, pero luego, movido por cierto instinto, lo hizo.

—¿Corey? —La voz, profunda pero amable, tenía algo de familiar—. Soy Cortland Lane.

Sorprendido, Corey tardó en responder: Cortland Lane era ahora el presidente del Estado Mayor Conjunto de los Estados Unidos, un hombre que tenía preocupaciones que iban mucho más allá del suicidio del difunto cadete Clayton Grace.

—Hola, general. Creo que sé por qué me llama.

—Y te pido disculpas por llamar tan tarde. Pero quería decirte personalmente lo mucho que lamento lo de tu hermano.

—Gracias —respondió Corey—. Ha sido muy duro. Yo le ayudé a entrar en la Academia, ¿recuerda?

—Lo recuerdo. También sé lo duro que es para tus padres.

—No tan duro como hubiera podido ser.

—Lo comprendo. Así pues, déjame asegurarte que para

ellos no irá a peor. Al menos, por lo que respecta a las Fuerzas Aéreas.

Corey sintió una punzada de alivio.

—Gracias, señor.

—Y entonces, ¿qué vas a hacer ahora? —preguntó Lane tras un breve silencio.

Corey no sabía muy bien cómo interpretar la pregunta:

—No estoy muy seguro. Ahora mismo me cuesta mucho imaginar cómo me sentiré mañana al despertarme. Por no hablar de la campaña.

Se hizo otra pausa breve.

—Como militar, Corey, se supone que no debe importarme quién gana. Pero la verdad es que me importa. El día que nos conocimos te dije que debías encontrar tu propia manera de convivir con la muerte de Joe Fitts. Tal vez la hayas encontrado: como senador, le puedes hacer mucho bien a tu país. Y perder no te ayudará a contrarrestar esta pérdida.

Cuatro días más tarde, Corey retomó su campaña.

Cada una de sus apariciones implicaba un enorme esfuerzo; pero, a principios de noviembre, a la edad de treinta años, Corey Grace fue elegido senador por un estrecho margen.

15

$\mathcal{L}$exie lo escuchó en silencio. Cuando, al final, Corey se volvió a mirarla, su expresión era desapasionada, como si nada de lo que le había contado fuera en modo alguno destacable.

—Así pues, ¿tus padres no lo supieron nunca?

—Ni siquiera se lo he contado a Janice.

Lexie lo escrutó.

—¿Sabes por qué?

Corey se inclinó hacia delante, apoyando las manos en las rodillas mientras miraba un claro de arena.

—Lo que me dije —empezó— era que darles a mis homófobos padres una lección de moral era una crueldad: si ellos querían culparme, éste era el precio de la compasión, y probablemente era lo bastante justo, teniendo en cuenta el drama. En cuanto a Janice, temí que pudiera haber alguna noche tensa, tal vez después de tomar una o dos copas, en la que pudiera escupirle a mi madre la verdad. De modo que era mejor limitarse a añadir otro ladrillo a nuestro muro de silencio. O eso es lo que me dije en aquel momento.

—¿Y ahora?

—Ahora tengo mis dudas. Mientras mis padres sigan viviendo tengo la misma excusa. Pero hay algo más. Ahora mismo, mucha gente me ve como «un buen republicano» en lo que a los homosexuales se refiere. ¿Y cuál es mi gran contribución? Que no los odio activamente. Que no disparo a matar en contra del matrimonio homosexual. De hecho, apenas digo nada sobre el tema. —La voz de Corey se endureció—. Si digo la verdad sobre Clay, no tengo excusa por no enfrentarme a Christy y a Marotta sobre el hecho de victimizar a la gente por cómo han nacido, o por no etiquetar toda su mierda sobre proteger la santidad del matrimonio como la broma que es. Quiero decir, ¿hay alguien que piense realmente que Janice y yo nos divorciamos porque nos dimos cuenta de que, diez años más tarde, los hombres se casarían entre ellos en Massachusetts? No es sólo una tontería, sino que es exactamente el tipo de crueldad calculada de la que Price y Marotta se benefician. Está tan claro que favorecen el odio contra los gais como lo está que Bob Christy ayudó a mi hermano a saltar del tejado... La única diferencia es que, posiblemente, Christy se crea realmente lo que dice. —La voz de Corey se tranquilizó—. Eso es lo que yo creo, Lexie. Y si lo dijera en público, estaría absolutamente muerto como candidato presidencial; acabado, como si el juego fuera «tírale un dardo a Corey Grace». Es una razón bastante buena para dejar atrás a mi hermano.

—Pero tú no lo has hecho.

De repente, Corey se sintió agotado.

—No. Clay sigue conmigo. La única diferencia es que ahora sabe que soy un cobarde.

Lexie lo observó, en silencio.

—Di algo —le pidió Corey.

—¿Sobre qué? Ninguna de las cosas que hacemos, o que dejamos de hacer, nos define. La verdad sobre la mayoría de las personas es más complicada que esto. —Hizo una pausa—. Y más amable, espero.

Al cabo de un rato iniciaron el descenso por el camino boscoso de más abajo, en silencio hasta que llegaron a la zona de estacionamiento. Lexie se volvió hacia él, con las manos en los bolsillos del jersey.

—Tienes sólo cuarenta y tres años, Corey. Tienes tiempo para aclarar tus ideas.

El partido de fútbol que televisaban aquella noche enfrentaba a los Cleveland Browns, el equipo de Corey, con los Pitts-

141

burg Steelers. Sentados a la barra de la cocina, Corey y Lexie se tomaron unas supremas de salmón y miraron cómo los Browns recibían una brutal paliza. Pero Corey sabía que el partido era la manera que tenía Lexie de dejarlo en paz.

Un poco después del descanso sonó su teléfono.

—¿Estás viendo la CNN? —le preguntó Rustin.

—No, si puedo evitarlo.

Hasta por el teléfono Corey podía oír a su asesor exhalar con fuerza.

—Vuelve a Washington, Corey. Marotta declara mañana y es hora de ponerse en marcha. No tienes una infraestructura de campaña real ni un operativo dispuesto de recogida de fondos...

—Puedo recoger fondos por Internet —objetó Corey—. Mi nombre tiene el suficiente reconocimiento para hacerlo, y tengo seguidores de Wall Street que están seriamente preocupados de que nuestro país se esté yendo a pique. Así que no me aprietes, Blake: puedo esperar un poco más.

Corey se dio cuenta de que Lexie trataba de concentrarse en su salmón.

—¿Por qué arriesgarte? —le pidió Rustin—. ¿Qué vas a saber dentro de un mes o dos que no sepas ahora? Los dos sabemos que deseas esto más que nada en el mundo.

—¿Los dos lo sabemos? —dijo Corey, sardónico—. Pues qué bien para los dos...

—¿Dónde estás, por Dios?

—En Palm Springs con mi novio, Michael, que está estupendo con la boa de plumas que acabo de regalarle. Pagando con mi tarjeta de crédito, por cierto, para que Price sepa adónde tiene que mandar a los reporteros de Rohr News. —Corey hizo una pausa y luego concluyó, lacónicamente—: El resto puede esperar hasta mi vuelta.

Después de colgar el teléfono, apagó el televisor. Lexie levantó la vista hacia él, con una expresión indescifrable.

—¿Me has perdido un poco de estima? —le preguntó.

—¿Por qué?

A Corey le llevó unos instantes darse cuenta de que, en la mente de Lexie, y tal vez en la suya también, la pregunta no se refería sólo a lo de Clay.

—Por lo que sea.

—No —respondió ella, y luego lo arregló con una sonrisa—. Al menos, no de momento.

Aquella noche, Corey se quedó despierto, deseando tenerla
cerca. Pero lo que pudiera decir o hacer, y cómo ella pudiera
responder, le resultaba tan poco claro como lo que le esperaba
a su futuro.

$\mathcal{A}$ las seis de la mañana, Rob y Mary Rose Marotta estaban sentados tomando café en la mesa de desayuno de su modesta residencia de Pittsburg.

De alguna forma, aquella escena era típica, parte del material del que estaba hecho su matrimonio: Rob, inquieto e incapaz de dormir; Mary Rose, a pesar de su propio cansancio por las varias exigencias de sus hijos, levantándose de la calidez de su cama para servir de columna vertebral. Pero hoy era un día distinto: dentro de cuatro horas, él anunciaría su candidatura a la presidencia de los Estados Unidos.

A pesar de ello, Rob los veía a los dos con claridad: él con su albornoz, con su pelo tupido y negro en la coronilla levantado de aquella manera que tanto divertía a Mary Rose, que, como hacía tan a menudo, lo miraba con una expresión entre aguda y cariñosa. Ahora ella se peleaba con su peso, con los siete u ocho kilos de más que desdibujaban el rostro de chiquilla que lo había embrujado cuando tenía diecinueve años. Pero la muchacha de la que se había enamorado entonces todavía brillaba a través de la mujer que había sido su compañera durante veinticuatro años de matrimonio. Fuera cual fuera la suerte de la que gozaba Corey Grace, se dijo Rob, él no hubiera cambiado este momento por el mejor momento de la vida de Grace.

Mientras dejaba su taza de café, Mary Rose lo cogió de la muñeca:

—Cuando empieces a hablar —tranquilizó a su marido—, la gente tendrá la sensación que tiene siempre: de que están escuchando a alguien sólido e inteligente, que puede hacer frente a cualquiera de los retos que nos esperan. Eso es lo que la gente necesita tan desesperadamente, Rob: sentirse segura.

Su marido se sintió sonreír:

—«Sólido» —repitió—, «seguro»: suena un poco como el cemento asentándose en el pavimento.

Mary Rose sonrió.

—Ya sabes lo que quiero decir. Sospecho que esto es sobre Corey, pero ¿por qué preocuparse por Corey Grace si él no es lo que quiere el partido?

—Porque es el tipo de personaje que sólo aparece una vez en la vida: un tipo arriesgado al que no le importa nada demasiado, excepto lo que él quiere hacer. —Se añadió un poco de leche al café—. La mayoría de la gente es bastante fácil de interpretar: quieren conservar su puesto y quieren que se respete su dignidad; todo es cuestión de valorar cómo estas necesidades los afectan ante un tema concreto. Pero Corey resulta impredecible. Y es un político intuitivo, mucho mejor de lo que Magnus cree.

Mary Rose dio un sorbo de café, evaluando con sus ojos azul claro el humor de su marido.

—¿Por qué le das tantas vueltas, Robbie? Puede que sea guapo y afortunado, pero las mismas cosas que a ti te inquietan de Corey Grace, inquietan a otra gente.

Rob se apoyó en su silla.

—Ya me ha afectado de maneras que no he podido evitar. Le ha dado a Christy su excusa para presentarse: ¿no creerás que Grace lo pretendía cuando me metió el gol de las células madre? Y ahora tengo que tragármelo, intentando evitar que los conservadores cristianos voten a Christy, a sabiendas de que «si voy demasiado lejos» puedo estar dándole a Corey un giro hacia la izquierda. Por eso he adelantado mi anuncio: para recuperar el impulso y evitar que la gente del partido esté mirando a Grace. En una contienda cara a cara, lo ganaría: tengo la organización, el apoyo económico y he trabajado muy duro para mantener unidas a las principales facciones de nuestro partido. Pero, en una lucha a tres, quién sabe lo que puede ocurrir.

145

—¿Qué dice Magnus?

Rob sabía perfectamente que el tono de la pregunta, cuidadosamente neutro, reflejaba su desconfianza, compartida pero no expresada, hacia su principal estratega.

—Que mi primera misión es adelantarme a Christy y luego acabar con él en las primarias. Preocuparse por Grace más adelante, ésta es la estrategia. El problema es que Christy cuenta con su propio dinero y con un núcleo duro de seguidores que lo toman por Dios. Puede que acabe siendo más difícil de matar que una cucaracha.

La leve sonrisa que eso provocó en Mary Rose no logró ocultar su preocupación.

—A veces no sé si Magnus es Mefistófeles o sólo Maquiavelo, pero tú pareces pensar que tiene razón en la mayoría de las cosas.

—La tiene. —Marotta hizo una pausa, reticente a mostrar sus sentimientos más profundos. Luego, porque eran compañeros en todo, lo hizo—. El problema de Magnus es que no respeta a nadie tanto como se respeta a él mismo. A veces pienso que cree que podría ser un buen presidente de paja, y que yo soy el hombre de paja al que está utilizando para demostrarlo.

La sonrisa de su esposa se desvaneció.

—Te eligió a ti porque serías un buen presidente. Y porque te necesita. Sin ti, Magnus Price es el clásico empollón con gafitas incapaz de conseguir una cita en el instituto. Sé tú mismo, Rob.

Era lo más lejos que se atrevía a ir al expresar su máxima preocupación: que el «precio de Price», como ella lo llamaba, fuera que Rob acabara tan engullido por las tácticas que pudiera llegar a perder una parte de sí mismo.

—Sólo Grace puede ser él mismo, cariño. Los pobres mortales tenemos que elegir nuestro puesto. La clave está en no olvidar por qué lo hacemos.

—Porque tú tienes que ser el presidente —respondió Mary Rose, sencillamente—. Siempre que te escucho me haces sentir orgullosa de lo que representas. Y por muchas dudas que tengas, la gente percibe lo capaz que eres. Por eso ganarás.

Rob sonrió. Aunque esos ánimos eran muy típicos, su seguridad conseguía hacerle reflotar: había llegado lejos y ella había estado a su lado en cada paso. Y ahora, tal y como había imaginado desde niño, podía estar a dieciséis meses de convertirse en presidente.

—¿Sabes de qué tengo realmente ganas hoy? —le dijo Mary Rose—. De estar libre de obligaciones por un rato. —Lo tomó de la mano—. Vamos a ver a los niños, Rob. Los queremos mucho más cuando duermen.

Su marido leyó algo nostálgico en el rostro de su esposa, la sombra de un sentimiento que había expresado una sola vez. Al nacer su segundo hijo, se confesó con él: «Sé que nosotros no te bastamos. Sé lo que necesitas, Robbie, y está bien. A nosotros nos basta con que nos quieras».

La besó en la frente y subieron juntos a la habitación de Bridget.

17

Corey y Lexie estaban sentados a la barra de la cocina, observando el anuncio de Marotta en Rohr News. De vez en cuando, la cámara enfocaba a Mary Rose y a los niños.

—Cuando todos nosotros tratábamos de conseguir una cita para el baile de fin de curso —observó Corey—, Rob ya hacía cástings para encontrar a su primera dama.

—¿Cómo es realmente su matrimonio? —le preguntó Lexie.

Corey se encogió de hombros:

—¿Quién sabe realmente lo que ocurre en los matrimonios de los demás? Pero, por lo que sé, Mary Rose Marotta tiene los pies firmemente apoyados sobre el suelo. Es la prueba más clara que he encontrado de que debajo de las capas de cálculos fríos, Marotta tiene una base de decencia.

Junto a Mary Rose y los niños estaban sentados la madre de Marotta, el cura de su parroquia y el profesor de debate del instituto jesuita, el hombre que le había enseñado que, con diligencia y la ayuda de Dios, podía llegar a convertirse en senador. Recordando su historia, Marotta dijo:

«Le he preguntado al padre Frank si no le importaría corregir al alza aquella predicción.»

El público se rio con aprobación. Pero Corey pensó que en el sentido del humor de Marotta había algo forzado, o tal vez algo demasiado evidente sobre su ambición como para que fuera tomado sólo como broma.

«Éste es el país en el que crecí. Una comunidad de fe y de amor, en la cual el sueño de una familia trabajadora para su hijo mayor podía hacerse realidad, con la bendición de Dios», dijo Marotta.

—Cuando eras pequeño —preguntó Lexie—, ¿te imaginabas llegar a ser presidente?

—No, nunca. Esto es parte de lo que altera a Rob, creo. Pero también es cierto que mi vida de familia no era tan idílica.

La voz de Marotta subió de tono: «Y en el corazón de aquel mundo estaba la fe. Éste es el mundo que Mary Rose y yo queremos para nuestros hijos, y para los niños de Estados Unidos. No un lugar que, sencillamente, esté a salvo del terrorismo, sino un lugar en el que no corras peligro abandonando a Dios...».

—Allá vamos —dijo Corey.

«Un lugar —prosiguió Marotta— tan bendito por Dios como los Estados Unidos que fueron capaces de sobrevivir a la Gran Depresión, que derrotó a Adolf Hitler, y que venció la visión deprimente de un sistema comunista que concebía la humanidad sin el destello precioso de lo divino. Un lugar en el que hombres y mujeres, y sólo los hombres y mujeres, se casan por los motivos ordenados por nuestro Creador: para amarse y respetarse el uno al otro, y para dar a sus hijos el padre y la madre que un Dios amable quiso para ellos...»

—En otras palabras —le dijo Corey a Lexie—: no necesitáis a Christy para que os proteja de los gais.

«Colegios donde nuestros hijos puedan rezar; en los que puedan ir a bibliotecas en las que no hay obscenidades, en los que aprendan explicaciones alternativas del milagro de nuestra existencia y que les enseñen que nuestra bandera representa unos principios demasiado sagrados como para permitir su profanación. Un país donde los padres todavía puedan dirigir la educación moral y religiosa de sus hijos. Porque nuestra guerra contra el terror no sólo depende del valor de nuestros militares, sino también de la fuerza de nuestro compromiso con Dios», concluyó Marotta con firmeza.

Otra vez, Rohr Vision enfocó a Rose Mary Marotta, que cogía de las manos a su hijo y a su hija, que tenía a cada lado, mientras escuchaba atentamente a su marido.

149

—Es una lección del poder de una sola imagen —observó Lexie—. Mary Rose como mensaje.

—Ella ayuda —asintió Corey—, pero creo que él está llevando las cosas demasiado lejos.

—¿En qué sentido?

—Rob se está metamorfoseando. Price le ha dicho que evoque a Christy y eso es lo que está haciendo. Es un mal camino para empezar: la idea de un presidente inseguro de su propia identidad hace sentir incómodos a los votantes.

Cuando el teléfono móvil empezó a sonar, Corey lo apagó.

Más tarde, sentados en la terraza, mirando el mar en un día brumoso, él la tomó de la mano:

—Ya empiezo a lamentar tener que irme —dijo.

Ella se volvió a mirarlo.

—Esas llamadas que no has respondido…

—Eran de Rustin. Su mensaje era: «¿Qué, quieres una invitación por escrito a presentarte? Marotta te ha dado el pie».

—¿Y es cierto?

—Desde luego, ha dado motivos a los republicanos que estaban nerviosos por Christy para que ahora estén nerviosos por él, especialmente después de que nos aplastaran en las elecciones de mediados de la legislatura, el año pasado. Pero los que controlan la financiación, como Alex Rohr, están al tanto de la situación. Ahora mismo, Price les estará susurrando a su oído colectivo que Rob no puede más que decir todo esto para asegurarse de que Christy no la caga. —Corey miró a lo lejos, a la espuma gris blanquecina de las olas—. El problema con todo esto es Christy. La idea de Price es unificar a los mojigatos y a los que tienen la pasta detrás de Marotta. Yo creo que la idea de Christy, en cambio, es poner a los mojigatos en contra de los que tienen la pasta para meterme a mí. Si yo erosiono el apoyo a Marotta desde el otro lado, Christy cree que él tiene posibilidades de hacerse con el nombramiento. Lo que Christy no cree, para nada, es que yo pueda ganar.

—¿Y qué es lo que tú crees, Corey? —El tono de Lexie fue ahora intencionadamente desapasionado.

—Que estoy harto de la política tal y como es. Los demócratas están tan inclinados en apoyar a un grupo de interés o al otro que no representan absolutamente nada. Cedieron con Iraq, por miedo a ser tachados de blandos. Ahora la guerra ya no funciona y, en vez de una política coherente, lo único que ofrecen es el conmovedor eslogan: «No somos ellos», y algunas fechas tope para la retirada. Y luego estamos nosotros. Hace un par de investiduras me di cuenta con una claridad meridiana de en qué se había convertido mi partido. Washington estaba inundado de fundamentalistas, por supuesto: hasta vi un autocar con imágenes de Jesucristo y del presidente pintadas a un lado. Pero lo más impresionante fue la recepción que se ofreció para nuestros mayores donantes. La fiesta estaba repleta de tipos gordos y ricos con sus esposas, mujeres que llevaban más pieles que las que verías en una peli sobre los visigodos que invadieron Roma. Había tanta petulancia en el ambiente que estuve a punto de asfixiarme.

»En el discurso de investidura me entretuve en observarlos. Cuando el presidente soltó su rollo sobre las oportunidades y la diversidad, pocos aplaudieron, aunque gran parte del discurso fuera bastante bueno. En cambio, cuando mencionó los recortes de impuestos… —Corey se volvió a mirar a Lexie—. De pronto se pusieron de pie, gritando como si su equipo acabara de ganar la Super Bowl. Habían venido a Washington a celebrar su propia avaricia.

Lexie sonrió divertida:

—¿Y eso te sorprendió?

—La estrechez mental de todo aquello sí. Por eso les da igual entregar la mitad del negocio a los fundamentalistas: ellos creen que si eres lo bastante rico, lo que le ocurra al resto de la sociedad no te va a afectar. O, al menos, hasta que Al Qaeda decida eliminar la Bolsa de Nueva York. Diablos, si Price y Rohr hasta pusieron a Osama a trabajar para ellos. En las últimas elecciones a la presidencia, nuestro eslogan se reducía a: «Vótanos o muere». Pero nuestra política exterior ha estado gestionada por el puñado de chicos blancos más tontos y más ególatras que jamás hayan hundido una caja de ahorros; excepto que ahora han hundido una guerra entera. De modo que en estos momentos, nuestro eslogan es más bien: «Sólo nosotros podemos salvarte de las consecuencias de nuestro propio

151

desastre». —Inquieto, Corey se puso de pie—. Tiene que haber algo más que el fundamentalismo, el miedo, la avaricia y el objetivo de pillar a mexicanos cruzando la frontera. Y tenemos que poder ofrecer a los jóvenes una causa mayor que ellos mismos, tal vez incluso un servicio nacional obligatorio. Las Fuerzas Aéreas me dieron esta lección.

Volviéndose hacia él, Lexie miró sus dedos entrelazados y luego lo miró a los ojos.

—Te vas a presentar, ¿no?

Corey se metió las manos en los bolsillos:

—Si el partido me nomina —respondió—, seré presidente. No hay ningún demócrata que pueda ganarme, y los que apoyan a Marotta lo saben. La pregunta es: ¿a qué preferirán arriesgarse: a perder o a lo que sucederá si gano? Y en el segundo caso, se plantearían qué podrían hacer para detenerme.

Lexie se quedó en silencio.

Cenaron a la luz de las velas, conversando tranquilamente. La velada tenía cierto aire elegíaco. Antes de subir a su dormitorio, Lexie le dio un beso leve en los labios.

Corey se estremeció por la sorpresa.

—¿Y eso? —preguntó.

—Por haber venido. Y por haberte quedado cuando podías haberte marchado.

Una noche más, Corey fue incapaz de conciliar el sueño.

Avanzada la noche oyó unos ligeros golpes a su puerta. Luego se abrió y la luz de la luna enmarcó la silueta de Lexie.

—No preguntes —dijo ella, a media voz—. Acepta tan sólo que quiero estar aquí.

Se quedó junto a su cama un momento, quieta. A oscuras, Corey oyó, sin poder ver, cómo dejaba caer el batín al suelo. Luego se metió debajo de sus frescas sábanas.

Permanecieron tumbados frente a frente en silencio, a pocos centímetros el uno del otro. Al cogerle la mano, Corey sintió el pulso bajo la fina muñeca de Lexie. Se acercó a besarla delicadamente y luego ella apoyó la cabeza sobre su hombro.

Se quedaron así un rato, casi sin tocarse. Corey le recorrió la columna con la punta de los dedos, excitado por su cercanía, pero consciente de que no debía precipitarse. Cuando le besó la nuca, la sintió estremecerse. Su pelo desprendía un olor dulce.

Mientras ella se estiraba, ofreciéndose, le rozó el pecho con los pezones. Corey se sintió invadido por el deseo: el tacto era su medio de ver.

Deslizó los dedos hasta la base de su espalda y, abriendo la palma de la mano, la acercó más a él. Ella se quedó un instante paralizada y luego lo besó delicadamente en la boca. Mientras sus cuerpos se fundían, tocó su lengua con la punta de la suya.

El beso se hizo más profundo. Luego los labios de Corey se deslizaron por su cuello, por sus pechos, por el liso descenso de su vientre y, al final, un poco más abajo. Esa nueva forma de intimidad arrancó un suave gemido de Lexie. El gemido, repetido, y la forma en que levantaba las caderas indicaban su insistencia en que no se detuviera. Cuando, al fin, se estremeció de placer, sus dedos acariciaron la cabeza de su amante.

Cuando Corey la penetró, sintió cómo lo miraba a la cara.

Empezaron a moverse al mismo tiempo, primero lentamente, luego con mayor urgencia. Al borde de su conciencia, Corey la sentía distanciándose de él, como si, aunque sus cuerpos estuvieran fundiéndose, alguna parte de ella se hubiera escapado. Su grito de satisfacción sonó solitario.

Llevado por su propio placer, Corey dejó de pensar.

Tumbado junto a ella, trataba de dilucidar el motivo por el que se le había acercado; a pesar de la profundidad de su deseo mutuo, la intensa comunión entre ellos se había disipado en una sensación tangible de su distancia.

—Háblame —le dijo Corey.

Ella se deslizó, se tumbó sobre la espalda a su lado hasta que sólo se tocaban sus dedos. En su silencio, Corey sintió la intensidad de sus pensamientos.

—Para mí es importante, Lexie. No quiero que te escondas.

La oyó suspirar. Todavía con la mirada clavada en el techo, Lexie empezó a hablar de manera monótona.

18

*T*enía veinticuatro años y era voluntaria del Peace Corps. Regresaba de una misión por la Colombia rural. Llegó a un aeropuerto regional como primera etapa de un viaje que la llevaría a casa, a Greenville, para pasar dos semanas junto a su madre antes de iniciar el nuevo y sobrecogedor reto de la Escuela de Teatro de Yale.

Al pasar el control de seguridad, preocupada por su futuro, dos guardias uniformados la sacaron de la cola.

Lexie supuso que buscaban cocaína; ella no llevaba nada. Sumergida en sus estudios, ni siquiera había fumado hierba en el instituto. Pero no fue hasta que la llevaron a un cuarto sin ventanas cuando se dio cuenta de su vulnerabilidad. Miró a los hombres más detenidamente; uno llevaba bigote y tenía aspecto cadavérico, con cara de máscara azteca. El primer guardia le indicó que se sentara en una silla y se puso a interrogarla en un español suave e insistente: por qué estaba allí, por qué parecía tener miedo. Mientras, con el rabillo del ojo veía cómo el otro hombre, con la espalda musculosa vuelta hacia ella, revolvía su mochila.

No tenía nada que ocultar, insistió ella. Sentía la lengua seca.

El hombre fornido se dio la vuelta. En una mano sujetaba una bolsita de plástico llena de un polvo blanco. Tenía las cejas levantadas y una expresión cruelmente impasible.

—Cocaína —dijo—. A menos que cooperes, pasarás un montón de años en la cárcel.

Presa del pánico, Lexie empezó a protestar. Cuando se bajó la bragueta, el hombre ya tenía una erección.

El hombre fornido la empujó hacia abajo.

Luego, mientras ella sollozaba, el tipo que la había hecho sentar le puso un revólver en la cabeza.

Le permitieron que se desvistiera ella sola, luego la empujaron hasta un colchón que había en el rincón. Ella cayó de rodillas, suplicando primero en inglés, luego en español.

La empujaron de espaldas. Cuando el hombre fornido la penetró, ella trató de distanciarse de aquello, trató de separar su mente del cuerpo. Tenía la sensación de que las lágrimas que le caían por las mejillas eran de otra persona.

El segundo hombre, excitado, la violó también, y cuando acabó le dieron la vuelta y el primero volvió a hacerlo. Había varias maneras, le dijo en español, de gozar de una norteamericana. Casi inconsciente, Lexie se dio cuenta con terror y angustia de que, al menos, conocían una palabra en inglés: el tipo robusto con voz áspera repetía constantemente: *nigger*, y se reía.

155

Cuando Lexie salió finalmente de aquella habitación, cada paso que daba era como el de un autómata. Fue a unos lavabos y vomitó; luego, con las rodillas todavía temblando, intentó lavarse, tratando de borrar lo que le habían hecho. Cuando subió al avión sentía el dolor apagado por todo el cuerpo, el residuo de la violación.

Cambió de avión dos veces, hablando sólo cuando le preguntaban. Fingiendo que dormía, se acurrucó en su asiento, de espaldas a quien fuera que se sentara a su lado. Apenas respondió a las ofertas de comida de las azafatas.

Su madre la recibió en el aeropuerto con los ojos húmedos por la alegría del regreso de su hija. Cuando la abrazó, protestó:

—Pareces una zombi, hijita.

Lexie la besó en la frente.

—Ha sido un vuelo muy largo, mamá. Pronto me sentiré mejor.

Y

Mientras escuchaba el relato de Lexie, Corey entretejió sus dedos con los de ella.

—No se lo conté a nadie —continuó—. Era una mujer y era negra, invisible demasiado a menudo mientras me hacía mayor. Y la enfermedad cardiaca de mi padre me había acostumbrado a guardar silencio.

—¿Incluso sobre esto?

—Cuando importó —contestó cansinamente—, no fui capaz de hacerme oír por aquellos hombres, ni de hacer que me vieran como una chica a la que había gente que amaba. No sólo violaron mi cuerpo: se llevaron una parte de mi humanidad. Hicieron que me volviera invisible de nuevo. Lo único que quería era borrar aquel momento para siempre.

En Yale encontró un novio, un estudiante de teatro brillante e histriónico. Era un tipo que parecía vivir siempre al límite.

—La heroína —le dijo Lexie a Corey, rotundamente—. El escondite perfecto para que yo me metiera en él. Experimentaba cada sensación de manera vívida, pero por dentro no sentía nada. Para Peter yo era compañía; era lo único que quería de mí. —Su tono volvía ahora a ser monótono—. Esnifábamos heroína cada noche. Aprendí a funcionar, a superar el curso. El día que acabó, volé a México y me metí en un hotel cutre cerca de Cancún.

»Llamé a mamá para decirle que estábamos de vacaciones y me encerré. Entonces me puse a temblar y a agitarme y a sudar hasta que me quedé seca. —Corey la sintió volverse hacia él—. He notado que te llamaba la atención el hecho de que no bebo alcohol. En México, me miré al espejo y vi a una adicta, con agujeros negros en vez de ojos. No quiero ver a esa mujer nunca más.

—Al menos aprendiste algo importante, Lexie: eres fuerte.

Lexie suspiró.

—Dejar la heroína fue la parte fácil. Lo otro es más difícil de arreglar.

Y

Su distancia y su silencio se convirtieron en parte de lo que era.

—Incluso después de casarme con Ron —dijo—, preferí no contárselo. Igual que tú nunca le contaste a Janice lo de Clay. Tal vez pensara que Ron estaba demasiado sumergido en sus propias preocupaciones y necesidades como para verme realmente. Y tal vez era eso lo que yo quería: a un hombre que, hasta en lo sexual, estaba concentrado en sus propios deseos. —Volvió a tumbarse sobre su espalda—. De alguna manera, lo infravaloré. Pero sólo de una manera.

—¿Cómo?

—Después de descubrir que me engañaba, le pedí si podíamos ir a ver a un psicólogo de parejas. Entonces fue la primera vez que le oí describirme como alguien distante, como mujer y como amante... Dijo que había algo de mí que él no podía tocar. Entonces me forcé a mí misma a contarle esa historia, con lágrimas en los ojos, con un psicólogo sentado entre nosotros. Cuando terminé, lo único que Ron fue capaz de decir fue: «Por Dios, Lexie, yo no te he violado». Fue cuando me di cuenta de que lo nuestro no tenía sentido.

157

Corey dejó pasar unos momentos, tratando de asimilar todo lo que le había contado. En voz baja, le preguntó:

—¿Por qué has querido estar conmigo esta noche?

—Todavía no estoy segura. Tal vez porque pienso que vas a presentar tu candidatura.

—¿Y por eso has decidido acostarte conmigo?

Ella se volvió a mirarle:

—Si te presentas, este hecho se interpondrá entre nosotros, por todos los motivos que comprendimos antes de que te llamara. Y ahora conoces otro motivo. Nada de lo que ha pasado entre nosotros me da derecho a ni siquiera esperar que no te presentes. Y no he hecho el amor contigo para intentar que te lo pienses de nuevo. —Su voz se volvió desdeñosa—. Tal vez aceptar tus ambiciones sea una forma de protegerte. Tenemos un final incorporado y no será culpa de nadie.

Tratando de buscar entre sus emociones, Corey se dio cuenta de que la idea de no verla nunca más le hacía sentirse mucho más solo que antes:

—No estés tan segura de lo que yo quiero.

—Debes reflexionar mucho en ello —respondió, sin alterarse—, y yo también lo haré.

No volvieron a hacer el amor. Al final, en silencio, ella se durmió entre sus brazos. Incapaz de dormirse, él se quedó escuchando el ritmo de su respiración.

Por la mañana, Corey se marchó solo al aeropuerto.

19

Aquel miércoles por la tarde, Corey y Jack Walters fueron en coche hasta el estado ecuestre de Virginia, donde su jefe de prensa, Brian Lacey, tenía una granja: un lugar en el que podían evaluar, sin ser vistos ni oídos, las posibilidades de Corey de ganar la presidencia.

Blake Rustin ya estaba allí. Los cuatro hombres se sentaron en el patio empedrado de Lacey alrededor de una mesa llena de hojas impresas y de gráficos, a modo de esqueleto de la futura candidatura de Corey. Corey sabía que, a pesar de todos los éxitos anteriores de Rustin, ésta era la gran oportunidad de su asesor principal de dejar una marca indeleble, colocando a un candidato insurgente en la Casa Blanca. Por esa razón, su sensación de urgencia estaba a la altura de su buena preparación.

—Hemos hecho encuestas a ciegas —les explicó Rustin a los demás— con descripciones de Corey, Marotta y Christy. Para Corey, los conceptos clave han sido «héroe de guerra», «independiente», «desafía su partido en el dinero y en la política» y «no cautivo de la derecha cristiana». —Dirigiéndose a Corey, añadió—: Ganas a Christy por trece puntos, y a Marotta por once.

Corey lo miró inquisitivo:

—¿Y cómo describiste a Marotta, Blake?

Una expresión de chico aplicado cruzó la cara de diplomático de Brian Lacey.

—Marotta —respondió Rustin— es un político profesional con una esposa que parece un querubín. Su carta de presentación es: «padre de cinco hijos» y «representa los valores de la familia». Tú eres un auténtico héroe, Corey. La gente confía en ti para limpiar la corrupción, para que tomes tus propias decisiones y para enderezar esta mierda de guerra contra el terrorismo. —Rustin colocó los dedos sobre una hoja de datos—. Arriesgaste la vida para derribar a ese general iraquí y luego soportaste las torturas de manos de los enemigos árabes. Esto es inestimable.

«No si hubieras visto la cabeza aplastada de Joe Fitts», tuvo ganas de decir Corey. Pero, en vez de hacerlo, se volvió para mirar a tres caballos pintos que cabalgaban a medio galope a lo lejos. Brevemente distanciado de los otros, se preguntó qué pensaría Lexie de aquella reunión, o sobre la verdad de la muerte de Joe.

—Blake tiene razón —se interpuso Lacey—. Ya sé que no te gusta sacar partido de tus medallas, Corey, pero unos anuncios con una foto tuya y de tu copiloto causarían un gran impacto.

Corey no respondió. Se volvió hacia Rustin y le preguntó:

—¿Has hecho alguna encuesta con los nombres reales?

—Pues claro. Entre probables votantes de las primarias republicanas, estás igualado con Christy y tan sólo siete puntos por detrás de Marotta.

—En otras palabras —lo interrumpió Corey—, a mis amigos republicanos les gusta mi biografía hasta que se enteran de que es la mía. Para Magnus Price, el Corey Grace de verdad viene acompañado de atributos como «blando con los gais», «insensible con las células madre», «consiente todos los caprichos a los negros» e «indiferente a las preocupaciones morales de los cristianos». Además de cualidades de tipo personal como «arrogante», «mal padre» y, lo peor de todo: «no está casado», lo cual deja en el aire la pregunta sobre con qué sexo debo de estar practicando el sexo extramarital. En el pantano de la fiebre palúdica de los republicanos, resulto tan atractivo como el presidente Mao.

Mientras Rustin lo observaba, Corey podía leer su pregunta ansiosa y latente: ¿dónde estabas el pasado fin de semana, y con quién?

—Reconozco tus problemas con el partido, Corey. Y sí, ojalá hubieras derrotado a Marotta con Mary Rose. Pero si podemos situarte en las elecciones generales, los norteamericanos te elegirán como el próximo presidente de los Estados Unidos.

Hasta con esta compañía tan «gastada», Corey vio el poder mágico de aquellas palabras. Y sintió compasión por Rustin, cuyas ambiciones sólo podían hacerse realidad a través de su sustituto, y que sólo podía preocuparse según decidiera Corey.

—Lo más probable es que no llegue nunca a las elecciones generales —opinó Corey—. ¿Por qué os creéis que Marotta y Christy se pelean por el título de segundo hijo de Dios? En primarias como las de Carolina del Sur, donde el número de votantes es bajo, los que predominan son los conservadores mediatizados por su Iglesia, por las emisoras de radio cristianas y hasta por los sicarios de Rohr News.

—No este año —contraatacó Lacey—. Éste puede ser el año en que Marotta y Bob Christy hagan añicos el plan maestro de Price. Un año, por cierto, en el que los norteamericanos están más asustados y confundidos que nunca sobre cómo luchamos contra el terrorismo. Y se han avanzado las primarias en estados como Nueva York y California, ¡donde tú estás muy bien posicionado!

»Quién sabe lo que pasaría si hay otro 11-S. Para cuando acaben de pelearse entre ellos, Marotta y Christy puede que parezcan pigmeos al lado de Osama Bin Laden. Y eso te deja campo libre a ti. —El discurso de Lacey se hacía cada vez más insistente—. Sólo tú puedes llegar hasta la gente joven que ahora no vota. Sólo tú serías capaz de ofrecer esperanza en vez de rencor y división. Sólo tú tienes el carisma para convencer a las clases donantes, y para sacar al partido del caos en el que se encuentra. Y puede que este año sea el único año en el que tú puedes transformar nuestro partido para siempre. De modo que te lo pregunto, Corey: ¿tienes derecho a no presentarte?

Una vez más, el senador se quedó en silencio. Lacey tenía muchísima experiencia, y sus instintos eran tan agudos como su arte tejiendo mensajes. Mirando a Corey, Jack Walters propuso:

—Repasemos los temas uno por uno: los derechos de los homosexuales, para empezar. ¿Qué opinas, Blake?

Rustin miró a Corey con expresión precavida.

—Es un tema que debemos afinar. Corey no quiere posicionarse por una prohibición constitucional del matrimonio homosexual. La postura clásica conservadora consiste en decir que nos oponemos, pero eso no significa modificar la Constitución.

—¿Qué hay de las uniones civiles? —preguntó Lacey—. Eso es más resbaladizo.

—Debemos estar en contra, al menos, de momento. Pero sin hacer ruido. —Volviéndose hacia Corey, Rustin entró en detalles—. A corto plazo, debemos tranquilizar a los moderados suburbanitas sin que los conservadores religiosos se nos pongan nerviosos. El mensaje subliminal que hay que dar a los suburbanitas es: «Sigue invitando al primo Arnie y a su novio a la cena de Acción de Gracias y ya solucionaremos este tema algún día». Ya sé que no quieres que seamos el «partido malo», Corey.

—¿Y podéis convivir con mi voto a favor de la investigación con células madre?

162

—Bajo las actuales circunstancias, sí. Como tenemos a Christy y a Marotta dividiendo a los votantes cristianos, ese voto de las células madre favorece tu atractivo con los centristas. —Hizo una pausa y luego añadió—. De todos modos, podrías empezar a ir a la iglesia. Alguna denominación blanda y sencilla, como la metodista o la presbiteriana. Los episcopalianos están convirtiendo a homosexuales en obispos, así que no nos sirven. Eso podría ayudar a ocultar que tu madre es evangelista...

—Mi madre —dijo Corey sucintamente— se queda donde está. Si Dios apoya mi candidatura, no se lo va a decir. Tan sólo rezad porque Christy y Marotta no se fijen en ella.

Walters seguía mirando a Corey.

—Está también el tema de la discriminación positiva.

—Oh. Estoy en contra —respondió rápidamente Corey.

Brian Lacey levantó las cejas:

—¿En serio?

—Para los blancos —rectificó Corey, sonriendo—. Por mi propia experiencia, ser un chico blanco privilegiado es el mayor programa de discriminación positiva de Estados Unidos:

cualquiera que no lo entienda es que no está atento. De modo que estoy absolutamente en contra de aumentar los privilegios para los tipos como nosotros.

La sonrisa de Lacey era ahora fantasmal:

—Supongo que no querrás decirlo en público.

—No con estas palabras, Brian. Pero los dos sabemos que el problema racial sigue existiendo, y la respuesta de nuestro partido es una condescendencia llena de superficialidad. —Mirando a los demás, Corey añadió—: Mirad nuestra última convención: había más artistas negros en el escenario que delegados negros en la sala: Rohr News entrevistó a los nueve, creo recordar. Nuestra actitud con las minorías es una broma. Algún día nos daremos cuenta de que meter a unos cuantos negros simbólicos en el gabinete ya no cuela. —Corey se puso de pie y añadió—: Bueno, ¿a alguien le importa saber cómo veo yo el mundo?

—Por supuesto —respondió Rustin—. A todos nos importa.

—Nuestra clase militar está degradada por haber luchado en una guerra equivocada. Nuestro discurso político está en bancarrota. Nuestro partido improvisa ante el calentamiento global mientras nuestros jóvenes se preguntan si sus hijos todavía podrán respirar. Y, suponiendo que puedan hacerlo, habremos ayudado a endeudarlos tanto a ellos como nosotros dependemos del petróleo extranjero. Y ¿cuál es nuestra solución? Cavar pozos de petróleo junto a los renos y los caribús. —Corey se puso a andar arriba y abajo—. Si me presentara a la presidencia, me costaría mucho no hablar un poco de todo esto, lo cual, en este partido, es un buen motivo para no presentarse.

»Mi principal impulso para presentarme son las ganas de cambiar nuestro partido, nuestra política y todo este sistema corrupto que nos está asfixiando a todos. Me presentaría si considerara la política como una aventura honrosa, con la creencia de que los norteamericanos merecen más de nosotros que un balbuceo narcotizante acompañado de demagogia y calumnias. —Cruzó los brazos y concluyó, calmado—. Todos vosotros continuaréis, sea lo que sea lo que yo haga. Pero yo sólo tengo una oportunidad, y no estoy seguro de que ésta lo sea.

163

Rustin se puso los dedos ante los labios.

—Hay cosas que puedes hacer, Corey, antes de tirarte a la piscina.

—¿Cómo cuáles?

—Reunir un equipo de campaña. Decirles a los partidarios potenciales que estén tranquilos. Reconocer que Christy ha cambiado el panorama político. Doblar tus apariciones en los estados con primarias avanzadas como New Hampshire, Carolina del Sur, Michigan y California.

—¿Y qué hay de Iowa? —preguntó Walters.

—Es perder el tiempo, está lleno de evangelistas. —Intencionadamente, Rustin añadió—. Pero esta parte es buena para Christy: si gana en Iowa, le podría arrebatar una pieza a Marotta.

Lacey miró a los demás y luego se puso delante de Corey:

—Todos hemos elegido nuestras posiciones —dijo, con calma—, y ahora me toca hacerte la pregunta inevitable.

—¿Que es…?

—¿Alguna parte de tu reticencia a presentarte se debe a algo, cualquier cosa, que los votantes pudieran encontrar motivo de descalificación?

Corey le dedicó una leve sonrisa:

—¿Los votantes? Depende de cuáles, supongo. Pero no hay nada que vosotros no sepáis que yo pudiera considerar motivo de descalificación.

Lacey miró a Rustin brevemente:

—Pues entonces estamos todos de acuerdo, senador. Te admiramos y queremos ayudarte a convertirte en presidente. Pero ahora te toca decidir a ti.

Los tres hombres lo miraron, aguardando su respuesta mientras Corey trataba de imaginarse su vida y su futuro, las consecuencias personales y políticas de una u otra decisión. Pero no tenía nada claro, y los motivos de su indecisión parecían ahora más opacos que antes.

—Agradezco mucho todo lo que habéis hecho —les dijo—, y os debo una decisión. Por Acción de Gracias os diré si estoy dentro o fuera.

—¿Dentro de seis semanas? —preguntó Rustin, incrédulo—. ¡Ahora ya es muy tarde!

164

—Seis semanas —confirmó Corey—. Hacedme un plan de viaje.

Mientras viajaba de regreso a casa, Corey se dio cuenta de que podía llegar a huir de su asedio, pero no del eco de su propia inquietud.

Aquella noche, incapaz de conciliar el sueño, llamó a Lexie. Aunque ella pareció sorprendida, incluso contenta, lo único que le preguntó fue:

—¿De qué se trata, Corey?

—Es una especie de lío. Pero quería que supieras que el fin de semana ha sido muy importante. Al menos para mí.

Hasta por teléfono, podía percibir su vacilación.

—Pues entonces, me alegra que hayas llamado —respondió ella—. Supongo que las llamadas por teléfono son lo bastante seguras.

165

20

—*E*n cuanto a religión —preguntó Lexie—, ¿qué es exactamente lo que crees?

Corey estaba sentado en su habitación de motel en Nashua, New Hampshire, con el móvil en la oreja.

—No demasiado —respondió—, pero sí creo que en el mundo hay un equilibrio: que la bondad genera bondad, y que el mal les llega a aquellos que hacen daño. No es Dios quien controla nuestros destinos, somos nosotros. Para mí, el carácter es el destino.

Podía escucharla reflexionar.

—Mi madre te hubiera dicho que no suena muy reconfortante.

—Debería serlo. Significa que nuestras vidas, y nuestro mundo, son nuestra responsabilidad. Nadie más tiene el poder, y no hay nadie más a quien echar las culpas.

Aquella conversación tenía lugar en uno de los pocos momentos libres que tenía su agenda; un horario apretadísimo, complicado además por los cambios de zona horaria. Mientras Corey combinaba sus deberes de senador con las visitas a los estados clave en los que se celebraban primarias, Lexie acababa de rodar una película en la costa Oeste: un proyecto comercial en el que, para su diversión, interpretaba a una agente del Servicio Secreto que era a la vez la amante clandestina del presidente.

—No hago de primera dama —comentó, irónica—. Hasta este cuento chino tiene sus dosis de realismo.

Corey decidió que era mejor no analizar aquella frase:

—Me parece perfecto —contestó—. Me costaría imaginarte vestida de feligresa con zapatos negros y mirando a tu marido con adoración ciega.

Lexie lo pasó por alto.

Aquélla era la pauta actual de sus conversaciones, que iban desde las cotidianas y divertidas —la terrible vanidad del co-protagonista de Lexie; la mujer de Michigan que le dijo a Corey que la obligación bíblica de un esposo era sacar la basura cada noche— hasta las más serias, como cuando Corey le contó su última y extraña llamada a la hija a la que apenas conocía.

—Lo siento —le dijo Lexie—. ¿Has pensado alguna vez en volver a probar la paternidad?

Corey estaba colgando su americana en el armario de otro motel:

—En abstracto, sí. Pero no ha habido nadie con quien me apeteciera hacerlo. ¿Y quién se atreve a decir, teniendo en cuenta mi actuación pasada y el mundo en el que vivo, que ahora lo haría mejor?

—Quién sabe. Los hijos no se tienen sencillamente para tenerlos, o porque nuestra pareja quiera tenerlos. Ni tampoco se puede, con justicia, pedir a una mujer que quiere tener hijos, que no los tenga.

Corey pensó que era algo que Lexie había pensado con claridad.

—¿Alguna vez has querido tener hijos?

—Siempre. Pero con el tiempo me di cuenta de que Ron quería ser el único niño de nuestro matrimonio. No era capaz de soportar la competencia de nadie.

Corey percibió la tristeza en su voz.

—Supongo que en esto tampoco fue sincero.

—Tal vez yo no quise escucharle. Ron no era absolutamente sincero en muchas cosas. A menudo, la sinceridad va de la mano del conflicto, y eso le parecía poco conveniente.

A Corey, aquella conversación se le quedó grabada. Así que la noche en que ella le preguntó si había decidido presentarse a la presidencia, sopesó su respuesta con mucho cuidado:

167

—Algunos indicadores dicen que debería hacerlo. Cada vez viene a verme más gente y la atención mediática es mejor de lo que me esperaba: esta semana, al menos, soy «el candidato de la franqueza». Pero las posibilidades quedan todavía lejos, y la campaña conlleva el riesgo del autoengaño: siempre hay alguien que te dice que eres el mejor, y uno tiene demasiada tendencia a dejar de ver los motivos por los que no debería ser así. Que te comparen con Winston Churchill pone a prueba tu sentido del equilibrio.

—Pues si lo hace —se rio Lexie—, es culpa tuya. Tu carácter es tu destino.

Mirando a través de la ventana de su limusina, Corey se encontró sonriendo hacia las calles oscuras de Detroit. Su siguiente pregunta lo pilló por sorpresa.

—Y, entonces, ¿qué es exactamente lo que nosotros dos estamos haciendo?

—¿Hablar por teléfono?

—Me gusta todo esto. Incluso me sorprendo programando mis actividades alrededor de nuestras llamadas. Pero he empezado a preguntarme adónde nos llevan.

—¿Tiene que haber una respuesta?

—Yo ya sé la respuesta si decides ser candidato. Y creo que debes hacerlo, ahora o más tarde, aunque sólo sea para no pasarte la vida considerándote un cobarde. Pero ¿por qué sigo hablando por teléfono contigo? Esto no es una relación, en realidad…, ni siquiera es una línea caliente.

—No, no lo es —dijo Corey—. Ya hemos tenido algo mucho mejor.

—Oh —dijo ella a media voz—. Yo también he pensado en eso. Pero es una tontería, en realidad. Es culpa mía, Corey, pero estás ocupando más espacio en mi vida del que para mí tiene sentido. Hasta me pregunto quién puede estar pinchando nuestros teléfonos, y luego me odio a mí misma por preocuparme de que el simple hecho de hablar contigo pudiera arruinar tu carrera. Es hora de que empiece a tomar el control.

En silencio, él miraba a la oscuridad.

—¿Corey?

—Sigo aquí. Bueno, ¿qué vas a hacer cuando acabes este rodaje?

—Me marcharé. He alquilado una casa en Cabo San Lucas para la primera semana de noviembre.

Parecía una decisión repentina.

—¿Se trata de una retirada estratégica? —preguntó—. ¿O te gustaría un poco de compañía?

Lexie vaciló.

—¿Qué motivo tendríamos, Corey? ¿El tuyo y el mío?

—Pasar más tiempo juntos, y luego tal vez podríamos deducir el motivo.

Por unos instantes, no oyó nada más que la electricidad estática. Cuando Lexie respondió, lo hizo con un hilo de voz:

—Deja que lo piense.

Los dos días siguientes, Corey no consiguió hablar con ella. Luego, cuando se desplazaba al aeropuerto para coger un vuelo hacia Carolina del Sur, se encontró con un mensaje en su teléfono: «Éstas son las fechas… Si has pensado realmente en las secuelas y sigues queriendo venir, dímelo».

Corey marcó su número de inmediato.

Lexie había alquilado una mansión en Villa Pedregal, una casa construida en las colinas, encima del puerto.

Cuando respondió a la puerta llevaba un bikini. Corey la miró y exclamó:

—¡Dios mío! La última vez estábamos a oscuras.

Ella pareció entre avergonzada y divertida.

—No estaba segura de cuándo ibas a llegar; me había quedado medio dormida en el porche. Recupérate y te enseño la casa.

La planta superior era abierta, con un porche que ofrecía sol y sombra. Cuando lo llevó hasta allí, Corey vio que tenía vista sobre las casas de más abajo y, a lo lejos, sobre el puerto lleno de palmeras con un azul muy intenso. Cuando miró hacia el jardín de atrás había dos pájaros muy bellos haciendo un gracioso *pas-de-deux* sobre la piscina.

—Qué bonito —dijo.

—Y tranquilo. Podemos cenar en casa: tienen personal de cocina. —Vaciló un momento—. Supongo que nadie sabe que estás aquí…

Corey seguía mirando la piscina.

—Me marché en medio de protestas: las de Blake y las de Jack. Lo único que saben es que no estoy en New Hampshire, donde debería estar, y que no estaré localizable durante unos días.

Sin verbalizar su acuerdo, pasaron a hablar de otros temas. Aquella noche, una mujer tímida que no hablaba inglés les dejó preparado pescado a la parrilla y se marchó. Se sentaron en el porche, apaciblemente, contemplando la entrada de un crucero en el puerto.

—He llegado a la conclusión —aventuró Corey— de que tú y yo nos parecemos mucho.

Ella lo miró con una sonrisa escéptica.

—¿Eso crees?

—Al menos nuestros retos son iguales. Por un lado, a los dos nos cuesta mucho encontrar a iguales, y los demás proyectan en nosotros lo que ellos necesitan que seamos. Y no es que no lo hayamos pedido, pero eso pone sobre nuestras espaldas el tener que recordar las leyes de la gravedad.

—Eso a mí no me cuesta tanto, Corey. Sólo tengo que ir lo bastante atrás en mi memoria —dijo, y bebió agua mineral mientras contemplaba los progresos del trasatlántico—. Pero la gente puede ser muy rara. Una noche, cuando acabé mi función en el teatro, Ron me recogió en un Honda Civic hecho polvo del que no quería deshacerme por motivos sentimentales. Fuera había los típicos cazadores de autógrafos; una mujer que me vio subir a aquel coche, me gritó, totalmente horrorizada: «¿Por qué te subes a ese coche? ¡Tú no puedes subir en ese coche!». Fue como si hubiera arruinado su sueño de ser yo. Lo gracioso es que, en verdad, me llevé un pequeño disgusto por ella.

—¿Sigues teniendo el Honda?

—Por supuesto —dijo, irónicamente—, durante las negociaciones del divorcio, Ron me lo cambió por la casa en la playa de Malibú. Creo que a su novia le gustaba mucho.

Corey se rio.

—Me siento un poco como Ron —confesó, mirando a su alrededor—. Yo no me podría permitir todo esto.

—Pues paga a la cocinera, si te molesta. Seas como seas, Corey, no eres como Ron.

La sonrisa de Corey se desvaneció.

—Puede que Janice no estuviera de acuerdo —dijo—. Tal vez haya llegado el momento de hablarte de mi matrimonio. De contarte por qué y cómo terminó.

Después de ganar las elecciones al Senado, todavía muy afectado por la muerte de su hermano, el senador electo Corey Grace se había sumergido en el presente, organizando su oficina, conociendo a más de sus colegas y buscando una casa en Washington que pudiera gustar a Janice y a Kara. Pero cuando le enseñó a Janice la lista de ofertas inmobiliarias, ella le prestó tan poca atención que Corey le preguntó qué les estaba pasando.

Mirando hacia el pequeño patio en el que Kara jugaba, llevó a Corey hasta el dormitorio y cerró la puerta tras ellos. Se sentó en la cama a su lado y lo miró a los ojos, con una expresión que retrataba la angustia silenciosa.

—No puedo venir contigo —dijo.

—¿Por qué no? —le preguntó Corey—. Éste va a ser un nuevo comienzo para nosotros.

Se volvió hacia él con los ojos llenos de una pena tan vacía de afecto que le partió el corazón:

—Porque estoy enamorada, Corey.

Estaba meridianamente claro que no se refería a él.

—¿Quién es él? —logró balbucear como respuesta.

—Es australiano… Ahora mismo, su nombre no importa. Lo conocí hace dos años, cuando estabas en el Golfo. —Apartó la mirada unos segundos—. Cuando desapareciste y creía que habías muerto, todo era de una terrible sencillez. Luego volviste a aparecer vivo, tan malherido, tan lleno de remordimientos, que pensé que debía darte una segunda oportunidad. Y pensé que si abandonabas las Fuerzas Aéreas, tendríamos realmente una oportunidad.

—¿Y ese tipo?

—Tuvo paciencia. Entonces le dije que no podía abandonarte, que no debía pensar que volvería con él. —Movió la cabeza, apenada—. Lo he intentado, Corey, juro que lo he intentado, he puesto todo de mi parte. Pero luego vino la política. Incluso intenté adaptarme a eso, pero odio la vida que conlleva: exactamente igual que con las Fuerzas Aéreas, esta vida signi-

171

fica que nunca estás. ¿Qué tipo de vida es? —Juntó las manos—. Él tiene espacio en su vida para Kara. Incluso quiere tener más hijos.

Corey sintió que la bilis se le acumulaba en el pecho:

—Tengo que concedértelo, Janice. Al menos no te diste a la botella.

Su mujer se quedó pálida:

—No —dijo, con la voz temblorosa—, yo no soy mi madre. Y tú tampoco eres mi padre: sé que has estado con otras mujeres, tal vez con varias. Pero eso no importa, ahora.

El tono final de sus palabras —tan fatal, al parecer, como los propios defectos de Corey— transformó su rabia en una tristeza dolorosa.

—¿Dónde viviréis?

—En Sidney.

—¿Y Kara?

Janice suspiró.

—Sé que me puedes poner las cosas difíciles…, a los tres. Pero te pido que no lo hagas. Por favor, dame la vida que necesito…

—No sólo estamos hablando de ti.

—Lo sé —reconoció, a media voz—. Pero Kara te puede ver durante los veranos.

—El verano de allí, Janice, es el invierno de aquí.

Janice bajó la vista.

—Dejémonos de disfrazar las cosas: me estás pidiendo que abandone a mi hija de ocho años.

—Trataré de ayudar, lo prometo. —Con los ojos brillantes por las lágrimas, le acarició el rostro—. Nunca has tenido sitio para nosotras, Corey. ¿Quién ha hecho de padre de Kara? ¿Quién lo sería, aunque yo viviera en Washington? Kara se merece la oportunidad de ser una niña más completa que ninguno de nosotros. Y creo que este hombre y yo se la podemos dar. Es algo que merece la pena intentar, ¿no?

Corey no fue capaz de responder.

A principios de diciembre, el día antes de que se marchara a Australia, se despidió de su hija. Kara lo abrazó fríamente y luego se metió en el coche de su madre. Emocionada con la nueva aventura, la niña ni siquiera se volvió a mirarlo.

172

21

*E*l resto del día transcurrió apaciblemente. Lexie tratando de asimilar todo lo que le había contado.

Aquella noche se tumbó a su lado. Cuando él la quiso abrazar en medio de la tranquila penumbra, ella se volvió a mirarlo. Tenía la piel cálida.

Hicieron el amor con dulzura e intensidad. Más tarde, cuando se despertó, Corey se dio cuenta de que ella ya no estaba.

Se levantó y se puso un pantalón corto.

Lexie estaba de pie en la barandilla del porche, absorta en la bahía a la luz de la luna. No le vio. El instinto llevó a Corey a no sobresaltarla. Volvió a la cama solo.

Cuando se despertó por la mañana, con la primera luz del día, Lexie estaba otra vez a su lado.

El amanecer era cálido. Hacia las nueve de la mañana, Corey se dio cuenta de que el sol estaba ya lo bastante alto para que el porche ofreciera una sombra acogedora. Disfrutó mucho con el simple hecho de sentarse a la mesa, tomar una taza de café bien fuerte y reflexionar.

El segundo día amaneció con una niebla leve y baja sobre la bahía que filtraba la luz del sol y que convertía un lujoso transatlántico en una forma sombreada que podía ser una isla hasta que, a medida que iba avanzando lentamente hacia el puerto, sus rasgos se hicieron más claros.

—Es como la nave misteriosa —observó Lexie, con las manos sobre sus hombros—. Bueno, ¿has hecho tus planes para hoy?

—Siempre me ha costado relajarme. —Se volvió hacia ella—. Hace una hora, me he dado cuenta de que no sabía qué hora era. En la vida militar, siempre lo sabía: todo estaba hiperorganizado, con los días divididos en segmentos y tareas. Lo mismo que en este trabajo: una cita tras otra. Tu alma no encuentra nunca a tu cuerpo.

—Pues ahora no tienes elección —respondió Lexie—. Estás aislado; nadie sabe dónde estás, así que no hay nadie que pueda venir a salvarte de ti mismo.

Corey sonrió:

—Sólo tú.

Tras la niebla, Corey vio que el agua empezaba a mostrar destellos, como luciérnagas sobre un océano todavía grisáceo.

—Tal vez —dijo— me dedique a vigilar ese barco.

Lexie se puso a hacer estiramientos y abdominales. Luego se fue a correr varios kilómetros por el camino que llevaba de la casa hasta la carretera principal y a la ciudad. Cuando regresó, Corey estaba tumbado en un colchón, disfrutando del agua fresca de la piscina.

—Tu barco sigue ahí —le dijo ella—, ¿por qué no lo estás vigilando?

—He estado pensando; he deducido lo que no funciona en mi vida. Tal vez, en la vida de cualquier político.

—¿Y qué es?

—Que explotas tus recursos hasta agotarlos: toda tu energía, tu inteligencia, tu creatividad. Y lo peor, no tienes nunca el tiempo suficiente para reflexionar. O tal vez tú seas mejor que yo en esto.

—Tal vez.

Aquella tarde, en la luz y la sombra de la habitación, Corey y Lexie volvieron a hacer el amor. Luego se quedaron dormidos un rato. Cuando se despertaron, el crucero se había ido.

—Cambios —apuntó Corey, meditabundo—. A veces cuesta convivir con ellos.

Lexie sonrió.

—¿Tienes hambre?

Y

La mayor parte del tiempo, descubrió Corey, el mundo privado que habían creado y que le hacía sentirse suspendido entre el pasado y el futuro, le bastaba.

De vez en cuando pensaba en la política; otras veces, para su asombro, pensaba en poco más que en Lexie. Ella había empezado a llenarlo todo.

Sin embargo, eran dos personas independientes: se separaban, se volvían a encontrar, hablaban, leían cuando querían. Esta rutina compartida, tan sensual a su manera como lo era su relación amorosa, era algo que, en general, saboreaba: se daba cuenta de que cada día se sentía menos solitario. Pero otras veces se sentía desorientado, como si su tiempo juntos fuera un preludio desdibujado de la vida agotadora —si la elegía— de un candidato a la presidencia. Y se preguntaba si ella tenía esta misma sensación.

Aquella tarde, después de comer, Lexie le contó una historia.

Cuando se marchó por primera vez a la Universidad de Carolina del Sur, su tío, para entonces representante del Estado, la llevó en coche hasta su facultad. Una vez en el aparcamiento, le dijo: «Ahora estás en la universidad, Lexie, donde ninguno de nosotros te puede cuidar. Te pasarán cosas por el simple hecho de ser mi sobrina y de llamarte Hart. Algunas de estas cosas serán buenas; otras, malas. Pero, al final, estarán más o menos equilibradas. —Hizo una pausa y luego acabó con un tono cariñoso poco característico en él—. Pero hay otras cosas que te sucederán, sencillamente, porque eres negra. Y estas cosas nunca se equilibran: ésa es la realidad a la que tendrás que enfrentarte».

Lexie no le contestó, pero el día antes de Acción de Gracias, cuando su tío fue a recogerla, le dijo que ya lo había entendido.

Mientras la escuchaba, Corey observó cómo su mirada se volvía distante:

—El equipo de fútbol —le contó— tenía un corredor estrella, George Rodgers: un atleta negro excelente que aspiraba al trofeo Heisman. A nuestro lado, en el aparcamiento en el que mi tío me recogió, había un todoterreno con dos adhesivos detrás: uno era una bandera confederada; el otro decía: «Rodgers para el Heisman». Mi tío estaba en plena campaña para el Congreso. Le señalé aquellos adhesivos y le dije: «El dueño de este coche no llevaría nunca un adhesivo de "Hart para el Congreso"». Él me miró con una sonrisa divertida y me preguntó por qué.

»En el primer partido —le expliqué— presentaron a la primera reina de bienvenida negra de la universidad. Yo estaba sentada al lado de un grupo de chicos blancos, la mayoría de ellos bastante borrachos. Cuando presentaron a esa chica, muchos de ellos la miraron y dijeron «Uuuuuh». Pero cuando presentaron al equipo de fútbol y dijeron el nombre de George Rodgers, todos ellos se pusieron de pie, aplaudiendo y aclamándolo. Mi tío se quedó en silencio y luego me dijo: «Claro, está bien cuando los entretenemos, pero no cuando los representamos. El cambio real no llegará, si es que llega, hasta que esos chicos desaparezcan».

Corey reflexionó un momento sobre ello, preguntándose qué quería decirle con aquella historia.

—Antes, supongo, si Cortland Lane se hubiera presentado, puede que hubiera salido elegido presidente.

Lexie lo miró a la cara.

—Corey —le dijo, sin alterarse—, no quiero convertirte en el chivo expiatorio del racismo. Pero hay un motivo por el que vemos las cosas de distinto modo, una razón evidente para cualquiera que nos mire. Y creo que, en realidad, tú también lo sabes.

—¿Qué quieres decir?

Ella inclinó la cabeza:

—Dime una cosa: ¿por qué crees que nos estamos escondiendo?

La pregunta lo puso en guardia.

—Para proteger nuestras vidas privadas. Para poder ser nosotros mismos sin tener que dar explicaciones.

—Eso es bastante cierto —admitió ella—. Y sabes lo poco que me gusta vivir ante el público. Pero otro motivo es que hay que proteger tus posibilidades de llegar a la presidencia.

—Eso no lo acepto, Lexie.

—¿No? Pues te garantizo que tus asesores sí lo harían, en especial el que está a cargo de tus encuestas. —Posó su vaso de té con hielo sobre la mesa con un cuidado exagerado—. Si supieran que estás conmigo, se quedarían horrorizados.

—Claro. Porque eres actriz…

—No seas ingenuo, Corey…, no va contigo. Se quedarían horrorizados porque soy negra. —Su esfuerzo por hablar sin pasión era evidente—. Muchos hombres blancos, en especial los de tu partido, sabrían así que eres un «liberal», con «valores» distintos de los suyos. Se desatarían rumores como: «¿Te imaginas una primera dama negra y niños negritos en la Casa Blanca?».

—Por Dios, Lexie. Éste es el aspecto que tendrá Estados Unidos.

Ella le dedicó una sonrisa poco convencida:

—Nos estamos adelantando un poco a los acontecimientos, ya lo sé. Todavía no hemos tenido ese bebé. Pero los otros irán tan lejos sin nosotros. Así que ahórrate las amabilidades sobre la cara multicultural del país para tus discursos de campaña, donde serán más bien acogidas. Hay demasiados de los tuyos que no querrían que yo representara su versión de Estados Unidos, y eso estaría en sus mentes aunque no esté en las nuestras. —Su voz se suavizó—. Y lo mismo con mi gente. A algunos les podrías gustar más, a otros les gustaría yo menos. «¿Qué le pasa a esa chica? ¿No le parece lo bastante bueno para ella, un negro?», dirían.

»Y luego está la prensa. Para ellos no soy simplemente una actriz: soy una actriz negra. ¿Por qué crees que me bombardearon a preguntas sobre el hecho de que Janet Jackson enseñara una teta: porque soy experta en fallos de vestuario, o porque tengo dos tetas? No, Janet y yo tenemos en común algo demasiado obvio: somos negras. —Movió la cabeza con énfasis—. Así que, seamos realistas; si dejáramos de lado lo de «actriz», tú y yo seguiríamos sin poder ser vistos en una relación. Ahora mismo, estando aquí conmigo, estás jugando con fuego.

Corey se levantó y anduvo hasta el extremo del porche. Con las manos en la barandilla, miró hacia las aguas de la bahía, una gran mancha gris azulada iluminada por el final de la tarde. Sintió que ella le tocaba el brazo.

—Lo siento, cariño —le dijo ella—. Yo fui quien te pidió que vinieras.

177

—Sólo estaba pensando. Por aquí debe de haber algún restaurante que te guste.

—Vamos, Corey, ¿qué es exactamente lo que intentas demostrar?

—No estropees este momento, ¿vale? Finalmente estoy invitándote a cenar.

Ella le dio un beso en la mejilla:

—Está bien —dijo—. Ahora has desvelado tu posición, pero a mí me toca ser la cuerda de los dos: gracias, pero no.

Se volvió hacia ella y le tomó el rostro entre las manos:

—¿Qué importancia me concedes? Como persona, quiero decir.

Ella lo miró a los ojos.

—¿Cómo persona? Bastante, diría yo.

—De acuerdo, pues. Estoy realmente cansado de estar aquí escondido. Esta mañana he estado mirando la guía y he visto un lugar llamado L'Orangerie.

Lexie le dedicó una sonrisa un poco maliciosa.

—No lo conozco —respondió.

Llegaron pronto, con la esperanza de evitar a los mirones. Se aseguraron de tener una mesa tranquila en un rincón del jardín que daba a la playa, desde donde podían ver un par de veleros surcando las aguas, un barco pesquero faenando por la bahía y un parapentista solitario que entraba y salía de su campo de visión. Lexie le sonrió desde el otro lado de la mesa.

—Esto es una locura, lo sabes, ¿no?

—Sí —dijo él, desenfadado, mientras chocaba su vaso de whisky escocés con el de ella, de té frío—. ¿No te han dicho nunca que pareces una estrella de cine?

Ella puso los ojos en blanco.

—¿Es esto lo mejor que se te ocurre? Porque es bastante pobre.

Los dos se sentían extrañamente alocados, pensó Corey.

—¿Te das cuenta? —le dijo—. Estamos actuando como si fuéramos dos adolescentes que nos hemos saltado la clase de física para ir a la playa.

Lexie se acercó y le tomó una mano.

—Sí, me doy cuenta.

Se pusieron a conversar tranquilamente. Cuando el camarero, de mediana edad, regresó, tan atento con Lexie, ella le habló en un español impecable. Corey pensó que debía de haber adquirido aquella fluidez cuando estuvo en Colombia, y eso le recordó todo lo que le había ocurrido. Luego ella se volvió a mirarlo y disipó ese pensamiento.

Lexie eligió salmón ahumado y lubina; Corey, vieiras frescas y gambas al Pernod, acompañadas de media botella de chardonnay mexicano bien frío.

—Yo conduzco, supongo —le dijo Lexie con una sonrisa.

—Pues claro, ¿por qué te crees que te he traído?

Mientras llegaban los entrantes, Corey advirtió que las mesas cercanas empezaban a ocuparse y decidió concentrarse en lo bella que era su acompañante.

Ella levantó las cejas.

—¿Por qué me miras así?

—Porque soy yo quien puede hacerlo, y no otro. Y eso me gusta mucho.

Ella lo escrutó más seria.

—Sobre ese bebé de ficción —dijo, al cabo de un rato—, sé lo muy ficticio que lo hace tu propia vida, pero, a largo plazo, yo quiero tener uno, y mi largo plazo es cada vez más corto. Sólo quiero que lo sepas.

—Entendido —dijo Corey—. Por mi parte, nadie quiere que sus hijos sean criados por los lobos.

Entre ellos se estableció un clima afectuoso, un poco pensativo. Lexie le volvió a coger de la mano.

—A mí también me gusta mirarte.

De pronto, un flash hizo parpadear a Lexie. Corey miró a su alrededor y vio a una mujer con un vestido de verano que se metía la cámara en el bolso. Al ver su expresión, balbució «lo siento» y se retiró entre las sombras.

—Vaya —murmuró Corey.

La mirada asustada de Lexie había mudado en resignación. Al cabo de unos instantes, dijo:

—Tú todavía estás a salvo, senador. Tu nuca podría ser la de cualquiera.

Llegaron los segundos platos y se concentraron en la cena

179

para dejar que la sensación de que habían invadido su intimidad remitiera. Al llegar a los postres, con el equilibrio recuperado, empezaron a hablar sobre la breve carrera de Lexie como lanzadora de jabalina en el instituto.

—Mucho brazo y poca técnica —recordó ella—. Una vez estuve a punto de cargarme al entrenador.

—¡Uf! —dijo Corey.

Vio a una mujer delgada, de unos treinta años, de pie junto a su mesa, con expresión vacilante pero con un boli y un trozo de papel en la mano.

—Me disgusta —le dijo a Lexie—, pero la he visto aquí, y es mi única oportunidad de decirle lo mucho que me gustan sus películas.

Lexie esbozó una sonrisa graciosa.

—¿Y usted se llama…?

—Carole Walsh.

—Gracias, Carole, eso significa mucho para mí. ¿Quiere que le firme esto?

Mientras Lexie escribía su nombre, la mujer miró a Corey.

—Lo siento —le dijo—, pero tengo la sensación de que debería conocerle.

Sonriendo, Corey negó con la cabeza:

—Es sólo porque estoy con ella. No se preocupe, me ocurre a menudo.

Tranquilizada, la mujer le dio las gracias a Lexie por el autógrafo y regresó a su mesa con una ilusión visible.

—Esto es un auténtico baño de humildad —se rio Corey.

Lexie le dedicó una sonrisa ambigua.

—Empieza a acostumbrarte. A menos que te elijan presidente, claro.

Al cabo de cinco minutos se marcharon, conscientes de que los otros empezaban a mirarlos.

Se sentaron en el porche, Corey con una copa de brandy y Lexie con su cazadora sobre los hombros. A media voz, le dijo:

—Espero que esa mujer no te haya dejado confuso.

Corey movió la cabeza.

—Pensaba en otra cosa.

—¿Política?

—Sí y no —respondió él, consciente de que había llegado el momento de hablar de Joe Fitts—. De hecho, me estaba acordando de un amigo.

Aunque Lexie no decía nada, su silencio revelaba lo atenta que escuchaba.

—¿Sabes lo que todavía me pregunto? —acabó con voz suave Corey—. Si Joe estaba todavía vivo cuando le decapitaron.

Cuando dejó de hablar, Lexie dijo:

—¿No hubo una autopsia?

—Jamás devolvieron su cuerpo. Y eso fue clemencia, porque así su familia nunca lo supo. Y yo también lo oculté.

—A ti también te torturaron, Corey. ¿Dónde figura esto, en esta historia?

—En ningún lugar. Si hubieran querido algo de mí, yo se lo hubiera dado. Lo único que quería era sobrevivir; pero lo único que querían ellos era hacerme sufrir, y uno de ellos no me quería dejar morir. De modo que acabé siendo senador. —Corey se acabó el brandy—. Hace poco, cuando mi encargado de prensa propuso poner la foto de Joe en nuestros anuncios de campaña, me sentí como si estuviera bailando sobre su tumba.

—¿Dejarás que lo hagan?

—No.

Lexie acercó su silla un poco más hacia él.

—Lo siento —dijo, al cabo de un rato—. Lo siento por Joe, y lamento cómo te sientes. Pero eso me hace pensar en algo que tengo que preguntarte. ¿Estar conmigo es una manera de compensar tu sentimiento de culpa por Joe Fitts?

Corey se sintió enfurecer:

—Deja de pensar en ti misma —le soltó—. Por una vez. ¿Tan cabronazo te crees que soy? —Se levantó, sintiendo que empezaba a calmarse. Y entonces se puso a hablar rápidamente, pero muy claro—. Te concedo que Joe cambió mi modo de pensar sobre el tema de la raza, y eso tiene un efecto sobre mi política. Pero eso lo hizo estando vivo, no al morir. La muerte de Joe me convirtió en algo que no era. No hay ni una

181

sola reunión de Kiwanis en Estados Unidos en la que no se me presente como «un héroe norteamericano». Y ésta es mi ventaja sobre Marotta y Christy: sólo uno de nosotros ha sido lo bastante temerario y egocéntrico para que eso le cueste la vida a un amigo, y eso es algo que llevo sobre mí con todas sus consecuencias. Éste es el quid de la cuestión. —Hizo una pausa, y se puso las manos en los bolsillos—. No te cuento esto porque necesite de algún personaje negro que me dé la absolución; te lo cuento porque es el espacio ambiguo en el que vivo, y quería que lo supieras.

»Te dije que no quería que te escondieras, Lexie. Y yo tampoco quiero hacerlo. —Su voz se tranquilizó—. No estamos hablando de raza, sino de nosotros. Espero que puedas soportarlo.

Con el mentón apoyado graciosamente sobre los dedos arqueados, Lexie lo observó, tan cuidadosamente que él tuvo la sensación de que su futuro común dependía de lo que viera ahora. Al final, le dijo:

—Entonces, ¿quieres saber lo que pienso?

—Sí.

—Que Cortland Lane tenía razón. Tomaste una decisión en décimas de segundo, y las consecuencias para ti y para tu amigo fueron distintas. El tema es cómo lo procesas y qué haces con eso en el mundo. —Lexie hizo una pausa—. La primera parte es dura, eso lo comprendo. Pero no habrías hecho nada por nadie si hubieras dado la espalda a la política y a la oportunidad de convertirte en senador. Es tu valoración de cómo llegaste hasta aquí y tu deseo de darle un significado lo que te hace tan distinto de Marotta. Y esta cualidad es tan real como el «heroísmo» que consideras tan falso. Así que —concluyó, imitándolo con una levísima sonrisa— espero que puedas soportarlo.

Sentado frente a ella, Corey hinchó las mejillas y resopló. Al cabo de un rato, murmuró:

—Vaya noche, ¿no?

—Lo ha sido —dijo ella, y lo tomó de la mano—. Vamos a acostarnos.

Al día siguiente recuperaron su rutina. Lexie salió a correr y Corey se quedó flotando en la piscina. Por la tarde, cuando fuera hacía más calor, hicieron el amor refugiados en su dormitorio. Después de cenar vieron una película antigua, con los comentarios de Lexie mientras se acurrucaban en un mullido sofá. Pero lo que había ocurrido entre ellos, aunque pasara desapercibido, hizo que los dos días restantes fueran más ricos y mejores.

Mientras recogía sus cosas después del último desayuno, Corey sintió latir de nuevo el pulso de su vida normal, la expectativa de las reuniones, las audiencias, las entrevistas, el tiempo de espera en los aeropuertos, el cambio constante de atención de un asunto importantísimo a otro. Pero tenía la sensación de que estaba dejando una parte de él mismo con Lexie. No recordaba haber sentido nunca tanta paz.

Se lo dijo:

—Las vacaciones pasan, ya lo sabes. El resto va siempre contigo —le respondió ella con una sonrisa.

En el vuelo que lo llevaba de regreso a Washington le seguía dando vueltas a aquello, todavía inseguro sobre adónde deseaba que «el resto» lo llevara. Cuando aterrizó, las aceras del aeropuerto estaban llenas de periodistas y fotógrafos. En la portada de uno de los tabloides del grupo Rohr que uno de esos plumillas le puso en las manos, aparecía Lexie saliendo de la piscina mientras él le ofrecía un vaso de té helado. Su memoria no le mentía: en bikini estaba impresionante.

22

No había tiempo para la reflexión: Corey podía decir algo espontáneo o ignorar las preguntas que le lanzaban a gritos, lo cual podía dar a entender que sentía algo así como vergüenza. Mientras se dirigía hacia su limusina, se detuvo delante del reportero que llevaba un micrófono en la mano y que le quedaba más cerca:

—La señora Hart y yo tenemos una relación. Muchos hombres y mujeres solteros aspiran a eso —dijo con una sonrisa en los labios.

—¿Cómo afecta eso a sus perspectivas presidenciales?

—¿Salir con mujeres? —preguntó Corey con una incredulidad fingida—. La última vez que repasé la actualidad estábamos en una guerra e Irán estaba desarrollando armas nucleares. —Tras estas palabras, subió a la limusina y cerró la puerta.

Escuchó varios mensajes que Blake Rustin le había dejado, y que reflejaban una agitación creciente. Sus asesores tenían previsto reunirse en casa de Brian Lacey, según le informaba el último mensaje: si casualmente Corey se encontraba cerca de la zona, sería más que bienvenido en la reunión.

Tomando la decisión sobre la marcha, le dijo al chófer que lo llevara a Virginia y luego marcó el número del móvil de Lexie.

—¿Estás ya de vuelta a Los Ángeles?

—Llegué hace una hora —dijo, con tono de voz sombrío—. Supongo que lo has visto.

—Pues sí. Me encanta tu bikini, por cierto.

—Esto es bastante grave, Corey, especialmente para ti. Cuando he llegado había periodistas por todas partes; estarán vigilando todos mis pasos, lo sabes, ¿no?

Corey sintió que su carga de adrenalina empezaba a disiparse:

—Lo sé, y lo lamento. Pero no lamento lo nuestro.

Lexie vaciló.

—¿Y lo tuyo?

—¿Qué íbamos a hacer? ¿Escondernos toda la vida? En realidad, me siento un poco aliviado.

—¿Es esto realmente lo que hubieras elegido? ¿O te han arrinconado y ahora estás atrapado, tratando de ser valiente?

—Yo hubiera elegido una salida más elegante, Lexie. Pero no podía ir a ninguna parte. —Hizo una pausa y luego añadió—. Les he dicho que tenemos una relación. Es eso lo que quiero. Si puedes aguantar el chaparrón, yo también lo haré.

—Tendré que pensarlo, Corey. —Su voz se hizo más amable—. Sólo me hubiera gustado no tener que decidirlo de esta manera.

—Es culpa mía. Es lo que tienen los presidentes…

—¿Y qué vas a hacer con esto?

—No tengo ni idea —confesó—. Ahora estoy de camino a una reunión con mis asesores.

—Seguro que están encantados —dijo, con una risita—. Será mejor que tu publicista llame al mío. Para robar una frase de tu sector, los dos tenemos que figurar en «el mensaje», sea cual sea el mensaje…

—Yo sé cuál quiero que sea: que somos pareja, y que al que no le guste que se vaya al cuerno.

—¿No hubiera sido bonito —dijo ella— saber que lo hemos decidido sin la ayuda de Alex Rohr? ¿O saber qué va a pasar ahora que el tipo se ha tomado tanto interés?

Corey sabía lo que estaba pensando, tan claramente como si se lo hubiera dicho: las actrices de cine negras son una cosa; las ex adictas a la heroína, otra. Y estaba igual de seguro de que ella jamás pondría la violación como excusa.

185

—No hemos tenido nunca la posibilidad —respondió—, pero sea cual sea la decisión que tome, eso ya no es sólo sobre mí; es sobre nosotros.

—Mientras estés conmigo —dijo Lexie—, todo es sobre nosotros. Así que tienes que decidir si echas por la borda las posibilidades que tenías de ser presidente a cambio de la posibilidad de lo que podamos tener juntos. Lo generoso por mi parte sería alejarme de ti.

—No lo harías por mí —dijo Corey, que se preguntó si eso era cierto.

—Ha sido una escapada muy agradable —dijo Lexie con voz amable, antes de colgar.

Los tabloides cubrían toda la mesa del comedor de Brian Lace.

—Me importa un cuerno lo buena que está en bikini —dijo Brian, cansinamente—. Muchas mujeres republicanas echarán un vistazo a esta foto y decidirán que ya no eres un líder al que sus hijos pueden respetar.

Mientras Lacey y Jack Walters lo escrutaban, Corey se agachó un poco para examinar las fotos: Lexie y Corey con las manos entrelazadas en L'Orangerie; cenando en el porche y, por supuesto, junto a la piscina de su «nido de amor mexicano».

—«El senador Grace intentó ocultar su identidad, algo que entra en contradicción con su fama de abierto y sincero» —leyó Rustin en voz alta. Tras levantar la mirada, añadió—: Rohr te ha clavado un puñal: es el precio por lo que te divertiste con él en aquella audiencia. «Novia» es malo; «novia negra» es peor; «novia actriz negra» es el colmo.

Rustin sonaba tan taciturno como parecía.

—Si fuera Condi Rice —prosiguió—, se podría aguantar lo de «negra», pero Lexie Hart es una liberal declarada que simboliza todo lo que la gente odia de la industria del espectáculo, hasta en ese bañador tan breve que la mayoría de las mujeres saben que no pueden permitirse llevar. Sigue con ella y estás más muerto que vivo en las primarias. Bueno, si es que ahora no estás muerto ya.

Corey lo miró de reojo:

—¿Has acabado, Blake?

—No, no he acabado. La mayoría de los norteamericanos quieren ver en su presidente una figura de autoridad, no un tipo al que la novia de turno le dice lo que tiene que pensar. Vino a presionarte en lo de las células madre, y lo siguiente que se sabe es que votas a favor de la investigación con células madre. —Rustin hablaba ahora con más severidad—. Ya sé que tu voto ayudó a colocar a Christy en la parrilla de salida, pero Price y Rohr harán que parezca que la Jane Fonda negra busca meterse en la Casa Blanca para susurrarle al oído a nuestro encandilado presidente.

Corey notaba cómo Lacey y Jack Walters lo observaban:

—Arriesgándome a decir obviedades —les dijo—, cuando decidí ir a Cabo San Lucas no estaba tomando una decisión política. Y la gente que vote contra mí por tal motivo, votaría contra mí de cualquier modo.

Rustin levantó las manos y miró a Lacey en un ruego silencioso, para que le echara un cable. Lacey habló con gravedad:

—Me siento dividido en esto, Corey. Resulta que la mayor parte de lo que dice Blake es cierto, aunque sea un comentario triste sobre nuestro país y nuestro partido: pero somos todavía una sociedad racialmente dividida. Puede que ella te ayude aquí o allí, tal vez en primarias como las de Michigan y New Hampshire, donde los moderados blancos son todavía una parte significativa. Pero, en el oeste y en el sur...

—En Carolina del Sur se puede dar por muerto —le interrumpió Rustin sin tapujos—. ¿Crees que Rohr se va a amedrentar? Pondrá a gente a perseguir a Corey las veinticuatro horas del día hasta que el «héroe de guerra» quede sustituido en la mente popular por «el tipo que se tira a Lexie Hart». —Se volvió hacia Corey y añadió—: Disculpa, pero eso es lo que va a suceder.

—Depende de cómo lo enfoques —respondió Lacey—. Hay mucha gente adicta al romance, en especial si madura hacia un amor de verdad. ¿Y si ella y Corey se casan?

Rustin sonrió con incredulidad.

—¡Hablo en serio! —insistió Lacey—. Eso soluciona el tema del candidato soltero, encarrila a Corey de nuevo del lado de los valores de familia y, al mismo tiempo, evita el mal ejemplo de un candidato presidencial de cuarenta y tres años que mantiene relaciones sexuales fuera del matrimonio. Y daría a la nueva señora Grace la oportunidad de utilizar su evidente encanto, inteligencia y dotes de comunicadora al servicio de los asuntos que vayan a favor de Corey. Y, por encima de todo, le da a Corey la oportunidad de representar el amor y el matrimonio. Y casarse con una mujer negra le confirma como un candidato con coraje…

Corey se echó a reír.

—¿Me he perdido algo? —le preguntó Jack Walters.

—¿Por qué no, sencillamente, llamamos a Lexie y le explicamos que el matrimonio será mejor para mi imagen? Luego uno de vosotros se le puede declarar y proponérselo. —Corey movió la cabeza—. Ésa sería una de las propuestas de matrimonio más raras de la historia del matrimonio.

—Es posible —dijo Lacey—. Pero no de la historia de la política. Lexie Hart cuenta con todas las características para ser una buena esposa de político. Tiene aplomo, y es elegante y elocuente. Ya sabe lo que es la fama y lo que es vérselas con la prensa, nadie tiene que contarle que el *off the record* no existe, y sabe nadar y guardar la ropa. Es algo muy a su favor; y tiene magnetismo de sobra. Ni siquiera Mary Rose Marotta es capaz de competir con esto.

»Cada vez más, la gente de color se está posicionando en primera línea: Bill Cosby, Michael Jordan, Tiger Woods, Oprah Winfrey. Juntos, sois la pareja más atractiva del planeta, como John y Jackie Kennedy, sólo que de origen mucho más humilde, lo cual os hace muy atractivos. Y, en las elecciones generales, ella aportaría nuevas facciones que tienes que ganarte, como las minorías y los jóvenes. —Lacey hizo una pausa para enfatizar sus palabras—. Lo peor de ambos mundos, Corey, es donde te encuentras ahora: protagonizando una aventura. Si la quieres, cásate con ella, y cuanto antes, mejor. De lo contrario, está claro que tendrás que salir de la lucha electoral.

Corey se sintió exhausto de inmediato. Mirando de Lacey a Rustin y a Walters, dijo:

—Creo que Cortland Lane habría salido elegido presidente. Puede que no estéis de acuerdo. Pero el impacto político de mi relación con Lexie no puede dictar el destino de nuestra relación. Salgo con Lexie Hart —al menos, si ella sigue queriéndolo—, pero es totalmente absurdo imaginar que me casaría con ella para minimizar un daño político. Aunque yo quisiera hacerlo, ella no querría.

Con la cabeza inclinada hacia delante, Ruskin se frotó los ojos:

—Pues entonces, no lo evites —le aconsejó Lacey animosamente— y no te exhibas. Salid a hacer vida social, pero no en Hollywood. Cómprale un bañador entero. Hospedaos en habitaciones separadas: Rohr y Price estarán esperando cualquier fiesta nocturna. La imagen que quieres dar es la de dos profesionales elegantes y maduros con intenciones serias.

Rustin lo miró desde el otro lado de la mesa, con gesto triste, con un aspecto tan atónito y traicionado que Corey sintió auténtica piedad por él.

—Habrías sido presidente —dijo, a media voz—, lo juro.

—¿Y no puedo serlo, ahora?

Rustin se encogió de hombros en un gesto profundo y desanimado.

—Yo te he dado mis mejores consejos. Si todavía estás pensando en presentarte, haré mis sondeos.

—Hazlos —dijo Corey, sereno.

No estaba seguro de si lo había dicho para ablandar a Rustin o porque una parte muy testaruda de él no era capaz de abandonar la esperanza.

189

—¿Salir? —preguntó Lexie, medio en broma—. A mí me parece un paso atrás. ¿Está pensando tu consejo de sabios en contratar a una carabina?

Mientras volvía de la finca ecuestre de Lacey, Corey contempló cómo la lluvia y el aguanieve salpicaban los cristales del coche.

—Aquí es donde he puesto el límite. En serio, Lexie, esto es lo que quiero.

—¿En vez de la presidencia?

—Todavía no lo he decidido. —Corey vaciló—. ¿Es eso un motivo de separación?

Lexie se quedó en silencio un momento.

—¡Yo soy un motivo de separación, Corey! Si tus asesores supieran…

—Paso a paso —dijo Corey—. Primero tengo que preguntarte si quieres salir conmigo.

Organizaron un comunicado de prensa conjunto en el que destacaban el aprecio que sentían el uno por el otro y el compromiso de su relación.

Todo aquello no hizo más que incrementar el interés. Reporteros del imperio mediático Rohr y de cualquier otro medio rodearon sus casas y acosaron a sus amistades para sonsacarles comentarios. Marotta roció sus discursos con referencias a los «valores hollywoodienses». Por su parte, Bob Christy, que fue más al grano, calificó su relación de «inaceptable, no por la raza de la señorita Hart, sino por el ejemplo moral que da a los niños de todas las razas». La foto de Lexie se convirtió en portada de la mayor parte de noticiarios por cable. El conductor de un radical programa de tertulias de extrema derecha acusó a Corey de «pensar con un órgano normalmente asociado con los excesos escabrosos de los presidentes demócratas». Jay Leno dijo que la relación era «un punto de partida descarado de la tradición republicana a la pedofilia y al pequeño chanchullo». Los *e-mails* y las llamadas de teléfono que recibía Corey eran sobre todo «desfavorables», incluidos las de un grupo procedente de Ohio que profesaba su lamento por haberlo apoyado hasta ahora. Aliviado por los primeros sondeos que sugerían que el país era, en conjunto, más generoso que su correo electrónico, Corey se sentía más dolido por Lexie que por él mismo.

Su primera visita a Washington fue complicada. En Citronelle, las sonrisas de los otros comensales quedaron ofuscadas por el gordo borracho que, al pasar junto a su mesa, expresó su compasión hacia Corey por lo dura que es la vida de un político. Luego, señalando a Lexie como si se tratara de una maceta, dijo:

—Debe ser cuidadoso de con quién se exhibe, senador.

Lexie se quedó pálida.

—Lo soy. Por eso le pido que se marche —respondió Corey con frialdad.

El hombre abrió la boca y luego se retiró en silencio.

—Lo siento —le dijo Corey a Lexie.

—Estaba borracho. —Lexie se encogió de hombros—. Sobrio, solamente lo hubiera pensado. —Luego le cogió la mano y añadió—. Olvídalo, Corey.

Sin embargo, él no podía olvidarlo. La noche siguiente, en una gala del Partido Republicano, hombres y mujeres emperifollados rivalizaban por conocer a ese emisario de un mundo totalmente distinto al suyo, muchos cordiales, o al menos, corteses, y unos pocos con los ojos abiertamente clavados en él. Lexie estuvo indefectiblemente elegante.

—Está bien —le murmuró a Corey—. Puede que no nos sintamos como Thomas Jefferson y Sally Hemings, pero la gente se cree que lo somos.

No fue hasta terminada la velada cuando le pudo contar la conversación que había oído en el baño de señoras del hotel.

—Ella se expresa con mucha corrección —le decía una mujer a la otra, *sotto voce*—. No suelen ser tan educadas. —Hizo una pausa y luego añadió, con deje irónico—. Las actrices, quiero decir.

—Parece agradable —insistió la primera—. Y más guapa en persona que en la pantalla. Debe de tener algo de sangre blanca, ¿no crees?

—Sea cual sea su raza —respondió su amiga—, es lo bastante para hacerle perder los sentidos a un senador de los Estados Unidos. Bueno, al menos, alguno de sus sentidos.

Sentados en el aparcamiento subterráneo del hotel de Lexie, Corey miraba su rostro sin expresión por si veía alguna pista de cómo se sentía. La imagen, concluyó, era lo bastante reveladora. La besó y le dijo, a media voz:

—En realidad, mis sentidos no habían funcionado nunca tan bien. Todos ellos.

Lexie apoyó su frente contra la de Corey. Fue en aquel momento, aunque no quiso decírselo, cuando él decidió no ser candidato a la presidencia.

23

*C*orey se dio cuenta de que esa decisión no ponía punto final a su ambivalencia.

Todavía no se lo había dicho a Lexie, porque pensó que eso la ayudaría a sentirse menos responsable de la decisión cuando la anunciara. Siguió manteniendo su apretada agenda durante una semana más en los estados clave en los que se celebraban primarias, dividido entre la visión de una relación con Lexie libre de los obstáculos de la política presidencial y el pavor ante la decepción que sentiría el día de su renuncia pública, todavía más amarga por la satisfacción que les daría a hombres como Alex Rohr y Magnus Price.

Curiosamente, fue su madre quien le provocó para que saliera de esa dimensión desconocida. Lo llamó durante un fin de semana en el que su hijo estaba muy ocupado en New Hampshire y le informó de que ella y su padre estaban preocupados, con el reverendo Christy, por el hecho de que «continuar con aquella mujer estuviera rebajando el código moral de nuestra juventud». Cuando Corey la reprendió suavemente, ella le imploró: «Por favor, Corey. Trata de imaginarte lo que tu hermano pensaría ahora de ti, si viviera». Horrorizado por su apropiación de un muchacho al que había comprendido tan poco, Corey le respondió, serenamente: «No puedo hacerlo, mamá, no puedo imaginarlo. Y tú tampoco».

Al colgar, Corey reflexionó con tristeza sobre la distancia

que lo separaba de la mujer que lo había traído al mundo. Pero tras su conversación había entendido algo más importante: para demasiada gente como ella, su relación con Lexie había sido definida por sus antagonistas, y Lexie no se lo merecía. Sería egoísta por su parte seguir convirtiéndola en objetivo.

Aquel mismo día, al cabo de unas horas, cuando Marotta lo llamó para proponerle una reunión, Corey comprendió lo que quería hacer: sugerir que, a la luz de su nueva situación, su única salida era apoyarle a él frente a Christy. Fue entonces cuando Corey llamó a Blake Rustin y a Brian Lacey para informarlos de su decisión: le diría a Marotta que había decidido no presentarse y dejaría que la conversación fluyera a partir de ahí.

La oficina de Marotta estaba en la primera planta del edificio Russell; la de Corey, en la segunda. Bajó lentamente por las escaleras de mármol. A cada peldaño se imaginaba el alivio y la satisfacción que Marotta se esforzaría por disimular.

Corey había bajado el último peldaño cuando oyó los disparos.

En la rotonda soleada de la entrada sureste, un guardia de seguridad yacía en el suelo de mármol mientras dos hombres armados irrumpían por el otro extremo del pasillo al que Corey estaba a punto de entrar. Atónito, se echó contra la pared de las escaleras.

Cuando ya no podía ver a los pistoleros, oyó sus pasos retumbando por el suelo de mármol. Uno de los invasores hablaba apresuradamente en un idioma que Corey fue capaz de reconocer de su cautiverio. Al otro lado de donde él se ocultaba sólo se veía la puerta abierta del despacho de Marotta, la última del pasillo. La recepcionista se asomó por el umbral mientras dos visitas levantaban la vista hacia ella desde un sofá de cuero.

Atrapado entre el miedo y sus instintos de piloto militar, Corey observó a la recepcionista, que volvía a ocultarse de lo que acababa de ver.

Los pistoleros irrumpieron en el despacho de Marotta. Enmarcado por el umbral de la puerta, uno de ellos se volvió hacia los dos hombres del sofá y disparó una carga de fuego que los hizo temblar como dos marionetas; la sangre salpicó toda la pared. Corey se quedó en blanco.

Cuando el segundo hombre mató a la recepcionista, él corrió al otro lado del pasillo.

Alertado por sus pasos, el segundo pistolero se dio la vuelta. Desesperado, Corey agachó la cabeza y se tiró contra el estómago del hombre; le impidió disparar con un golpe en el brazo. El otro individuo se volvió y se puso a disparar.

La cabeza de Corey chocó contra el pecho de su contrincante. La parte superior del cuerpo del hombre absorbió las balas, mientras un chorro de sangre salpicaba toda la cara de Corey. Extendiendo la mano, cogió la culata de su arma automática mientras el terrorista caía sobre él. Refugiado por su cuerpo, Corey encontró el gatillo.

Más balas llovieron sobre la espalda del tipo muerto. Corey sacó el revólver y disparó a ciegas.

El arma le saltó de la mano y se le escapó. Histérico, Corey se abalanzó para recogerla.

Se hizo un silencio, repentino e inquietante.

El primer terrorista yacía con la espalda sobre las piernas del cadáver de uno de los visitantes. La sangre chorreaba de una herida en el cuello que casi lo había decapitado.

Avanzando a rastras, Corey cogió el arma.

—¡Necesito ayuda! —gritó.

Lentamente, la puerta de entrada a los despachos de Marotta se abrió un poco. Mirando hacia la carnicería, Rob Marotta miró atónito la imagen de Corey con la cara llena de sangre.

Un clic repentino hizo que Marotta se estremeciera instintivamente. Volviéndose para disparar, Corey vio a un fotógrafo.

—¡No dispare! —gritó el hombre, mientras su cámara seguía tomando fotos.

La misma foto ocupaba la portada de todos los periódicos del país. En primer plano, Corey con el arma del terrorista en la mano y la cara manchada de sangre del muerto; tras él, Marotta, mirando desde la puerta. El titular del *New York Times* era casi innecesario: «Un senador mata a unos terroristas en un ataque al Capitolio». La entradilla que seguía decía así: «Grace salva la vida de su rival. Los pistoleros de Al Qaeda matan a cuatro personas».

Aunque la imagen era horripilante, Brian Lacey no pudo evitar comentar:

—Marotta parece asustado, ¿no?

Estaban sentados alrededor de la mesa de reuniones de Corey. El senador estaba todavía aturdido; en su única declaración a la prensa —escrita, no hablada— había expresado su tristeza por las víctimas y su gratitud por haber salido ileso. Su primera llamada fue a Lexie.

—Lo he visto —le dijo ella, casi en un susurro—. Me alegro tanto de no haberte perdido.

Sonaba tan conmocionada como se sentía él mismo.

—¿Quieres que vuelva?

Corey trató de pensar con frialdad:

—Dentro de uno o dos días, me gustaría. Ahora mismo hay que resolver tantas cosas que creo que me voy a ahogar.

Y estuvo a punto de hacerlo: la Policía, la prensa obsesionada con el terrorismo, un público preso de una renovada ansiedad, cámaras siempre allá donde iba e, invariablemente, el canto de sirena de la ambición…, los deseos de sus asesores, y su propia necesidad de procesar la transformación que había sufrido su país. Mientras Rustin estudiaba la foto que Lacey ya llamaba «imagen icónica», Rustin dijo:

—Has sido tocado por la mano de Dios y por Al Qaeda. El destino es algo asombroso, Corey. Dos peleles de Al Qaeda no saben cómo matar al presidente y, entonces, piensan en Marotta, posiblemente el próximo presidente, que tiene una oficina que carece prácticamente de seguridad. De modo que entran en su página web, miran su calendario y deciden hacerle una visita. Y, en tal proceso, puede que hayan decidido accidentalmente quién será el próximo presidente, con un poco de tu ayuda, por supuesto. Pero, como tú mismo siempre dices, el carácter es el destino. El tuyo y el de Marotta. —Rustin movió la cabeza, incrédulo—. El mismo tipo que vuela a Cabo San Lucas para encontrarse con una actriz salta por un pasillo para atacar a un terrorista. Y Marotta queda como un tipo que no tiene los huevos suficientes ni para abrir su puta puerta.

Sin embargo, mientras miraba la foto, las reflexiones de Corey eran profundamente personales. Pensaba en la fina línea que separa la acción de la pasividad, que diferencia al héroe aparente del cobarde ostensible; y lo más inquietante lo poco que hay entre la vida y la muerte. Rob Marotta también lo había sentido. En los breves instantes que transcurrieron antes de que llegara la Policía, Marotta, conmocionado por lo que podía haberle sucedido, le había parecido mucho más humano que nunca antes.

—No sé si yo habría sido capaz de hacer lo que tú has hecho —le murmuró a su senador.

Corey había mirado a los muertos que yacían a su alrededor. Y entonces también él había dado rienda suelta a sus emociones, un concentrado tóxico de lo que Rohr, el seguidor de Marotta, le había hecho a Lexie y de cómo Marotta había explotado su romance para favorecer sus propias ambiciones. Él le respondió con dureza: «Yo de ti no perdería el tiempo pensando en ello, porque no lo sabrás nunca. Lo que ha ocurrido es con lo que tendrás que vivir a partir de ahora».

La expresión de Marotta se hizo opaca. Ya había intuido, como Corey, que tendría que vivir con aquello.

—Es un momento trascendente —dijo ahora Blake Rustin—. No fue planeado por ti, y tu manera de reaccionar definirá para siempre quién eres. Es como el alcalde Giuliani después del 11-S: una redención de todos los pecados anteriores.

Brian Lacey señaló con el dedo la cara acongojada de Marotta:

—Y esto también define a Marotta. Como pocas otras, y a diferencia de las instantáneas que los buitres de Rohr sacaron a hurtadillas en Cabo San Lucas, esta foto refleja una realidad esencial: tú eres el héroe, y Marotta es Humpty Dumpty.[3] Ni

---

3. Personaje de un antiguo acertijo inglés que se presenta como un huevo antropomórfico, Humpty Dumpty, y que en el inglés del siglo XIX se refería a una persona torpe y pequeña. En el acertijo se habla de que el personaje cae al suelo, y la clave está en que una persona torpe no iba necesariamente a lastimarse al caer, pero como ésta era un huevo, se rompía irreparablemente. (*N. de la T.*)

siquiera Magnus Price puede recoger sus pedacitos. La gente vuelve a tener miedo y necesitan a un líder de verdad. —Se puso de pie y posó una mano sobre el hombro de Corey—. Sé que fue terrible, Corey. Nadie sabe por qué pasan estas cosas, pero ésta es tu hora.

Corey se quedó allí sentado, en silencio, en una actitud tan recogida que parecía que rezara. Al final, levantó la vista y dijo:

—¿Y Lexie?

Rustin y Lacey lo miraron, como estupefactos por lo inconsecuente de la pregunta.

—Sea como sea —respondió Rustin—, ahora tienes la oportunidad de decir lo que quieras y cumplir con tu destino. Por Dios, aprovéchala.

—Tienen razón —le dijo Lexie.

Hacía una hora que Corey había regresado del funeral por la recepcionista de Marotta. Lexie estaba tumbada a su lado en su suite del hotel Madison. Habían hecho el amor con pasión, celebrando que él estaba vivo. Sólo después fueron capaces de hablar de lo que implicaba lo sucedido.

—Sé que ha de haber consecuencias —dijo Corey—, pero también te quiero en mi vida.

Lexie le acarició el rostro.

—Puede que me esté enamorando de ti, senador —le dijo en voz baja.

Corey se sintió embargado por la emoción.

—Lexie…

—Déjame acabar, por favor. —Lo miró fijamente a los ojos—. ¿Recuerdas cuando te dije que un hombre jamás debe decirle a una mujer que no ha de tener hijos, que nadie puede privar a un ser humano de algo tan esencial para él?

Corey sonrió, con cierta preocupación.

—¡Cómo iba a olvidarlo!

—De alguna manera, Corey, esto es lo mismo. Hace una semana, tu candidatura era algo que podía ser o no ser.

—Yo ya lo había decidido, Lexie. Me iba a retirar.

Por un instante, ella cerró los ojos.

—Entonces era eso, Corey. Y lo hacías por mí.

Cuando él empezó a protestar, Lexie le puso un dedo en los labios.

—Entonces podía haberlo aceptado. Y hasta me podía haber convencido a mí misma de que era lo mejor también para ti. Pero ahora no puedo. —Hizo una pausa, como si le costara continuar—. Tengo miedo por ti —le dijo, con la voz ronca—, miedo de que algún loco con un revólver te pueda disparar por mi culpa; miedo de lo que este lío terrible pueda hacernos a los dos. Hasta tengo miedo por mí. Pero no puedo ser la razón por la que no te presentes, y no lo seré. Tal vez tu candidatura sea nuestro final, pero, si no te presentas, creo que nuestro final llegará seguro: tal vez no muy pronto, pero lo bastante pronto. La única oportunidad que tenemos de seguir juntos es que te presentes y que vivamos este riesgo.

Corey sentía euforia y aprensión a partes iguales.

—Pero ¿y qué harás tú?

—Lo he estado pensando durante todo el vuelo. Creo que lo mejor para los dos es que me mantenga al margen de la campaña, al menos durante un tiempo, hasta que las cosas estén más claras para ambos. —Se permitió una sonrisa—. Como tú, no huiré a ninguna parte; al menos, no de momento. Y por teléfono lo llevamos bastante bien.

En aquel momento, Corey quiso decir que él también se estaba enamorando. Pero no era el momento indicado, y no estaba seguro de que ella se lo creyera.

—Sí —respondió—, por teléfono lo llevamos bastante bien.

Cuando Corey anunció su candidatura, sus padres estaban junto a él. Lexie no.

Estaba en la glorieta de la banda de Taylor Park, el mismo lugar en el que Bob Christy había hablado una vez, saboreando la ironía.

Su padre y su madre estaban sentados detrás de él, como elementos inevitables del espectáculo político, con expresión orgullosa, absorta y algo alucinada. Hasta ellos, sospechaba Corey, percibían lo que él sabía perfectamente: que hacer campaña por la presidencia de los Estados Unidos es una odisea, y que el periplo pone a prueba a aquellos que lo emprenden, y que lo hace de una manera en gran parte inimaginable.

Miró hacia la muchedumbre que abarrotaba la extensión de césped, salpicada de caras conocidas pero hinchada por el boato de la campaña presidencial: reporteros, cámaras de vídeo, seguidores llegados en autocar, un equipo de rodaje de un documental contratado para grabar imágenes para los anuncios de televisión de la campaña...

Con él, en el escenario, estaban sus amigos más allegados del Congreso y del Senado, los pocos atrevidos que lo habían apoyado incluso antes de que cayera el rayo; en especial, Dakin Ford, el joven e iconoclasta senador del estado natal de Lexie, Carolina del Sur. Al ver a Ford, Corey recordó lo mucho que ya la echaba de menos.

De todos modos, éste era su momento, y se levantó para enfrentarse a él.

—Frente a todos nuestros retos —dijo—, hago una llamada a empezar de nuevo, y a acabar con el olvido voluntario de todo lo que juntos debemos resolver. Debemos ser algo más que el partido de los negocios y la religión. No debemos perseguir el poder dividiendo el país a partir del credo, la cultura o del miedo al terrorismo. Tenemos que hablar con claridad sobre lo que significa ser conservador. No es conservador enfrentar a un grupo de norteamericanos con otro grupo. No es conservador ahogar a nuestros hijos con deudas. No es conservador saquear el planeta que los hijos de nuestros hijos heredarán. Ni tampoco es conservador malgastar las vidas de nuestros soldados en una guerra que degrada nuestra fuerza militar. —La voz de Corey subió ahora de volumen—. Conservar no sólo significa honrar el pasado, sino enfrentarse a los retos del futuro, dejando a nuestro país mejor de lo que lo encontramos.

Mientras pronunciaba estas palabras, se sentía liberado, aunque sólo fuera por un momento, del miedo a las consecuencias. Durante el aplauso que siguió volvió a observar las caras que tenía delante, algunas conocidas, la mayoría desconocidas; jóvenes, viejos y algunos hispanos y negros, observó con esperanza.

—Dadme vuestra ayuda y vuestra mano —les dijo—, y

juntos construiremos un futuro mejor que nuestro presente, más grande que nuestro pasado.

En aquel momento, embriagador y peligroso, Corey Grace creyó sinceramente que podía lograrlo.

SEGUNDA PARTE

El insurgente

1

$\mathcal{M}$ientras permanecían parados en una pista del aeropuerto de Cleveland, Corey contemplaba el aguanieve que caía contra la ventanilla.

—En New Hampshire nos lo jugamos todo —dijo Rustin.

Estaban en la cabina frontal del avión, separados por una cortina de la sección atiborrada de periodistas. Sentado tras ellos, Brian Lacey visionaba propuestas de anuncios en un DVD; por su parte, Jack Walters analizaba la agenda de Corey, mientras la nueva secretaria de prensa, Dana Harrison —joven, afroamericana, muy despierta y demócrata declarada— trabajaba con la prensa en la parte de atrás. Llevaban dos horas de campaña.

—No habrá apariciones en Iowa —volvió a decir Corey.

—De ninguna manera. Ya estamos a mediados de noviembre. Habiendo empezado tan tarde, tienes que elegir tus posiciones. En un estado con *caucus* como Iowa, la organización es clave, y nosotros no tenemos. La mejor red la tienen los evangelistas, entre los que Christy es muy fuerte. —Rustin sonrió—. Ha abierto su *mailing* a todos los predicadores evangelistas: hace dos días reunieron a doce mil cristianos en un desayuno multitudinario a favor de Christy, a base de *pancakes*, todos rezando con el puto jarabe de arce. Si yo fuera Magnus Price, estaría acojonado por Marotta.

Corey se encogió de hombros.

—De todos modos, Marotta debería ganar. En especial si yo no le estoy quitando seguidores.

—Debería —lo corrigió Rustin—, pero ¿lo hará? Hay un millonario loco que tiene una empresa de venta por catálogo que ha empezado a poner anuncios con dos fotos: en una se ve a Christy en el púlpito; en la otra, a Marotta asomándose por la puerta de su despacho. Brutal. Además, Iowa es el paraíso de los antiabortistas. Nadie ama tanto a los nonatos como el reverendo Bob. —Rustin se apoyó en su asiento y se aflojó la corbata—. En New Hampshire te irá bien: hay muchos más independientes y moderados que gente inmersa en círculos de plegaria y que le pregunta a Dios a quién debe votar. Ahí es donde te llevarás a Marotta por delante.

—¿Y si no es así?

Rustin se volvió hacia él, con la cabeza todavía reclinada:

—Estás acabado, chico.

Aunque Corey ya lo había oído antes, su instinto competidor se exacerbó.

—Por lo de Carolina del Sur.

—Exacto. Necesitas el impulso de New Hampshire para evitar que te aplasten ahí. Pero si ganas, podemos lograrlo. —La mirada de Rustin se hizo más aguda, como si estuviera experimentando una visión interior—. No puedes barrer en las primarias, es imposible. Pero lo que sí puedes hacer es congelar la carrera: con sólo presentarte has evitado que gobernadores como Blair y Costas apoyaran a Marotta, lo cual pone a Illinois y a Nueva York al margen. Si puedes ganar lo bastante de las primarias celebradas después de Carolina del Sur, en especial en California, Blair y Costas querrán lo que podemos acabar queriendo nosotros: una convención embarrancada en la que cambien su apoyo por la oportunidad de convertirse en vicepresidentes.

»En sus sueños, Marotta, Christy y tú os destruís entre vosotros y la convención se vuelve hacia uno de ellos. Pero Blair es muy inexperto, y Costas es demasiado blando. Cuando ven a un presidente en el espejo, no se dan cuenta de que el espejo está roto.

—¿Y qué hay de Larkin?

Ruskin movió la cabeza, sonriendo otra vez.

—Sam personifica la manera en que Christy está perjudicando a Marotta en el sur. Antes de que Christy se presentara, Rob tenía Misisipi en el bolsillo... Tú nunca tuviste la consabida plegaria. Pero el tipo de Jesucristo que vende Christy, por allí abajo es lo más, y eso le da a Sam la misma excusa que tienen Blair y Costas para jugar a esperar. —La sonrisa de Rustin se ensanchó—. Sam es un corrupto irremisible, eso lo sabemos. Tan corrupto que hasta vendería sus votos a favor tuyo a cambio de la oportunidad de ser tu vicepresidente.

—Olvídate —dijo Corey—. No quiero un vicepresidente que tiene la mesa llena de botellas de *bourbon* y de fajos de billetes de cien.

—Oh, Sam lo sabe... Es un gánster demasiado hábil para ser tan tonto, pero os está estudiando a los tres y cree que uno de vosotros, al final, lo necesitará. Todos tenéis vuestros puntos débiles. En este mundo, Christy no tiene absolutamente ninguna formación para ser presidente. Marotta es demasiado calculador: lleva haciendo campaña desde que nació. En cuanto a ti...

Corey sonrió.

—Sospechosamente irreligioso, demasiado impredecible para dar tranquilidad, no apto moralmente...

—No me deprimas. Dejémoslo en «demasiado independiente».

—Bueno —dijo Corey—. ¿Por qué no desviamos el avión a Cabo San Lucas? Lo pasé bien allí.

Corey apoyó la cabeza en la butaca; al tiempo que echaba de menos a Lexie, le preocupaba lo que podría ocurrirle si la campaña se ponía tan dura como podía hacerlo.

—Una contienda como ésta nos pondrá a prueba a los tres —concluyó.

—Una contienda como ésta —respondió Rustin— os definirá a los tres. Ahora mismo, Christy es el candidato de Dios, y Marotta el campeón del sistema. Eso te convierte a ti en el insurgente. Tu trabajo consiste en crear emoción, incitar a Marotta a cometer errores y hacer que Christy aparezca como el candidato vanidoso que es. —Rustin prosiguió en un tono que denotaba apremio y desafío—. Te llevaremos de un mitin local a otro, sin guion, para que contestes a cualquier pregunta jodida que quieran hacerte. Será teatro de guerrilla político. Marotta no se atrevería a hacerlo, y la panda que tienes ahí atrás en la bodega se lo comerá todo.

Corey se levantó.

—Hablando de la panda —dijo, sarcástico—. Voy a departir un rato con ellos. Se comerán lo de los mítines locales hasta cierto punto, pero están absolutamente seguros de que el ciudadano medio no hará las mismas preguntas sagaces que ellos. De modo que esto es lo que vamos a hacer: poner a todos los reporteros en el autobús conmigo, incluso al chico de Rohr News. Nada de comentarios *off the record*: me pueden preguntar todo lo que quieran, siempre que quieran, y yo responderé.

Rustin apretó los ojos.

—Bueno, tampoco nos pasemos.

—¿Quieres que estemos en la prensa, Blake? Con un poco de suerte, Marotta empezará a parecer un rehén en la burbuja insonorizada de Magnus Price. ¿Qué va a hacer si Al Qaeda se vuelve a presentar? ¿Llamar a Magnus? —Corey sonrió—. Los medios odian que los manipulen, y yo también lo odio. Me perdonarán a mí alguna cagada ocasional antes de perdonar a Marotta si parece que se está escondiendo de ellos. Entonces es cuando su foto asomándose por la puerta se convertirá en un símbolo.

Rustin apretó los labios.

—Tú procura ganar en New Hampshire.

Corey sonrió.

—No temas: cuando sea presidente y se escriban tomos sobre tu inspirada estrategia, tú también serás un héroe.

Cuando llevaban cinco mítines locales, tanto la asistencia de público como los medios que viajaban con ellos habían crecido, y las apariciones sin guion de Corey se habían convertido en acontecimientos políticos.

Con el micrófono en la mano, ocupaba él solo el altar de una iglesia con campanario en Freedom, New Hampshire, una ciudad que llevaba su nombre —se enteró Corey con humor— no por la guerra revolucionaria, sino por su segregación de Effingham Falls a raíz de su conflicto sobre si el bautismo debía hacerse con inmersión total o parcial.

—Estoy totalmente dividido —les dijo Corey, divertido—. En Effingham Falls soy parcial, pero en Freedom me siento totalmente sumergido.

El público se rio, sintiéndose cómplice de su humor. A pesar de ser una noche entre semana y de que caía una buena nevada, los bancos estaban abarrotados. Los asistentes llenaban hasta los laterales y la parte trasera del templo; había gente sentada en el suelo de los pasadizos centrales. Corey miró las caras —parejas mayores, adolescentes, padres que habían llevado a sus hijos a ver a un posible futuro presidente— y vio una mezcla tonificante de curiosidad, escepticismo despiadado y simple buena voluntad.

Un hombre de rostro duro se levantó y preguntó:

—¿Cuál es su postura ante la guerra de Iraq?

—Considero que fue un error —respondió Corey, abiertamente—. Lamento decirlo, pero invadimos el país equivocado y los resultados han sido trágicos: vidas norteamericanas e iraquíes perdidas y la erosión de nuestra capacidad de gestionar crisis mucho más urgentes. Necesitamos más soldados en Afganistán, necesitamos seguir negociando con Corea del Norte, que ahora tiene armamento nuclear, y con Irán, que puede que lo tenga muy pronto. —Después de hacer una pausa, Corey añadió, con claridad—: El senador Marotta afirma que es mejor ser respetado que amado. En demasiadas partes del mundo, no somos ni lo uno ni lo otro.

—Así pues, ¿no apoya usted al presidente?

Corey consideró rápidamente su respuesta.

—Apoyo su objetivo de hacernos un país más seguro. Y sé que creía firmemente que invadir Iraq contribuía a hacerlo. Sin embargo, un error cometido de buena fe sigue siendo un error. Una medida del liderazgo es la capacidad de reconocer y corregir los errores. Y os prometo que, si soy presidente, aprenderé de los míos.

Al fondo, los periodistas tomaban notas apresuradamente o apuntaban hacia él con sus grabadoras. Un joven al que Rustin había identificado como el espía de Magnus Price grababa las respuestas de Corey con una cámara de vídeo.

—El reverendo Christy —dijo una mujer regordeta y con aspecto de cuarentona— dice que los programas que promueven la abstinencia son la única manera de evitar los embarazos en las adolescentes. ¿Qué opina usted?

Con el rabillo del ojo, Corey vio que Rustin fruncía el ceño con preocupación.

—La abstinencia es lo mejor —dijo Corey—, y eso es lo que les debemos enseñar a nuestros jóvenes. Pero si Bob Christy cree realmente que la abstinencia por sí sola será capaz de detener los embarazos entre los más jóvenes y los contagios del SIDA, no solamente en Freedom, sino en todo el país, espero que esté haciendo horas extras de plegaria.

El comentario arrancó unas cuantas risas.

—Y eso me lleva al tema del aborto —dijo Corey, yendo al grano—. Una manera de hacer descender la tasa de abortos es evitar los embarazos no deseados, de cualquier modo que podamos hacerlo. Estoy también a favor de hacer todo lo que podamos para animar a las adopciones: no basta con amar a los niños hasta que nacen. Pero no hay muchos padres adoptivos dispuestos a acoger a hijos de drogadictos que han nacido con VIH. Ésta es la verdad. Mientras trabajamos por el mundo que nos gustaría tener, hemos de tratar con el mundo tal y como es ahora.

Para sorpresa de Corey, la respuesta arrancó unos breves pero fervientes aplausos. Señaló entonces a una mujer con expresión sombría que se había levantado mientras los demás, a su alrededor, aplaudían.

—El senador Marotta —dijo— es un hombre de familia que da importancia a los valores familiares. Usted está divorciado. Si se convierte en presidente, ¿piensa casarse con Lexie Hart?

Sonriendo, Corey se encogió de hombros y puso los ojos en blanco, una pantomima de la incomodidad que arrancó risas en los primeros bancos.

—Tendré que responderle más adelante —dijo—. Mi equipo está todavía haciendo encuestas sobre este tema. No, en serio —dijo, sobre las risas que seguían—: se trata de una pregunta un poco prematura. A menos que sepan ustedes algo que yo no sé: que la señora Hart me aceptaría como esposo. Al fin y al cabo, ella es lista, generosa, tiene talento, está muy preocupada por nuestro país y, en el terreno personal, no es sólo la mujer más bella que he conocido en mi vida, sino una de las mejores personas que conozco. Así pues, si hay algún motivo para no casarse con ella, yo lo desconozco.

—Entonces, ¿no está de acuerdo con el reverendo Christy cuando dice que su relación da mal ejemplo?

Corey se dio cuenta de que el público, de pronto, lo miraba con mucha atención.

—No —dijo, con calma—. Encontrar a la persona ideal no es fácil a ninguna edad. Si los votantes se toman un tiempo para dejar de pensar en Iraq, en el terrorismo, en la economía, en el calentamiento global y en los problemas de la educación para pensar en mi relación con Lexie, espero que sea para desearnos lo mejor.

Al final de la velada la mayor parte del público le aplaudió de pie.

Cuando Corey y su equipo hubieron subido a bordo del autobús, ellos y un grupo cada vez más numeroso de periodistas se deslizaron por una carretera recién asfaltada. Kate McInerny, del *Washington Post*, animada por el ambiente divertido que se había creado entre sus compañeros, se atrevió a preguntar.

—Vamos, dígalo, senador: ¿cuál es su postura respecto al sexo?

Sentado junto a Dana Harrison, Corey se reclinó en su asiento. Sonriendo, respondió:

—El misionero.

Luego cerró los ojos para tratar de dormir un poco.

2

*L*a noche del *caucus* en Iowa llegó con un frío intenso y casi un palmo de nieve, lo que confinó a los republicanos de Iowa que se reunían en las casas de sus vecinos a un núcleo muy comprometido que, la mayoría de las veces, abría las reuniones con una plegaria. A las diez de la noche, el reverendo Christy había vencido a Rob Marotta de manera tan clara que la CNN lo etiquetó de «derrota sorprendente que pone en duda el estatus de Marotta como primero en la contienda».

Al lado de Mary Rose, ante una muchedumbre sombría de seguidores en la sala de baile de un hotel de Des Moines, Marotta se esforzaba por ocultar su humillación. Trataba de ofrecer una sonrisa que no fuera tan artificial como le parecía a él. Pero cuando expresó su confianza en la victoria final, el aplauso fue poco entusiasta. Marotta leyó la desconfianza en la cara de Donald Brandt, el presidente del condado que le había dado apoyo y que ahora aplaudía de manera mecánica, al mismo tiempo que la duda iluminaba también la expresión colectiva de la prensa de campaña. Aquella velada frustrada, las cenizas de su celebración de la victoria prevista auguraban tanto una carrera muy ajustada como, muy probablemente, su muerte definitiva.

—El muerto viviente —oyó Marotta murmurar a alguien cuando bajaba del podio con su última sonrisa y saludo, temiendo lo artificial que debía de parecer.

Le pidió a Price diez minutos en su habitación, a solas. Sentado en un extremo de la cama, sintió cómo Mary Rose le ponía una mano sobre el hombro.

—¿Cómo te sientes, Robbie?

—Vacío —respondió, mirando una mancha de la moqueta; Marotta ni siquiera levantó la vista.

—Sólo es Iowa —le reprendió Mary Rose—, ni siquiera se trata de unas elecciones, en realidad.

—Y estoy cansado. Mañana me encontraré mejor, lo sé. Pero tengo una premonición. Desde que era niño y formaba parte del equipo de debate, todos me decían que podía hacer realidad mis sueños: el padre Frank, mis entrenadores, el decano de la Facultad de Derecho…, todos. Me decían que si trabajaba lo bastante duro y no me desanimaba nunca, podía llegar todo lo lejos que osara imaginarme. Y esta noche, allí en el estrado, de pronto me he imaginado las caras de todos los que creyeron en mí y he visto lo que ahora estarían viendo.

Mary Rose se sentó a su lado.

—Hasta ahora nunca habías perdido. Esto ha sido sólo un resfriado; has superado cosas mucho peores.

—Lo sé. Pero empiezo a preguntarme si la química de mi vida política cambió en el instante en que Grace decidió cruzar aquel pasillo. Tantos años de trabajo —Marotta chasqueó los dedos— esfumados en el mismo instante en que él me miró con la cara ensangrentada, con el árabe muerto entre nosotros.

—Robbie —le interrumpió ella con un deje de dureza—, te podían haber matado. Yo podía haberme quedado viuda; y tus hijos, huérfanos. El significado que yo extraigo de ello es que la gracia de Dios nos ha salvado de una tragedia. Sigues vivo. Todavía puedes ser candidato a la presidencia. Esa foto tuya y de Corey Grace ha sido el precio que has pagado. —Volvió la cara hacia él y prosiguió, con un tono más afectuoso—. Lo que me da miedo, cariño, es cómo te sentirás si no ganas. Desear algo con demasiada fuerza es peligroso.

Marotta escrutó sus receptivos ojos azules, la mirada fija que mezclaba la preocupación con una paciencia aparentemente inagotable hacia sus ambiciones y sus errores.

—Es difícil de explicar, Mary Rose. Toda la vida te imaginas

211

consiguiendo algo, hasta que ese algo se convierte en la esencia de lo que eres, algo más real que la propia realidad...

Su voz se apagó.

—¿Es eso lo que crees? —preguntó ella—. ¿Sólo serás tú mismo si te eligen presidente?

Escuchar eso en voz alta le conmocionó y al mismo tiempo lo llenó de determinación. Con una voz distinta, más fría y más clara, Marotta dijo:

—Ahora no puedo pensar en eso. Tengo que hablar con Magnus.

Mary Rose lo observó, con una mirada que reflejaba una preocupación que prefería no verbalizar. Luego le dio un beso en la frente.

—Llamaré para ver cómo están los niños. Allí es una hora más tarde y mi hermana debe de estar cansada.

Marotta encontró a Price estudiando unos papeles impresos con nuevas cifras de sondeos mientras su jefe de campaña, Charlie Norman, llamaba al gobernador de New Hampshire. En la CNN, Christy hablaba con una confianza benevolente: «Esta noche los votantes de Iowa han enviado un mensaje potente: para salvar Estados Unidos, haremos que la obra de Dios sea la nuestra...».

—Dice el gobernador que pongamos la C-SPAN —le dijo Norman a Price.

Éste cogió el mando y ante ellos apareció Corey Grace, micrófono en mano, en un mitin local en Center Ossipee, New Hampshire: «Cuando se enfrentó usted a aquel terrorista árabe, ¿qué se le pasó por la cabeza?», le preguntó un veterano de la guerra de Corea.

Grace movió la cabeza: «Nada. Si hubiera tenido tiempo de pensar, probablemente no lo habría hecho. Las decisiones más difíciles son aquellas en las que las alternativas no están claras y cuyas consecuencias son potencialmente trascendentales. Es el tipo de decisiones que ha de tomar un presidente. Una reacción de décimas de segundos no tiene nada que ver con esto».

—Claro —le dijo Norman, adusto, al gobernador—, lo estamos viendo. Nadie dice que el héroe norteamericano no se sabe su papel de memoria.

Mirando hacia Marotta, Price le hizo un gesto hacia la habitación. Marotta le siguió. Se quedaron de pie junto a la cama sin hacer de Price.

—Esta noche tengo una reunión con Christy —dijo Price.

—¿Para renovar vuestra vieja amistad? —preguntó Marotta, con recelo.

—Para ver si Dios es realista. —Price puso una mano sobre el hombro de Marotta, mirándolo a los ojos—. Para ello, tendremos que ofrecerle algo. Más de lo que te va a gustar.

El único espacio privado de la suite de Christy era un baño, remodelado por última vez en los años cincuenta. Mientras bajaba la tapa del retrete, Christy dijo, en su tono paternalista:

—Descansa, Magnus. Ha sido un día muy largo, lo sé.

Estaba sacando su momento de castigo, pensó Price; para ser un hombre de Dios, Christy apestaba a una arrogancia demasiado humana. Sentado en la tapa del retrete, Price observaba a Christy apoyando el culo en el canto de la bañera, con los michelines de su barriga a punto de hacer estallar la camisa y los brazos carnosos expuestos por las mangas arremangadas.

—Los seguidores de Grace están creciendo —dijo Price sin preámbulos—. Puede que gane en New Hampshire.

Abriendo los ojos con incredulidad, Christy preguntó:

—Bueno, ¿y por qué eso es mi problema, Magnus? Eres tú quien me abandonó para poner en peligro tu reputación con Rob Marotta.

—Por una razón bien sencilla —dijo Price tranquilamente—: para un «candidato cristiano» hay un techo absoluto, pero no para uno que hace de los «valores cristianos» una parte central de su atractivo. Iowa es tu cima, Bob. O lo haces bien ahora o te estrellas.

Christy se rio sin regocijo.

—Me necesitas, Magnus, exactamente igual que me has necesitado siempre, pero un poco más. La pregunta es si yo te sigo necesitando a ti.

213

Aquel lavabo recalentado resultaba cada vez más agobiante.

—Seguro —respondió Price—. Nos conocemos, Bob. Tú quieres un sitio en la mesa y sabes que yo te lo conseguiré. De lo contrario, acabarás como el candidato al que Dios eligió rechazar.

Christy recibió el comentario con una actitud de complacencia.

—¿Qué sitio, si se puede saber?

Price notó cómo le empezaba a sudar la frente.

—Primero, las condiciones. El próximo martes, vas a perder en New Hampshire, lo cual te dará una excusa para abandonar. Desde ahora hasta entonces te dedicarás a atacar a Grace, y luego abandonas y apoyas a Marotta.

—¿A cambio de…?

—Secretaría de Educación.

Esta vez, la risotada de Christy sonó como un ladrido.

—¿Para que el presidente Marotta me pueda despedir a su antojo? En realidad, el puesto que tenía pensado es mucho más importante.

Al otro lado de la puerta, Price oyó a uno de los asesores de Christy llamando a la plegaria a los congregados.

—Y, ¿cuál puede ser? —preguntó.

—Tendrás que hacer suposiciones, Magnus, hasta que lo adivines. Mientras tanto, no trabajo para acabar siendo el perrito faldero de Marotta… ni tampoco su perro rabioso. —Christy volvió a sonreír—. Política y moralmente, puede que Grace sea el anticristo. Pero, mira, el estilo de ese chico me hace cierta gracia. De hecho, me he aficionado a mirarlo por el C-SPAN para reírme un poco. Comparado con Grace, tu chico tiene el encanto de un pescado podrido: esta noche podía oler el sudor fracasado que desprendía tan bien como ahora puedo ver el sudor en tu frente. —La voz de Christy era ahora fría—. Devuelve tu triste persona a Marotta, Magnus, y pregúntale si le gustaría ser el secretario de Educación de mi Gobierno. Y entonces, tal vez me dedique a atacar a Grace.

Aquello era surrealista, pensó Price: estaba sentado en un lavabo de hotel con moho entre las baldosas, hablando con un megalómano creado por él mismo, mientras un lunático se dedicaba a dirigir plegarias al otro lado de la puerta. Se levantó y puso una mano en el hombro de Christy:

—El martes próximo, Bob, es el día de tu fecha de caducidad política. Piensa en arrepentirte antes de que sea demasiado tarde.

Ese fin de semana, apremiada por Price, Mary Rose llevó a los niños a New Hampshire.

Una mañana de sábado glacial tomaron un telesilla hasta la cima de una montaña —Marotta, Mary Rose y sus cinco hijos, abrigados para protegerse de un frío que calaba los huesos— seguidos por periodistas que recogían el momento para los periódicos dominicales y las noticias de la noche, y de un equipo de cámaras que tomaban imágenes para un anuncio de televisión que plantearía: «¿Puede tu familia arriesgarse a Corey Grace?».

Mientras Mary Rose secaba la nariz mocosa de la pequeña de tres años, Marotta sintió el malestar de la chiquilla.

—Dejemos lo del esquí —murmuró—, y dale a Jenny una taza de chocolate caliente.

Price le esperaba dentro del chalet.

—Un momento, por favor, Rob.

Excusándose con una mirada de su aburrido hijo de quince años, Marotta volvió a seguir a Price hasta el exterior de aquel día tan frío.

—¿Qué pasa? —dijo, impaciente—. ¿Jenny tiene que coger una pulmonía para que salgamos en la foto?

—La agenda está cambiando: no puedes ir a Carolina del Sur el lunes.

—¿Por qué no? El gobernador de este congelador nos promete que su organización nos ayudará a recuperarnos.

—Eso fue ayer —dijo Price, con una calma tensa—. Los sondeos de anoche muestran que los indecisos se inclinan tres a uno por Grace. Si tumbas a Grace aquí, está acabado. Pero si pierdes con él...

Marotta sabía cómo acababa la frase.

—Así pues, me quedo hasta el día de las elecciones —dijo con enfado.

—Quedan tres días. —Price puso una mano en el hombro del candidato—. Por lo que más quieras, dile a Mary Rose que mantenga a los niños aquí.

El día de las elecciones amaneció claro y soleado. A las tres en punto, cuando Corey concluyó su última ronda de entrevistas por la radio, volvió a subir al coche para encontrarse a una sonriente Dana Harrison.

—¿Qué es eso tan divertido? —preguntó Corey—. Pensaba que odiabas este sitio.

—Lo odio: tienen más población de ciervos que de negros. Pero hay vida después de New Hampshire. —Las gruesas gafas de Dana parecían ampliar la ilusión que reflejaban sus ojos—. El sondeo confidencial de salida de la ABC te da diez puntos por encima de Marotta. Le estás machacando, Corey.

Eufórico, decidió dejar un mensaje en el contestador del móvil de Lexie.

—Te echo de menos, pero parece que estaré en la carretera un poco más de lo que esperaba.

A las nueve en punto, en Concord, Corey habló en una sala de reuniones llena a rebosar.

—En el día de hoy —dijo—, muchas familias de New Hampshire han decidido apostar por Corey Grace. Creo que ninguna dosis de publicidad negativa puede sustituir a cincuenta y tres mítines locales.

Al otro lado de la ciudad, en otra habitación de hotel, Marotta y Price miraban la CNN mientras Mary Rose cerraba las maletas.

—Antes de esta noche —les decía Jeff Greenfield a los telespectadores—, el sentido común nos decía que si Corey Grace perdía New Hampshire, estaba acabado. Ahora el sentido común nos dice algo nuevo: si Marotta pierde Carolina del Sur ante Christy o Grace, se puede considerar historia.

—Carolina del Sur —dijo Price, a media voz—. Hogar, dulce hogar.

3

—Cambiamos de avión —le dijo Price a Marotta cuando llegaron al aeropuerto, pero hasta que él y Mary Rose subieron a bordo, tras dejar a sus hijos a cargo de una sobrina mayor, Marotta no se dio cuenta de que el Gulfstream G5 pertenecía a Alex Rohr.

Rohr saludó a Mary Rose con una cortesía fría y luego le estrechó la mano a Marotta, con una sonrisa superficial en el rostro. Excepto Price, no había nadie más de la campaña.

—Necesitamos planear lo de Carolina del Sur —explicó Price, al tiempo que posaba una mano en el hombro de Marotta— sin que la prensa meta las narices.

Marotta advirtió la mirada de preocupación de Mary Rose.

—La próxima vez —dijo, con frialdad—, antes de empezar a hacer cambios de planes, me avisáis.

—Esto no estaba planeado —respondió Rohr—. No esperaba que perdieras por tanta diferencia.

Por unos segundos, Marotta se planteó bajar del avión.

—Voy a tratar de dormir un poco —dijo Mary Rose, en voz baja—. Así vosotros tres podréis hablar de vuestras cosas.

La puerta del Gulfstream se cerró. Se quedaron encerrados ahí dentro.

Mientras los tres hombres se sentaban en torno a una mesa

de reuniones, Mary Rose eligió una butaca en la parte de atrás. De vez en cuando Marotta se volvía a mirarla; tenía los ojos cerrados e intentaba, o tal vez fingía, dormir.

—Carolina del Sur es tu límite —le dijo Price bruscamente—. Si pierdes, desde un punto de vista político eres hombre muerto. No sólo este año, sino para siempre.

Rohr, advirtió Marotta, lo observaba atentamente.

—¿Y entonces?

Price se incorporó y habló con tono frío y lacónico.

—No estamos aterrizando en la república de Platón. Carolina del Sur es mi tierra, y aquí las cosas funcionan de manera distinta. Hasta ahora has estado patinando por la superficie: hablando con los grupos adecuados, visitando las iglesias precisas, reuniéndote con los políticos afines. Pero debajo de esta superficie de placidez hay un estanque bien rancio. —La sonrisa de Price era ahora una mera puntuación en su discurso—. Buena parte del electorado es fruto de la selección natural equivocada: racistas, fanáticos de la bandera confederada, locos y fundamentalistas tan tontos que se creen que Jesucristo hablaba en inglés. No los vamos a alejar de Christy prometiéndoles simplemente la abolición de los impuestos federales.

»Alex y yo hemos hecho el trabajo de base. El año pasado, él compró el mayor periódico del estado y los principales canales de televisión de Columbia y de Charleston. Hace un par de semanas, empecé a decirles a nuestros más importantes donantes dónde colocar su dinero si quieren proteger sus inversiones. —Price hizo una pausa para enfatizar lo siguiente—. Lo que tienes que hacer, Rob, es dejar los detalles en mis manos.

Cuando Rohr habló por primera vez, sus ojos delataron un ligero regodeo ante el mal rato que estaba pasando Marotta.

—Supongo, senador, que sigue usted deseando ser presidente.

Consternado, Marotta vio su dilema con mucha más claridad: durante meses, hasta años, estos dos hombres habían estado calculando el punto en el que la ambición iba a colocarlo en sus manos, y ahora tal punto había llegado.

—Os olvidáis de algo —dijo, tenso—. Yo no soy una pieza desechable de vuestro magnífico plan. Sin mí no tenéis a nadie. Christy está fuera de control; Grace no os puede soportar a ninguno de los dos. En este preciso momento, casi merecería la pena perder para ver cómo al uno o al otro se os joden vuestros mundos.

La expresión de Price no delataba ni preocupación ni sorpresa. Furioso, Marotta lo cogió por la muñeca.

—Tú no me has convertido en líder de la mayoría, Magnus. Tú no me has convertido en nada de lo que soy actualmente. Este honor se lo debo a mi esposa, a mis amigos, a mi familia y, por encima de todos, a mí mismo. Tal vez gane, tal vez no. Pero no esperéis que hipoteque mis pelotas por ti y por Alex en medio del cielo.

Rohr se rio tranquilamente.

—¡Muy bien dicho, senador!

Su tono oscilaba entre la admiración y la burla. Price miraba los dedos de Marotta hasta que, a regañadientes, éste lo soltó.

—Está bien —dijo Price con su acento sureño—. Ya hemos tenido todos nuestros «momentos Ala Oeste». Si te he ofendido, Rob, te pido disculpas, pero los aspirantes a presidente juegan para ganar. Para eso me contrataste. Si te lo has vuelto a pensar y no estás de acuerdo con mis métodos, no tienes más que decirlo.

Marotta se volvió y miró a su mujer. Estaba acurrucada debajo de una manta, con el rostro plácido y en reposo. Mientras la miraba, supo con absoluta certeza que si Price le abandonaba ahora, su campaña se hundiría en el caos. Volvió a mirar a Price y le dijo, con voz tranquila pero firme:

—Si decides quedarte, será con mis reglas.

Price se limitó a encogerse de hombros y a musitar:

—Siempre y cuando incluyan ganar.

Rohr sirvió tres *bourbons* con soda, dejando que se calmaran las emociones.

Price tomó un sorbo y levantó la cabeza, saboreando el whisky con los labios.

—Antes de hundir a Grace —dijo, al cabo de un rato—, tenemos que tumbar a Christy.

Marotta se encogió de hombros:

—Esto es elemental. Para ganar a Grace, tengo que hacerme con el Sur. Empezando por Carolina.

—Pero para eso —dijo Price— has de convertirte en la alternativa cristiana al reverendo Bob: el creyente que puede ganar. Eso implica hacer que Bob aparezca como un candidato de esos que farfullan en lenguas raras y curan la sordera chasqueando los dedos al oído de algún retrasado mental. Y para eso necesitamos al reverendo Carl Cash y a los ultraderechistas de la Carl Cash University.

Marotta sintió una nueva resistencia.

—Por todo lo que he leído —objetó—, ese tipo está como una chota. ¿No dijo que la Iglesia católica era un culto?

—Sí —contestó Price, sereno—. En la Carl Cash no hay muchos de los papistas como tú. Ni alcohol, ni bailes ni parejas interraciales. Pero con todo lo que Cash odia a los católicos, en el fondo de su corazón cree que Dios hizo a los negros una raza maligna y licenciosa. Eso significa que apoyará prácticamente a cualquiera que quiera evitar que Corey Grace llegue a la Casa Blanca. Hasta a ti.

Mientras lo escuchaba, Rohr levantó las cejas, como si escuchara el discurso de un antropólogo sobre una tribu primitiva de Nueva Guinea.

—¿Por qué no a Christy?

—Porque Christy es rico, es arrogante y, para un señorito del sur como Cash, es un mercachifle de clase baja. —Viendo el disgusto de Marotta, Price advirtió—. En Carolina del Sur, los licenciados de la Carl Cash son gente con cargos, predicadores, maestros y empresarios. Sin la red de Carl Cash no tienes nada que hacer.

—Por tal razón nuestro amigo Alex, aquí presente, acaba de prometer un donativo de dos millones de dólares para ayudar a fundar el Carl Cash Center para el Estudio del Diseño Inteligente. Es por eso por lo que tu primer discurso en mi maravilloso estado será en la Carl Cash University, donde el propio Carl te presentará ante un millar de chicos blancos, sobrios, de pelo corto y henchidos de amor de Dios.

Bajo la pálida luz amarillenta de la cabina, Marotta miraba a Price.

—¿Has pensado en lo que hará la prensa nacional con todo

esto? —El mal tiempo de New Hampshire, había hecho que su voz sonara ronca—. Me haces aparecer en público junto a un fanático que es la imagen de la ignorancia científica, y que cree que mi propia religión me relega a un lugar especial del infierno. Seré el hazmerreír del país.

—Sólo si pierdes —lo corrigió Price—. Gana, y la mayoría se olvidará del tema. Es la manera de hacer en Estados Unidos.

—No estás apostando por la segregación, Rob. Lo único que estás haciendo es darle a Cash lo que un hombre orgulloso necesita: entradas para el baile inaugural, una cena en la Casa Blanca, el privilegio de que le devuelvan las llamadas. Un pequeño adelanto de la Administración Marotta.

El avión vibró ahora bruscamente, transformando la indignación de Marotta en aprensión.

—Hay tormentas —explicó Rohr—. El piloto dice que las habremos cruzado dentro de una hora.

Volviéndose de nuevo a mirar a su esposa, la vio agitada, con los brazos doblados como si despertara de un sueño turbulento.

—Cash dispone de listas de *mailing* —oyó añadir a Price—. Decenas de miles de direcciones, teléfonos y direcciones electrónicas, y las podemos utilizar como queramos. Sólo con sus listas se podría decantar la elección.

—Dile a Rob lo de Dorrie Hoyle —sugirió Rohr.

Price se reclinó, con las manos juntas apoyadas sobre su estómago.

—Aparte de Christy —explicó—, Dorrie Hoyle es la evangelista más importante del estado. Tiene un programa de televisión, una lista de *mailing* que le va a la zaga a la de Carl Cash, y un parque temático creacionista a las afueras de Columbia: un lugar de visita obligatoria para todas las familias evangelistas. También se folla a tu seguidor más distinguido, el antiguo gobernador Linwood Tate. Date un paseo por el Jardín de Adán y Eva, completo, con su serpiente y su manzana, y Dorrie hará algo más que devolverte el favor.

Marotta esbozó una sonrisa forzada.

—¿Morderá la manzana por mí?

—No. Pero una semana mordiéndote la lengua, Rob, es un precio muy pequeño que pagar.

Marotta pensó que había muchos precios, algunos más importantes de lo que se podía imaginar. Con una extraña distancia se contempló a él mismo: como marido de una esposa acosada por recelos no expresados; como padre que iba a perderse la función del colegio de su hija mayor; como mitad de una pareja que, por el bien de sus hijos, temían volar juntos y que ahora estaban cruzando una tormenta para perseguir sus ambiciones; como contendiente presidencial que, desesperado, se enfrentaba a alternativas que lo podían manchar como candidato y como hombre, pero que podían ser su única manera de mantener vivo su sueño.

—También está Christy —le dijo a Price—. No va a morderse la lengua, ni a poner la otra mejilla.

Price se quitó las gafas de montura metálica y examinó si estaban limpias.

—Los evangelistas tienen una manera peculiar de implorar —observó—. Mira a todos los que han caído por los pecados de la carne.

—Christy no —dijo Marotta con firmeza—. Es demasiado ambicioso y demasiado listo.

Price se permitió una sonrisa enigmática.

—Pero con la gente nunca se sabe, ¿no?, excepto contigo y Mary Rose.

4

—Carolina del Sur —le anunció Dakin Ford a Corey con una sonrisa—. Demasiado pequeño como república, demasiado grande como asilo de locos. Te diriges al corazón de las tinieblas, muchacho.

El joven senador de Carolina del Sur, un brillante renegado de la política, estaba medio tumbado junto a Corey en el avión, mientras volaban en medio de la oscuridad de la noche hacia el estado natal de Ford. Sonriendo, Corey levantó el pulgar en dirección a Rustin, sentado al otro lado del pasillo.

—Eso he oído. Blake está encantado de estar aquí.

Girando su desgarbado cuerpo, Ford miró a Rustin, que descansaba con un mechón de pelo negrísimo sobre la frente.

—Es triste decirlo, pero procedo de la pesadilla de Jefferson: una prensa de tercera y talento político de primera, ninguno más falto de escrúpulos que Magnus Price. Como dijo una vez el nuevo compinche de Marotta, Linwood Tate: «La regla número uno es salir elegido; la regla número dos, ser reelegido. Si hay una regla número tres, todavía no la ha escrito nadie». —Con la sonrisa desapareciendo de sus labios, Ford añadió—: Esto va a poner a prueba tu carácter, hijo. Dentro de siete días, dos de vosotros habréis perdido las primarias, y supongo que al menos uno de vosotros habrá perdido su alma. Pero ninguno de vosotros será ya nunca más el mismo.

El comentario serenó a Corey. Dos horas después de lo de

New Hampshire ya sentía cómo la emoción de la victoria empezaba a desvanecerse, incluso cuando veía la preocupación en el comportamiento tan serio de Rustin. Levantando los ojos de un listado de ordenador, Rustin dijo, desde el otro lado del pasillo:

—Las cifras de New Hampshire reflejan una situación sumamente complicada: te has llevado un cuarenta y tres por ciento de votos de los independientes, pero tan sólo un cinco por ciento del voto republicano. Y más de la mitad de los republicanos de Carolina del Sur se autodefinen como conservadores cristianos. Así que repasemos unas cuantas cosas de lo que hay que hacer y lo que no. —Rustin hizo un gesto como si tachara con los dedos de la mano izquierda—. No pisotees los sentimientos religiosos de la gente. No hables de razas. Respeta las tradiciones de Carolina del Sur.

—¿Cuáles? —preguntó Corey, y luego se volvió hacia Ford—. ¡No se estará refiriendo a los linchamientos, supongo!

—No —respondió Ford con una sonrisa preocupada—. Más bien es una deferencia a la bandera del estado: la bandera confederada, por desgracia, que todavía ondea en el edificio estatal. Tal vez en Ohio un trozo de trapo no tenga tanto significado, pero éste ha dividido nuestro estado. La mayoría de los blancos quieren conservarlo; los negros se muestran mucho menos sentimentales acerca de los símbolos de la esclavitud. Los sentimientos en ambos bandos son profundos y amargos.

Como le ocurría ahora tan a menudo, Corey pensó en Lexie.

—¿Por dónde sales, ahora, Dakin?

—Oh —dijo Ford, tranquilamente—, defiendo nuestra bandera, por supuesto. Su simple visión me produce ganas de llorar. La verdad sea dicha: ojalá toda esta historia desapareciera.

—Price no lo permitirá —le dijo Rustin a Corey—. Hazte un favor, a ti mismo y a Dakin, e intenta verla como una parte de la historia del Sur.

Corey lo miró con un aire fingidamente burlón.

—Pensaba que esto era trabajo de los museos. ¿Qué más se supone que tengo que hacer?

—Honrar al Altísimo. Citar alguna de las Escrituras aquí y

allá. En el maletín llevo una Biblia, si quieres. —Rustin lo miró con los ojos brillantes—. Por si lo habías olvidado, fue Dios quien te mantuvo con vida cuando esos árabes te colgaron de los hombros fracturados. Fue entonces cuando te diste cuenta, de manera total y absoluta, de que Jesucristo estaba al mando de tu salvación personal.

Corey le devolvió la mirada exaltada.

—¿Quieres saber la cruda verdad, Blake? Lo único de lo que estoy seguro es de la suerte que tengo de seguir vivo. Ya no sé si fue Jesús quien eligió salvarme ni si su madre era virgen.

Tapándose la cara, Ford lanzó un gruñido teatral. Corey, sonriendo, añadió:

—Lo siento, Dakin. Pero cualquiera que hable con certeza de alguna de estas cosas, está engañando a su público o se está engañando a sí mismo. No pienso decirlo, todo esto: hay algo que se llama sinceridad gratuita. Pero las dos últimas campañas presidenciales prepararon a los votantes para que sepan detectar a los farsantes. Haré todo lo que esté en mis manos para no avergonzarte, Dakin, pero creo que estamos de acuerdo en que eso no me obliga a competir con Marotta hasta lo más bajo.

Ford asintió con la cabeza y se volvió hacia Rustin:

—El estado está cambiando, Blake. Tenemos trasvases desde el norte y el medio oeste; padres jóvenes y con estudios que quieren tener un presidente honesto e inteligente; más todo un cargamento de veteranos que valoran el servicio prestado por Corey en Iraq. Y en cuanto a la guerra contra el terrorismo —añadió Ford—, no hay nadie más en esta contienda que haya matado realmente a un terrorista. —Ahora colocó una mano en el brazo de Corey y dijo—: Estoy de acuerdo con Blake en que tienes muchos problemas con los fundamentalistas de Columbia, el lugar del que el general Sherman dijo que lo único que lo separaba del infierno era un biombo. Y lo mismo o peor en Greenville, la sede de la Carl Cash University.

Corey se rio con ganas.

—¿Qué es lo que te hace tanta gracia?

—Es más bien una ironía. Mi madre quería mandar a mi difunto hermano a Carl Cash, con la esperanza de salvar su alma.

—¿Qué demonios había hecho? ¿Desvirgar a las jovencitas del pueblo?

La sonrisa de Corey se desvaneció:

—No exactamente. De todos modos, yo lo animé a meterse en las Fuerzas Aéreas, donde acabó saltando de la azotea de un edificio de cinco plantas. Eso me tienta a ver a la Carl Cash University con una mirada más positiva.

Ford apoyó el mentón en una mano y enfocó sus ojos azules hacia Corey con un aire de compasión.

—Carl Cash —dijo, finalmente— es lo más racista que ha parido Dios.

—Lo sé —respondió Corey—. Eso ya figuraba en mis pensamientos.

—Lo que me lleva hasta —dijo Rustin, con evidente reticencia— el elefante de la sala, si es que puedo utilizar este epíteto para referirme a una belleza que es también una demócrata declarada. ¿Qué papel juega ella, Dakin?

Mientras Ford apretaba los labios, Corey observaba cómo su amigo buscaba el término medio entre tacto y sinceridad.

—Es como en el asunto de la bandera confederada: Corey no tiene manera de evitar el tema de la raza. Perdemos a los fanáticos sin asegurarnos el apoyo de los negros: los votantes están polarizados racialmente, y los negros votan la opción demócrata. Pero los blancos de buena voluntad no considerarán a Lexie Hart en tu contra. Y las actitudes de la gente con el tema de la raza son más complejas de lo que suelen expresar.

»Todo el mundo allí sabía que el viejo Strom Thurmond (1902-2003) fue el senador más viejo de los Estados Unidos —cumplió cien años cuando aún ostentaba el cargo—, además de gobernador de Carolina del Sur entre 1947 y 1951. Tuvo una hija mestiza ilegítima con una sirvienta de raza negra, a la que luego reconoció y de la cual se hizo cargo económicamente. Pero el hecho de que se hiciera cargo de ella le dio cierta cobertura ante los blancos que no querían definirse como racistas. —Ford levantó la cabeza y luego preguntó, descaradamente—. ¿Piensa venir Lexie?

—No. Los dos creemos que es mejor que se mantenga al margen de la política. Al menos a corto plazo.

Ford asintió con la cabeza, lentamente.

—Hagas lo que hagas, Price intentará meterla en esto. Es mejor que no lo ayudemos. —Hizo una pausa y luego prosiguió, con tono de disculpa—. No estamos hablando sólo de raza, Corey, sino de tu vida íntima. Price sabe todo lo que puede destapar ahí: si quiere inventarse un escándalo, lo hará.

El avión tembló y luego dio una sacudida que dejó pálido a Ford.

—Odio volar —confesó—. Supongo que tú volarías en cualquier maldito aparato.

—Sólo si lo piloto yo —respondió Corey.

El Gulfstream de Rohr volvió a agitarse, esta vez con mayor violencia. Al cabo de un instante, Marotta vio el rayo que partía la densa oscuridad de las cargadas nubes de tormenta. Con el rabillo del ojo veía a Mary Rose, ahora despierta, con expresión mareada, que lo miraba de manera intermitente.

—Grace —dijo Price— obtendrá un salto del diez por ciento por haber ganado en New Hampshire.

—Y el precio de mis acciones caerá un cinco por ciento —dijo Rohr con una sonrisa amarga.

—Lo recuperarás en pocas semanas —respondió Price, tranquilo—. Carolina del Sur es donde lo destrozamos.

—¿Destrozarlo? —objetó Marotta—. Corey Grace tiene más vidas que Drácula.

—Se está follando a una actriz negra, Rob. Si quieres analizar esta frase, las palabras clave son «follar» y «negra» —Price miró a Mary Rose—. Tú limítate a tener a Mary Rose a tu lado y tráete a los niños el fin de semana. Comparada con una negra sin hijos, tu foto de familia vale más de diez mil votos.

—Te olvidas de la otra foto en la que aparezco —replicó Marotta—: aquella en la que salgo con Grace y dos terroristas muertos.

—Muy conveniente, ¿no crees? —Price se reclinó, arqueando las cejas, con una expresión cínica y soñadora a partes iguales—. ¿Te has preguntado alguna vez por qué cada vez que Grace necesita a unos cuantos árabes para quedar como un héroe los encuentra? Y ahora lo está utilizando para robarte la nominación. —El tono de Price era frío—. Tú sabes mejor que nadie que la política es como el jiu-jitsu. Grace parece un artista de cine: pues píntalo como un marido infiel y como un mal padre que saca partido de su encantadora sonrisa a cambio de sexo ocioso. La prensa adora a Grace: píntalo como una herramienta de la prensa de izquierdas. Grace se proclama independiente: conviértelo en un hombre que no cree en nada, ni siquiera en Dios. Grace se presenta como un héroe, pues...

—Olvídalo. Ninguna persona seria se atrevería a acusar a Corey Grace en público de ser un infiltrado de Al Qaeda. Yo, desde luego, tengo más claro que el agua que no quiero que hagamos algo así.

Price bajó los párpados, velando su mirada.

—Por cierto —dijo, en tono desenfadado—, ¿te he dicho que Linwood Tate quiere ser embajador en Inglaterra?

—Hay mucha gente que quiere muchas cosas. Mi pregunta es qué le has dicho tú.

—Nada, de momento. Decidir sobre Tate es tu trabajo.

Price tocó un botón del teléfono que tenía delante. Al cabo de un momento respondió un hombre. Aunque algo chirriante, la voz sureña se anunció con calma y autoridad.

—Linwood Tate al habla. He estado esperando tu llamada, Magnus.

Sorprendido, Marotta miró a Price.

—Bueno, pues aquí me tienes —contestó Price—. Y a Alex. Y a Rob.

—Buenas noches, senador, y bienvenido a Carolina del Sur, donde un amigo que necesita ayuda es un amigo de verdad.

Mirando hacia Mary Rose, Price bajó el volumen:

—Y, desde luego, nosotros necesitamos amigos, gobernador.

—Está claro. Y con todos los respetos por el amigo de Rob, Alex, él no puede presentarle por sí solo: el mensaje que necesita para presentarse aquí es, digamos, no muy apto para el telenoticias de la noche. Por suerte, hay otras maneras de ayudar a nuestros buenos ciudadanos a tomar una decisión informada. —Después de hacer una pausa, Tate dijo con seguridad desenfadada—. He trabajado mucho para que las cosas en Carolina del Sur salgan como yo quiero. Como ya te dije, Magnus, estaría orgulloso de ser el hombre que hiciera de tu candidato el presidente Marotta.

—¿Cuánto vas a necesitar, gobernador? —preguntó Price tranquilamente.

—Calculo que toda la campaña va a costar unos dos millones, la mayor parte libre de impuestos. Un precio mísero para el estado soberano de Carolina del Sur.

Cuando Price se volvió hacia Rohr, con las cejas levantadas, éste asintió.

—Lo podemos hacer, gobernador —contestó Price, en tono amable—. ¿Alguna pregunta, Rob?

No podía hacer ninguna pregunta, comprendió de pronto Marotta, de la que pudiera permitirse saber la respuesta. Mirando al teléfono, trató de imaginarse como presidente, un presidente mucho mejor que Corey Grace, más reflexivo, menos impulsivo, un hombre que aceptaba el mundo tal y como era. Un hombre obligado a tomar decisiones que la suerte le había ahorrado a su rival. Un hombre que había trabajado demasiado tiempo y demasiado duro como para ser ahora descalificado por la acción arbitraria de unos terroristas. Un hombre que aceptaba que el poder tiene un precio.

—Ninguna que no pueda esperar —respondió Marotta, a media voz—. No olvidaré esto, Linwood.

Marotta se levantó repentinamente y fue a ver a su esposa.

Pálida, Mary Rose levantó los ojos hacia él.

—Te he estado observando, Robbie. Algo ha pasado, esta noche.

Marotta la besó en la frente.

—Tan pronto como te sientas mejor, quiero que te vayas a casa.

Mirándolo todavía a los ojos, ella negó con la cabeza:

—Magnus dice que aquí puedo ayudar. Y tengo la sensación de que ahora me necesitas.

Marotta sabía lo mucho que Mary Rose lo conocía. Se las arregló por esbozar una sonrisa:

—Yo siempre te necesito, querida —dijo, cariñosamente—, pero los niños te necesitan todavía más. Será mejor que me enfrente solo a Carolina del Sur.

5

Mientras se aproximaban a Columbia hacia la una de la madrugada, Corey miró hacia abajo y vio la iluminación dispersa de aquel estado con tan poca densidad de población. Junto al rectángulo oscuro de una pista de aterrizaje, el campo de luces titilantes parecía un conjunto de estrellas. Mientras miraba por la ventanilla, Ford sonrió encantado.

—Son mecheros —le dijo a Corey—. Hemos contratado a un grupo de música llamado los Blue Dogs y hemos mandado autocares a todas las facultades del estado, con la promesa de un concierto y cerveza. Llegas a Carolina del Sur en medio de una oleada de puro idealismo.

—Los universitarios borrachos son mi circunscripción natural —bromeó Corey.

Al cabo de un cuarto de hora, cuando Ford y Corey saltaron de la plataforma para unirse a la banda, unos tres mil estudiantes universitarios emitieron una ovación a grito pelado, algunos levantando cervezas o botellas de whisky. Sonriendo, Corey le musitó a Ford:

—Creo que no son de la Universidad Carl Cash.

—Qué más da —lo tranquilizó Ford—. Estos muchachos están realmente iluminados por una fuerza superior. —Tomando el micrófono de las manos del cantante de los Blue Dogs, Ford proclamó—: ¡Supongo que todos habéis visto lo que ha pasado en New Hampshire!

Y

A la mañana siguiente, después de haber dormido cuatro horas, Corey, Rustin, Ford, el personal de campaña y un puñado de periodistas se dirigieron a toda prisa hacia Charleston en un autocar apodado *Silver Bullet*.

—Ya estamos obteniendo un montón de donaciones por Internet —dijo Rustin tras levantar los ojos de su Black-Berry—. Te empiezan a llamar el nuevo Teddy Roosevelt.

—Y Lincoln —sugirió Ford—. Y Washington. Hasta podrías ser el puto Franklin Roosevelt.

—Del partido equivocado —intervino Kate McInerny, del *Post*—. ¿Qué tal Harding, o tal vez Coolidge?

—¿O tal vez —le dijo Rustin, amigablemente— la persona que sale encima de su cabeza?

Corey levantó la vista y miró el televisor. La C-SPAN estaba emitiendo un vídeo del reverendo Christy hablando en una iglesia evangelista: «El senador Marotta es la cara del materialismo corporativo, oculto tras la máscara de la falsa religiosidad».

—Parece que Christy aquí se nos ha adelantado —dijo Rustin.

Ford se encogió de hombros.

—Me parece bien. No es más que un obstáculo para Marotta.

Detrás de ellos se oyó el chirrido de unas sirenas de Policía. El autobús ralentizó la marcha hasta que se detuvo en el arcén de una autopista de cuatro carriles. Un fornido patrullero de la carretera apareció junto a la ventanilla de Corey y le pidió que bajara del vehículo.

—Si no vuelvo —le indicó Corey a Ford con una sonrisa—, llama a mi abogado.

El aire de la mañana era frío. El patrullero, un hombre fortachón de, como mucho, la edad de Corey, se dirigió hacia él.

—¿Íbamos demasiado deprisa? —preguntó Corey.

—Para mí no —dijo el poli—. Para llegar a la Casa Blanca no irá nunca lo bastante rápido. —Sonriendo, le ofreció su enorme mano—. Estuve en la guerra del Golfo, como usted. Sólo quería darle la bienvenida a Carolina del Sur a un auténtico héroe norteamericano.

231

«¿Qué hubiera pensado Joe Fitts de esto?», se preguntó Corey. Sonriendo, estrechó la mano de su nuevo amigo.

—¿Se viene con nosotros a Charleston? —le preguntó.

Tras la cortina, Marotta estaba sentado a solas con Carl Cash.

Aquel hombre tenía casi ochenta años, calculó Marotta, con la piel pálida, una cara demacrada y los ojos brillantes y sin gracia de un santo amargado.

—Un verdadero discípulo de Cristo —le dijo a Marotta con su voz flemosa— mantiene cuatro creencias inmutables: que la Biblia es infalible; que la salvación viene sólo a través de Jesucristo; que vamos a nacer de nuevo, y que los cristianos debemos extender la palabra de Dios. ¿Cree usted en estas cosas?

Lo que yo creo, pensó Marotta, es que usted está mal de la cabeza.

—No lo había oído nunca resumido de esta manera, reverendo.

—Eso es porque es usted católico —lo interrumpió Cash severamente.

—Y porque soy católico —respondió Marotta con firmeza— creo que para ser totalmente humano, el hombre ha de estar animado por un poder superior...

—Por Jesucristo, senador. —La voz de Cash era ahora sepulcral—. Moisés está muerto. Buda está muerto. Mahoma está muerto. Confucio está muerto. Sólo nosotros servimos a un Cristo resucitado, el hijo de Dios, quien ha de volver a nosotros.

«Esto no es una conversación, es la Inquisición española yendo marcha atrás», pensó Marotta.

—Eso es lo que yo creo, reverendo Cash —respondió.

Cash movió lentamente la cabeza, apuntando a Marotta con sus ojos helados:

—Como estudioso de la religión, he diseccionado la apostasía católica. Un hijo de Roma no puede reclamar, como nosotros, haber abrazado a nuestro Señor Jesucristo en un solo momento.

A punto de perder la calma, Marotta se apoyó en el catecismo que había improvisado con Magnus Price hacía apenas una hora.

—Tal vez no, pero no puedo recordar ni un momento en el que haya dejado de creer en Jesucristo. —Marotta vaciló y luego prosiguió, a media voz—. Mi padre murió de cáncer hace seis años. Cuando le di mi último adiós y miré su rostro sufriente, sentí que Jesús entraba en mi alma. Fue entonces cuando supe quién es realmente mi padre.

Cash lo miraba a los ojos en silencio. Recuperándose, Marotta dijo, con un apremio tranquilo:

—Yo puedo ser su mensajero, reverendo, porque puedo ganar. Bob Christy no puede. ¿Y se puede imaginar a nuestro país en manos de Corey Grace?

—Y de esa mujer —reprendió Cash, visiblemente irritado—. No se olvide nunca de ella.

Del otro lado de la cortina se oía el rumor de un público en espera.

—Hay varios motivos —trató de ganar tiempo Marotta— por los cuales Grace no debe ser elegido presidente.

—Esa mujer de color es uno de ellos —le soltó Cash—. Sabrá usted que el ateo Servicio Interno de Hacienda eliminó la exención de impuestos de nuestra institución por el mero hecho de que nos oponemos bíblicamente a la mezcla de razas.

Marotta pensó que aquello era el núcleo de la furia de Cash en el Gobierno. Con cuidado, recitó la respuesta que él y Price habían estudiado.

—Aunque, como dicen los incrédulos, hay una separación entre la Iglesia y el Estado, éste no debe inmiscuirse ni, por supuesto, penalizar las creencias religiosas de ninguna institución cristiana. Ésta será la política de mi Administración. Y usted, reverendo Cash, será siempre bienvenido a la Casa Blanca.

Cash lo observó con una solemnidad opaca.

—Recemos juntos —dijo, finalmente.

Mientras se arrodillaban delante de las sillas plegables, con los ojos levantados al techo, Marotta pidió en silencio perdón a John Marotta, por haber manchado su muerte con una falsedad y porque ese hombre decente, a diferencia de tantos de sus vecinos, le había enseñado a su hijo mayor que el odio racial profanaba el espíritu de Dios.

—Bendícenos, Señor —entonó el reverendo Cash.

De pie junto a Marotta, Cash se dirigió a un auditorio lleno de chicos blancos de rostros atentos y frescos: los chicos llevaban camisa con cuello y el pelo uniformemente corto; las chicas iban con faldas que no mostraban nada más que el tobillo. Era como una cápsula del tiempo, pensó Marotta, que lo llevaba de regreso a su época en la estricta escuela parroquial.

—Aquí, en la Universidad Carl Cash —proclamó Cash—, vivimos según las enseñanzas de los Proverbios: «Enseña al chico la manera de vivir, y cuando sea mayor no la abandonará». El senador Marotta lo ha hecho: lo prueba su familia. Al menos ha obrado según su mejor voluntad. Corey Grace, en cambio, no. —Bruscamente, la voz de Cash se tiñó de desdén—. Grace se divorció de su esposa. Grace abandonó a su hija. Grace lleva una vida personal degradante a los ojos de todos nuestros hijos. Y anoche, en Carolina del Sur, llegó en medio de una bacanal atea de whisky, cerveza y música.

Con cara de palo, Marotta trataba de disimular su incomodidad. No obstante, la diatriba de Cash resonaba con naturalidad entre aquellos estudiantes. En primera fila, Marotta advirtió a una rubia de rasgos dulces que inclinaba la cabeza, dolida.

—Corey Grace —proseguía Cash, levantando la voz cada vez más— es el enemigo de la vida. Corey Grace no apoyaría la prohibición constitucional del matrimonio homosexual, ese caldo de cultivo para pederastas, ese santuario de los actos más contra natura, más abominables jamás concebidos por el hombre en su estado más maligno. Corey Grace es el enemigo de Dios.

Volviéndose, Cash anduvo lentamente hasta colocarse detrás de Marotta y le colocó las dos manos en los hombros:

—Este hombre —les dijo a los estudiantes— es un hombre de Dios.

Encandilados, los muchachos levantaron la vista hacia Marotta. Por mucha experiencia que tuviera, se dio cuenta de que no era inmune al fuego de la convicción de ese hombre.

—Escuchad sus palabras —concluyó Cash en un tono sonoro, pero susurrado—; luego, escuchad vuestros corazones.

Marotta pensó que un aplauso no haría más que empañar aquel momento. Dirigiéndose hacia el podio en medio del silencio hechizado que había generado Cash, extendió las hojas de su discurso ante él.

—Éstas son las palabras de la Biblia —empezó—. Volver a nacer, no de una semilla corrompible, sino incorruptible, por la palabra de Dios, que vive y permanece por siempre jamás. Y fue el propio Jesucristo quien dijo: «No he venido a llamar a los justos, sino a los pecadores a que se arrepientan». En eso creemos todos nosotros, y en más. Creemos que la Biblia es infalible, y que la homosexualidad viola la ley de Dios.

»Creemos que nuestras escuelas deben prohibir su acceso a los profesores homosexuales; contraponer a las teorías de Darwin teorías opuestas; prohibir cualquier educación sexual que no sea la castidad hasta el matrimonio. —Haciendo una pausa, Marotta se sintió agradecido de que el reverendo Cash hubiera prohibido hasta el uso de las grabadoras—. Como vosotros, creo que la separación de la Iglesia y el Estado es un invento de los humanistas modernos laicos, no de Madison o de Jefferson. Como vosotros, creo que las Iglesias deben ser libres para apoyar a los candidatos a la presidencia sin ser sancionadas, como lo fue esta institución por sus creencias.

Llenos de una emoción creciente, el público rompió en un aplauso.

—El reverendo Christy —les dijo Marotta— puede que crea lo mismo que nosotros. Pero yo soy el único que os puedo garantizar una presidencia cristiana. Yo soy el único que puede impedir que el senador Grace llegue a un cargo que nunca jamás debería ostentar.

En las primeras filas, los estudiantes empezaban a levantarse. Era demasiado tarde, pensó Marotta, para omitir sus próximas palabras. Esperó a que terminara la ovación.

—Le debo la vida al senador Grace —dijo, a media voz—. Por ello, mi familia y yo le estaremos siempre agradecidos, pero ninguna gratitud podría justificar mi abdicación moral. Sus creencias y su conducta personal socavan nuestra estructura moral. Y las fibras de esa estructura son los valores de esta

235

universidad. —Poniéndose más erguido, Marotta dijo firmemente—: No han de ser los valores de una elite de Hollywood
que ha hecho de las drogas, la violencia y la promiscuidad una
forma de religión laica.

De pronto todos se levantaron, aplaudiendo y gritando.
«Amén», exclamó alguien desde las últimas filas. Luego Marotta vio aparecer las pancartas.

Había una foto de Lexie Hart tachada con una cruz escar-
lata: «DIGAMOS NO A HOLLYWOOD», decían las pancartas. Marotta sabía que aquello era la obra de un profesional.

6

$\mathcal{M}$ientras se dirigían a la costa en el *Silver Bullet*, Dakin Ford iba sentado al lado de Corey, con el mando en una mano, cambiando de canal mientras al mismo tiempo controlaba su teléfono móvil.

—Marotta ya ha estado con Carl Cash —informó—. Parece como si le estuviera permitiendo a Price poner en manos de ese fanático su candidatura.

Mirando a la pantalla, Blake Rustin dijo:

—No sólo en las de Cash.

En la cadena propiedad de Rohr en Columbia, una morena delgadita de sonrisa incandescente aparecía junto a Rob Marotta debajo de un enorme cartel en el que se podía leer Parque de la Creación.

—¿Qué cojones es esto? —preguntó Corey.

—Un parque jurásico para evangelistas —contestó Ford—. Un viaje fantástico por los siete días en los que Dios creó al hombre: Adán, Eva y la serpiente, benditamente liberados de nuestros ancestros los monos u otros agujeros negros del lodo original. Y ésta —prosiguió Ford, señalando a la pantalla— es Dorrie Hoyle, nuestra primera dama evangelista y el polvo principal de Linwood Tate. —Fingió un mohín de disgusto—. Hay actos sexuales que más vale no imaginarse. Pero Dorrie follaría con cualquiera con los bolsillos llenos de dinero, y Linwood puso la pasta para ayudarla a construir ese Disneylandia de la decencia moral.

Apuntando con el mando, subió el volumen.

«Todos sabéis que no puedo apoyar a ningún candidato —le decía Hoyle a su audiencia—, pero me encantaría que me enviarais por *e-mail* el nombre de cualquier Iglesia donde los buenos cristianos puedan hablar a favor de un buen candidato cristiano. —Colocando una mano fraternal en el hombro de Marotta, acabó con un susurro pretendidamente conspirador—. Adivinad quién puede ser...»

Corey observó cómo Marotta fingía una sonrisa. Se encogió de hombros:

—Rob se siente como un objeto de *atrezzo* —dijo.

—Qué más da —replicó Ford—. Price está utilizando a Cash y a Dorrie para cortarle los cojones a Bob Christy. Lo próximo que ocurrirá es que las cadenas y el periódico de Rohr no hablarán para nada de Christy. En lo que respecta a la prensa local, la cruzada de Christy va a reducirse hasta el rumor.

A su alrededor, varios periodistas —Kate McInerny del *Post*, Miles Miklin del *Times* y Annie Stevenson de la AP— se habían acercado para participar.

—¿Qué le espera al senador Grace? —preguntó Kate.

—Bueno —dijo perezosamente Ford—, soñarán con algo distinto para Corey, tal vez algo en lo que no dejen sus huellas marcadas. Una vez empiece, espero que vosotros, chicos y chicas brillantes, os toméis el tiempo de descubrir quién está detrás.

Al otro lado del pasillo, Blake Rustin, solo, se consumía en sus propios pensamientos.

Estaba previsto que se detuvieran en Beaufort y, más tarde, en Milton Head: territorio de Corey, lleno de jubilados del norte y del medio oeste. A través de una carretera de dos carriles entraron en un universo semitropical de palmeras, robles con el tronco cubierto de musgo y ríos de energía hidráulica. Mientras pasaban por debajo de una enramada musgosa, Corey advirtió, al final de un camino alineado de árboles, una casa blanca de madera de antes de la guerra con unos generosos porches que daban a una extensión de césped llena de hombres y mujeres elegantemente vestidos.

Su anfitrión, un hombre rubio y delgado llamado Henry Davis, les dio la bienvenida estrechándoles la mano con firmeza y con una ancha sonrisa. Con un agradable acento arrastrado, dijo:

—Bienvenido al Nuevo Sur, senador. Tiene usted más amigos aquí de lo que se imagina, algunos, incluso nativos.

Corey le devolvió la sonrisa.

—Gracias, Henry. Necesito el apoyo de todos los indígenas.

La presentación de Davis fue breve y elegante. De pie en el porche, Corey miraba a los congregados.

—Si un visitante de Marte —empezó— cayera hoy entre nosotros, nos creería realmente afortunados. Y lo somos. Pero estamos aquí porque Estados Unidos tiene problemas. Nuestro país tiene una deuda de ocho trillones de dólares. Nuestro sistema político protege a los que están en el poder, y a los que tienen poder. Nuestros partidos políticos nos animan a desconfiar de nuestros conciudadanos. Y somos todavía demasiado pocos los que creemos que podemos cambiar todo esto.

»Pero podemos hacerlo —dijo Corey, enfático—. Aún estamos a tiempo de tender puentes entre nosotros. Todavía podemos enfrentarnos a nuestros problemas reales con ideas reales. Juntos, podemos curar a nuestro país.

»Pero eso significa empezar por la verdad, sea cual sea nuestro partido, nuestra religión, dónde vivimos o quiénes somos. Y la verdad es ésta: nuestros dirigentes políticos están debilitando el país dividiéndonos en facciones. Nuestra tarea es detenerlos.

La muchedumbre empezó a aplaudir. Sólo cuando los aplausos continuaron, cada vez más fuertes, Corey fue consciente de cuántas otras personas, hasta en ese lugar privilegiado, estaban preocupadas por lo que sospechaban podía ser un declive irreversible hacia la falta de honradez y el caos.

—Nuestros líderes —dijo Corey— pueden explotar nuestros peores instintos o sacar nuestra parte mejor. Pero cuál de las dos manda está en vuestras manos.

Después de su discurso, la gente empezó a acercarse a él para conocerle.

—Tal vez —le murmuró Dakin Ford a Corey— eso realmente pueda suceder aquí.

239

Sin embargo, lo que acompañó a Corey cuando volvieron a subir al autobús fue su tono silencioso de preocupación.

Aquella noche, después de un mitin multitudinario en la playa de Milton Head, Corey anduvo un rato por el borde del agua mientras hablaba con Lexie a través del móvil.

—Hoy ha ido bastante bien —le dijo—. De momento, tu estado natal se ha comportado.

—Me alegro, cariño. Me alegro por ti.

Ya no necesitaba verla para saber cuál era su verdadero estado de ánimo.

—¿Qué ocurre? —le preguntó—. Percibo cierta reserva. Tal vez de una mujer que no quiere pinchar mi burbuja o preocuparme con sus problemas.

Se produjo un largo silencio.

—Esta mañana me ha llamado una amiga con la que fui a Yale. Un hombre fue a verla a su apartamento preguntándole si me conocía de aquella época. Sus preguntas no le gustaron nada.

Corey miró hacia la luna reflejada en el mar.

—¿Qué preguntas, exactamente?

—Sobre mis novios, por un lado. —Lexie vaciló—. Le preguntó si sabía dónde estaba Peter. Lizzie le dijo que no tenía ni idea y luego cortó la conversación.

Corey sintió cómo se le secaba la boca.

—¿Le dijo ese tipo para quién trabajaba?

—Para un tabloide. Pero el teléfono que había en la tarjeta que le dio conectaba con un contestador de «fuera de servicio». —La voz de Lexie parecía apagarse—. Hay alguien que está detrás de mí y tiene cierta idea de dónde buscar. Lo único que siempre he querido es dejar las cosas pasadas en el pasado.

Corey imaginó su cara, triste y un poco asustada.

—Lo siento —le dijo—. Sé lo que esto te remueve.

—No sólo a mí. Tantos años tratando de olvidar lo que esos hombres me hicieron..., no podía imaginarme que estaría arruinando los sueños de convertirse en presidente de otra persona.

Sonaba totalmente desanimada.

—Quiero decirte algo —le dijo Corey—. Espero que sea justo decirle esto a alguien a quien no he visto desde hace dos meses. Estoy enamorado de ti, Lexie. No pienso renunciar al futuro que tú y yo podamos tener.

—Yo también te quiero —contestó ella tras unos segundos de silencio—. No eres tú el único que ha de elegir. Necesito estar sola con todo esto.

A Corey le hubiera gustado correr a su lado para consolarla.

Medio dormido, Rustin estaba sentado al borde de su cama con unos calzoncillos y una camiseta enorme de Dartmouth de su hija.

—¿Tiene algún problema? —preguntó, cansado.

—Sí —dijo Corey—. Hay alguien que está metiendo las narices en su vida. Me huele a Magnus Price.

Rustin parpadeó, tratando todavía de acostumbrarse a la luz.

—¡Sorpresa! Sabías desde el primer día que esa mujer era como un imán. En política no hay finales de cine, en especial para alguien de Hollywood. —Rustin suspiró—. Quiero aconsejarte una cosa, ¿vale?

—¿Qué cosa?

—A menos que esté limpia como los chorros del oro, rompe con ella; luego dile a la prensa que ha sido tu decisión. Si es la mujer que crees que es, lo comprenderá.

Corey le puso una mano sobre el hombro.

—Lo siento —le dijo, y salió de la habitación.

A la mañana siguiente todo empezó.

Cuando acabó su discurso en el parque Battery de Charleston, Corey vio las pancartas al final de una muchedumbre considerable: una X gigante tachaba la imagen de Lexie. De entre los que llevaban las pancartas empezó a escucharse un lema: «¡Digamos no! ¡Digamos no!».

Cerca del grupo de manifestantes, una cámara de Rohr News grababa sus gritos y pancartas de protesta. Decidido a ignorarlos, Corey se dirigió hacia la multitud amistosa con Dana Harrison. Vio a Dakin Ford que se acercaba al fondo del público.

—Me ha encantado su discurso —le dijo una mujer joven y regordeta—. ¿Me podría firmar la camiseta?

—¿Con usted todavía dentro?

La mujer se rio y se volvió de espaldas. Mientras estampaba su nombre con un rotulador, Corey advirtió que Ford estaba cogiendo a un tipo con barba por las solapas, gritándole a la cara.

—Ve a buscar a Dakin —le murmuró a Dana.

—Mercenarios —soltó Ford, asqueado—. Estos matones no sabrían diferenciar un tema legítimo ni que les mordiera en el culo.

Corey y Rustin estaban sentados con él al fondo del autocar vacío, en una suerte de reunión improvisada de la que habían excluido a la prensa. Fuera, los periodistas paseaban a su alrededor, mirándolos a través de la ventana.

En la bandeja de delante de Ford estaba su portátil y un folleto que le había arrebatado a uno de los manifestantes.

—«Para asegurarse los favores de su novia negra, Corey Grace ha accedido a prohibir la bandera confederada» —leyó Ford.

—Claro —dijo Corey—, eso después de abolir la Primera Enmienda.

—Y hay algo más —le dijo Ford—. Un amigo me ha reenviado este *e-mail* que acaba de recibir. Por lo que puedo deducir, es peligroso: mi amigo está en el *mailing* de donantes a la Carl Cash University. —Mirando la pantalla de su ordenador, Ford leyó—: «Elegir a Corey Grace significa que habrá niños mestizos retozando por el Jardín de las Rosas de la Casa Blanca». Ésta es sólo una de las perlas que sueltan. El problema es que no podemos decir de dónde viene esta basura. Lo mejor que puedes hacer ahora mismo es no hacer el menor caso de ella, pero ¿puedo darte un consejo sobre nuestra sagrada bandera?

—Claro.

—Hemos ido muy lejos desde que todo este follón de la bandera empezó. Hace unos años, la descolgamos del asta del Gobierno del Estado y la plantamos cien metros más allá, cerca del monumento a los Caídos Confederados. No todo el mundo se quedó contento, pero la idea era calmar un poco los ánimos. —Ford cerró la tapa de su portátil—. Sea quien sea quien soltó estos folletos, su intención es volver a remover un viejo problema para empantanarte.

»Lo que va a ocurrir, preveo, es que cientos de miles de estos folletos empezarán a aparecer en los buzones de la gente. Los folletos vendrán de fuera del estado, con sello, para que nadie pueda rastrear su origen: no sabremos quién los ha pagado hasta el día de las elecciones. Tan pronto como ese cretino de Rohr News vuelva a subir al maldito autobús, ya verás cómo te pregunta por la bandera.

»Así que esto es lo que deberías hacer, Corey: adopta el compromiso. —Reclinándose hacia atrás y con los ojos cerrados, dijo—: Has de decir algo como «La gente de Carolina del Sur trabaja para solucionar el problema sin la interferencia de intrusos. Apoyo estos esfuerzos positivos y condeno los esfuerzos de otros por hurgar en las heridas del pasado»; o cualquier otra chorrada como ésta —añadió cansinamente—. A los fanáticos de la bandera no les gustará demasiado, ni tampoco a los negros. Pero los fanáticos tampoco te votarán, y los negros de Carolina del Sur no están preparados para un republicano. Al menos puedes salir del atolladero con una pizca o dos de dignidad.

Mirando a través de la ventanilla, Corey vio al periodista de Rohr News, enjuto y con gafas, que paseaba nerviosamente bajo una palmera y con un folleto en la mano.

—Como mucho, una pizca.

Después de dar su respuesta preparada a la pregunta inevitable de Jake Linkletter, de Rohr News, Corey se sumió en un largo silencio.

En la pantalla que tenían arriba, un acabado cantante de *country* monopolizaba la tertulia del programa de la tarde del canal local de Charleston de Rohr News, expresando su indignación por que «Corey Grace no respeta la preciosa herencia cultural del Sur».

Dakin Ford esbozó una mueca de asco.

—Dorrie Hoyle contrata a ese pájaro para que trine en su Parque de la Creación —le dijo a Corey—. Sin ella, se estaría metiendo lingotazos de jarabe para la tos con un embudo. El muy payaso no sabe ni cómo se escribe «confederado». Qué cojones, ni siquiera sabe cómo se escribe «bandera». —Se volvió hacia Rustin y dijo—: Acabo de recibir otro *e-mail*. Anoche estaban repartiendo estos folletos en los partidos de baloncesto de bachillerato.

Corey cerró los ojos e intentó dormir un poco.

Lo despertó la voz de Marotta. En el plató de la misma tertulia televisiva, Marotta aparecía sentado junto a la presentadora, Dolly Reed, una morenita ceremoniosa con el pelo recogido en un moño.

«Durante casi diez años —le decía—, la NAACP ha convencido a grupos de fuera del estado para que no celebraran convenciones en Carolina del Sur, todo porque la bandera confederada sigue ondeando en un pequeño rincón del jardín de nuestro Gobierno del estado. Hace muy poco, nuestra estrella local Ace Harwood ha expresado su preocupación por el hecho de que el senador Corey Grace apoye ese boicot. ¿Qué tiene usted que decirnos sobre este tema?»

Con el ceño fruncido, Marotta se alisó el pliegue de los pantalones de su traje, lo que ofrecía una imagen de reticencia.

«Como sabes, Dolly, nosotros nunca hemos sacado este tema. Pero otros lo han hecho, de modo que parece importante que los candidatos no traten de evitarlo. Cualquier forma de racismo es mala.

»Durante demasiado tiempo, los sureños han sido víctimas de una especie de racismo al revés. Y lo que, desde luego, está mal es hacer pagar con dólares y centavos a Carolina del Sur por honrar su pasado. —Marotta hizo una pausa y luego prosiguió—: Estoy a favor de que la bandera confederada pueda ondear libremente, y condeno cualquier forma de boicot a este estado. Y desde aquí, hago una llamada al senador Grace y al reverendo Christy para que se unan a esta postura.»

Ford movió la cabeza, incrédulo.

—El corazón de las tinieblas acaba de tragarse a Rob Marotta. Verlo es algo impresionante.

Corey se quedó mirando a la pantalla sin decir nada.

$\mathcal{A}$l cabo de una hora, Corey, Ford y Rustin estaban sentados alrededor de una mesa en la suite de Corey del hotel de Charleston, con los nervios excitados por la tensión y el cansancio.

—Price te está provocando —dijo Rustin—. Intenta que pierdas los nervios. O, todavía mejor: que saltes en defensa de Lexie.

—O —intervino Corey— que actúe como un robot sin sangre en las venas.

—¿Y qué hay de actuar como un presidente, por Dios? ¡Esto no es un patio de colegio!

—Bien dicho —dijo Ford. Luego puso una grabadora sobre la mesa—. Será mejor que escuchéis esto. Es la grabación de una llamada anónima: las están haciendo por todas las zonas rurales. Un amigo consiguió grabar algo.

La voz impersonal que sonaba era claramente una grabación: «Éste es un aviso informativo para todos los ciudadanos que tienen intención de votar en nuestras primarias presidenciales. ¿Votaría usted a un candidato que le contagió el SIDA a su ex esposa, que mantiene un asunto ilícito con una actriz negra de ideología radical, que apoya el matrimonio interracial, que se opone a prohibir el matrimonio entre hombres, que apoya la prohibición de llevar armas y que quiere prohibir la bandera confederada? Si estos valores son sus valores, entonces Corey Grace es su candidato».

Ford pulsó el botón de pausa.

—¿Qué vas a hacer? —le preguntó a Corey, fatigado—. ¿Emitir un comunicado de prensa negando que hayas tenido el SIDA? No puedes demostrar de dónde viene esta grabación. Desde luego, no puedes culpar a Marotta y a Price. Ni siquiera puedes quejarte: eso sería como poner un megáfono en la boca de Price. Lo único que te queda, Corey, es ignorarlo.

Rustin miró primero a Corey y luego a Ford.

—Pon la cinta de Al Qaeda —dijo.

Ford metió otra cinta. Se oyó una voz delicada y anónima: «Durante su cautiverio, Al Qaeda lavó el cerebro de Corey Grace. Por esta razón, dos terroristas de Al Qaeda atentaron en la capital: sacrificaron sus vidas para que Corey Grace pudiera aparecer como un héroe. ¿Y por qué? —La voz acababa en un tono conspirador—. Porque Corey Grace prometió dejar que los fundamentalistas islámicos colocaran bombas nucleares en el corazón de varias ciudades estadounidenses».

—Lo siento —dijo Ford, en voz baja—. Es una triste compensación por haber sobrevivido a la tortura. Pero tu conexión con Al Qaeda, desde luego, pone a Lexie en perspectiva.

Aunque se sentía tenso de rabia, Corey permaneció en silencio.

—Ya sabes cómo lo hacen —explicó Rustin—. Llamadas desde fuera del estado, o incluso desde fuera del país. No aparece ningún identificador de llamada, y la cinta está programada para desconectarse si se pone en marcha un contestador automático. Y no hay manera de rastrear las llamadas, de modo que los malditos holgazanes de la prensa, simplemente, siguen la jugada. Éste es sólo el primer nivel de ataque —agregó Ford—. El siguiente paso es que alguien empieza a expandir la misma mierda por Internet. Luego empieza a haber gente en las parroquias diciendo que han oído estos rumores. Luego, sustitutos sin conexión evidente con Marotta empezarán a aparecer en las cadenas de televisión de la Rohr, llevando toda esta difamación de las llamadas anónimas hasta los platós de televisión. —La breve sonrisa de Ford fue sardónica—. Anoche, uno de mis amigos asistió a un servicio religioso en el que oyó que estás apoyado por «todo un ejército de homosexuales». Probablemente, una tropa de sodomitas islámicos. Es la

247

conexión Carl Cash-Dorrie Hoyle: listados de *e-mails* y de números de teléfono de las parroquias utilizados para extender la mierda de sus cloacas.

—Mientras, Marotta —añadió Rustin— permanece por encima de la crispación. Cuando los chicos de la prensa de Rohr le pregunten si eres un agente de Al Qaeda, él responderá que no puede creérselo, lo cual extenderá el rumor sin desmentirlo. Entonces Rohr le pasará el megáfono a los locos y a las zorras que Price haya contratado para que acaben contigo para siempre.

Acuciado por la inquietud y la frustración, Corey se levantó:

—No tenemos ni el personal ni el dinero para acusar de todo esto a Marotta, ¿no?

Rustin miró a Ford:

—Antes de las elecciones, no.

—Pues entonces lo único que podemos hacer es proseguir con nuestra campaña y animar a la prensa a investigarlo. —Corey se volvió hacia Ford—. Me dijiste que Carolina del Sur sería una prueba para mi temperamento. Esperemos que al final valga la pena.

Al mediodía, después de las dos primeras intervenciones de Corey, los pasajeros del *Silver Bullet* miraron a la pantalla, adornada con el último invitado de Dolly Reed.

«Ahí es donde me cuadra todo —le decía el coronel retirado de las Fuerzas Armadas con una contundencia maliciosa—, la pregunta es: ¿por qué mataron los árabes al copiloto de Grace, pero no a él? Respuesta: necesitaban eliminar al único testigo de la traición de Grace.»

Mientras Corey sentía cómo se le tensaba el estómago, Dolly se llevó la mano a la garganta en un gesto de alarma.

«¿Lo cree usted realmente?»

—Desde luego —lo imitó Dakin Ford—. Lo creo desde que Magnus Price me implantó el chip informático en el cerebro.

«Pregunta —proseguía el hombre de la pantalla—: ¿se habría convertido en senador Corey Grace si esos árabes no lo hubieran convertido en un héroe? Respuesta: de ninguna manera, su candidatura habría sido una broma.»

—Así pues, ¿cree usted que eso es obra de Price? —le preguntó Kate McInerny a Corey.

—Descubrirlo es trabajo de la prensa —respondió él con cierta aspereza—. Limitarse a informar de mierda como ésta es fácil y barato.

«Pregunta —proseguía el coronel retirado—: ¿cómo es que Corey Grace estaba presente cuando Al Qaeda intentó asesinar al senador Marotta? Respuesta: Grace sabía perfectamente cuándo lo iban a hacer.» Entonces intervino Dolly Reed: «En otras palabras —suspiró con aparente horror—, ¿está usted diciendo que el senador Grace es como el Candidato de Manchuria, un agente de nuestros enemigos?».

El hombre se mordió el labio con impaciencia: «¿Cómo se explica, si no, que un hombre sin armas mate a dos terroristas que ya se han cargado a un miembro armado de la Policía de la capital? —Su tono era ahora conspirador—. ¿Ha oído usted la sentimental historia que cuenta Grace sobre el árabe que le iba aflojando las cuerdas cuando estaba cautivo? Es una manera propagandística de insinuar que los terroristas árabes no son en realidad tan malos. Y así, cuando Al Qaeda nos pida que abandonemos los pozos de petróleo de Oriente Medio, "el presidente Grace" nos habrá ablandado para que aceptemos una capitulación completa.»

Contra su propia voluntad, Corey se rio:

—Esto es lo que me pasa por salvarle el pellejo a Marotta. La próxima vez abriré la puerta de su despacho y los invitaré a entrar.

En la pantalla, *The Dolly Reed Show* dio paso a la publicidad. Atónito, Corey vio la cara de su ex esposa.

La foto había sido tomada durante su primera campaña. Janice, de pie a su lado en un picnic para sus seguidores, tenía un aspecto un poco desconcertado, excepto por el hecho de que una X le tapaba el rostro y no dejaba ver bien sus ojos.

—¿Todas tus mujeres llevan X en la cara? —preguntó Ford.

«Corey Grace —decía la voz en *off* del vídeo— se divorció de su esposa y abandonó a su hija. Ahora está ocupado con un romance con una actriz en lujosos nidos de amor del extranjero...»

Cuando apareció la otra foto más conocida —Lexie en bikini—, Ford murmuró:

—Esta vez se ha dejado la X.

La foto pasaba a otra en la que aparecían dos hombres con esmoquin, cogidos de la mano junto a una tarta nupcial de tres pisos. «Tal vez sea éste el motivo —concluía el narrador— por el cual Corey Grace se niega a prohibir el matrimonio entre homosexuales. Porque, si no crees en el matrimonio, ¿cómo va a importarte quién se casa?»

La letra pequeña debajo del pastel decía: «CIUDADANOS DE CAROLINA DEL SUR EN DEFENSA DEL MATRIMONIO».

—¿Quiénes son? —se preguntó en voz alta Kate McInerny.

—¡Eso es lo que yo me pregunto! —le soltó Corey—. ¿Por qué no lo averiguáis?

En la siguiente parada, en el patio de la Universidad de Carolina del Sur, Corey se alegró de bajar del autobús.

—Empezaba a sentir algo de claustrofobia —le murmuró a Ford.

—Calma, muchacho —masculló éste entre dientes—, los chicos de la prensa te están observando.

El estrado estaba colocado en el centro de una explanada de césped entrecruzada por senderos de ladrillo y sombreada por árboles plantados de manera simétrica, con los ciruelos y los magnolios que ya empezaban a lucir los primeros brotes de la primavera.

Mirando al recinto que empezaba a llenarse de estudiantes, tanto blancos como negros, Corey sintió lo que Lexie y él todavía podían llegar a significar.

Mientras subía al estrado empezó a sonar la campana del campus. Con el espíritu más ligero, le dijo a Ford, con solemnidad:

—Es una señal.

—Un presagio —sonrió Ford—. No preguntes nunca por quién doblan las campanas: doblan por Marotta.

Cuando regresaban al autobús, Corey advirtió que Jake Linkletter, de Rohr News, había elegido un asiento más cerca de él.

—¿Podemos mirar mi cadena madre? —pidió Linkletter.

Ford se encogió de hombros y cambió de canal.

Rohr News mostraba a Marotta con Dorrie Hoyle en el jardín de una enorme iglesia a las afueras de Columbia, flanqueando al pastor de ésta, que se dirigía a la muchedumbre congregada para el servicio del mediodía.

«En los años sesenta —decía el párroco—, los progresistas con una visión atea y humanista del mundo se apoderaron de nuestro Gobierno. Ahora, ellos y nosotros estamos librando la batalla final sobre si nuestro país se salvará o se hundirá en las tinieblas eternas. Hoy, el senador Rob Marotta ha venido a rezar con nosotros por Estados Unidos. —El pastor cerró los ojos y tomó de la mano a Marotta y a Hoyle—. Oh, Señor —empezó, te pedimos que nos envíes...»

—Más votos para Rob Marotta —intervino Ford—. Y haz también que los muertos se levanten y voten como cualquiera.

Linkletter se volvió hacia Corey:

—Senador, ¿cree usted que es inapropiado que el senador Marotta haga apariciones en iglesias evangélicas?

Aunque tuvo que reunir una dosis considerable de autocontrol, Corey respondió en un tono razonablemente agradable:

—Yo no me dedico a tratar de refinar el sentido de lo apropiado de Rob Marotta.

—¿Se refiere usted a las acusaciones de que está usted en contacto con Al Qaeda?

A su lado, Corey advirtió cómo Dakin Ford se agitaba, alerta. Observó la cara del periodista: petulante, sin arrugas y sin carácter.

—¿Qué edad tiene, Jake?

Por unos segundos, Linkletter pareció desconcertado.

—Veintinueve.

—Es bastante joven. ¿Ha servido usted alguna vez en el Ejército?

Claro que no, decía la expresión del periodista.

—No —respondió, tenso.

251

—Pues entonces —sonrió Corey—, supongo que ha perdido su oportunidad de ponerse en contacto con Al Qaeda. Hoy en día, reservamos esta oportunidad a los segmentos menos sofisticados de nuestra población.

Cuando Corey se volvió de nuevo hacia la pantalla, la muchedumbre estaba formando un círculo de plegaria alrededor de Marotta.

En el siguiente mitin, celebrado en el polideportivo de un instituto, Corey respondió a las preguntas mientras una columna creciente de periodistas estaban atentos por si detectaban algún síntoma de que acusaba la presión.

—Éste es mi hijo Tommy —intervino una mujer morenita y delgada que iba acompañada de su hijo adolescente—; siempre le ha admirado.

—Hola, Tommy —dijo Corey, sonriéndole—. Espero que cumplas dieciocho años antes del martes.

Aunque el público se rio, la mujer tenía el ceño fruncido:

—Anoche —le dijo—, Tommy cogió el teléfono y un hombre desconocido le dijo que usted engañó a su esposa, igual que está dispuesto a traicionar a nuestro país. Luego puso la tele y vio anuncios en los que se decía que está usted a favor del matrimonio entre hombres. Él todavía quiere creer en usted, pero ya no sabe qué pensar. Su padre y yo no sabemos qué decirle. ¿Nos podría usted ayudar?

Corey observó las caras juveniles de los estudiantes, los pelos canosos de la gente mayor, la pared de hormigón de la que colgaban banderolas que recordaban a los equipos ganadores de torneos de incluso décadas atrás.

—Todos nosotros —dijo— nos merecemos algo mejor que unas grabaciones anónimas, o que unos anuncios de televisión puestos por grupos de personas que nadie sabe quiénes son, o que ciertos folletos enviados desde fuera del estado. Me presento a la presidencia, Tommy, porque amo nuestro país, y lo amo demasiado como para usar tácticas tan sucias que me obligaran a ocultar su origen. —Corey miró las caras del público—. Esta noche, los tres candidatos participaremos en un debate televisado. Ninguno de nosotros podrá ocultarse. Y todos nosotros seremos responsables de nuestras palabras. Espero que todos nos podáis ver. Si basáis vuestra opinión en lo que veis con vuestros propios ojos, en público, saldréis ganando, y los cobardes incapaces de reconocer sus propias mentiras perderán. —Se volvió a dirigir a la mujer que lo interrogaba y a su hijo—. Me gustaría que usted y Tommy fueran mis invitados, señora. Y haré todo lo que esté en mis manos para hacer que se sientan orgullosos de mí.

Cuando abandonaban el polideportivo, Ford le dijo a Corey:

—Supongo que planeas patear el culo de Marotta.

—No me queda otra elección —contestó Corey con expresión decidida—. Puede que sea la única vez que no se pueda ocultar bajo la artillería de Price.

8

—¡*E*spera un segundo! —protestó Rustin—. ¿Me estás diciendo que la fiesta de después del debate de Corey se va a celebrar en el hogar de un tipo que tiene una casa de empeños, que parece un Ángel del Infierno y que tiene una jodida bandera confederada ondeando en su jardín?

Ford miró a Corey, que participaba en una barbacoa con Dana Harrison mientras ellos ponían a punto su estrategia para el debate.

—Se llama Boss Moss —dijo Ford con una sonrisa fácil—. Ha invertido cinco de los grandes en arreglar su residencia hasta dejarla digna de la visita de nuestro futuro presidente. Está bien, puede que desde Vietnam Boss haya estado un poco jodido. Puede que algunos de sus colegas moteros se muevan un poco por los límites de la ley. Pero tiene una red de diez mil personas que viven en caravanas y que no votarían nunca por Corey si no fuera porque Moss les dice que lo hagan. Si contrariamos a Moss, estos votos se evaporan.

—Así que llevaremos a la prensa a una casa de empeños gestionada por un *freaky* llamado Boss.

—Que ya está borracho —añadió Ford— y que acaba de izar una nueva bandera de barras y estrellas en su jardín.

—Dakin —dijo Rustin, que se frotó los ojos—, no me importa lo que tengas que hacer: si Corey ve esta puta bandera le dará un ataque.

—Lo único que puedo hacer es intentarlo —dijo Ford, malicioso—. ¿Se lo piensas decir?

—¿Del humor que está? —resopló Rustin—. La última encuesta ya es lo bastante mala.

Diez minutos antes de que empezara el debate, Rustin esperaba con Corey detrás de un biombo.

—Esto es surrealista —dijo Corey—. Estamos a punto de tener un debate en un centro comercial abandonado lleno de mesas con gente borracha. Ya los oigo gritar.

—Está hablando Linwood Tate —le explicó Rustin—. Tate ha pagado la mayoría de las mesas y las ha llenado con partidarios de Marotta. Ahí afuera es como un partido de fútbol y, desde luego, tú eres el equipo visitante. Quiero que vayas con cuidado, Corey. No me gusta decirte esto ahora, pero las últimas encuestas te muestran en descenso entre los republicanos. —Frunciendo el ceño, Rustin posó una mano sobre el brazo de Corey—. Necesitas al menos un tercio para ganar. Lo último que necesitas es dar un patinazo por el que Marotta te pueda golpear hasta el martes.

—Pues entonces déjame solo un rato, Blake.

Durante los instantes que le quedaban, Corey pensó en Joe Fitts; en su hermano, Clay; en la última vez que había hablado con Lexie. «Pase lo que pase —le dijo ella—, sé tú mismo. Eso es lo único que no te pueden arrebatar.»

Cuando Corey levantó la vista vio al reverendo Christy delante de él. Con una sonrisa, Christy le dijo:

—Me han dicho que te encontraría aquí. —Luego le puso una mano en el hombro—. En realidad no nos conocemos —dijo, con un tono paternal—. Y, desde luego, hay muchas cosas en las que no estamos de acuerdo. Pero quiero que sepas que esta basura no la he soltado yo.

—Créeme, ya lo sé.

—Entonces, parece que tenemos un enemigo común —dijo Christy, con una sonrisa repentina y sorprendente—. Así que vamos a atacarnos entre nosotros, pero tal vez nos podamos divertir un poco con Marotta: yo lo golpearé por un lado; tú, por el otro. No sé lo que tu equipo te ha aconsejado que hagas, pero

255

yo estoy en esto para salvar a los Estados Unidos de las garras de hombres como Magnus Price.

—Tiene gracia, reverendo —sonrió Corey—. Yo me siento como usted.

Las normas eran sencillas y brutales: aunque John Coburn, un presentador de noticieros de Columbia, ejercería de moderador, los candidatos estarían básicamente cara a cara. Desde el instante en que subieron al escenario, Corey percibió que Rob Marotta estaba tenso.

La espaciosa galería cubierta estaba repleta de mesas cuyos ocupantes, ricos donantes republicanos, ovacionaban y aplaudían con el entusiasmo masivo de los seguidores de un encuentro deportivo. Al estrechar la mano de Corey, Marotta logró esbozar una tímida sonrisa que, supuso Corey, quería significar su complicidad.

—Delirante, ¿eh?

Corey lo miró burlonamente:

—Te he estado viendo por la tele, tratando de deducir qué problema tienes. Pero ahora ya veo cuál es: te estás encogiendo, Rob, justo delante de mis ojos.

Se sentaron a una mesa, Corey y Christy flanqueando a Marotta, frente a Coburn, un tipo de mandíbula suave que quedaba de espaldas al público. Desde su declaración introductoria, Christy parecía decidido a recuperar la atención que Magnus Price había conspirado por denegarle.

—Los norteamericanos están enfrascados en una segunda guerra civil —empezó—. Esta vez, el botín no es la tierra, ni el algodón ni la soberanía, sino los corazones y las cabezas de nuestros hijos. Corremos el riesgo de perder a nuestros hijos por el canto de sirena de la educación sexual y del ocio sórdido, por toda esta noción seductora de que el pecado no acarrea ningún coste moral ni espiritual. Pero también podemos llevarlos por el camino de la corrección y transformar toda nuestra cultura en una sola generación. —Con dureza, Christy observó al público, como si buscara a los ebrios, a los poco atentos, a los cínicos—. Pero eso requiere un líder, y yo soy ese líder. Para mí, poner la fe en el corazón de nuestra vida pública no es un asunto de conveniencia, una maniobra barata que me hayan enseñado los manipuladores de la política. —Se volvió bruscamente hacia Marotta y le exigió—. Escuchemos su testimonio, Rob.

Por un instante, Marotta pareció tan sorprendido que Corey estuvo a punto de sonreír.

—¿Testimonio? —esquivó el golpe Marotta—. No sabía que estábamos en un juicio.

—Sencillamente, usted no habla nuestro idioma —le dijo Christy con una sonrisa triste—. Para los cristianos convertidos, nuestro testimonio describe el momento de nuestra salvación. Yo, desde luego, me acuerdo del mío. —Ahora miró a Corey y le dijo—. ¿Qué hay de usted, Corey?

—Yo no tengo testimonio —respondió Corey, con calma—. Sólo creencias. Creo que Dios dotó al hombre con ciertas cualidades, incluyendo el derecho a la autonomía personal a la hora de adorar a nuestro creador. —Corey hizo una pausa, tratando de ordenar sus ideas—. Creo en el Dios del Nuevo Testamento, en el poder del amor humano y en una sociedad que cuida de los más débiles. —Se volvió hacia Marotta—. ¿En qué cree usted, Rob? Viendo cómo pasó su primera mañana por aquí, haciéndole el juego a un hombre que tacha el catolicismo, su propia fe, de «culto satánico»... ¿Es un culto, el catolicismo? ¿O ha sido su obediencia a Carl Cash, para parafrasear a Bob Christy, «un asunto de conveniencia»?

—El reverendo Cash —respondió Marotta— me ha dado su apoyo como a un candidato cristiano preparado para ser presidente. Yo no he suscrito, ni tampoco él me lo ha pedido, todas las declaraciones que él ha hecho en su vida.

—Ni tampoco las ha rechazado —dijo Corey, severo—. Eso hubiera sido una muestra de autoridad. Pero eso habría implicado también ponerse al mando de su propia campaña, claro.

—Pasemos a otros temas —intervino el moderador, precipitadamente—. Es obvio que el papel de la religión en nuestra vida civil se ha convertido en un asunto de primera importancia. Empezando por el reverendo Christy, ¿cree usted que Darwin se debe enseñar en nuestras escuelas públicas?

257

Corey observó al público, ahora muy atento por la manera en que había empezado el debate.

—¿Darwin? —respondió Christy con una sonrisa—. Totalmente absurdo. Utilizar la evolución para explicar el diseño de nuestro mundo es como creer que un huracán puede golpear un montón de chatarra y que se convertirá en un Honda Civic del 2007 que se conducirá solo. —De cara al público, Christy prosiguió en un tono lento, insistente y claro—: Para mí, el diseño inteligente es la única respuesta. Creo que Dios nos diseñó como especie, y eso es lo que yo les enseñaría a nuestros niños.

Para sorpresa de Corey, en el espacioso centro resonó un aplauso difuso.

—¿Senador Marotta? —dijo ahora el moderador.

—Estoy con el reverendo Christy —respondió Marotta, amablemente—. Creo que el diseño inteligente ha de enseñarse, además de la evolución. La evolución es una teoría, no un hecho. Además —añadió, con una sonrisa—, Dios lleva más tiempo con nosotros que el pobre Darwin, ya fallecido.

El público se rio.

—¿Senador Grace? —pidió ahora el moderador.

En primera fila, Corey vio cómo Blake Rustin arqueaba las cejas, como si le pidiera cautela.

—Es una pregunta difícil —dijo Corey—. La mayoría de la gente cree que un candidato no puede declararse partidario de Darwin y obtener la nominación de nuestro partido. Sin embargo, por lo que yo sé, Darwin tenía razón. Yo no puedo decir que sé cómo Dios se puso a crear el hombre, de modo que no voy a discutir que lo hiciera a través de la evolución. —Miró a Marotta y dijo—: Cuando rechazaron a Galileo, los líderes religiosos de su época insistieron en que la Tierra era plana. ¿Acepta usted la teoría de Galileo? ¿O deberíamos contraponer a cada hora de astronomía, una hora de ciencia a favor de la tierra plana?

Una oleada de risas nerviosas le indicó a Corey que había tocado un tema delicado: para los escépticos, el análisis que hacía Marotta de los temas olía a cálculo.

—Creo en la libertad de investigación —dijo Marotta—. Parece que soy el único aquí arriba que lo cree.

Este «mordisco», que demostraba la resistencia de Marotta, arrancó una ovación.

—En esta línea —prosiguió Marotta—, me gustaría preguntarle al reverendo Christy si cree en la teoría del éxtasis y, si es así, cómo se relaciona eso con Oriente Medio.

Corey pensó que eso era astuto y hasta osado: retando a Christy a defender el dogma en su versión más apocalíptica, Marotta sería capaz de retratarlo como un candidato demasiado radical para la mayoría de los evangelistas. Pero Christy ni siquiera parpadeó. Apoyándose en la mesa, fijó en Marotta una mirada inmutable.

—La nación de Israel es más que tierra y gente. Es el lugar elegido por Dios para el regreso del Mesías.

—Nadie es tan amigo de Israel como yo —lo interrumpió Marotta—. Yo le pregunto sobre el éxtasis.

Christy parecía no inmutarse.

—¿Puede recitar usted el primer libro de los tesalónicos, capítulo cuarto, versículos dieciséis y diecisiete?

—No, de memoria no.

Con los ojos mirando al techo, Christy citó de memoria:

—«El Señor en persona descenderá del Cielo con un grito. Y los muertos en Cristo se levantarán primero, y entonces nosotros, los vivos, ascenderemos con ellos a los Cielos, para dar la bienvenida al Señor en el aire; y así viviremos siempre con el Señor.»

El público se quedó en silencio. Corey sintió una mezcla de horror y fascinación, como si estuviera viendo los primeros momentos de un terrible error. Pero Christy seguía como ausente.

—En el día del éxtasis, los creyentes serán abducidos.

—¿Y si se encuentra usted en plena autopista, por ejemplo? —preguntó Marotta.

Ahora Christy ladeó la cabeza.

—Estén donde estén —aseguró—, aquellos que creen serán elevados y, sencillamente, desaparecerán.

—¿Y luego?

—Jesús —respondió Christy con firmeza— regresará a la patria bíblica de Israel al frente de un ejército de santos elevados, y derrotará al Anticristo en el Apocalipsis. Sólo entonces, Jesucristo ocupará el trono de David en Jerusalén.

259

De algún punto del público se oyó un silbido de asombro. Aceptando la ofensiva, Christy preguntó:

—¿Cree usted en la palabra de Dios, Rob?

—Por supuesto. Pero debemos trabajar de maneras terrenales para garantizar la supervivencia del Estado de Israel.

—¿Y eso qué significa? —preguntó Corey—. ¿Tiene el apocalipsis un lugar en la política exterior de Estados Unidos?

—La Biblia está sujeta a su interpretación —contemporizó Marotta.

—Es usted un intérprete estupendo —dijo Corey, severo—. Su respuesta es lo que cuesta de interpretar. He aquí la mía: la simple idea del apocalipsis conlleva un fatalismo que da miedo, dando a entender que una batalla final, tal vez nuclear, es parte integral de los designios de Dios. No estoy preparado para consignar a la humanidad a la destrucción. Con todos mis respetos hacia Bob, me cuesta mucho imaginar a los salvados sonriendo con petulancia, mientras son abducidos de sus coches o levitando desde sus tumbonas, mientras el resto morimos en accidentes de autopista o catástrofes nucleares. Prefiero que hagamos del planeta, tal como ya existe, un lugar mucho más seguro.

—Y yo también —dijo Marotta—. Librando una guerra contra el terrorismo, sobre lo cual se muestra usted extrañamente pasivo.

Para Corey, aquella referencia indirecta a la campaña encubierta del «Candidato de Manchuria» era deliberada e imperdonable.

—¿Extrañamente pasivo? —repitió, con un tono sereno y frío—. Me parece recordar que la última vez que usted y yo nos encontramos a unos terroristas, sólo uno de nosotros se mostró activo. Pero tal vez debería mostrarme un poco caritativo. Tal vez esté usted confundiendo Iraq con la guerra contra el terrorismo, y la valentía con el hecho de mandar a otros a la muerte. —Recuperando el aliento, Corey prosiguió con voz serena—. Lamento mucho que la guerra en Iraq haya hecho de nuestro país un sitio mucho menos seguro. Y a estas alturas, sólo un bobo se puede creer que «el terror» es algo que puede invadirse.

Mientras una oleada de aplausos recibió la ofensiva de Corey, percibió el primer destello de incertidumbre asomando por los ojos de Marotta.

—Volviendo ahora más cerca de casa —intervino Coburn—, usted, senador Marotta, se ha mostrado como un firme defensor de la bandera confederada. ¿Por qué se ha convertido eso en un elemento presente en la campaña presidencial?

—Porque estoy harto de la gente que nos divide por razas. —Se volvió hacia Corey y dijo—: Sobre este tema, usted ha estado hablando sin decir nada, Corey. ¿Cree usted que hay que castigar a la gente de Carolina del Sur por honrar su historia?

Desde su mesa de primera fila, Rustin Blake movió la cabeza, suplicando a Corey con la mirada que diera una respuesta política.

—¿Cree usted en la esclavitud? —le preguntó Corey a Marotta—. Para muchos norteamericanos, blancos y negros, esa bandera es el símbolo de una institución cruel y degradante que nos persigue hasta el día de hoy. —Mirando ahora hacia el público, prosiguió—. Éste es vuestro estado, no el mío, pero si fuera por mí, yo la pondría en un museo con el resto de las reliquias de una guerra que tuvo lugar hace ciento cincuenta años. No creo que debamos honrar a los muertos insultando a los vivos.

—No se trata de eso —lo interrumpió Marotta—. Y la gente de Carolina del Sur lo sabe.

—Muy bien —le replicó Corey—. Pues la próxima vez que le diga usted a un grupo de afroamericanos de Michigan que deben votar a los republicanos, explíqueles por qué los votantes negros de Carolina del Sur se muestran hipersensibles. Pero no lo hará, por supuesto. Usted sólo está interesado en recoger votos hasta el martes, desesperado por tirar de una campaña que se basa básicamente en ir contra el aborto. Y creo que la gente de Carolina del Sur lo sabe.

Una segunda ovación hizo ruborizar a Marotta.

—Me gustaría unirme a los comentarios del senador Grace —se ofreció ahora Christy en tono amistoso—. Tengo sinceras simpatías hacia aquellos que aman esa bandera, pero dudo que hubiera usted pensado en ella más de cinco minutos hasta que alguien le dijo que había votos detrás. Eso, sencillamente, no es digno de un presidente. Ni tampoco lo es su campaña, Rob.

Sorprendido, Corey tuvo que reprimir una sonrisa.

—Eso está fuera de lugar —se defendió Marotta—. Mi

campaña trata sobre quién está cualificado para ser presidente, y usted no atesora méritos para ello.

—Bueno, tengo un par —respondió Christy, imperturbable—. Uno de ellos es que digo lo que creo y que no utilizo a otra gente para decir lo que me daría vergüenza decir. Hoy, en un canal propiedad de uno de sus mayores seguidores, Alex Rohr, se ha presentado un coronel retirado de las Fuerzas Aéreas afirmando que Al Qaeda había mandado a dos terroristas a tu oficina para que el senador Grace pudiera matarlos sólo para dar buena imagen. —Christy sonrió—. Todos nosotros vimos la foto, Rob. Pero ¿cree realmente que Corey y Al Qaeda están conspirando contra Estados Unidos, o está de acuerdo conmigo en que cualquiera que diga eso debería estar en un sanatorio mental?

De una mesa cercana se oyó una risa nerviosa. Corey volvió a sentir el poder de Bob Christy: ni político, ni fruto de la política convencional, el hombre era libre de hacer o decir lo que le venía en gana, convencido de que hablaba desde una fuerza superior.

—Esta pregunta —dijo Marotta, con desdén aprendido— no merece respuesta.

Christy abrió más los ojos.

—¿Está usted diciendo —preguntó, con tono incrédulo— que su director de campaña y sus esbirros no pusieron a ese coronel en la tele? ¿Me está diciendo que ese lunático llegó a un canal de televisión de Rohr con el único poder de sus ideas?

—Ésta —respondió Marotta, realmente furioso— es la clase de invectiva irresponsable que lo descalifica a usted para ser presidente.

—Senador Grace —interrumpió Coburn con cara de desesperación—, ¿tiene usted algo que decir para defenderse?

—¿Por qué estropear el momento? —sonrió Corey—. Lo único que puedo añadir es que alguien que está dispuesto a hacer cualquier cosa por convertirse en presidente no debería ser nunca presidente.

Un silencio tenso llenó la sala.

—Creo que es su turno —le dijo Coburn a Marotta, con tono conciliador—. Usted ha hecho de su propuesta de prohibir constitucionalmente el matrimonio entre homosexuales una pieza clave de su campaña. Cuando todos los estados, excepto uno, prohíben este tipo de uniones, ¿por qué le parece tan importante?

Tratando de recuperarse, Marotta se puso a hablar con una voz lenta pero insistente.

—John, no hay nada que sea tan importante como la fuerza moral de nuestras familias. Desde antes de los tiempos de Jesucristo, el matrimonio ha sido la unión de un hombre y una mujer. Ésta es la única manera de formar a unos niños que sean moral, espiritual y psicológicamente completos. —Hizo un gesto hacia Corey y dijo—: Tres cuartos de la población norteamericana se oponen al matrimonio homosexual; sin embargo, el senador Grace no da apoyo a una prohibición constitucional. Y nadie que se niegue a defender la institución del matrimonio debe ser nominado por nuestro partido.

—Nuestro país se enfrenta al terrorismo —le respondió Corey—, a la proliferación nuclear, a déficits enormes, a un desempleo creciente y a un abismo entre los ricos y el resto de la población en salarios, educación y atención sanitaria. Y usted se preocupa por el matrimonio entre homosexuales y la bandera confederada. —Corey adoptó un tono entre irónico y preocupado—. Me opongo al matrimonio homosexual, Rob. Usted lo sabe. Y si usted y Mary Rose necesitan una enmienda constitucional para proteger su matrimonio, votaré por ella. Aunque sólo sea por el bien de los niños.

—Esto no es ninguna broma —dijo Marotta, agarrotado.

—Y no me estoy riendo. Pero los dos sabemos que la mayor amenaza para un matrimonio es el divorcio. ¿Va a proponer usted una prohibición constitucional al respecto?

—Claro que no —dijo Marotta, exasperado—. Pero Estados Unidos necesita una renovación moral tanto como necesita una inyección de prosperidad económica. Y es demasiado evidente que no es usted quien puede liderarla.

Corey presentía que el nombre de Lexie podía surgir en cualquier momento. Recordando al tipo anónimo que intentó hurgar en su pasado, Corey sintió reprimir una réplica en sus labios.

Animado, Marotta prosiguió:

—En otros tiempos, puede que sus asuntos amorosos no

263

hubieran sido un tema de discusión, pero el problema con su actual relación no es que la mujer implicada pertenezca al mundo del espectáculo, sino que personifica una cultura de Hollywood que glorifica las drogas, la violencia y la sexualidad ilícita. Todos hemos visto esas fotos, Corey. Y también las han visto nuestros hijos. Reflejan el comportamiento de un *playboy*, no el de un presidente.

—Basta —intervino Christy—. Déjenme decir lo que yo pienso. No estoy de acuerdo con Corey respecto al matrimonio homosexual. Su ideología fundamental es «Dios la pifió al crear a hombres y mujeres». Tonterías. Dios nos hizo como somos por una razón, y deberíamos tener el sentido común de ponerlo por escrito en nuestra Constitución. —Dirigiéndose a Corey, dijo, sin alterarse—: También estoy preocupado por su relación: usted no es un ciudadano anónimo, usted pretende ser un candidato a la presidencia y está relacionado con una mujer que es, al mismo tiempo, famosa, representante de Hollywood y una liberal que defiende los derechos de los homosexuales, el aborto y la abominación que es la investigación con células madre. Para serle sincero, me gustaría que todo esto no estuviera ocurriendo.

Cuando Corey trataba de organizar su respuesta, Christy se volvió hacia Marotta:

—Pero debo decir también, Rob, que el aroma que se desprende de su explotación de las relaciones de Corey me preocupa igualmente. No me gustan esas pancartas con una X en su cara…

—Yo no soy responsable de eso —dijo Marotta, rápido.

—Ni de nada más, al parecer. No estoy de acuerdo con las opiniones de la señora Hart, pero no dudo de su sinceridad. Y cuando veo esas pancartas, lo que huelo es racismo. Dios no es racista, Rob. La palabra de Dios se dirige a todos nosotros. Así que dígale a quien quiera que sea el responsable que se lleve esas maliciosas pancartas.

Unas cuantas mujeres del público aplaudieron.

—Apoyo eso que acaba de decir —dijo Corey—, pero tengo algo que contarles a los dos. Los candidatos somos personas; las actrices, también. Como todos los demás, tenemos derecho a escoger a la gente que amamos. No pienso disculparme por esto. Y si usted, senador, quiere explotar nuestra relación de cualquier manera rancia que se le ocurra, no puedo detenerlo. Sólo quiero que entienda lo que está demostrando: que Lexie Hart está muy, muy lejos de su clase.

—No me dé lecciones —le soltó Marotta—. Los presidentes deben dar ejemplo moral. Yo no estoy divorciado, y puedo decir sinceramente que no le he sido nunca infiel a Mary Rose, ¿puede usted decirle lo mismo a nuestro público… y al público norteamericano?

Corey logró sonreír.

—Desde luego: nunca, jamás le he sido infiel a Mary Rose.

La propia sonrisa de Marotta era de dureza.

—¿Y a su ex esposa?

A un lado de la sala, Corey se fijó en Tommy, que estaba sentado junto a su madre, ambos con una expresión de duda en la cara.

—Mi divorcio —dijo Corey, con cuidado— fue uno de los episodios más tristes de mi vida. Eso es lo único que necesita saber la gente, y una respuesta mucho más extensa de lo que usted se merece. Tiene usted suerte de tener como esposa a Mary Rose, pero ha de ser muy triste para usted saber que ella es su punto a favor más destacado.

—Esto no es ninguna respuesta. ¿Qué hay de usted, Bob?

Christy se quedó genuinamente pasmado.

—En casi cuarenta años de matrimonio con Martha, nadie me lo ha preguntado jamás. Y encuentro profundamente ofensivo que usted acabe de hacerlo.

—Si entiendo su respuesta —dijo Marotta, encogiéndose de hombros—, puede usted estar orgulloso.

Ante esto, Corey tomó una decisión instantánea. Sacó de su bolsillo la pequeña grabadora que Dakin Ford le había entregado, la colocó delante de Marotta y apretó el botón. Una voz impersonal recitó: «¿Votaría usted a un candidato que le contagió el SIDA a su ex esposa, que mantiene un asunto ilícito con una actriz negra de ideología radical, que apoya el matrimonio interracial, que se opone a prohibir el matrimonio entre hombres, que apoya la prohibición de llevar armas y que quiere prohibir la bandera confederada? Si estos valores son sus valores, entonces Corey Grace es su candidato».

El público se quedó en silencio, atónito.

—¿Está usted orgulloso de esto? —le preguntó Corey.

Marotta movió la cabeza:

—No sé nada de esta cinta.

—¿De veras? Así pues, ¿es sólo una coincidencia que las llamadas anónimas, las campañas *sotto voce* y los folletos mandados desde otro estado parezcan haberlo seguido hasta aquí? —Corey se inclinó un poco hacia Marotta—. ¿Por qué no empieza por su director de campaña? No debería tardar mucho en averiguar quién paga esas llamadas.

—Mire —dijo Marotta—, no se me puede hacer responsable de gente a la que no controlo. Si descubro que hay alguien de mi campaña implicado en eso, lo despediré.

—No se lo dirán..., a menos que usted ya lo sepa. Una vez más: ¿está usted dispuesto a averiguar si eso proviene de su campaña?

El público estaba en silencio absoluto.

De pronto, Christy le susurró a Marotta:

—No basta con decir que es usted cristiano. Debe comportarse como un cristiano. ¿Por qué no deja ya de hacer estas cosas?

—Ustedes dos son culpables de macartismo —dijo Marotta, que miró a sus dos contrincantes—. Los votantes de Carolina del Sur no tendrán ningún problema en ver este esfuerzo conjunto por desacreditarme.

Christy se rio tranquilamente. En ese preciso instante, el moderador salió al rescate de Marotta:

—Es el momento de hacer sus discursos finales —dijo Coburn, con alivio evidente—. ¿Senador Marotta?

De pie junto a Boss Moss, Dakin Ford miraba la declaración final de Corey en una pantalla gigante de televisión.

—Sé —concluyó Corey— que muchos de vosotros discrepáis de algunas de mis opiniones. Pero eso es precisamente porque sabéis en lo que creo. Los norteamericanos están hartos de que les hagan la pelota, de las actitudes condescendientes y de los políticos que mienten, cuyo único principio consiste en decir cualquier cosa que ellos crean que la gente quiere oír. El pa-

norama actual es demasiado preocupante para esto. Os mere-
céis un presidente que diga la verdad.

Ford miró alrededor del salón de Moss: mucho más cutre
que Graceland, lleno de hombres y mujeres vestidos con
cualquier cosa, desde cazadoras de motorista hasta esmoquin,
todos mirando a Moss para que les diera alguna pista. Y
viendo la cara inexpresiva de Moss, Ford se lo imaginó contemplando la ruina de su velada con el futuro presidente de
los Estados Unidos.

—Sólo diré una cosa —dijo Moss, con solemnidad—: el
hombre tiene agallas. ¡Espero que os apetezca beber!

Marotta estaba sentado al lado de Price mientras su limusina oscura se alejaba del centro comercial.

—Me han preparado una encerrona —dijo—. Christy interpretaba al auténtico cristiano y Grace a la voz cándida de la
verdad. Quiere utilizar a Carolina del Sur contra mí en Michigan, California y en cualquier parte en la que haya un voto católico.

—Primero habrá que derrotarle aquí —dijo Price, sin perder la calma.

—Lo de hoy no ha ayudado mucho. Te dije, Magnus, que ir
a Cash era un error.

Price sacó su teléfono móvil y marcó un número.

—¿Carl? —dijo—. Sí, lo sé. Pero todavía estamos a tiempo
de poner furioso a Grace: mira el programa de la mañana, mañana en Rohr News. Hazme un favor, ¿quieres? Invita a Grace
a hablar en tu universidad. Cuando llegue puede que ya no
tenga tiempo de mostrarse relajado.

Mientras Price escuchaba lo que le decían al otro lado del
hilo telefónico, una sonrisa se le iba dibujando en la comisura
de los labios:

—Eres una bendición, reverendo.

Price se guardó el móvil en el bolsillo.

—Eso de Christy y las mujeres —preguntó Marotta—,
¿estás seguro?

Price asintió con un gesto lento de la cabeza.

—El reverendo Bob —dijo— se dirige a su caída.

267

Υ

Cuando entró en el salón de Moss, Corey miró a su alrededor, con humor.

—¡Corey! —lo llamó Ford, animado—. Ven a conocer a nuestro anfitrión, Boss Moss.

Era como el primo de Willie Nelson, pensó Corey, al ver la barba y la coleta de Moss. No obstante, lo que le llamó la atención fue la bandera confederada que el veterano llevaba doblada en la mano.

—He pensado que apreciaría usted un pequeño recuerdo —lo informó Moss—. Dígale a su amiga que nada más lejos de mi intención ofenderla.

Sonriendo, Corey cogió la bandera.

—Se lo diré, Boss. ¿Se toma un *bourbon* conmigo?

9

*E*n la CNN, Candy Crowley dijo: «Las normas de este debate inducían a hablar de política como si se librara un combate mortal. Pero la primera impresión general es que el senador Marotta perdió terreno ante sus oponentes. Anoche, a última hora, en un giro sorprendente, el reverendo Carl Cash invitó al senador Grace a hablar en su universidad».

—No he tenido manera de evitarlo —le dijo Corey a Rustin.

Estaba sentado al borde de su cama en calzoncillos, revisando papeles que tenía esparcidos a su alrededor. Con el mismo traje que había llevado el día anterior, Rustin parecía un hombre que llevaba varias semanas sin hacer ejercicio, incluso sin ver el sol.

—Es posible —respondió, con recelo—. Pero están contando con que saldrás a defender a Lexie de una manera que pondrá a más blancos contra ti.

El móvil de Corey sonó en aquel instante. Cuando contestó, Dakin Ford le dijo:

—Pon el Rohr.

El presentador del programa tertulia de más audiencia de la cadena Rohr, Frank Flaherty, se había adelantado a las noticias de la mañana. Con una voz en la que asomaba cierta burla, decía: «Esta relación implica algo más que sexo fuera del matrimonio. Ella quiere un presidente que cumpla su agenda radical; él la necesita a ella para que le aplane el camino con los votantes negros de Carolina del Sur. Y Lexie Hart no es ninguna novata cuando se trata de jugar la carta de la raza».

El vídeo al que dio paso parecía de algunos años atrás: «¿Podría Cortland Lane convertirse en el primer presidente negro de los Estados Unidos?» preguntó el entrevistador.

«¿Por qué preguntármelo a mí? Son los blancos los que deberían responder», respondió ella, educadamente.

—Dios mío —murmuró Rustin.

Moviendo la cabeza en un gesto de desaprobación, Flaherty declaraba: «Llamando implícitamente racistas a los votantes blancos, la señorita Hart introduce una línea divisoria en una carrera que para el senador Grace debería ser más elevada. Y después del debate de anoche, está claro que él ha elegido hacer de Lexie Hart su "compañera de campaña". —La sonrisa del comentarista era de autosuficiencia—. Una de los muchas personas norteamericanas que no está contenta con eso es la propia madre del senador Grace».

Atónito, Corey contempló un vídeo grabado en la sala de estar de Nettie Grace: «Si Corey quiere salir con una mujer negra —mantenía, testaruda—, es su problema. A mí me preocupan más el sexo y la violencia que salen en sus películas».

Corey sintió una sacudida de rabia y vergüenza.

«Mamá tiene motivos para estar preocupada —decía Flaherty—. Miren esto.»

En extractos de una película de ciencia-ficción, Lexie eliminaba a una criatura con una pistola láser y luego besaba a su galán, convenientemente blanco.

«¿Es esto el ejemplo que queremos dar a nuestros hijos? Al plantear esta pregunta, el senador Marotta no habla sólo en defensa de los niños norteamericanos, sino también en defensa de la mamá del senador Grace», concluyó Flaherty.

Corey se apartó en una esquina de la habitación y la llamó.

—¿Corey? —respondió ella, tentativamente—. Hace tanto que no tenía noticias.

—A mí no me lo parece, mamá. Acabo de tener noticias tuyas por televisión.

—Bueno, estoy preocupada por ti. Pensé que debías oír lo que la gente normal dice cada vez que salgo a comprar.

—Ya sé lo que piensan —le dijo Corey, con voz amable—, lo sé desde que tenía seis años.

—¿Corey? —Era su padre, con voz resacosa y ronca, hablando por un supletorio—. Tienes que ponerte más duro con el matrimonio homosexual, hijo. La gente lo odia.

Sintió un deseo reprimido de decir: «¿Estás hablando de tu hijo muerto?».

—No te preocupes por los homosexuales, para ellos es más difícil de lo que jamás podrás saber.

—Estoy tan orgullosa de que vayas a hablar a Carl Cash —lo aplaudió su madre, con una animación artificial—. Me hubiera gustado tanto que Clay hubiera ido: en un ambiente cristiano adecuado no habría caído en aquella depresión.

—Sí —contestó tras cerrar los ojos—. Trataré de estar a su altura. Y te lo pido, hazme un favor: la próxima vez que un periodista quiera hablar con vosotros, decidle que intente hablar conmigo. Créeme si te digo que me has hecho la vida muy difícil.

Su madre se quedó en silencio.

—Está bien —respondió, desconfiada—. Lo siento.

Al colgar, Corey tuvo la sensación de que estaba atrapado en una pesadilla recurrente.

—Familia —le dijo a Rustin—. Es la gente que no has elegido, y de la que no puedes escapar.

271

Un voluntario llevó a Corey hasta Greenville, donde estaba la Carl Cash University; necesitaba estar solo y, en ese momento, no se sentía capaz de reprimirse en un autobús repleto de periodistas. El hecho de que otro anuncio hubiera salido a las ondas, utilizando los mismos vídeos de Lexie, había conseguido amargarle el estado de ánimo.

Sentado en el asiento de atrás, contemplaba las amplias extensiones de bosques, con las montañas Smoky perdiéndose a lo lejos. Cuando no pensaba en Lexie, pensaba en Clay. Cuando su teléfono móvil sonó estuvo tentado de no contestar.

—¿Corey? —dijo una voz profunda—. Soy Cortland Lane.

Aquélla era una llamada que agradecía más que cualquier otra.

—Supongo que lo has estado viendo —le dijo.

—Bastante fuerte —dijo Lane—. Todo el tono de anoche fue un poco duro. Antes de que des esta conferencia, ¿te importaría que te dé unos cuantos consejos sobre religión, y tal vez sobre raza? ¿O prefieres que te deje solo?

Corey se sorprendió al pensar que, en varios momentos decisivos de su vida, Cortland Lane lo había apoyado. Sacó su bolígrafo y le respondió:

—Adelante, Cortland. Si me hubieras dejado solo, jamás habría llegado tan lejos.

Cuando entraron en el campus, Corey vio un aburrido edificio beis tras otro, como si el color fuera menguando de las vidas de los estudiantes, que, de aspecto agradable y uniformemente blancos, parecían actores que interpretaran regresar a alguna época pasada de inocencia. Pero la página web de la universidad tenía un tono militante: «Negamos el derecho a llamarse cristiano a cualquiera que ponga en duda la autoridad de la Biblia. Nos oponemos a cualquier ataque a las Escrituras por parte de ateos, agnósticos, liberales, modernos o humanistas. Enraizar a los jóvenes en la palabra de Dios antes de que se expongan a un laicismo ateo los inocula contra el pecado, la inmoralidad y la pérdida de fe». En un gesto hacia la amistad interracial, la página web animaba a los donantes a financiar becas para las minorías «debido a la escasez de liderazgo cristiano entre la población no caucásica».

Lexie, pensó Corey, se habría sentido gratificada. Cuando se acercaban al auditorio, echó una última ojeada a las palabras que Cortland Lane y él habían redactado.

Después de unos brevísimos saludos de bienvenida, Carl Cash —que a Corey le pareció una suerte de cadáver andante— lo acompañó hasta el escenario. Tal y como Corey había pedido, los periodistas al fondo del auditorio iban armados con minicámaras y con grabadoras. Los estudiantes parecían mirarle con más curiosidad que hostilidad, como si Corey fuera alguien recién llegado de Zimbabue.

Cuando subió al podio, Cash se dirigió a ellos con orgullosa severidad:

—Escuchad las palabras de este hombre y preguntaos a vosotros mismos: ¿cuál es su postura frente al pecado mortal de la comunidad homosexual, frente a la cultura de la degradación hollywoodiense, y frente a la inmoralidad que permite a los supuestos líderes —como el propio Martin Luther King— predicar la virtud en público y luego practicar el libertinaje sexual a puerta cerrada? —señalando a Corey, concluyó—: Escuchad y juzgad.

Corey pensó que todo estaba calculado para ponerlo nervioso. Se dirigió en silencio hacia el estrado y le hizo un gesto con la cabeza a Cash:

—Gracias, reverendo, por su elegante introducción. Ser comparado con Martin Luther King, aunque sea de refilón, es un honor para mí.

En contraste con la actitud solemne de los estudiantes, Corey vio a Kate McInerny lanzándole a Jake Linkletter una mirada maliciosa.

—Bueno, y he aquí lo que yo creo —empezó Corey—. Creo en un Dios amoroso. Creo que la verdad se puede encontrar en todas las religiones, y que todos los que rezamos nos dirigimos a un mismo Dios. Creo que la manera en que vivimos es una expresión más verídica de la fe que cualquier plegaria que recitamos en público. Busco a Dios para que me dé más sabiduría y serenidad. Y —concluyó, enfatizando sus palabras— me preocupa mucho más si yo estoy de su lado, que asegurar que Él está del mío.

De pie a su derecha, Cash lo observaba con la fría atención de un pájaro estudiando a su presa. Corey se fijó en dos estudiantes que había muy cerca de él —una chica morena muy guapa y un chico con el pelo cortado a lo militar— y se preguntó adónde podían llegar si se los animaba a abrir su mente.

—Francamente —les dijo—, no creo que a Dios le preocupen demasiado estas elecciones. El Dios en el que yo creo no vota, ni tampoco es un instrumento de la gente con ambiciones políticas. Para mí, no hay nadie que sea el candidato ni el partido de Dios: sólo está el pueblo de Dios.

Los labios de la chica dibujaron un rictus desconfiado.

273

—Y el Dios en el que yo creo tampoco nos dice qué coche hemos de comprar. En vez de eso, nos ha dado mentes para que pensemos por nosotros mismos, y para que ayudemos a mejorar la condición humana.

Haciendo una pausa, Corey recordó que estaba hablando a dos públicos distintos: los estudiantes del auditorio, que podían quedar fuera de su alcance, y la prensa y los votantes de todo el país, para los cuales este discurso, que pronunciaba en un momento de fuerte antagonismo político, podía llegar a definirlo. Kate McInerny garabateaba su libreta furiosamente, con una expresión tan atenta como la de sus colegas.

—La condición humana —prosiguió— aconseja humildad. Porque, por mucho que consideremos a la Biblia como infalible, nosotros no lo somos. Y en este mundo tan peligroso, el absolutismo religioso, en su peor versión, fomenta un odio y una violencia que podría muy bien acabar consumiéndonos a todos.

Los jóvenes rostros que lo miraban mostraban ahora mayor atención y serenidad. Con un tono tranquilo, Corey les dijo:

—No doy por perdida a la gente que, como vosotros, cree en el mismo Dios que yo pero que expresa esta fe de maneras distintas. Creo en escucharnos los unos a los otros. Y puesto que ahora tengo yo la palabra, debo decir que, por ejemplo, no soy capaz de encontrar ni una sola línea en la que Jesús condene a los homosexuales por nacer como nacieron.

El chico con el corte de pelo militar se mordió el labio y bajó la vista; movió la cabeza en un gesto que denotaba una educada resistencia. Pero Kate McInerny levantó la cabeza, sorprendida.

—Tal y como yo entiendo a Jesús —continuó Corey—, la moralidad abarca muchas más cosas que el sexo. Comprende el deber de salvar a la gente que pasa hambre, de proteger la salud de los jóvenes y la dignidad de los mayores, y de dejar a la siguiente generación un mundo más seguro y más pacífico. Y eso implica el mismo tipo de bondad práctica ejemplificada en la vida del propio Jesucristo. Para poder poner dinero en un platito de recolección, has de tener un trabajo. Además de rezar por la gente que está enferma, hay que tener un sistema sanitario que funcione. Puede que queramos que nuestros hijos recen en la escuela, pero allí también tienen que aprender.

Corey se puso más recto y miró a su público.

—Profesar la fe sin obrar es vacío. Por esta razón creo que aquellos que invocan la religión para dividirnos no sirven ni a Dios ni a los hombres. —Mirando a Cash, Corey añadió, con firmeza—. La terrible tendencia de abaratar nuestro discurso político con ataques personales acabará, como el lento goteo del agua sobre la roca, erosionando nuestro sentido colectivo de la decencia y de la solidaridad. Martin Luther King fue adúltero, y también hizo de nuestro país un lugar mucho mejor de lo que era.

El público estaba petrificado, tal vez por el desafío de Corey a Cash, pero también, esperaba él, porque los estaba retando a indagar en sus propios corazones.

—Esta universidad —les dijo— condena la religión del hombre al que hace poco han invitado, el senador Marotta, como «culto satánico». Y aunque el senador prefirió no discutirlo, yo sí quiero hacerlo. La madre Teresa de Calcuta era católica. El papa Juan Pablo II era católico. Robert Kennedy era católico. Y también lo son millones de vuestros conciudadanos que intentan seguir las enseñanzas de Jesús cada día de sus vidas. —Corey hizo una pausa y luego añadió, mordaz—: Cualquier falta que pueda encontrar en el comportamiento del senador Marotta no es achacable a su religión, sino a su aplicación. Todo esto me lleva, inevitablemente, a hablar de otra norma de la Universidad Carl Cash: su prohibición de las relaciones interraciales. —Corey sonrió fugazmente—. Para aquellos que «puedan no haberse enterado», estoy saliendo con una mujer oriunda de Carolina del Sur que es también graduada por Yale, actriz ganadora de un oscar y una mujer muy inteligente y solidaria. Y sea lo que sea que puedan pensar de mí, soy senador de los Estados Unidos y militar veterano, y me he esforzado por hacer aportaciones valiosas a mi país. Y sin embargo, si Lexie Hart y yo fuéramos estudiantes de esta institución, no se nos permitiría salir juntos.

Sin excepción, los estudiantes, al menos los que él podía ver, parecían fascinados. Con tono más suave, Corey continuó:

—Alguien puede decir, supongo, que uno elige venir a esta universidad consciente de esta prohibición. Lo único que os pregunto es que os planteéis si eso representa lo mejor de Estados Unidos, o si esta universidad debería permitir el mismo cambio de mentalidad que tanto ha enriquecido al Sur.

Alguien entre el público soltó un silbido de desacuerdo. Corey lo ignoró y añadió, tranquilamente:

—Hay tantas cosas que tenemos en común... Adoramos a Dios; amamos a nuestras familias; disfrutamos con la compañía de nuestros amigos; somos igual de vulnerables y somos todos mortales. Lo que este país necesita es que terminen los odios y la división. Lo que necesitamos es prestar atención al Dios del Nuevo Testamento, que nos dijo que cuidáramos de los más débiles y que nos esforzáramos siempre por dejar el mundo mejor de cómo lo encontramos. Gracias.

Al cabo de un momento empezó a sonar un aplauso: no muy entusiasta, pero más que educado.

Volviéndose hacia Cash, Corey sonrió ante su rostro helado.

—Gracias, reverendo. Creo que me quedaré un rato hablando con sus estudiantes.

Mientras se dirigía hacia la multitud, Corey vio que el chico del corte de pelo militar se dirigía hacia él y le extendía la mano. Las cámaras empezaron a disparar y las *minicams* a grabar, captando aquel momento especial.

Una vez a solas en su coche, Corey respondió una llamada al móvil.

—Dime —le preguntó Cortland Lane— de dónde has sacado esas frases sobre Martin Luther King.

Corey sonrió.

—Improvisación. Me ha inspirado el reverendo Cash.

Lane se rio tranquilamente; luego su tono de voz adoptó un tono más serio.

—Probablemente no lo hayas visto, pero las primeras reacciones han sido excelentes. En mi modesta opinión, acabas de pasar de «interesante» a «presidenciable». Los momentos como éste son raros en política.

Después de aquellos últimos días, Corey agradeció este halago mucho más de lo que era capaz de expresar:

—Gracias —dijo—. Si usted y yo seguimos hablando, puede que esto funcione.

10

*E*n el viaje de regreso de Columbia, Corey atendió las llamadas de Rustin —que estaba cautelosamente contento— y de Dakin Ford —que admitió que su carrera política tal vez fuera a sobrevivir después de aquella visita—. Luego, Lexie logró ponerse en contacto con él.

—Ha sido un día interesante —le dijo Corey—. Acabo de pasar por delante de una valla publicitaria de un abogado picapleitos que se anuncia con citas de la Biblia.

—He visto tu conferencia, Corey —le dijo, con voz cálida—. Me ha gustado mucho.

—¿Se ha entendido que te echo de menos?

Por un instante, se quedó en silencio.

—He estado pensando… sobre todo esto. Te toca a ti decidir. Pero, si quieres, puedo volar de vuelta.

Asustado, Corey trató de analizar sus sentimientos: de duda, de gozo, de confusión, de miedo.

—Ya antes de esto —le dijo— querías mantenerte al margen. Estos tres últimos días han sido los más sanguinarios que he vivido jamás en política. Y hay alguien que está metiendo las narices en tu vida.

Corey aguardó otro silencio, mientras observaba el sol pálido de invierno deslizándose tras una pantalla de nubes.

—Tengo miedo —reconoció ella finalmente—, pero siento más rabia que temor.

»Eres tú quien tiene que decir si voy a ser más una ayuda o un problema. Pero Carolina del Sur es también mi estado, no sólo el de Magnus Price. Mi tío es congresista y dispone de su propia organización. Y tengo allí un montón de amigos, de cuando era niña, de la parroquia, de la universidad... —Su tono sereno no lograba ocultar su indignación—. Cuando gané el oscar, el gobernador Tate me invitó y me nombró Ciudadana del Año. Pronunció un discurso muy bonito sobre mí como símbolo del cambio en la actitud de la sociedad. Si la gente de Tate tiene derecho a marcar mi cara con una cruz y a tirarte basura encima por estar conmigo, entonces yo tengo derecho a preguntarle a la gente, incluidos a mis paisanos, si es así como va a ser el estado. Me parece lo mínimo que una Ciudadana del Año puede hacer, ¿no?

Sus últimas palabras estaban impregnadas de ironía. Corey intentó sopesar, como es obligación de un político práctico, los riesgos y las ventajas de la oferta de Lexie. Pero había dos cosas que se contraponían: el orgullo por Lexie y el temor por ella.

—Yo también tengo miedo —dijo con suavidad—. Te estaríamos poniendo en el centro de la diana. Y la política es el menor de los problemas. Temo por nosotros. Temo por ti si empiezan a escarbar. —Vaciló, y luego decidió verbalizar su mayor temor—. La razón por la que Cortland no fue candidato —le dijo— es porque su mujer temía que algún racista fuera a matarle. Aquí abajo hay mucha gente que lleva pistolas.

—Lo sé —dijo ella—. No creas que no lo he pensado. Verás, cuando mi madre tenía mi edad, más o menos, todavía no tenía derecho a votar. Cuando yo cumplí dieciocho años, en cambio, ya pude hacerlo. Muchísima gente se sacrificó, y algunos hasta murieron, para que esto ocurriera. No quiero parecer exagerada, pero no lo hicieron para que yo esconda la cabeza bajo el ala.

Mirando a su chófer —un educado estudiante universitario que tenía respuestas breves para las preguntas ocasionales de Corey— se preguntó qué habría deducido aquel muchacho de esta parte de la conversación. En voz más baja, le dijo:

—Todavía no tengo una comitiva del Servicio Secreto.

—Pues, entonces, quizá deberías tenerla, cariño. ¿Quién dice que es a mí a quien dispararían?

279

El fatalismo de su tono desveló que creía que la tragedia era algo común. Aunque su propio historial también lo podía llevar a esa conclusión, Corey sabía que él, como hombre blanco, no era capaz de percibir las profundidades de su premonición.

—Tengo que pensar en todo esto —dijo—. ¿Puedo llamarte dentro de un par de horas?

—Claro. Aquí estaré.

Corey tuvo la sensación de que aquélla no era manera de terminar su conversación.

—Lo más importante, Lexie, es que te quiero. Quiero que lo sepas.

Esperó a su respuesta.

—Sí —dijo ella—, creo que lo sé.

Sólo entonces Corey se dio cuenta de que si su chófer había tenido alguna duda sobre con quién hablaba Corey, sus últimas palabras la habrían despejado del todo.

Cuando llegaron al hotel de Columbia, Corey le dio las gracias al voluntario.

—Normalmente soy más hablador, Jeff —le dijo, a modo de disculpa, con una sonrisa—. Hay días en los que ser candidato te desconcentra más que otros.

El joven lo miró con una profunda sinceridad:

—Señor —le dijo—, ha sido todo un honor. Tengo intención de que la política sea mi vida.

—Déjate un poco de tiempo para las chicas —le dijo Corey, antes de ir a buscar a Blake Rustin.

—Dios mío. —En su estupefacción, Rustin casi sollozaba—. Por favor, dime que no es verdad.

—Anímate, Blake —le dijo Dakin Ford, irónico y asustado—. Es tan sólo una chica progre y negra, no una plaga de langostas.

—Pues casi prefiero a las malditas langostas. —Dirigiéndose a Corey, Rustin le dijo, con vehemencia—: ¿Has estado esnifando cola? La única oportunidad de que los negros de por aquí abajo se planteen, ni siquiera, votar republicano es cuando el candidato esgrime más Dios, menos gais y mucha más plegaria en los colegios. Por cada voto negro que Lexie logra arrancar, perderás al doble de blancos. Defenderla es una cosa, pero restregársela por la cara es otra.

Corey lo miró.

—Déjame preguntarte algo: ¿Magnus Price puede mostrarla con una X tachándole la cara, pero ella no puede ni siquiera asomarse por su estado natal? ¿Y esos anuncios con cortes de sus películas no nos los restriegan por la cara, pero ella sí? ¿No crees que, a estas alturas, cualquier racista que no esté clínicamente muerto no está ya decidido a votar contra mí?

—Hay todavía mucha gente indecisa, Corey. No los empujes. —Rustin cogió una hoja de papel—. Aquí tienes las últimas cifras: Marotta con el 34 por ciento; tú con el 29 por ciento; Christy con el 27. Eso después de que te dieran un empujoncito con New Hampshire, que os puso a ti y a Marotta en un empate estadístico, y después de que Christy y tu patearais el culo de Marotta en aquel debate. ¿Y sabes por qué? Por los valores. Y los valores, aquí en el Sur, no son sinónimo de Lexie Hart.

De pie en la barra de la suite de Corey, Dakin Ford se sirvió un poco de *bourbon*.

281

—Hagamos los cálculos —le dijo a Rustin—. Estamos a viernes por la tarde..., llega el martes por la mañana y la gente vota. Tienes a Corey cinco puntos por detrás. ¿De dónde los recupera? ¿De los votantes de Christy? Si ésos cambian, será para votar a Marotta, no a Corey. Y lo harán, si ella aparece —dijo Rustin, bruscamente—. Es el argumento de Marotta: sólo él puede salvar a los creyentes y a los fanáticos de Corey Grace.

—Entonces parece que estás encallado. —Ford tomó un buen trago de whisky—. ¿Quieres toda la verdad, Blake? Estoy harto de vivir de los blancos y de dejar de lado a los negros. He trabajado mucho para cambiar esto. Pero es un camino largo por el que se avanza a duras penas, y esta apestosa alimaña de Magnus Price nos hará retroceder dos décadas. El tío de Lexie es un tipo curtido donde los haya: somos educados y todo lo que quieras, pero lo último que quiere Johnny Hart es decirles a los negros que está bien votar a Corey. Maldita sea, la próxima vez puede que me voten a mí. —Ford tomó otro trago—. La raza funciona en las dos direcciones: Johnny recuerda haber meado en urinarios «sólo para gente de color», y a él le gusta empezar unas elecciones con un cargamento de votantes negros en el bolsillo de los demócratas. No se fía ni un pelo de nosotros, y no sé si pediría el voto de los negros para Corey ni que se lo pidiera Lexie.

»Y encima, preferiría que fuera monja y no actriz. Nuestras amas de casa se lo tragarían mejor. Y los clubs de campo están llenos de gente blanca que cree que los negros han «ganado terreno» y no están dispuestos a admitir que no es así. Pero, igualmente —dijo, mientras se sentaba con el vaso entre las manos—, no tienes demasiadas cosas que perder, Blake. Soy yo quien tendrá que vivir con eso después del martes. Si Corey quiere ser el primer canario de la mina, tengo cierta curiosidad por ver qué va a pasar.

Corey se puso las manos en los bolsillos.

—Lo que no quiero es que la maten, Dakin.

Ford levantó la mirada hacia él. Al final, dijo:

—Creo que puedo conseguir que nuestro nuevo gobernador nos ceda un poco de Policía estatal. Pero los profesionales están en el Servicio Secreto. Podría ser bueno que llamaras a tu buen amigo, el presidente.

Rustin emitió una risa amarga.

—¿Puedo escuchar? —preguntó, mordaz—. Cuando el hombre dijo «se busca, vivo o muerto», no sólo estaba hablando de Bin Laden.

Corey cogió su móvil.

Al cabo de menos de una hora, el tiempo que le llevó tomarse la sopa y el bocadillo que le subió el servicio de habitaciones, la centralita de la Casa Blanca le devolvió la llamada. Momentos después, el presidente escuchaba en silencio las peticiones de Corey.

—Llamaré al Servicio Secreto —dijo, con un humor fingido—. Lo cierto es que prefiero ver a Marotta pateándote el culo que tener que asistir a tu funeral. Tal y como está nuestra política, no podría permitirme esta satisfacción.

La llamada, sorprendentemente amistosa, concluyó con los buenos deseos del presidente.

—Creo que ya está —le dijo Corey a Rustin—. Querías que empezara a dejarme ver en las iglesias. ¿Qué tal la de Lexie?

Cuando llamó a Lexie, ella ya había contratado un vuelo privado.

De regreso de una reunión parroquial en la que el párroco había rezado por su éxito, Rob Marotta observaba a Magnus Price, sentado en la parte de atrás de la limusina, escuchando a los Allman Brothers por los auriculares y siguiendo con los pies el ritmo que solamente él podía escuchar, con los ojos entrecerrados y una expresión soñadora en la cara.

—Dickey Betts —murmuró Price—. El mejor guitarrista que Dios ha creado jamás.

Marotta sabía que el comentario no buscaba una respuesta, ni tampoco iba especialmente dedicado a Marotta. Escuchar a bandas del Sur era la manera que Price tenía de dejar que su subconsciente trabajara sin trabas. Cuando sintió el móvil vibrar en su bolsillo, Price dijo:

—Deben de ser los malditos Dixie Chicks, que llaman para estropearme el momento de felicidad.

Marotta, observando a Price hablando por teléfono, vio reaparecer su expresión entusiasta. El momento le provocó una sensación incómoda y amarga. Demasiado a menudo, últimamente, Marotta sentía que las fuerzas que controlaban su destino operaban fuera de su alcance. Su único consuelo es que ahora Mary Rose no estaba aquí para presenciar éste.

—No jodas —decía Price en su móvil—. No me lo puedo creer, excepto porque se trata del maldito Corey Grace.

Cuando colgó, Price movió la cabeza en un gesto de asombro:

—La valentía de un hombre puede ser en otro el deseo de morirse. Su chica viene a hacer campaña.

—¿Cómo lo sabes?

Price se rio.

—¿Tú te crees que he dejado la gestión de la campaña de Corey aquí abajo en manos de Rustin, no? Hay un montón de jóvenes idealistas que se mueren por trabajar para un tipo como él. Uno o dos de ellos puede que hayan oído cosas. En cualquier caso —añadió Price—, Lexie acaba de salir hacia el aeropuerto de Los Ángeles. Así que ahora sabemos que es cierto. Tengo que buscar en mi iPod. Creo que tengo una versión de *Fool for love*.

A pesar de las protestas de Rustin, Corey la fue a recoger al aeropuerto un poco pasadas las tres de la madrugada.

A solas en el coche, la esperó aparcado. Ella se apresuró a oscuras, metió su maleta con ruedecitas en el maletero y se deslizó dentro del vehículo.

—¡Hola! —le dijo—, ¿quieres que vayamos a jugar al aparcamiento?

Aunque su rostro quedaba a oscuras, podía ver sus ojos y oler su pelo. Verla después de dos meses separados le provocó un sentimiento de incredulidad y sorpresa.

—Sólo quiero mirarte —le dijo.

Ella le dio un beso, y luego dejó sus labios pegados a él para sentir su calidez.

—Es tan absurdo, Corey —le dijo—. Es como si fuéramos dos adolescentes y tuviéramos a un millón de carabinas que nos quieren castigar.

—Que los jodan.

—No —lo corrigió ella, sin darle importancia—, ojalá «nosotros» pudiéramos joderlos. —Su voz se hizo más suave—. Es un momento raro para decírtelo, Corey, pero echaba esto de menos como nunca pensé que lo haría. Tú, Corey Grace, de entre toda la gente que hay en el mundo, pareces haber hecho que todo esto sea mucho mejor. Desde luego no me lo esperaba cuando fui a soltarte el rollo sobre las células madre. —Soltó una risa compungida—. Pero entonces había muchas cosas que no nos imaginábamos.

—No. Lo único que sabía era que me gustabas.

—Hum —dijo ella—. Supongo que esto no se lo consultaste a tu madre.

De nuevo, Corey recordó su vergüenza y frustración.

—Hace muchos años, Lexie, que no le consulto nada a mi madre. Para mí, los «valores familiares» son tan sólo un rumor. —Suavizando el tono de voz, añadió—. Siento lo que dijo.

—Oh, tranquilo, estoy a punto de igualarte: mañana conocerás a mi tío Johnny. No se habría alegrado tanto si le hubiera llevado a casa a Pat Buchanan... No sé cómo va a salir todo esto —admitió—. Nada de esto. Lo único que sé es que tú estabas ahí fuera, a solas, y que yo ya no tengo ganas de esconderme. Tal vez sea egoísta, o tal vez sólo estúpido... Sea lo que sea, seguramente va en contra de mis principios. Pero quería que estuviéramos juntos. —Tocándole la cara, le preguntó a media voz—. ¿Qué ocurre?

Vacilante, Corey buscó las palabras para tranquilizarla.

—No —dijo ella—. No me respondas. De una manera u otra, las cosas pueden salir mal. Y tú ya lo sabes, ¿no?

«Sí, lo sé», pensó Corey.

—Lo que sé seguro —le dijo— es que teníamos que elegir. Y ésta ha sido nuestra decisión.

Ella apoyó la frente contra la de él.

—Mañana —le dijo Corey— habrá miembros del Servicio Secreto rodeándome por todas partes. No se te ha podido asignar a ti, sólo a mí. Así que el lugar más seguro en el que puedes estar es a mi lado. Nos vigilarán a los dos.

Por unos segundos, ella se quedó inmóvil; luego, muy suavemente, le dio un beso.

—Toque de queda —dijo—. Será mejor que me lleves a casa del tío Johnny.

285

A las cinco de la mañana, con los ojos todavía empañados, Magnus estudió las fotos.

—¿Esto es lo único que tiene? —preguntó—. Dos cabezas sombreadas dentro de un coche, tal vez besándose. Por lo que veo, podría tratarse de una ecografía.

—Mire —dijo el fotógrafo, irritado—, yo sólo tomo fotografías. Lo que no puedo hacer es meterme en su cama.

Price miró aquellas fotos inservibles.

—Me gustaría pensar que, sencillamente, estaban demasiado cansados. Siga tras ellos. A juzgar por aquella foto del bikini que tomó, ese chico es un loco absoluto del amor.

11

A las siete de la mañana, Corey se sentó a la mesa de la cocina del congresista Johnny Hart. Se tomó un café mientras la primera luz del sol iluminaba un rincón de la estancia.

Ya vestido para ir a la iglesia con un traje marrón con corbata, Hart se sentó frente a Corey mientras Lexie, a un lado, adoptó una actitud precavida pero serena. Para Corey, la expresión dominante en el entrecano congresista de rostro implacable procedía de sus grandes ojos marrones amarillentos, llenos de incredulidad de que aquel advenedizo estuviera proponiendo reordenar su rincón del mundo.

—Así pues—le dijo a Corey—, ahora que os han dado a ti y a Lexie con el palo del racismo, pretendes que ponga a vuestro favor a manadas de negros ofendidos.

Johnny Hart no le respetaría por doblegarse.

—Estoy aquí para escuchar sus consejos —respondió Corey resueltamente—. Nadie piensa que usted pueda mover ningún hilo.

—Bueno, ni puedo —respondió Hart con su voz áspera— ni lo haré. Quiero mucho a mi sobrina, y si tú la quieres, así sea. Pero eso no te convierte en el mejor amigo de los negros de Carolina del Sur.

—Tengo un historial —dijo Corey—. Puede usted consultarlo.

—Lo he hecho, senador. Las cámaras en las que trabajamos

están sólo a cien metros de distancia. Es raro que no nos hayamos encontrado nunca, ¿no? —Hart se inclinó hacia delante, con los codos sobre la mesa—. Si no fuera porque, de raro, no tiene nada. Tu partido es adonde los racistas del Sur corrieron en estampida cuando los negros obtuvieron el derecho a voto. La única manera en que esta gente intenta hacer negocios en mi comunidad es diciendo que los demócratas no son lo bastante cristianos.

—Curioso —replicó Corey—. Eso es lo mismo que dicen de mí.

Hart encogió sus anchos hombros:

—En mi última elección, tu partido me opuso a un tipo blanco cuya manera de tender la mano a la comunidad negra consistía en llamarme «amigo de los homosexuales y de los abortistas». Lo ataqué de frente, recordándole que Jesús no proclamaba la persecución de los débiles o de los marginados, sino su enseñanza. —Su tono se hizo ahora más amable—. Vi tu conferencia en Carl Cash. Lo llevaste con mucha dignidad.

—Johnny —intervino Lexie—, ¿lo vas a ayudar o no? Dentro de una hora voy a presentar a Corey en nuestra iglesia. ¿Qué consejos le darías?

—Es fácil. —Hart miró a Corey con la misma mirada impenetrable—. No es suficiente que te hayan agredido: cuando se trata de víctimas del racismo, tú sólo estás de paso. Y no te líes con el estilo: a menos que seas Bill Clinton, no hay nada más absurdo que ver a un político blanco tratando de actuar con naturalidad y confianza en una iglesia llena de negros. Es como ver un oso con patines. Deja que Lexie se encargue de esta parte. Cuando te llegue el turno, recuerda que no hay nada que sustituya a tu esencia. —Tras golpear la mesa, Hart le advirtió—: Los negros pueden oler a un farsante a quince kilómetros de distancia. Y quieren saber qué harías tú por su mamá, que no tiene acceso a la sanidad, o por su niño, que usa libros de texto que tienen más de veinte años.

»Y otra cosa —Hart se apoyó en el respaldo de su silla, con las manos plegadas sobre su ancha barriga, mirando de Corey a Lexie—: está bien que os queráis mucho, pero no hagáis alarde de ello. La gente no os mirará y verá a Romeo y Julieta; ni siquiera a ellos mismos. Dejadles que se hagan su propia idea de vosotros. Sabe Dios que a mí me va a llevar un tiempo.

Υ

La iglesia estaba abarrotada. Lo que llamó más la atención de Corey fue lo distinto que era el ambiente de la congregación blanca absoluta de su infancia.

Ya a las nueve o las diez, Corey había intuido un sentido triste del deber entre los feligreses; para él, parecían cuerpos metidos en un salvavidas, pasando una hora como la que invertirían en una reunión de Kiwanis, pero con mucha menos animación. Al salir a la luz del día, se enfrascaban en conversaciones desganadas y volvían a sus casas a segar el césped, a pagar las facturas o a mirar deportes por televisión, cumpliendo sus deberes caseros hasta el domingo siguiente. No era tan raro, supuso, que el alma reseca de Nettie Grace hubiera respondido a la llamada de Bob Christy.

Los bancos de la iglesia estaban abarrotados de familias vestidas con sus mejores trajes de domingo —desde las matriarcas hasta los inquietos pequeños—, todos empapados de la esperanza de que lo que ocurría entre estas modestas paredes los ayudaría a sostenerse durante la semana siguiente. La principal diferencia para ellos, Corey estaba convencido, eran los periodistas y las cámaras de televisión allí reunidas, debido a su aparición con Lexie. Corey se fijó en una familia que había en primera fila —una abuela de pelo gris, una madre regordeta y su envarado marido, un chico inquieto y su hermanita, con el pelo recogido en trencitas— y advirtió en sus rostros el orgullo que sentían por su hija pródiga. Corey estaba sentado junto al pastor de la iglesia. Lexie se acercó al púlpito y se sumió en un abrazo colectivo al que Corey era ajeno.

—Estoy en casa —dijo, sencillamente—. Veo a Barbara Daniela, mi primera amiga del parvulario, con su maravilloso marido y dos bebés monísimos que me encantaría tomar prestados. Veo a nuestra vecina, la señora Jones, la primera que se acercó con un plato preparado la noche que murió mi padre. Veo a la señora Phillips, que fue mi primera maestra del colegio de domingo que tuve. Y veo también al señor Jefferson, el primer profesor, la primera persona, de hecho, que me dijo que tenía dotes para actuar.

Se oyeron murmullos de afirmación.

—Sin todos vosotros no sería la persona en la que me he convertido. Vosotros me ayudasteis a enterrar a mi padre, y le disteis cariño a mi madre mucho más allá de lo que puedo recordar. Y ahora vuelvo a casa para presentaros al hombre que quiero y para hablaros del tipo de gente que somos, y de la clase de futuro que vamos a hacer para aquellos que decidan seguirnos.

Lexie recorrió la congregación con la mirada, en comunión con su público en su recuerdo común de un pasado más duro.

—Todo cambia —dijo, con ternura—, pero hay cosas que cambian con demasiada lentitud. Recuerdo historias que mi madre me contaba sobre los restaurantes a los que no podíamos ir, sobre los colegios en los que no nos podíamos matricular, sobre los votos que no podíamos emitir. Recuerdo a los chicos blancos que no me respetaban cuando era niña. Y ahora, aunque esté a cinco mil kilómetros de aquí, sigo oyendo el mismo cuento. ¿Por qué? —Lexie miró de nuevo a la congregación, con voz firme y actitud orgullosa—. Porque el senador Grace cree que podemos formar una pareja, y porque también cree que él puede ser el presidente. De la misma manera que también cree que el odio no tiene un lugar legítimo en nuestra política, ni tampoco en nuestras vidas.

»Todos vosotros habéis oído hablar de las llamadas, o habéis visto los folletos, o los anuncios en televisión. —Su voz se llenó de una leve rabia—. Nadie ha dado la cara por ellos, y nadie la dará. Los autores de esta maldad quieren derrotar a Corey en las urnas y luego seguir adelante. Sin embargo, si la gente de esta tierra está dispuesta a estar a nuestro lado, tarde o temprano estos actos de autores anónimos saldrán a la luz, y sus responsables serán desenmascarados. Y entonces, el resto de nosotros, negros y blancos, estaremos mucho más cerca de reconocer nuestra común humanidad.

Los murmullos de asentimiento se multiplicaron y se hicieron más patentes.

—¿Estaréis a mi lado? —preguntó Lexie.

—Sí —gritó un hombre, y luego una mujer, y luego los gritos de apoyo llenaron la iglesia.

A Lexie le brillaban los ojos de emoción; tal vez, dejó escapar alguna lágrima.

—Pues entonces, por favor, levantaos —gritó, con voz ronca— y dejadme presentaros al senador Corey Grace.

Cuando Corey se puso a su lado no quedaba nadie sentado.

Corey aguardó a que hubieran tomado asiento de nuevo y a que sus palabras se pudieran escuchar por encima del murmullo de agitación. Cuando se volvió hacia ellos, era también muy consciente de las cámaras y de su propio nerviosismo reprimido.

—Gracias por facilitarme las cosas —empezó, con una sonrisa—. Hasta hace un minuto me sentía como el tipo que acaba de descubrir que su nueva novia tiene una familia de quinientas personas, todas dispuestas a juzgarlo.

Cuando la congregación se rio con aquel comentario, se sintió más relajado.

—En realidad —añadió Corey—, el congresista Hart por sí solo ya hace el papel de quinientos padres.

Eso provocó muchas carcajadas. De pie a su lado, Hart dibujó una sonrisa de reconocimiento.

—El congresista y yo —prosiguió Corey— hemos mantenido lo que los diplomáticos denominan un franco y sincero intercambio de impresiones, sobre muchos temas: desde el protocolo adecuado del noviazgo hasta cómo trata el asunto del racismo el Partido Republicano. Y, cómo no, también hemos hablado de su sobrina. Y aunque no la conozco desde hace tanto tiempo como vosotros, creo que sé cómo os sentís sobre Lexie. Pero los norteamericanos, sean blancos o negros, no nos pueden mirar sin pensar en la raza. Ésta es la verdad, y es un tema del que nos cuesta hablar.

Ahora los parroquianos estaban atentos, en silencio.

—Como candidato y, francamente, como republicano, tengo la obligación de poner el problema de la raza sobre la mesa y de hablar de cómo nos afecta a todos. Con demasiada frecuencia, hay gente en mi partido, como también en el Partido Demócrata, que ha vivido del odio y la desconfianza entre razas. Eso está ocurriendo también en estas elecciones; una vez más, los que perpetúan la división racial, lo hacen porque no tienen nada más que decir. Nada sobre la gente que no tiene acceso a la sanidad. Nada sobre un salario mínimo que es demasiado mínimo como para que permita salir de la pobreza. Nada sobre las escuelas que no enseñan nada, ni sobre los niños incapaces de leer. Nada sobre lo que separa a la gente que carga con estos problemas del resto de la gente: la riqueza, la clase y, demasiado a menudo, la raza.

Corey se detuvo; algunos de los asistentes asentían con la cabeza.

—Así que no he venido a pedir vuestra ayuda porque me encuentre en el lado equivocado de un campo de tiro cuya arma es el racismo. Como me dijo Johnny Hart, cuando hablamos del lado equivocado de ese campo, yo estoy sólo de paso.

Se oyeron murmullos crecientes de aprobación, que parecían agradecer que se verbalizara algo, por otra parte, evidente.

—Empecemos, pues, por la verdad sobre la sanidad —les dijo Corey—, y desde allí…

Corey y Lexie se marcharon en medio del eco de las palabras finales de su párroco: «El martes, ayudemos a nuestra hermana a apoyar al senador».

El congresista Hart iba sentado entre ellos en el asiento de atrás. Con el pragmatismo escueto de un profesional, preguntó:

—¿Qué agenda tenéis para hoy?

—Tres iglesias más —dijo Corey—. Y luego Lexie va a grabar un programa de radio y un mensaje grabado: vamos a hacer publicidad telefónica en la parte oriental del estado.

—Todo eso está muy bien —dijo Hart con tono neutro—. Pero no tienes un campo de operaciones entre los negros desde el que hablar, ¿no?

—Ni uno solo.

Johnny Hart miró a través de la ventana frontal.

—Tengo muy claro que no voy a hacer campaña por ti —dijo, finalmente—, pero tal vez haga un poco más que mantenerme al margen. Hay llamadas que puedo hacer, a pastores, a gente que puede llevar a otra gente a las urnas. Me da la sensación de que, si puedes recoger unos treinta mil votos más, estarás cerca de atrapar a Marotta.

Tras mirar a su tío, Lexie iba a decir algo.

—No me des las gracias, chica —se anticipó el hombre, bruscamente—. Este novio tuyo tan sólo me da una excusa. Estoy harto de toda esta mierda, hasta la coronilla. No me apetece morirme en la plantación de Magnus Price.

Price y Marotta pasaban en coche por los suburbios de Greenville, de camino a otra iglesia, mientras miraban una cinta de Corey y Lexie saliendo de su parroquia.

—Es como la batalla de las bandas —dijo Price—. La batalla de las iglesias… o, más exactamente, de las razas. Es una lástima que Grace se haya olvidado del partido al que representa.

La incomodidad de Marotta se hacía más grande.

—Es una lástima y punto —dijo—. Aunque yo gane la nominación, llegado noviembre no tendré ni un solo voto negro.

—Votos de bloqueo —lo corrigió Price, serenamente—. Así es como los llamarán los anuncios de mañana. Grace está intentando una «Opa hostil del Partido Republicano por parte de fuerzas externas». Y no podemos permitir que ocurra, ¿no?

—Dios mío —dijo Marotta, realmente asqueado.

—Mira, Rob, Christy te ganó en Iowa; Grace te hizo polvo en New Hampshire. Tienes que tomar Carolina del Sur tal como es, y no como Grace y su novia quieren que sea. Y eso significa dar permiso a la gente para que sea racista, sin decirlo así. —Price sacó su teléfono móvil—. Tenemos que mover a los blancos en defensa de su partido y asegurarnos de que Christy no divide ese voto. Nos resulta útil que algunos de los evangelistas más alejados, la gente de Christy, abra las puertas a los negros. En las iglesias que nosotros hemos visto se pueden contar los negros con los dedos de las manos y de los pies, y todavía te sobra un pie.

Price marcó un número. En silencio, Marotta pensó en su padre, que había creído en un mundo mejor, y luego en Mary Rose.

—Soy Magnus —oyó decir a Price—. Es hora de bombardear a las fuerzas del mal con napalm.

14

$\mathcal{H}$acia las diez de la mañana, el Servicio Secreto se había reincorporado a la campaña y Lexie y Corey volvían a estar en el *Silver Bullet*.

Iban de una iglesia a otra. Lexie y Corey estaban sentados en un asiento trasero mientras los periodistas hacían preguntas, los fotógrafos tomaban imágenes, Dakin Ford contaba historias y Blake Rustin permanecía en silencio y con la expresión desgraciada del hombre que había perdido el control tanto de la campaña como del candidato. Sin embargo, Lexie aparecía serena en compañía de Corey: había evaluado los riesgos que estaban corriendo y, una vez tomada su decisión, parecía concentrada en el aquí y en el ahora. Con buen humor y tranquilidad, respondía a algunas preguntas y se desviaba de otras; de vez en cuando, tomaba la mano de Corey. Cuando el cámara de Rohr News pareció estar captando un primer plano de sus dedos entrelazados, Corey la apretó más fuerte.

La noticia se expandió rápidamente. En cada parada que hacían había más gente: los esperaban fuera de las iglesias, la mayoría negros pero algunos blancos, ovacionando y aplaudiendo al candidato y a su novia.

—Una pareja muy guapa —oyó decir Corey a un periodista—. ¿Quién había dicho que la política era el espectáculo de los feos?

En su última aparición había miles de personas y aparecieron algunas pancartas hechas a mano en las que se leía «LEXIE FOR PRESIDENT».

—¿Qué le parece esto? —le preguntó Kate McInerny cuando bajaban del autobús.

Lexie sonrió, mirando a Corey.

—Veo que al final lo han pillado —respondió—. Pero tendré muy en cuenta las aspiraciones de Corey a la vicepresidencia.

Cuando lo dijo ante la congregación, los aplausos se mezclaron con las risas.

Se dirigían a un estudio de grabación en Columbia cuando Dakin Ford, con los ojos pegados a la pantalla del televisor, subió el volumen.

En Rohr News mostraban a una mujer rubia y bajita tras un podio, flanqueada por dos hombres de mediana edad vestidos con traje y corbata —uno regordete, el otro repeinado— a los que identificaron como sus abogados. Con torpeza, la mujer empezó a revolver los papeles que sujetaba y se puso a leer en voz alta ante un puñado de periodistas, con el acento arrastrado típico de Carolina.

«Me llamo Mary Ella Ware. Me divorcié hace poco y soy madre de dos hijos pequeños, además de miembro de la congregación de creyentes en la Biblia de esta localidad de Columbia. —Le temblaba visiblemente la garganta—. Hasta ayer, fui voluntaria de la campaña Christy for President...»

—Oh, no —dijo Ford, incrédulo.

Mirando a Lexie, Corey detectó un escalofrío de aprensión instintiva.

«He venido hoy a hablarles —leyó Ware con un hilo de voz— porque el reverendo Christy ha traicionado mi confianza.»

Iba vestida como si fuera Domingo de Pascua, pensó Corey; su traje rosa claro parecía acentuar su aire aniñado. La mujer hizo una pausa, se tocó los ojos y luego siguió leyendo: «Hace un par de días, preocupada por cómo el pequeño de mis hijos estaba viviendo el divorcio, acudí al reverendo Christy a pedir consejo pastoral. —Se mordió el labio—. Cuando él me invitó a subir a su habitación del hotel, pensé que lo hacía para salvaguardar mi privacidad».

Atentos a la pantalla, los periodistas garabateaban furiosamente en sus libretas.

«Se arrodilló a mi lado —prosiguió Ware— y juntos rezamos pidiendo el consejo de Dios. Luego me pidió que siguiera arrodillada con los ojos cerrados. Podía notarlo de pie delante de mí, escuchando mis plegarias.»

Mientras miraba cómo Ware se enjuagaba los ojos, a Corey lo embargó una mezcla de horror y de pena, aunque no estaba seguro de por quién.

«Luego sentí su mano en mi nuca y le oí desabrocharse la bragueta...», escupió Ware.

Lexie se volvió. Desde atrás se oyó la carcajada de Dakin Ford.

Se reunieron en la suite —Corey, Lexie, Ford, Rustin y Dana Harrison— para ver la cinta de la rueda de prensa de Ware, que ahora era el tema principal del noticiario del domingo por la noche.

—La conozco —dijo Ford—. Fue voluntaria en mi última campaña, siempre tratando de acercarse a mí. Una chica muy mona. Pero es absurdo creerse a una mujer que desprende tanta necesidad.

Lexie miró a Dana, la otra mujer de la estancia.

—Eso no significa que esté mintiendo —objetó Dana—. A veces, las mujeres frágiles son lo que buscan los depredadores.

—Es actriz —respondió Ford, disparando una mirada a Lexie—. Sin ánimo de ofender a las de verdad, pero eso está sacado directamente de *Elmer Gantry*, el predicador caído. La gente está condicionada, en gran medida, a esperar algo así. Y mira el momento: el domingo antes de las elecciones, sin dar tiempo a que nadie pueda comprobarlo. Lo único que Christy puede hacer ahora es negarlo, lo que garantiza veinticuatro horas más de cobertura de esta bajeza antes de la votación. Está acabado.

—Y también lo estamos nosotros —dijo Rustin, desanimado—. Es como si ya estuviera oyendo la frase de Price: Marotta es el único capaz de proteger a Dios y al partido de todos los males que Corey representa.

Lexie se quedó callada.

—¿Te crees a esa mujer? —le preguntó Corey.

Lexie lo miró; una profusión de emociones asomaba por sus ojos; algo que él no era capaz de evaluar.

—Lo único que sé seguro —respondió— es que hay vidas que se están destrozando.

De pronto, Corey tomó una decisión.

—Llamaré a Christy —dijo.

La voz de Christy sonaba tan apagada que parecía otra persona.

—De alguna manera, sabía que llamarías.

—Es sólo algo que quería hacer —respondió Corey, que se había quedado a solas en la habitación.

—Y buena política, también —respondió Christy, cansado—. Pero para mí es importante que sepas que todo esto es mentira.

No era la primera vez que Corey deseaba saber discernir la mentira de la verdad; quince años en política le habían enseñado que un buen mentiroso podía resultar más convincente que un hombre asustado que decía la verdad.

—¿Qué piensa hacer? —le preguntó Corey.

—Ayudé a Magnus Price a empezar en política. —El tono de Christy combinaba la resignación con la determinación—. ¿Recuerdas la pregunta de Marotta sobre el adulterio? Tal vez eso sea la retribución de Dios por haber trabajado con un hombre del que sospechaba que carecía totalmente de escrúpulos. Pero eso no hace más que reafirmar mi obligación de mantener las manos sucias de Price alejadas de la Casa Blanca. Marotta se ha convertido en su instrumento del terror.

Eso era lo que Corey quería oír.

—Creo que ha convocado usted una rueda de prensa.

—A las nueve de la mañana —dijo Christy, sencillamente—. Las mortificaciones mediáticas de la carne, junto a mi amada, atónita, Martha. Jamás pensé que sería yo el que tendría que desmentir haber mantenido relaciones fuera del matrimonio.

La inutilidad de aquellas palabras parecía pesar en el tono de Christy.

—¿Necesita el consejo de un buen jefe de prensa? —preguntó Corey al cabo de un momento.

—No me vendría mal, Corey. No me vendría mal.

—Le mando a Dana Harrison. A ella no le gustará, pero es una profesional de las mejores. Y si acaba creyendo en usted, tal vez eso le dé un respiro.

Cuando Corey salió del dormitorio, Lexie se había marchado a hablar a otra iglesia. Aquella noche volvieron a dormir separados, Corey en una suite vigilada por agentes del Servicio Secreto, Lexie en casa de su tío, protegida por la Policía del estado.

El *Silver Bullet* salió a primera hora de la mañana siguiente. Una hora antes de la rueda de prensa de Christy ya había empezado la última oleada de ataques publicitarios.

Se centraba en una urna de madera. Mientras una voz en *off* apremiaba a los republicanos a combatir contra el voto por delegación de los demócratas liberales, dos manos negras salían para robarla.

Cuando Corey la miró, Lexie había desviado la vista de la pantalla.

—Dios mío —murmuró alguien—, esto se está poniendo feo.

Haciendo *zapping*, Ford descubrió un anuncio bucólico de Marotta con Mary Rose y los niños.

—Un buen contraste con el problema de Christy —comentó Ford—. Te hace preguntarte cosas, ¿no?

—¿Sobre qué, senador? —lo apremió Jack Linkletter.

—Sobre la sincronización —respondió Ford, cortante.

Entonces apareció Bob Christy.

Flanqueado por su esposa y por su hijo y su hija, ya adultos, Christy habló con una tranquila determinación: «Quiero que sepáis todos que estas acusaciones son absolutamente falsas. He aquí la verdad: la señora Ware me pidió hablar en privado, como ella explicó. Rezamos de rodillas, como dijo. Luego le ofrecí mis consejos, sobre el divorcio, sobre sus hijos y sobre la necesidad de someterse a un seguimiento pastoral para tratar de arreglar los vínculos rotos en su familia. Y luego se marchó. Eso fue todo. Mi único pecado fue cometer un error de juicio: verme con ella a solas. —Martha Christy asintió con la cabeza, dando la imagen de la buena esposa del pastor—. No puedo saber —prosiguió Christy— el motivo por el que Dios nos ha enviado este nuevo reto. Sólo puedo suponer un motivo por el que la señora Ware ha decidido dar falso testimonio contra mí, y no conozco las presiones económicas o emotivas que puede estar experimentando, de manera que no le guardo rencor. Pero no pienso permitir, no puedo hacerlo, que sus mentiras detengan nuestro objetivo común. —Su voz se hizo más amable—. Os ruego que me apoyéis con vuestras plegarias y con vuestros votos. Y cuando el motivo de esta prueba sea revelado, en el tiempo que Dios nos marque, su triunfo y el nuestro se producirá en todo su esplendor».

—No está mal —opinó Kate McInerny.

Ford se encogió de hombros.

—Qué más da, querida Kate. Estate atenta a lo que va a ocurrir a continuación.

Al cabo de una hora, Rob Marotta apareció en el canal local de Rohr: «Estoy profundamente triste —dijo con serenidad— por todos los implicados: el reverendo Christy, su familia y, por supuesto, la señora Ware. No tengo nada más que decir sobre lo que es, ante todo, una tragedia humana».

—No para ti —dijo Ford—. La única pregunta es quién te hace el trabajo sucio.

—Fácil —dijo Corey—. Linwood Tate.

—Estás aprendiendo, chico —replicó Ford, con simpatía—. Eres una auténtica promesa como analista de la política local. —Mirando a la pantalla, añadió—. De hecho, es como si acabaras de materializar al viejo Linwood.

El antiguo gobernador aparecía delante de su típica mansión suburbana, no menos distinguida de aspecto que por el atuendo formal que llevaba.

Mirando a su entrevistador, le dijo: «Me he pasado la mañana hablando con republicanos de todo el estado, y con algunos de nuestros líderes cristianos. Están todos muy tristes ante este acontecimiento. Pero las elecciones no esperan a nadie. Mañana los republicanos se enfrentan a una alternativa: ¿vamos a permitir que nuestro partido sea tomado por una quinta columna de demócratas y liberales que rechazan nuestros valores morales, o vamos a dar apoyo a un candidato que se presenta como nuestro defensor? Ya sea verdadera o falsa la acusación que se le imputa, el reverendo Christy se ha convertido en un riesgo demasiado grande. Inocente o culpable, su criterio está en duda, aunque sólo sea porque decidió quedarse a solas con la señora Ware. —Tate miró a la cámara con expresión de gran sinceridad—. La elección prudente, la elección acertada, es el senador Rob Marotta. No tiene ninguna mancha que pueda impedirle proteger a las familias norteamericanas y mantener a nuestra nación bajo los auspicios de Dios».

—A estas alturas —dijo Ford— ya deberían haber empezado las llamadas.

Cambió a Rohr News, la red de cable. Apareció Frank Flaherty, que preguntó mordazmente: «¿Cuánto estarán dispuestos a aflojar los contribuyentes para que el Servicio Secreto le haga de canguro a la novia de Grace? Apuesto a que ese romance no está saliendo barato».

Mirando a la pantalla, Lexie no dijo nada. Aunque Ford apagó el televisor, el autobús se quedó en silencio, como residuo de una campaña que había empezado a ser demasiado repugnante para ser divertida.

Avanzada la noche, Ford y Rustin abandonaron la suite de Corey, dejándolos finalmente para que disfrutaran de un poco de tiempo a solas.

—Hoy has estado fantástica —le dijo a Lexie—. Por muy difícil que se pusieran las cosas.

Ella apoyó la espalda contra la puerta.

—Qué divertido —dijo, a media voz— que al otro lado de esta puerta haya un agente del Servicio Secreto. Me pregunto cuánto le va a costar al contribuyente la próxima media hora.

Corey esbozó una sonrisa.

—¿Te estás insinuando?

—Tú limítate a mirar. —Lexie se puso las manos a la espalda y se bajó la cremallera del vestido, sin dejarlo de mirar mientras la seda caía al suelo con un susurro.

—Hace dos meses —murmuró Corey.

Lexie se desabrochó el sujetador.

—Y cinco horas. Se ha hecho muy largo.

Moviendo lentamente las caderas, con un movimiento entre sensual y burlón, dejó caer sus braguitas encima del vestido. Cuando se acercó a ella, se dio cuenta de que tenía los ojos humedecidos. Por una mezcla de deseo y de temor, Corey no le preguntó por qué lloraba.

13

*L*a mañana del martes en Columbia amaneció fría, húmeda y triste.

Los sondeos que Rustin había seguido durante toda la noche reflejaban una pugna ajustada pero fluida: mientras el suelo se hundía bajo los pies de Christy, Marotta subía entre los republicanos blancos; por su parte, Corey mostraba un claro auge entre los negros y los independientes. El resultado, parecía claro, dependía de quién se acercara finalmente a votar. Arropada en un estudio, Lexie llamaba a «emisoras negras», mientras Corey y Ford iban de un centro comercial a otro, donde se encontraban con ciudadanos de a pie y esperaban que algún fragmento de imagen en las noticias del mediodía animara a más votantes a acercarse a las urnas. Pero hacia las once de la mañana, mientras un voluntario los acercaba a otro centro comercial, Ford se enteró de que Magnus Price no había dejado nada al azar.

—Han cambiado los puestos de votación... sencillamente, los han trasladado —le dijo a Corey tras apagar el móvil

—¿De qué demonios estás hablando?

Pálido, Ford miró directamente hacia delante.

—En Carolina del Sur, el partido organiza nuestras primarias. Eso significa que la maquinaria del partido decide dónde vota la gente. —Se volvió hacia Corey, recalcando cada una de sus palabras—. En casi todas las zonas negras han cambiado los puestos de votación de lugar, y otros los han cerrado directamente. Eso significa que en algunos condados, los negros tendrán que conducir setenta kilómetros para emitir su voto.

Atónito, Corey preguntó.

—¿Cómo pueden justificar una cosa así?

—Por la historia —dijo Ford, con una sonrisa amarga—. Históricamente, en las primarias republicanas, los negros no acostumbran a votar. De modo que el fulero del presidente de nuestro partido, el chico de Lindon, ha cerrado los puestos de votación como «medida de recorte de gastos». El hecho de que el recuento de votos pueda ser peculiar es sólo como la mostaza del perrito caliente. Como los folletos que han aparecido en los barrios negros parece algo normal, dirigir a los votantes hacia las urnas no lo ha sido. Claro que podríamos ir ahora mismo a presentar una queja sobre una violación de los derechos civiles y organizar un drama sobre la eliminación de votos, lo cual apoyaría la tesis de Price de que eres el candidato de los negros. Pero ¿por qué no? —La rabia en la voz de Ford estaba impregnada de repugnancia—. Magnus acaba de presentar su propia reclamación de los derechos civiles: parece que tenemos a gente ahí fuera coaccionando a los negros para que voten. A los fanáticos a los que hacen referencia les encantará oírlo: es como darle la vuelta a la ley de los derechos civiles dentro de su cabeza.

—Así pues, ¿cómo respondemos?

Ford se reclinó, con los brazos cruzados.

—No puedo conformarme con esto —dijo—. Si esos cabrones te hunden, luego vendrán a por mí. Puede que me lleve un tiempo, pero pienso averiguar cómo han montado su campaña secreta. Hasta quiero averiguar de qué manera han organizado la mamada fallida de Christy. Pero eso no será para hoy, así que vamos a ponerte en la tele…, en algún canal que no sea de Rohr, para que puedas protestar por este golpe bajo mano contra la democracia. —Su tono era tranquilo y amargo—. Por todo el puto bien que eso pueda hacer.

Hacia las cinco de la tarde, Corey, Ford, Rustin y Lexie estaban reunidos en su suite.

Los augurios eran preocupantes: aunque en toda la costa había una participación alta, favorable a Corey, en el oeste el aparato de Linwood Tate estaba generando un resultado todavía mayor en las plazas fuertes de los blancos. De las zonas dominadas por los negros llegaban más noticias de reubicaciones y de sitios de votación fantasmas.

—Necesito dormir un poco —dijo Corey—. Gane o pierda, tendré que decir algo alegre y luego pillar un avión hacia Michigan.

Rustin y Ford salieron de la habitación: Rustin en silencio, Ford musitando unas palabras poco convencidas de ánimo.

—Me quedo contigo, ¿vale? —le dijo Lexie cuando cerraron la puerta.

Se tumbaron encima de la cama sin deshacer, mirándose el uno al otro. Los ojos de Lexie, aunque luminosos, reflejaban preocupación.

—¿Qué ocurre? —preguntó él—. ¿Es por todo?

Tomándole la mano, ella trató de sonreír.

—Puede esperar. Ahora mismo, necesitamos dormir.

Al cabo de un momento, Corey se durmió. Pero, hasta cuando lo hacía, tenía la sensación de que ella no lo haría. Al despertarse, Lexie estaba todavía mirándolo y su expresión era todavía más triste que antes.

Las urnas cerraron a las ocho en punto. Un poco antes de las nueve, la CNN anunció una victoria muy ajustada pero decisiva de Rob Marotta: «Hasta con todas las presuntas irregularidades —dijo Bill Schneider—, el senador Grace ha atraído un considerable número de votos inesperados entre los negros, los demócratas blancos y los independientes. A partir de ahí podemos adivinar un cambio potencial a medida que la contienda avance, basándonos en la amplitud del atractivo de Grace y la cualidad mediática que la señora Hart aporta a su campaña».

Con una sonrisa, Corey apretó la mano de Lexie. Se dio cuenta de que Blake Rustin los observaba con atención.

«Sin embargo, en Carolina del Sur —proseguía Schneider—, las primarias republicanas siguen dominadas por los que se identifican como conservadores cristianos. Según nuestros sondeos a pie de urna, estos votantes le dan al senador Marotta un margen del treinta y nueve por ciento sobre el senador Grace… Una migración masiva hacia Marotta que refleja las consecuencias de las acusaciones contra Bob Christy.»

—Es como mirar una obra de teatro —dijo Ford— dirigida por Magnus. Es una lástima que el muy hijo de puta no salga al final a saludar.

Mientras Corey garabateaba su discurso admitiendo la derrota, Marotta apareció con bolsas de agotamiento bajo los ojos y con una sonrisa que apenas se diferenciaba de la de un perdedor: «Esta noche —dijo—, los votantes de Carolina del Sur han marcado el punto de inflexión en esta campaña, una victoria para los valores que han hecho a Estados Unidos, en palabras de Ronald Reagan, "una ciudad que brilla en lo alto de una colina"».

—Jamás serás presidente —prometió Corey en voz alta—, no mientras yo esté vivo.

Rustin lo observaba en silencio.

Después de pronunciar su discurso de derrota, Corey se quedó mirando a Lexie a oscuras, en la acera. Estaban siendo vigilados por agentes del Servicio Secreto y los agentes de la Policía estatal que habían de llevarla a casa de Johnny Hart. Un poco más lejos, la prensa, los seguidores y los curiosos. Ella le tocó el brazo y le dijo:

—Lo hemos intentado, Corey, de verdad.

La ambigüedad de sus palabras lo inquietó.

—Te quiero, Lexie.

—Lo sé. Y yo también a ti.

—Pues entonces tal vez me haya ganado un beso de despedida.

Ella sonrió un poco.

—¿Delante de toda esta gente?

Con firmeza, Corey la besó.

—Te llamo mañana —le dijo.

Y

Un poco antes de las once, Corey y Rustin tomaron una limusina rumbo al aeropuerto.

Excepto por el chófer, estaban solos. Por la radio, Bob Christy le decía a un reportero de la NPR: «Amo a la gente de Carolina del Sur, pero estas primarias no han sido tanto una campaña como una visión del infierno. Espero que este país no vuelva a ver una cosa así».

—Pero tú sí la verás —dijo Rustin—. Todos la veremos.

Corey se volvió hacia él.

—Está bien, Blake. Escúpelo.

Rustin esbozó la sonrisa de quien se muestra reticente a dar todavía más malas noticias. En vez de contestar, le entregó a Corey una hoja impresa.

Corey miró las cifras.

—¿Quién te pidió que hicieras esta encuesta?

Rustin suspiró.

—Ella ha perdido esta carrera por ti, Corey: esta mañana, su imagen entre los republicanos era negativa en una proporción de dos a uno. —Hizo una pausa, armándose de valor—. No es ni Cortland Lane ni Condi Rice. Para nuestras bases de derecha, es una pesadilla de izquierdas en forma de afroamericana.

Mientras se volvía hacia él, Corey habló con voz tranquila:

—En otras palabras, tiene que irse.

Rustin bajó la vista, con los ojos entrecerrados; luego le entregó un segundo documento.

—¿Y esto qué es?

—No te ha sido infiel —dijo Rustin, sin rodeos—. Es algo peor: fue adicta a la heroína.

Corey se quedó petrificado. Luego la rabia se apoderó de él.

—Maldito hijo de puta: ¡fuiste tú quien contrató al sabueso para que metiera las narices en el pasado de Lexie!

—Ha sido una investigación de la oposición —dijo Rustin, atrapado—. Lo único que hemos hecho ha sido adelantar a Price hasta el ex novio amargado, un tipo que apenas puede permitirse ver sus películas. La fama es un veneno, Corey. Así que antes de que expreses tu indignación, tómate un minuto para imaginarte el día en que Price le dé algo así a Alex Rohr: las portadas de las revistas, los comentarios despectivos en las tertulias televisivas, los periodistas en la puerta de su casa. Imagínate el gemido de placer general cuando Price la desnude en público. Entonces tal vez hagas lo más galante y la dejes, antes de que eso ocurra. Y si no, la pregunta es: ¿quieres ser presidente o la quieres a ella? Porque lo que sé seguro es que las dos cosas no pueden ser.

Durante un buen rato, Corey miró hacia la autopista a oscuras. Luego se incorporó un poco hacia delante y le dijo al conductor:

—Párese un momento.

El hombre lo miró por el retrovisor y obedeció. Una vez parados, Corey se volvió hacia Rustin.

—¿Tienes una tarjeta de crédito? —le preguntó.

Rustin no rechistó.

—Claro.

—Pues entonces, puedes comprar tu propio billete de vuelta a casa. —Metió las manos en la cartera y sacó dos billetes de veinte—. Y aquí tienes, para el taxi. Intenta parar alguno.

Atónito, Rustin recogió su maletín. En aquel momento, Corey vio a su director de campaña enfrentándose a la ruina de su sueño: jamás sería él quien haría de Corey el próximo presidente. Pero no era momento para la compasión. Con el mismo tono de voz frío, le dijo:

—Mi declaración anunciará tu renuncia debido a «desacuerdos tácticos» con el candidato. Eso te absolverá de culpa, por mi mal criterio. —Corey dobló el informe y se lo metió en el bolsillo—. Será mejor que mates este tema, Blake, por cualquier medio que esté en tus manos. Si algo de esto sale a la luz, no me importará quién haya sido la fuente: si llego a ser el presidente, y es lo que me propongo, me aseguraré de que no vuelves a trabajar nunca más. Y ahora, vete.

Sin mediar palabra, Rustin obedeció.

A medianoche, con el abrigo de Corey echado sobre los hombros, Lexie estaba sentada junto a él en el porche de su tío.

—Estoy avergonzado —le dijo.

Lexie se inclinó hacia delante y se tocó los ojos.

—No lo planeaste —respondió, desanimada—. Y yo lo sabía. Siempre lo supe. Rustin tiene razón, la fama engendra patologías, y la envidia hace metástasis como el cáncer. ¿Qué puedo decir? No voy a negar mi adicción, ni tampoco puedo aparecer en el programa de Oprah lloriqueando y ofreciendo como excusa a esos dos violadores.

Corey no era capaz de decir nada. En silencio, trataba de descifrar su expresión en la penumbra.

—Hay algo más —le dijo Lexie—. ¿Recuerdas el proyecto de película que tenía, la historia sobre el joven negro tratando de liberarse?

—Claro.

—A finales del año pasado, vendí los derechos a New Line. En aquel momento parecía un buen trato: si el estudio la hacía, yo conservaba la opción de producirla y dirigirla. —Su tono se hizo más apagado—. Hace un par de días, por más dinero del que New Line podía permitirse rechazar, RohrVision adquirió los derechos. Su mensaje es lo bastante claro: métete con nuestro mundo, chica, y sabe Dios que nosotros arruinaremos el tuyo. Mi película no se hará jamás.

Corey se sentía embargado por demasiados sentimientos —compasión, furia, tristeza y culpabilidad— como para expresar ninguno de ellos con claridad.

—Todo se ha ido a la mierda —dijo, indefenso—. No dejo de decir que no quiero perderte y que no quiero que salgas herida. Y ni siquiera sé si es como decir lo mismo, o si son dos cosas distintas.

Lexie desvió la mirada y se quedó contemplando el vacío.

—Eso no tiene sentido —dijo, al final—. No si tú quieres ser presidente. La política nos está consumiendo, como siempre supe que ocurriría.

Con el corazón hecho trizas, Corey se volvió a mirarla.

—¿No podemos esperar a que acabe la campaña?

Los ojos de Lexie se llenaron de lágrimas.

—¿Para qué, Corey?

Se dio cuenta de que no tenía respuesta. Ella lo besó delicadamente, como si aquello fuera una despedida silenciosa, y volvió a entrar en casa de su tío.

14

$\mathcal{A}$ la mañana siguiente, Corey voló a San Francisco.

A solas, se imaginó a Lexie en su vuelo a Los Ángeles…: silenciosa, controlada, tan elegante con los otros como Corey intentaba ser siempre.

Como le ocurría también a él, nadie notaba el sentimiento de soledad que la acompañaba desde su infancia. Separarse de ella lo dejó sin apetito, pero estaba en plena carrera hacia la presidencia y el superviviente que llevaba dentro continuaba empujándolo hacia delante.

Sabía lo que le esperaba cuando aterrizara: informes en la prensa de la recuperación de Rob Marotta; expertos analizando la desorganización en la campaña de Corey; nuevas preguntas sobre su temperamento y su criterio. Pero no podía, ni quería, dejar que Carolina del Sur condenara su candidatura. Ganar era lo único que Price le había dejado.

Esperaba que Hollis Spencer quisiera aceptar un último reto.

En un tramo de playa cerca del hogar de Spencer en Seacliff, los dos hombres paseaban por la arena desierta, en medio de un día fresco y soleado entre semana. Spencer se detuvo a admirar el Golden Gate.

—Es la arquitectura —dijo—. Dos arcos, perfectamente espaciados, que cruzan la boca de la bahía. No me canso nunca de admirarlo.

Spencer parecía ahora mucho mayor; su pelo era escaso y blanco, el vientre le sobresalía, tenía los hombros caídos y las arrugas de la cara mucho más marcadas.

—Hace años que no dirijo una campaña —le dijo a Corey—. Como te he dicho las veces que me lo has preguntado antes, han cambiado muchas cosas desde que te ayudé a salir elegido en el Senado.

—Sí —dijo Corey—. Ahora es mucho peor.

—Magnus Price. —Spencer se detuvo, las manos en el bolsillo, admirando todavía el puente—. Lo veía venir, incluso antes de que saliera de mi factoría para abordar el proyecto Christy. A Magnus no le importan la historia ni la política ni el futuro. Es el prototipo de hombre del siglo XXI. Para él, convertir a Marotta en presidente es un ejercicio de marketing cuyo único objetivo es demostrar que es más listo que cualquier otro estratega del mundo: que puede elegir a quien le dé la gana y derrotar a quien él decida. Magnus se cree mucho más interesante que Marotta, y esta creencia inamovible define su relación: el triunfo final de Price no sólo consiste en elegir a Marotta, consiste en ser su propietario. —Spencer se volvió y se quedó mirando a Corey—. El talento que hace peculiar a Magnus es su capacidad de contemplar a los demás sin sentimientos ni ilusión. Cree que conoce a Rob Marotta mejor que Mary Rose. Si tiene alguna duda sobre las cualidades de Marotta para ser presidente, su consuelo es creer que Marotta puede carecer de escrúpulos.

—Como él, quieres decir.

Spencer se encogió de hombros.

—Vi cómo Christy llamaba «malvado» a Magnus. Es el error de un hombre que considera importante la moral. La verdad es que la falta de moral de Price connota cierta pureza: los problemas de raza, por ejemplo, son para él logística pura. Inspirar odio racial es para Magnus lo mismo que fomentar la fraternidad racial. Su único enfoque es que la especie humana responde de manera más visceral al miedo y al odio. Y ésta es la maldad que aporta a la política estadounidense.

—El país no puede seguir así —dijo Corey—. Hemos de-

309

jado de creer los unos en los otros. Cada vez más, la gente vota por rabia, o deja de votar por asco. El «ejercicio de marketing» de Price está reafirmando al país en su imagen.

Spencer se quedó mirando una estrella de mar que estaba a sus pies.

—Mientras, yo me ocupo escribiendo libros. En mi época, desde luego no tenía nada de virginal; no se pueden dirigir a dos candidatos que llegaron a presidentes, como yo hice, sin hacer cosas que luego lamentas. Pero lo que más pesa sobre mi conciencia es haber ayudado a Magnus a empezar. Los resultados de Carolina del Sur se deben a la actuación del Price más auténtico: es como si saliera de noche a hurtadillas; entonces, por la mañana, el tipo que se presenta contra su candidato aparece muerto y troceado dentro de una bolsa. Y nadie puede demostrar quién le ha cortado la cabeza.

—Así pues, ¿lo harás? —lo presionó Corey.

Spencer sonrió, con un movimiento fugaz en los labios.

—¿Como penitencia?

—No me meteré en los motivos. Pero espero que lo hagas porque crees que seré un presidente digno.

—Bueno —dijo Spencer, irónicamente—. Diré solamente esto: ya no tienes nada que ver con el famoso de treinta años que lancé al Senado, sin más calificaciones que el hecho de que te habías acordado de abrir el paracaídas en el momento oportuno.

A pesar de la pena asociada al recuerdo de Joe Fitts, Corey no pudo evitar reírse.

—Suerte que no he venido a escuchar tus halagos…

—En realidad —dijo Spencer—, uno de los mejores cumplidos que he oído sobre ti provienen de Magnus. Hace un par de años me lo encontré en el aeropuerto nacional Reagan y le pregunté cómo veía las posibilidades presidenciales. Cuando le tocó hablar de ti puso esos ojos soñadores y dijo: «Un talento natural. Con toneladas de carisma, pero con los reflejos de un líder y un instinto político de primer orden. Me encantaría hundirle, pero el muy hijo de puta es demasiado impredecible». Le respondí que lo que quería decir era que Grace no podía ser manipulado. En concreto era él, quien no puede manipularle. Entonces me dedicó esa sonrisita, como si lo hubiera desenmascarado. «Es posible —respondió—, pero te diré otra cosa de él: la gente ve su encanto despreocupado y se creen que lo conocen, pero no es cierto: nadie le conoce.»

«Excepto Lexie», pensó Corey.

—¿Eso es un cumplido?

—Algo así. Magnus estaba diciendo que lo que te guía no es accesible para él. Y, a veces, tampoco para mí. —Spencer lo miró a los ojos—. Pero, sea lo que sea, te hace demasiado valioso para perder. Tu discurso en la Universidad Carl Cash es de los mejores momentos que he visto en política. Veo estas elecciones como la última oportunidad de Estados Unidos. Así pues, sí —concluyó Spencer con una sonrisa—. Saldré de la comodidad de mi retiro para dirigir tu maldita campaña. ¿Es esto cumplido suficiente?

Corey se sintió totalmente aliviado.

—A mí me basta —respondió.

Se sentaron en una roca, de cara al mar gris verdoso. Más allá, se veían las verdes colinas de Marin County.

—Lo primero es lo primero —dijo Spencer—. Hablemos de Marotta. Price lo presenta como un hombre de principios, incluso si Marotta ha consentido tácitamente cualquier acto de degradación moral que pueda permitirle sobrevivir. —Spencer hablaba con una determinación serena—. Vamos a atar Carolina del Sur a sus tobillos como si fuera una cadena con una bola de dos toneladas.

»No podemos demostrar lo que ha hecho Price más allá de la pantalla del radar, al menos, de momento. Sin embargo, por haber coqueteado como católico con un fanático anticatólico como Carl Cash tendrá que pagar un precio con los católicos en primarias como las de Michigan, Connecticut y Rhode Island. Y lo pagará.

»No se trata de hacer campaña negativa: es la prueba de lo que Marotta está dispuesto a hacer ante la alternativa de perder, y marca un fuerte contraste entre vosotros dos. —Ahora su tono se hizo más apocopado y práctico—. Estudiemos el mapa. Hay momentos en política en los que triunfa la bondad, pero la bondad necesita una mano que la ayude. En este caso, el reverendo Christy. Lo necesitas en la contienda durante al menos dos semanas más para que pueda recortar el voto de Marotta en estados donde la derecha cristiana tiene mucha presencia: Alabama, Louisiana, Texas, Oklahoma, Georgia y Virginia. Si Marotta barre en todos ellos, tú perderás. Pero si no lo hace y sobrevives a California...

—Tendremos una convención en empate —acabó Corey.

Spencer asintió lentamente con la cabeza.

—Lo he repasado estado por estado y no veo manera de que salgas nominado antes de nuestra feliz reunión en Nueva York. No obstante, si te podemos llevar hasta allí, entonces es cuando los tres gobernadores, Blair, Costas y Larkin, tratarán de ofrecer sus delegados al mejor postor. Y, por supuesto, Christy va a hacer lo mismo.

—¿Dios hace tratos? —preguntó Corey—. En la teología de Bob, estoy casi seguro de que Dios no se conforma con menos que el presidente Christy.

—Es posible, pero en el fondo de una mente muy astuta, Christy sabe que los vicepresidentes se pueden metamorfosear en presidentes. Después de Carolina del Sur, ésta podría ser la última, y la mejor, esperanza de Dios.

Corey observó una boya cabeceando en el agua.

—En otras palabras —se aventuró—, mis posibilidades dependen de si Christy se inclina por endurecer su defensa contra estas acusaciones con espejismos de grandeza presidencial. Tal vez con un poco de ayuda mía.

Spencer se volvió hacia él.

—¿Qué te dice el instinto? ¿Se aprovechó Christy de esa mujer?

Corey intentó concretar la sensación cambiante que le provocaban el carácter y los motivos de Christy.

—No creo que Price sea el responsable de todo lo malo que ocurre en el mundo, ni siquiera en Carolina del Sur. Es posible que Christy sea un viejo verde y, sencillamente, Magnus haya tenido suerte. Pero si tuviera que decidir, diría que Christy es inocente.

Los ojos de Spencer se iluminaron con interés.

—¿Por qué?

—Porque Christy no es un sociópata. Puede que se crea el

ungido de Dios, pero no creo que piense que Dios le ha dado permiso para hacer cualquier cosa. Añádele a esto la ambición y el precio obvio que pagaría el candidato de Dios al ser descubierto. Creo que Christy es lo bastante disciplinado como para no abusar de una mujer a la que Dakin cree que le falta un tornillo. Es más probable que la debilidad de Christy haya sido creerse tan blindado por su propia integridad que no le preocupó quedarse a solas con ella. —Un nuevo velo de tristeza se apoderó de Corey—. Es triste, pero la paranoia se ha convertido en un requisito indispensable de un candidato a la presidencia. Desde el inicio de la campaña, no he estado a solas con ninguna mujer que no fuera Lexie.

Spencer lo miró entusiasmado. Como si Lexie Hart fuera ya bastante problema.

—¿Cuánto estás dispuesto a apostar por ser correcto?

—Supongo que no hablamos de dinero.

—Estoy hablando de la presidencia. Y eso descansa sobre el hecho de que Christy se mantenga hasta el final… y, tal vez, llegados a la convención, sobre su buena voluntad. De modo que lo que te sugiero es que le ofrezcas a Christy una declaración pública de apoyo: que en una campaña sucia como ésta, Christy no debe ser apartado de la contienda por unas acusaciones indemostrables.

De nuevo, Corey pensó en Lexie.

—Es, desde luego, una apuesta. Puede que las mujeres que han sufrido abusos, o que se solidarizan con aquellas que los han sufrido, me condenen por ello. Y si las acusaciones hechas por esa mujer acaban pareciendo creíbles, saldré chamuscado.

—No —le corrigió Spencer—. Estarás muerto. Porque Christy está muerto. Tú y el reverendo Bob os habéis convertido en gemelos siameses.

Corey reflexionó sobre esta frase. Antes de poder responder, Spencer dijo:

—Y ahora, respecto a la señora Hart…

—¿Sí?

—Personalmente, vuestra relación me llena de envidia: no sólo es preciosa, sino que, además, es más lista que el hambre. De modo que no me extraña que estés con ella. —El tono de Spencer era claro—. Pero ése soy yo. Si ella es el motivo por el

313

que Rustin y tú os habéis enfrentado, y sospecho que lo es, tengo que decir que Blake tiene razón.

—Pueda que tenga razón, Hollis, pero también está fuera de la campaña.

Spencer esbozó una sonrisita de aquiescencia.

—Yo no puedo decirte cómo tienes que vivir. En mi vida he amado sólo a una mujer y me casé con ella. Y cuando murió… —Ante la sorpresa de Corey, los ojos de Spencer se humedecieron—. Decidas lo que decidas, trabajaré a partir de ello.

Corey asintió con la cabeza. Por respeto hacia el sentimiento mostrado por Spencer, o tal vez por su propia reticencia a aceptar que la había perdido, Corey no dijo que Lexie también había desaparecido.

—Está bien, pues —dijo Spencer—. Manos a la obra.

Aunque se convocó tan sólo con dos horas de antelación, la rueda de prensa de Corey estaba repleta de periodistas ansiosos de noticias o que se olían que había aguas revueltas. Pero el regreso de Spencer a la arena política sorprendió claramente a los medios.

—Hollis Spencer —les dijo Corey— es uno de los mejores estrategas políticos de nuestros tiempos, y uno de los más honorables. Ambos compartimos un principio fundamental: ganar la presidencia no debe embrutecerla. Tal premisa me lleva a referirme a las acusaciones hechas contra Bob Christy. Aunque son unas acusaciones graves, son sólo eso: acusaciones. No está acusado de algo que pueda demostrarse o desmentirse, de modo que cada uno de nosotros debe formarse su propia opinión sobre su carácter. —Corey hizo una pausa, esperando a que los periodistas que garabateaban sus declaraciones lo atraparan—. Yo les ofrezco la mía: por mucho que discrepemos en muchos temas, creo a Bob Christy, del mismo modo que creo que, en ausencia de pruebas contra él, debe mantenerse en la carrera.

»Es, como he dicho, una cuestión de carácter. —Corey dejó que la indignación aflorara en su tono de voz—. En Carolina del Sur, como parte de una avalancha de insinuaciones, se me acusó de ser un agente de Al Qaeda. El reverendo Christy rechazó esta acusación y le pidió al senador Marotta que hiciera lo mismo. El senador Marotta declinó.

»Tal circunstancia me dio muchas pistas sobre el carácter del reverendo Christy y sobre el del senador Marotta. De modo que le voy a dar al senador una segunda oportunidad. —Corey hizo una pausa y luego se dirigió directamente a las cámaras—. Le pido a Bob Christy que se mantenga en estas elecciones y que permita a los norteamericanos que decidan a partir de su programa. Y le pido al senador Marotta que se una a mí en esta petición. No es demasiado tarde para que demuestre que tiene carácter.

Eso, pensó Corey con satisfacción, abriría los telediarios de la noche.

—Será divertido ver la reacción de Marotta ante ésta —dijo Hollis Spencer, en el coche, camino del aeropuerto.

Corey se reclinó.

—Mi instructor preferido en la Academia nos decía siempre que el carácter es lo que eres cuando estás a oscuras. Últimamente me pregunto qué haría Rob si no hubiera nadie a su alrededor para observarle.

En aquel momento sonó el teléfono de Corey. Cuando se llevó el aparato al oído, una voz con marcado acento sureño le dijo:

—¿Corey? Soy tu medio amigo Bob Christy.

Cuando Corey se rio, Spencer se volvió a mirarlo.

—Vamos, Bob —dijo Corey—, seámoslo del todo.

—No son días divertidos. Y no estoy seguro de que seas mi tipo. Pero te diré lo que quería decirte, con toda la sinceridad de la que soy capaz. —Christy pronunciaba cada palabra lentamente, como si tuviera la esperanza de establecer un vínculo—. No soy un ingenuo, Corey. Sé que tienes tus motivos, pero tienes demasiada integridad como para decir algo que no te crees. Marotta me da igual, pero la opinión de un héroe sí me importa. Pase lo que pase, no olvidaré este día. —Christy hizo una pausa, y luego se rio un poco—. Por cierto, sigo en la campaña. No me gustaría nada dejarte a solas con Rob.

15

$\mathcal{A}$l cabo de dos semanas, el senador Corey Grace aterrizaba en California para pasar allí los últimos días de la campaña de las primarias.

En una comitiva rumbo a Los Ángeles, Corey y Spencer veían la CNN, en la que Dana Bash estaba describiendo las posibilidades: «Los cálculos son brutalmente sencillos —explicaba—. Para mantener viva su campaña, el senador Grace ha de ganar en California, un estado muy rico en delegados. Las primarias de California consisten en «el ganador se lo lleva todo»: por muy estrecho que sea el margen, el ganador se llevará los ciento setenta y tres delegados, de lejos, el mejor premio de la temporada de primarias. Y en un estado en el que el matrimonio entre homosexuales, la seguridad fronteriza y la inmigración ilegal son asuntos candentes, el senador Grace se enfrenta a votantes que se encuentran de un humor especialmente cambiante».

—A diferencia de los que he conocido hasta ahora —comentó Corey, que en ese instante ojeaba nuevas cifras de sondeos que mostraban a Marotta por delante en California.

Spencer se limitó a soltar un gruñido.

En la CNN, la imagen cambiaba a un mapa de los estados en los que ya se habían celebrado las primarias.

«Como ves —le decía Jeff Greenfield a Wolf Blitzer—, los senadores Marotta y Grace han estado jugando al gato y al ratón, intercambiándose victorias mientras el reverendo Christy ha desviado los delegados justos para evitar que ninguno de los dos se lleve la nominación; una tarea todavía más difícil porque los gobernadores hijos predilectos de Nueva York, Illinois y Misisipi han mantenido a estos estados fuera de la foto. Pero la dinámica de este concurso tan oscilante confirma que estos dos hombres tan distintos tienen diferentes puntos fuertes y débiles.»

—Desde luego —farfulló Spencer—, uno de ellos miente.

Greenfield manipuló el mapa informatizado: Michigan se volvió azul, el color designado para mostrar la victoria de Grace.

«En Michigan, Grace ganó recogiendo un buen número de votos de la comunidad negra, de la católica y de los votantes independientes, incluso si perdía votos de los republicanos conservadores en un treinta y cinco por ciento. —Tocando el mapa de Virginia, Greenfield lo puso rojo—. Eso contrasta con Virginia, un estado más conservador, donde un colchón similar para Marotta entre los republicanos le dio un margen del nueve por ciento por delante de Grace, que apenas arrebató el segundo puesto de las manos de Christy. Así que, sólo como curiosidad, echemos un vistazo a Alabama. —De nuevo, Jeff Greenfield tocó la pantalla—. Lo hemos clasificado como estado violeta porque allí nadie sabe lo que está ocurriendo. Para sorpresa de todos, Grace ganó las primarias de lo ocurrido en Alabama con un voto inesperado de los negros y fruto de la enorme popularidad que tiene entre los veteranos, mientras que los conservadores sociales se dividieron entre Marotta y Christy. Sin embargo, entonces, el presidente estatal del partido, supuestamente empujado por Magnus Price, cuestionó la legalidad de las elecciones y convocó una convención en la que los delegados electos se decantaron por Marotta. De modo que ahora tenemos dos delegaciones, una elegida y otra nombrada, que se enfrentarán en la convención por el derecho a voto por su candidato preferido. En esta tensa y rencorosa lucha, estas maniobras entre bastidores pueden finalmente determinar el candidato republicano…, y tal vez, incluso, quién será el nuevo presidente.»

En el coche, Corey y Spencer se mantenían silenciosos y atentos.

«Esto es una parte importante de la historia —proseguía

Greenfield—, pero, por su parte, el senador Grace es noticia por muchos otros motivos. En el lado demócrata, la contienda acabó rápidamente, lo cual ha centrado la atención nacional en la lucha encarnizada entre los republicanos. El senador Grace, con su base de honestidad, carisma y su atractivo para los dos partidos, ha durado mucho más de lo que muchos expertos pensaban que haría, a pesar, o tal vez debido a ello, de la atención que ha merecido su relación con Lexie Hart.»

«Quien ahora ya casi no habla conmigo», pensó Corey. No se habían vuelto a ver desde su despedida en Carolina del Sur; en sus conversaciones, llenas de afecto y preocupación, no hablaban del futuro. Cuando Corey le dijo: «No quiero ser sólo tu amigo», ella le respondió, delicadamente: «Pero somos amigos, Corey. Los amigos se cuidan los unos a los otros y se dicen la verdad. A menos que la verdad sea demasiado dolorosa».

«Sin embargo, con o sin la señora Hart —decía Greenfield—, Corey Grace es una estrella del *rock* político que atrae a los jóvenes, a las minorías, a los independientes y a las mujeres suburbanas; todos ellos clases de personas típicamente cerradas en torno a la causa republicana. —Sonriente, Greenfield concluyó—. Una frase resume su promesa y su dilema: Corey Grace es el político más popular de cualquier partido.»

Mientras contemplaba la atascada autopista de seis carriles, Corey sacó el teléfono móvil y llamó al gobernador Charles Blair.

—Soy Corey —dijo—. Llamo solamente para tomarte el pulso.

—Todavía tengo —le dijo el juvenil gobernador, con una risa estudiada y evasiva—. Ya sabes de quién me siento más cerca, personal y filosóficamente. Pero Marotta tiene algunos seguidores poderosos ahí fuera, así que es mejor que mantenga el partido unido dejando a nuestra delegación fuera de la partida.

—¿Y tal vez convertirte en candidato? —preguntó Corey irónicamente—. ¿O, al menos, vicepresidente?

Blair se volvió a reír, con la risa desarmada de alguien a quien pillan en fuera de juego.

—Soy un gobernador norteamericano de pura sangre, Corey. No me escondería si cayera un rayo.

—¿Y si no cayera?

—Entonces sólo te prometo esto: si debo elegir cuál de vosotros sale nominado, ya sabes dónde estoy.

«¿Dónde?», se preguntó Corey.

—Gracias —le dijo, cortésmente—. Eso significa mucho.

Corey colgó.

—¿Cómo ha ido? —preguntó Spencer.

—Más juego previo y elegantes evasivas. Está esperando al momento en el que pueda ofrecerle la vicepresidencia..., ¿por qué comprometerse ahora, a cambio de nada?

—De todos modos —dijo Spencer—, está bien que le recuerdes que le tienes en cuenta. Una de las cosas que los supuestos expertos olvidan a menudo es que la política trata sobre las personas. ¿Quién se habría podido imaginar que Christy y tú acabaríais teniendo esta relación tan rara?

Corey pensó en Clay inmediatamente.

—Hago lo que tengo que hacer —dijo, a media voz—. Al menos, hasta donde me permite la conciencia.

Spencer lo miró intrigado y luego volvió a ocuparse de las estadísticas de su ordenador.

319

Los periodistas se apiñaban delante del hotel del centro de Los Ángeles. Corey miró por la ventana y dijo:

—Qué lugar tan raro: edificios de oficinas y calles vacías. Es como una construcción de Lego hecha por alguien llegado de la Luna.

—No te olvides nunca de no mencionarlo —le aconsejó Spencer secamente, justo antes de bajar de la limusina.

Kate McInerny estaba en primera fila, ávida como los demás de encontrarse con el senador que nunca esquivaba las preguntas.

—¿Senador?

Corey sonrió.

—¿Otra vez merodeando por aquí, Kate? ¿Qué hay?

—Esta mañana, el senador Marotta ha pedido un esfuerzo masivo para deportar a todos los inmigrantes ilegales, y la construcción de un muro de seguridad de mil seiscientos kilómetros a lo largo de la frontera con México. ¿Qué opina usted al respecto?

—Que el senador Marotta pide muchas cosas. En el país que yo conozco, importantes segmentos de nuestra economía dependen de los inmigrantes ilegales. Y no tenemos tampoco la mano de obra necesaria para encontrar a estos diez millones de ilegales ni, desde luego, para deportarlos.

—¿Y entonces?

—Debemos reforzar la seguridad fronteriza y ofrecer a los inmigrantes ilegales una cuidadosa hoja de ruta para que alcancen el derecho a la ciudadanía. —Corey se encogió de hombros—. Eso es lo que creo como principio. En términos políticos, me parece que el senador Marotta trata de ganar unas primarias hablando de un tema poco claro, pero si gana la nominación a base de ofender a los hispanos, cuando lleguemos a noviembre perderá California por veinte puntos. Cuando una mala normativa se encuentra con una mala política, el resultado es espectacular.

Corey se dio cuenta de que Spencer lo vigilaba con resignación y cierto aire divertido: esos encuentros sin guion, con todo el riesgo que conllevaban de comentarios desastrosos, se habían convertido en un ingrediente clave del atractivo de Corey.

—El senador Marotta —gritó Jake Linkletter, de Rohr— ha convocado una votación en el Senado el próximo jueves para aprobar una enmienda constitucional que prohíba el matrimonio entre homosexuales. Está claro que eso le lleva a usted a esquivar el voto o a votar de una manera que podría influir en el resultado de estas primarias. ¿Cuál es su intención?

Corey trató de tragarse su desprecio.

—Si Rob quiere jugar a este juego —dijo, con tono resignado—, puede hacerlo. Lo único que puedo prometer es que el jueves estaré allí.

—El senador Marotta —insistió Linkletter— ha vuelto a repetir que el matrimonio homosexual es, cito textualmente, «primo segundo del incesto, la poligamia y la zoofilia». ¿Qué le respondería usted?

Corey lo miró con incredulidad.

—¿Qué esperan que diga? ¿Que sufro por la inocente población de cabras de nuestro país? ¿Que me da miedo que algún día nuestro himno sea «Abrázame, ovejita»?

Excepto Linkletter, todos los periodistas se echaron a reír.

—Tal vez éste no haya sido un comentario muy presidencial —le dijo Corey a Linkletter—, pero cuando un candidato dice realmente algo así, lo único que se puede hacer es una ofrenda al Dios de la risa. Escuchando al senador Marotta, se diría que el mayor problema de Estados Unidos en la actualidad son las parejas de homosexuales que queman banderas para celebrar su aniversario. Es una estrategia que pone a los norteamericanos contra sus conciudadanos y que amenaza con romper el país. Y eso es lo menos presidencial que puede hacer un candidato.

—¿Y cuál es el mayor problema del país? —preguntó Linkletter con un tono burlón.

—¿Por dónde empezar? El calentamiento global, la proliferación nuclear, la glotonería del petróleo y la inestabilidad en Oriente Medio son todos contendientes. Pero tomemos otro problema: la lucha contra el terrorismo internacional. Doy gracias porque no hemos tenido ningún episodio reciente de terrorismo, pero, como sugería el intento de asesinato del senador Marotta del año pasado, estamos tentando a la suerte. Por poner un ejemplo, me preocupa que unos terroristas puedan hacer explotar un avión contra un campo de fútbol. Nuestra capacidad de prevenir algo así es nula...

—Senador —lo interrumpió Linkletter—, ¿no le preocupa que, sencillamente sugiriéndolo, pueda estar dando ideas a nuestros enemigos?

Corey lo miró con frialdad.

—No son idiotas. Los terroristas que derribaron el World Trade Center llevaban planeándolo desde hacía una década. Y la gente que insinúa que está mal comentarlo hace que las avestruces, a su lado, parezcan visionarias.

Después de este comentario, Corey se dirigió hacia la puerta del hotel.

—Senador —lo volvió a llamar Linkletter—. ¿Hay algún motivo por el que Lexie Hart haya dejado de hacer campaña con usted?

«Los bastardos como tú y como tu jefe..., por no hablar de tu candidato y del gusano que lo manipula», pensó.

—Lexie se cansa fácilmente —dijo Corey, por encima del hombro—. Las preguntas sobre el matrimonio homosexual le producen este efecto.

Y

El miércoles por la noche, Corey tomó un vuelo nocturno de regreso a Washington.

—Esta táctica apesta —le dijo Spencer—, pero ningún republicano va a ganar ningún voto del otro partido de los gais. Y los californianos acaban de aprobar por apabullante mayoría una medida que prohíbe el matrimonio entre homosexuales.

—Así que ahora necesitan una enmienda constitucional —dijo Corey, asqueado.

—Pues no. Marotta se ha apropiado de la agenda del Senado tan sólo para joderte. Pero tu voto no cambiará nada: para lograr una enmienda constitucional necesita una mayoría de dos tercios, y los demócratas lo tienen ganado sin ti. Así que no vale la pena perder votos en California sólo porque Magnus cree que picarás el anzuelo. —Spencer se había desabrochado la corbata como un hombre que se libera de su soga—. No le sirvas la nominación en bandeja a Marotta, Corey. Es un precio demasiado alto a cambio de un voto sin sentido.

Más tarde, mientras se tomaba un whisky, Corey se preguntó sobre qué debía hacer, suspendido como estaba entre recuerdos del pasado y esperanzas en el futuro. Deseó tener a Lexie a su lado.

Las tribunas estaban repletas de espectadores y periodistas, anticipados a lo que el comentarista de Rohr News había llamado «el paso del Ecuador moral de esta campaña».

Marotta abrió el debate.

—Estamos en un momento decisivo en que la historia de nuestra nación pende de un hilo, porque el futuro del matrimonio como institución pende de un hilo.

En aquel momento, Grace decidió votar como, en el fondo de su corazón, siempre supo que debía hacer.

Cuando Corey se levantó se hizo un silencio absoluto en las tribunas.

—El futuro de Estados Unidos no pende de un hilo. Ni

tampoco está en peligro la institución del matrimonio. No estoy a favor del matrimonio homosexual, pero este tema tienen que discutirlo los ciudadanos de cada estado, y no hay ningún estado que deba reconocer un tipo de matrimonio que viola sus propias leyes. Éstos son los hechos. No ganamos nada por hacer esta votación, y sí perdemos una parte de nuestra humanidad. —Por un instante se imaginó a Clay y cómo sería hoy si viviera—. Sin nuestra ayuda, numerosas familias tienen en su seno a personas homosexuales, a quienes aceptan y acogen. Si algo tenemos que hacer es concentrarnos en dar a los homosexuales la libertad para seleccionar parejas estables y la responsabilidad para hacerlo. No es necesario que lo llamemos matrimonio; lo único que necesitamos es una pequeña dosis de decencia y solidaridad. —Hizo una pausa y luego concluyó, sencillamente—. Votaré en contra de esta enmienda, sean cuales sean sus consecuencias.

Las tribunas rompieron en un aplauso, pero eso no alteró la satisfacción que Corey pudo ver reflejada en la cara de Marotta.

Cuando se dirigía de vuelta al aeropuerto, triste y resignado, Lexie lo llamó.

—Estoy orgullosa de ti —le dijo.

Un destello de esperanza iluminó el humor de Corey.

—¿Lo bastante para verme?

Lexie vaciló.

—Debemos esperar, Corey. Después del martes, las cosas podrían cambiar.

No necesitaba dar más explicaciones. Después del martes, la carrera de Corey a la presidencia podía haber terminado.

—Está bien. Después del martes.

Aquella noche, los nuevos anuncios de televisión de Marotta ya habían llegado a los principales mercados mediáticos del estado, crucificando a Corey por «no saber oponerse al matrimonio homosexual». El viernes por la mañana, el último sondeo de la noche de Corey mostraba un bajón del cuatro por ciento: Marotta: 38 por ciento; Grace: 31 por ciento; Christy: 17 por ciento. Apurando los recursos económicos de los que disponía, Hollis Spencer programó una campaña de prensa: un anuncio positivo en el que se vendía la preparación de Corey en lo militar y en asuntos de seguridad nacional, más otro en el que se mostraba a Marotta con Carl Cash mientras en la pantalla aparecían citas de ambos candidatos. «Rob Marotta. Haría cualquier cosa por ganar», acababa el anuncio.

Corey, pensó Spencer, necesitaba un excelente resultado en las zonas menos conservadoras del estado; principalmente, San Francisco, San José y Silicon Valley, para mantener viva la esperanza de la nominación. Así, el viernes por la tarde, justo antes de la hora punta de la tarde, Corey se dirigió a una gran multitud que abarrotaba Justin Herman Place, en el centro de San Francisco.

La zona fue acordonada y rodeada por la Policía y por agentes del Servicio Secreto: era un recuerdo del miedo que se apoderó de los Estados Unidos tras el 11-S septiembre y, en especial, por los sentimientos que despertaba el propio Corey. A su espalda tenía un edificio de treinta plantas con al menos quinientas ventanas; el edificio a su derecha tenía al menos mil ventanas más. Pero el Servicio Secreto había tenido la prudencia de colocar el escenario a los pies de un edificio, lo cual eliminaba innumerables líneas de fuego.

Corey se olvidó de este tema. Justo cuando empezaba a hablar las sirenas llenaron el ambiente, más y más sirenas. Una parte de la muchedumbre parecía moverse como un cuerpo vivo, como si respondiera a noticias o rumores. El jefe de la comitiva del Servicio Secreto de Corey, Peter Lake, se dirigió rápidamente al escenario con un contingente de policías uniformados y con la cara demacrada.

—Han atacado el Golden Gate —dijo, con la voz entrecortada—. Un avión lleno de explosivos…, se cree que han sido terroristas.

—¿Cuál es la gravedad? —preguntó Corey, reflexivo.

—No está claro —Lake negó con la cabeza.

Corey vaciló, la cabeza tambaleante de incredulidad. Se esforzó por recuperar la compostura y luego se volvió a hablar al público, mientras levantaba una mano para pedir silencio.

—Escuchad —anunció, con el tono firme de un oficial militar—. Al parecer, ha habido un atentado contra el Golden Gate.

Se oyeron gritos entre la muchedumbre, ahogados por un gemido más profundo de sorpresa y horror.

—Son momentos como éste —llamó Corey a la calma— los que nos definen para siempre. Estamos en esto juntos. Lo primero que debemos hacer es pensar en los que nos rodean, marcharnos de manera ordenada y ayudar a cualquiera que necesite ayuda. Aquellos de vosotros que seáis residentes en Marin County debéis escuchar las instrucciones de las autoridades civiles. El resto volved a casa, recuperad a vuestras familias y dad ejemplo de calma y serenidad a los demás. Si se trata de una acción terrorista, los que la han planificado pagarán por ello. Ahora mismo, mostrémosles la determinación y la resistencia que construyeron, y reconstruyeron, esta ciudad. —Corey buscó algunas palabras para concluir—. Quizá nuestros enemigos perseguían destruir un monumento histórico, pero nadie podrá destruir vuestro coraje y vuestra solidaridad. Sea lo que sea que la gente recuerde el día de mañana, intentemos que se acuerden de esto.

El público pareció haber pactado una decisión colectiva. Unos cuantos episodios de pánico fueron sofocados por el avance sereno y ordenado hacia las vías de salida. Corey estaba tenso. Se volvió hacia Peter Lake y dijo:

—Si puede, lléveme hasta allí.

Llegaron hasta el distrito de Marina. Rodeados de agentes del Servicio Secreto, Corey y Spencer anduvieron hacia el Crissy Field, donde había cientos de personas reunidas con una expresión tan contenida que recordaba el día después del 11-S.

Por un error de cálculo o por pura suerte, el avión había caído en la entrada de peaje justo antes del puente. Corey supo de inmediato que el avión iba repleto de explosivos. Hilillos de humareda todavía salían de los restos; sin duda, muchas de las personas que cruzaban el puente a aquella hora después de la salida del trabajo habrían muerto; la aproximación al arco del puente se había convertido probablemente en un cráter. Pero el puente, aunque ahora estaba fantasmagóricamente vacío, permanecía intacto.

325

A una distancia de varios cientos de metros, Corey se esforzó por asimilar lo que los terroristas habían intentado hacer, un atentado tan brutal, y al mismo tiempo tan simbólico, que era capaz de abrasar el alma de la nación. Se imaginó lo que podía haber ocurrido: las dos torres hundidas, la marea llevándose unos cuantos coches medio sumergidos, mantenidos a flote por bolsas de aire, hacia el mar. Se volvió hacia Spencer y vio que tenía lágrimas en los ojos.

A esta hora, se dio cuenta Corey, habría en el puente cerca de mil trabajadores de regreso a sus hogares; si llega a caer, nadie hubiera sido capaz de sobrevivir al descenso precipitado y aquello habría acabado con miles de muertos. A su lado, una muchacha joven en chándal de deporte se volvió hacia él, con los labios temblorosos por el esfuerzo de hablar:

—Yo lo he visto —logró emitir su garganta—. Un avión pequeño. Ha golpeado la parte de arriba de un arco, y luego…

No fue capaz de decir más. Cuando se fijó en las facciones de Corey, sus ojos se abrieron de par en par al reconocerlo tardíamente. Como si se sintiera aliviada por la visión de alguien conocido, se acercó, brevemente dubitativa, y luego apoyó el rostro en su hombro.

«Un avión pequeño», se dijo Corey.

Durante las horas siguientes, Estados Unidos contempló una y otra vez las mismas imágenes de vídeo grabadas por un aficionado: el avión que golpeaba el arco, un espectáculo que resultaba mucho más espeluznante por el hecho de no tener sonido. El avión perdía el control y se estrellaba contra las cabinas del peaje. Oculta tras la densa humareda que ondulaba al viento como si fuera una bruma aceitosa, la columna permanecía en pie. Las emisiones posteriores incluían una cinta en árabe enviada por el líder de Al Qaeda, que proclamaba que ésa era su respuesta a la guerra de Estados Unidos contra el islam.

Había habido muchos muertos, tal vez más de cien. Entre el sentimiento de rabia y de rechazo nacional, Rob Marotta mezcló lo belicoso con lo churchilliano. La ferviente plegaria de Bob Christy por la ayuda de Dios contenía la leve pero amenazadora indicación de que ésta era su manera de advertir que

Estados Unidos debía examinar su embrutecida alma colectiva. Ambos hombres fueron eclipsados por el presidente del país, por el gobernador de California y por el alcalde de San Francisco; sus respuestas pretendían ser alentadoras y tenían un tono profesional que habían aprendido de la experiencia del 11-S. En aquella compañía, el único candidato que destacó por encima de sus rivales fue Corey: por sus palabras iniciales llamando a la calma, por su presencia en Crissy Field y, lo más llamativo, por su advertencia sobre la aviación privada, que ahora parecía inquietantemente profética.

Reunido con Spencer y Dana Harrison en su suite del Saint Francis, Corey dijo:

—Saquemos nuestros anuncios.

Spencer se frotó los ojos.

—Ya lo he hecho —dijo, con voz cavernosa.

Corey se disculpó y fue a llamar a Lexie.

—Esta vez hemos tenido suerte —le dijo Corey—, pero estar al lado de toda esa gente me ha dado la sensación de que imaginaban el fin del mundo.

—Tal vez el fin de su mundo —le corrigió delicadamente Lexie—. En cierta manera, la gente de la costa Oeste no vivió nunca el 11-S con tanta intensidad como los que lo vieron más de cerca. En mi mundo, fue como si estuviéramos protegidos por la comida sana, el ejercicio, los coches híbridos y la cirugía plástica. Esto da la sensación de segundo aviso, una advertencia de que no somos inmunes.

Curiosamente, ese triste pero sobrio análisis le volvió a recordar a Corey lo mucho que la echaba de menos.

—Me gustaría que estuvieras conmigo.

Lexie vaciló, antes de responder, con voz cariñosa:

—Lo sé.

En silencio, Corey trató de descifrar su tono.

—¿Qué vas a hacer ahora? —preguntó Lexie.

—Ayudar donde pueda: habrá cientos de personas tratando de obtener noticias de sus familiares desaparecidos, rezando para que haya una explicación mejor que la más obvia. Las elecciones tendrán que esperar.

Lexie volvió a hacer una pausa.

—Creo que así será —dijo, finalmente—. Creo que eso lo cambia todo.

Por todo el país, los norteamericanos se reunían a llorar a las víctimas, a dar las gracias porque la tragedia no había sido peor y, en muchas ciudades, a protestar por una guerra en Oriente Medio que parecía no haber hecho de Estados Unidos un país más seguro. Pero en San Francisco había un ambiente sombrío, una ciudad con el pulso alterado solamente por los esfuerzos por identificar a los muertos y a los desaparecidos. Corey se pasó la semana organizando una línea de ayuda y asistiendo discretamente a actos públicos organizados para animar los ánimos de los supervivientes. En el servicio ecuménico de plegaria de la ciudad, Corey se sentó al lado de Bob Christy, para evitar a Marotta.

Christy parecía tan pensativo como el propio Corey; perplejo ante la idea de que éste no fuera solamente un acto terrorista, sino un aviso de Dios. No fue hasta el final, en las escaleras de la catedral de Grace, cuando Christy hizo referencia a Marotta:

—Esto le hace parecer más pequeño, ¿no? Como si fuera el muñequito de la tarta nupcial de Price.

Corey se encogió de hombros.

—Tal vez para nosotros. Los dos le hemos visto en su peor faceta.

—Es posible. Pero algunos hombres están a la altura de las circunstancias, y otros no. —Estrechó su mano—. Cuídate, Corey, y que Dios te bendiga.

—Lo mismo digo, Bob. Cuídese mucho —le respondió Corey, sorprendido por su propia emoción.

Mientras se marchaba tuvo la sensación de que, a pesar de sus diferencias, la acción terrorista había afectado a Christy como para darle una especie de bendición.

El impulso que el atentado despertó en Magnus Price fue mucho menos generoso.

Con una triste satisfacción, Spencer y Corey se imaginaron su dilema: con la campaña suspendida, a Price no le quedaba otra que seguir a Corey y retirar los anuncios de Marotta. Lo que quedó fueron imágenes de Corey perpetuadas por la prensa: viejas fotos del héroe de guerra recibiendo su condecoración; la famosa imagen de Corey, Marotta y el terrorista muerto; cortes de vídeo recientes que captaban la advertencia de Corey; su serenidad en los primeros instantes después del atentado y su solidaridad ante los que estaban reunidos en el Crissy Field. Ya fuera intencionado o no, el mensaje subliminal era lo bastante claro: en los momentos difíciles, Corey Grace mostraba madera de líder.

El único recurso de Price era ahora trabajar a través de sustitutos, tratando de llegar a un electorado preocupado por un trauma que hacía de la política partidista algo trivial, hasta molesto. Los periódicos de Rohr en Los Ángeles y Sacramento apoyaban a Marotta y atacaban a Corey, asegurando que «la actitud crítica de Grace con la guerra de Iraq ha envalentonado a nuestros enemigos a llevar la guerra hasta California». Pero eso era amable comparado con las intervenciones del principal comentarista de Rohr News, que participaba en una emisión del domingo por la noche llamada *El puente: ataque contra un símbolo norteamericano*. Con una expresión severa que no lograba ocultar su fondo de autocomplacencia, Frank Flaherty declaró: «Estoy dispuesto a correr el riesgo por lo que voy a decir, pero alguien tiene que preguntárselo: ¿por qué permitieron sobrevivir los iraquíes a Corey Grace y que se convirtiera en un héroe? ¿Por qué sobrevivió Grace al atentado contra el senador Marotta? ¿Cómo es que este atentado de un avión privado se ha producido tres días después de haber sido vaticinado por Grace? ¿Por qué, en resumen, ha habido esta curiosa sincronización entre nuestros enemigos árabes y la aproximación del senador Grace a la nominación para la presidencia de los Estados Unidos? —Hizo una pausa y miró directamente a la cámara—. Éstas son las preguntas que los californianos deben plantearse el martes, cuando acudan a las urnas. El futuro de sus conciudadanos podría depender de su decisión».

Corey miró a la pantalla, enfurecido.

—¡Los únicos árabes que jamás verá ese cobarde son los de *Lawrence de Arabia*!

—No tiene remedio —dijo Spencer con resignación. Inmediatamente se puso a redactar una respuesta breve y digna, sabiendo, como Corey también sabía, que una calumnia tan irresponsable era muy difícil de rebatir.

Aquel lunes, el Dow Jones bajó doscientos puntos durante la primera hora de su apertura; en San Francisco hubo un alto índice de absentismo laboral, alimentado por una aprensión sostenida y la pura dificultad de desplazarse hasta una ciudad con un cráter que bloqueaba una de sus arterias principales.

—Si nuestras posibilidades dependen de la zona de San Francisco... —dijo Spencer, desanimado—; en fin, sabe Dios si esta gente se acercará a las urnas.

El martes por la mañana, California amaneció con un ambiente soleado y suave. A medida que avanzaba el día, estuvo claro que la participación podía llegar a superar el récord anterior: en la zona de la bahía de San Francisco, los votantes, como si volvieran a la vida, empezaron a llenar los colegios electorales.

Bill Schneider dijo en la CNN: «Los impresionantes acontecimientos de San Francisco parecen haber despertado a los votantes republicanos de California ante algo muy claro: pueden entregar la elección al senador Marotta, o le pueden dar al senador Grace la oportunidad de acudir a la convención de Nueva York con la posibilidad de ganar».

Corey se pasó el día encargándose de la línea de ayuda, tratando de dejar de lado el hecho de que su campaña y puede que su relación con Lexie pendían de un hilo. A las nueve en punto, los colegios electorales ya habían cerrado. Corey estaba de regreso en su hotel con Spencer, Dana y un puñado de seguidores; lo único que sabía era que los primeros resultados insinuaban que aquélla iba a ser una noche bien larga.

Para su sorpresa, estaba en un segundo puesto muy reñido con Marotta en el conservador sur de California: muchos hispanos le habían votado y Christy estaba drenando votos evangelistas de Marotta. En San Francisco y en el resto del norte de California, menos populoso pero más moderado, Corey llevaba una ventaja de quince puntos; en conjunto, Marotta ganaba por menos de cuarenta mil votos. A medianoche, Spencer le dijo:

—Duerme un poco. Cuando te despiertes seguiremos así: unos miles de votos en uno u otro sentido.

Corey le dejó un mensaje a Lexie y trató de echar una cabezadita.

Cuando se despertó, cerca del amanecer, Hollis Spencer todavía no se había acostado, tenía los ojos enrojecidos y se estaba tomando la tercera cafetera enviada por el servicio de habitaciones. Con una sonrisa agotada, Spencer saludó al televisor:

—Felicidades, señor presidente. Ganas por treinta mil votos, con el noventa y seis por ciento de voto escrutado.

—Bromeas.

—Para nada. Acabo de terminar de redactar el borrador de tu discurso de victoria. Más elocuente de lo habitual. Apropiado para la ocasión, creo yo.

Corey se sintió invadido por un torrente de emociones: estupefacción, agotamiento, un profundo sentido de la responsabilidad y, rápidamente, interrogantes sobre Lexie. Mientras Spencer lo miraba, Corey le dio un afectuoso abrazo.

—Parece que has tenido un buen regreso, Hollis.

De nuevo, los ojos de Spencer se llenaron de lágrimas.

—Mira que ponerme sentimental a mi edad. Pero, en fin, ¡sin ti no lo habría logrado!

—Ni sin Al Qaeda —respondió Corey, que asumía que, por mucho que Rohr y Price hubieran querido dar a entender, la gente de California había elegido creer en él en un momento de trauma y desafío.

Se afeitó, se duchó y se vistió: una imagen presentable de sí mismo ante los seguidores y las cámaras. Cuando cogió el móvil para llamarla, se dio cuenta de que Lexie ya le había dejado un mensaje: «Felicidades. Al fin y al cabo, el país te necesita. Quiero que sepas que estaré pensando en ti, y deseándote suerte hasta el final».

Eso, temió, era la respuesta a su pregunta.

TERCERA PARTE

¿Quién corona al rey?

1

$\mathcal{M}$ientras se dirigía al corazón de Nueva York en su limusina negra blindada, el senador Corey Grace veía por la CNN unas imágenes suyas de cuando salía del aeropuerto de La Guardia una hora antes, tras tener que soportar a un grupo de manifestantes que creían que su nominación a la presidencia ignoraba las advertencias de Dios y violaba la voluntad del Creador.

Era la víspera de la convención, un bochornoso domingo de julio. Conducida por un agente del Servicio Secreto, la limusina avanzaba por la Quinta Avenida en medio del silbido de multitud de sirenas y protegida por una hilera de limusinas negras y de policías en ruidosas motocicletas. Más arriba, helicópteros de la Policía hacían aumentar la sensación de ciudad sitiada. En la CNN, el presentador apareció delante del cordón policial y de vallas de acero que rodeaban el Madison Square Garden, como colofón a un mosaico de imágenes rápidas que, para Corey, sugerían que los telespectadores de las noticias por cable debían de sufrir todos un trastorno de déficit de atención.

«En medio de una profunda ansiedad nacional, el senador Grace se dirige a un enfrentamiento con el senador Rob Marotta de Pennsylvania; algo que hace que los observadores políticos más agotados se sientan rejuvenecer: es la primera convención de la historia reciente para la elección de un presidenciable que surge de un empate. Enfrenta al inconformista Grace con el candidato del *establishment* republicano y con el reverendo Bob Christy, el preferido de muchos cristianos conservadores y que tiene la llave del poder. En los cuatro días siguientes, un hombre perderá y el otro se convertirá en el elegido... y, tal vez, en nuestro próximo presidente.»

Parapetado tras el cristal ahumado, Corey miraba a los peatones de las aceras frente a Central Park: gente mayor, parejas, vendedores callejeros, niñeras con niños de la mano o empujando cochecitos..., una muestra de los trescientos millones de almas a menudo desconcertadas que Corey se proponía gobernar.

«Esta reñida lucha —oyó proseguir al periodista— se libra en medio de un clima de miedo, que ha aumentado exponencialmente después de que los terroristas vinculados a Al Qaeda intentaran estrellar un avión privado contra el Golden Gate en plena hora de la salida del trabajo.»

Corey se volvió para contemplar aquel vídeo casero que se había hecho tan famoso: el arco sur del Golden Gate envuelto en una espiral de humareda oscura. El presentador continuaba con su ritmo rápido y acompasado: «Mientras caía el Dow Jones y los norteamericanos buscaban respuestas, los candidatos se han esforzado por dárselas. Y el renovado temor al terrorismo ha alimentado las llamadas de la campaña de Christy "por un presidente que merezca la bendición de Dios". En cuanto al senador Grace, su vinculación con el terrorismo, con dudas referentes a la vida moral y religiosa, presenta un problema de doble flanco: el primero es su reiterado rechazo a apoyar la petición del reverendo Christy, secundada por el senador Marotta, de prohibir constitucionalmente el matrimonio entre homosexuales. Pero tal vez más costosa haya sido la relación de Grace con Lexie Hart, empañada tanto de *glamour* como de controversia...».

En la pantalla se veía ahora a Lexie despachando a un androide con una pistola láser en una película de ciencia-ficción que había rodado en los inicios de su carrera. Hasta en película, Corey se dio cuenta de que ver su cara intensificaba su sentimiento de pérdida.

—Una vez me dijo que éste había sido su peor papel: le hacían disparar a otras minorías —le dijo a Spencer con cierta naturalidad.

Spencer se encogió de hombros, en un gesto de resignación.

—Al menos no han puesto una escena de amor.

«No es preciso añadir —proseguía la CNN— que las dimensiones personales de esta campaña, reflejada en el antagonismo abierto entre los senadores Marotta y Grace, han incrementado la amargura y la tensión que se respira en la convención.»

Fuera, una moto petardeó. Corey se sobresaltó antes de darse cuenta de que habían llegado al final de Central Park.

—Mierda —exclamó Spencer.

Al girarse, Corey vio que su director de campaña se había incorporado, escuchando atentamente por el teléfono móvil.

«Atrapados en medio de esta refriega —continuaba el periodista— se encuentran los delegados controlados por cuatro personajes potencialmente claves, como son el reverendo Christy y tres gobernadores con aspiraciones nacionales propias: Charles Blair, de Illinois; George Costas, de Nueva York; y Sam Larkin, de Misisipi. Mientras Larkin se podría inclinar por Marotta, Blair y Costas parecen decantarse más por el senador Grace. Sin embargo, durante esta última hora han aumentado las especulaciones respecto a la posibilidad de que el senador Marotta vaya a elegir a uno de estos cuatro hombres como su compañero presidencial para intentar romper el empate técnico…, aunque corra el riesgo de alinear a los tres restantes.»

Con los ojos apretados por la tensión, Spencer se volvió hacia Corey:

—Marotta ha convocado una rueda de prensa para las seis de la tarde. Su gente no quiere revelar el motivo.

—No hace falta que lo hagan —respondió Corey—. Rob ha elegido a su vicepresidente.

Al tiempo que asentía con la cabeza, Spencer habló por su móvil:

—Empieza a meter a nuestros chicos en la delegación de cada uno. No quiero que Marotta nos pille por sorpresa. —Luego se volvió hacia Corey y le dijo—: ¿Cuál de ellos es nuestro Judas?

Con los ojos cerrados, Corey apoyó la cabeza en el respaldo y repasó mentalmente los motivos que podían tener tres hom-

337

bres tan distintos. Luego cogió su móvil y marcó un número de la agenda.

—Soy el senador Grace —dijo—. Me gustaría hablar con el gobernador Blair.

Hubo una vacilación de una décima de segundo:

—Un momento, senador.

Corey esperó. Al cabo de medio minuto, una voz femenina respondió:

—Hola, Corey. Soy Janet Blair.

Su tono de voz, suave pero tranquilo, le dijo a Corey que el instinto no le había fallado.

—¿Lo estáis pasando bien?

—Oh, como siempre. Te puedes imaginar lo que les gusta a los niños esta pequeña reunión, todos de punta en blanco y bien peinados como si fuéramos a la misa de Pascua, lo cual parece más oportuno de lo habitual.

A pesar suyo, el comentario sarcástico hizo sonreír a Corey.

—Bueno, oye, ¿dónde está Charles?

—Reunido con su jefe de gabinete, repasando su discurso para la convención. —Janet hizo una pausa brevísima y luego añadió—: O eso me han dicho.

«O eso te han dicho que dijeras», pensó Corey.

—¿Cómo puedo encontrarle? —preguntó.

—No estoy segura…, es como si todo el mundo estuviera pasado de vueltas. Ya sabes cómo son estas cosas.

La incomodidad, pensó Corey, le estaba volviendo la voz más quebradiza.

—Sí, ya sé cómo son —respondió—. Por favor, dile a Charles que me llame.

Cuando colgó, Corey dijo, lacónicamente:

—Es Blair.

Spencer no se lo discutió.

—Es un riesgo —dijo—. Al fin y al cabo, Blair también quiere ser presidente algún día.

—Como todos. Pero Blair es más joven, más atractivo y está absolutamente limpio. Incluso si Marotta elige a Costas, perderá Nueva York en noviembre. Y ganará Misisipi aunque elija a Al Sharpton, de modo que no necesita a Sam Larkin y todo su equipaje. En Illinois, Blair podría llegar a representar una diferencia. Y luego está el tema de los derechos de los homosexuales. Blair se ha mostrado más hostil con los homosexuales que Costas, pero no tan estricto como Larkin: hay muchos delegados que se sienten mejor cuando degradamos a nuestros chivos expiatorios con elegancia. Blair es la elección acertada: si yo fuera Marotta, sería mi hombre.

—¿Eso hace que lamentes no haberte acercado a Blair? —le dijo Spencer, con una sonrisa.

—Yo no soy Marotta. —Corey negó con la cabeza—. Desde luego, no sería la primera vez que este país tiene un vicepresidente con la columna vertebral de un molusco, pero los vicepresidentes tienen maneras de convertirse en presidentes, y ya hay demasiada gente que desearía verme muerto. No es el momento de elegir a la persona equivocada. Y, además —añadió Corey con una visión práctica y tranquila—, es mejor que se sigan creyendo que voy a pedirles que vengan conmigo al baile. Al menos, hasta que se lo pida a otro.

Spencer emitió un gruñido mecánico.

—Tenemos que mirar más allá de este asunto —dijo—. Si tienes razón, Marotta acaba de cagarla con tres presidentes en potencia…, incluido el ungido de Dios, el reverendo Christy. A Bob no le hace ninguna gracia el sacrilegio; hemos de figurarnos cómo manejarle. Con la prensa y con los otros competidores. Empezaré por la gente de Costas.

La limusina estaba reduciendo velocidad para detenerse. Absorto en su problema, Corey no se había dado cuenta de que habían llegado a Essex House. Al mirar por la ventanilla advirtió a un agente del Servicio Secreto que se acercaba a abrirle la puerta, preparado para protegerlo del peligro.

—Déjame sólo diez minutos —le dijo Corey a Spencer—. Tengo que aclarar mis ideas.

Con estas palabras, Corey salió de la burbuja.

Fingiendo serenidad, miró a su alrededor. El hotel estaba cercado por agentes del Servicio Secreto, que se distinguían por su tensa atención. Arriba, el ritmo machacón de los helicópteros llenaba el aire; en la acera al otro lado de Central Park South se había concentrado un grupo de manifestantes antihomosexuales, algunos con pancartas escritas a mano, otros rezando de rodillas, presumiblemente para que Corey viera la luz. Rodeado de un nuevo grupo de agentes, subió en ascensor hasta la planta treinta y cinco. Una vez en su suite, se tomó un momento para mirar hacia Central Park, que estaba lleno de grupos que protestaban por la guerra, o contra el matrimonio entre homosexuales, o contra la inmigración ilegal —cualquiera de las controversias que agitaban la nación que Corey tanto amaba—. Un país que ahora se encontraba casi paralizado por el miedo al terrorismo, que competía con miedos más sintéticos esgrimidos por la clase política: a los homosexuales, a los inmigrantes, a una «elite progresista» en realidad tan debilitada que su único poder residía en la imaginación popular... Tal vez el mayor temor de Corey era que Estados Unidos dejara de enfrentarse a sus problemas reales; que, a pesar de sus mejores esfuerzos, candidatos de paja programados por mercachifles políticos hubieran reducido permanentemente la campaña a un mero ejercicio de marketing y distracción.

Corey no se preocupaba demasiado por sí mismo; le preocupaba más la siguiente generación de norteamericanos, la hija a la que raramente veía, los otros hijos que había llegado a desear pero que ahora podía no llegar a tener nunca. Y toda la serenidad superficial que lograba reunir no era capaz de alejar estos temores.

Como le ocurría tan a menudo, deseó encontrarse al lado de Lexie. Aunque sabía que era un gesto inútil, buscó en su móvil si había algún mensaje de la voz que más deseaba oír.

Nada.

—Ya se sabe —masculló, preguntándose si la presidencia, al igual que Lexie, se le estaba escapando de las manos.

Mientras el equipo de Corey se apresuraba a averiguar si el gobernador Charles Blair había comprometido sus delegados con Marotta, Corey y Spencer se dirigieron al Madison Square Garden.

Su limusina avanzaba lentamente: el Garden estaba acordonado con vallas de metal gestionadas por policías y agentes del Servicio Secreto que se extendían dos manzanas, con otras vallas que formaban pasillos diseñados para mandar a los delegados por magnetómetros y guardas de seguridad entrenados para comprobar credenciales. El espacio aéreo sobre el Garden, una zona cerrada al tráfico, estaba ocupada por helicópteros policiales cuyo traqueteo penetraba por las ventanas del coche de Corey. Aquella sensación opresiva de ocupación despojaría a la reunión de su aura habitual de fiesta cóctel, con licor y canapés a destajo para compensar a los fieles delegados y donantes. Y ya estaba bien, decidió: la lucha por los delegados se estaba llevando los últimos dólares de su campaña.

La propia convención era una operación de alquiler de doscientos millones de dólares, dentro de la cual los arrendatarios principales, Grace y Marotta, luchaban por el espacio, los servicios y cualquier ventaja logística que ofrecía el Garden. Custodiada por el Servicio Secreto, la limusina de Corey avanzó por el carril reservado a los candidatos hasta el interior del complejo. Después de coger el ascensor, Corey y Spencer accedieron al auditorio principal.

Corey advirtió que el enorme espacio interior estaba a punto de convertirse en una deslumbrante maravilla tecnológica; vibraba con más luz y sonido que cien casinos de Las Vegas. Los técnicos estaban instalando plataformas para las cámaras y los corresponsales emitían sus informes de «la víspera de la batalla», mientras la Miss Nuevo México juvenil, una bella muchacha hispana, practicaba la interpretación amplificada del himno nacional con la que debía abrir la convención. El suelo estaba cubierto de sillas plegables, sobre las cuales había carteles que delimitaban el espacio destinado a cada delegación, incluidas las que iban a decidir la nominación: Illinois, Nueva York, Misisipi... y, cortesía de Magnus Price, Alabama, con dos delegaciones que luchaban por un mismo sitio. En medio de cada delegación había pantallas de televisión y de ordenador a través de las cuales los ansiosos delegados podían seguir las votaciones. Avanzando al lado de Corey, Spencer se detuvo, y escuchó atentamente lo que le decían por teléfono:

—Lo único que dice el chico de prensa de Marotta —le dijo a Corey— es que no piensa hacer comentarios sobre rumores y especulaciones.

—Price ha hecho su apuesta —dijo Corey—. En la rueda de prensa de Rob a las seis, Blair aparecerá a su lado como el nuevo vicepresidente a la espera.

Prosiguió inspeccionando las instalaciones. Había unas escaleras cubiertas por una alfombra roja que llevaban hasta el atril del orador, detrás del cual había una enorme pantalla de televisión; encima, una bandera gigante de los Estados Unidos que brillaba en un violento neón.

—Ésta no se podría quemar —observó Corey—, te electrocutarías.

Se detuvo, con las manos en los bolsillos, mirando hacia arriba. Encima de las pantallitas, a los cuatro lados del auditorio —que ahora mostraban unas imágenes de fuegos artificiales— había unas vitrinas de cristal apropiadas por las cadenas de televisión: NBC, CBS, ABC, Fox, MSNBC, PBS, C-SPAN y Rohr News. Colgadas entre los focos pendían unas redes llenas de globos blancos, rojos y azules, que esperaban a que los soltaran en cuanto Corey Grace o Rob Marotta alcanzaran el número mágico indispensable para obtener la nominación: 1.051 delegados.

Según los cálculos actuales de Spencer, Marotta tenía 827 delegados, y Corey dos menos. De los delegados restantes, Blair, de Illinois, controlaba 73; Larkin, de Misisipi, controlaba 38; Costas, de Nueva York, 102; y Bob Christy, 110. Al día siguiente por la noche, la convención votaría sobre la delegación (de Corey o de Marotta) a la que representarían los 48 votos de Alabama. Unos ochenta delegados más permanecían sin comprometerse. Si Blair había cerrado un trato, Illinois concedería a Marotta unos novecientos delegados, en cuyo caso Christy o Costas podrían colocar a Marotta tan cerca de la nominación que eso precipitaría una estampida, en especial si Alabama se inclinaba por Marotta. Corey tenía la esperanza de retener Nueva York: al igual que él, Costas era un moderado, y Grace había reunido fondos para ayudar a Costas a ganar la reelección. Pero, en realidad —pensó, amargamente—, lo mismo era cierto con Blair.

En cuanto a Bob Christy, reflexionó, sólo Dios lo sabía.

Lo que Corey sí sabía era que Spencer había construido la mejor operación de caza de delegados desde la batalla entre Ford y Reagan de 1976. Los «cazadelegados» de Spencer estaban apretujados en un tráiler equipado con más sistemas de comunicación que un puesto de mando militar. Armados con los perfiles de cada delegado, los dividían entre indecisos y delegados «hijos predilectos» y los llamaban de uno en uno, en busca de información y apoyo. Más cazadelegados patrullaban por el lugar, en busca de los no comprometidos. Por arriba de ellos estaba el puesto de mando de Spencer: una cabina situada junto a la de Rohr News equipada con terminales de teléfonos, de ordenador, con BlackBerrys y con pantallas de televisión, desde las cuales Spencer controlaría a los cazadelegados, con lo que reuniría toda la información que pudiera afectar al resultado.

Spencer había dividido a sus cazadelegados en seis regiones, cada una con un supervisor. Había supervisores distintos por cada estado; un equipo de vigilantes de delegados; delegados asignados para controlar a otros delegados; supuestamente, delegados no comprometidos que actuaban como espías de Spencer; abogados expertos en los desafíos de los delegados y en la críptica normativa que se aplicaba cuando los delegados comprometidos podían cambiar sus votos; y atracciones estelares —atletas, actores, congresistas y senadores— para atraer a los delegados con debilidad por la fama. La idea era llegar a conocer a cada delegado con cierta profundidad: dotes, debilidades, creencias, secretos, deseos, amigos, enemigos y obligaciones, tanto morales como económicas. Todo esto daría una cuenta de delegados, actualizada dos veces al día, diseñada para identificar las posibles bajas u objetivos de oportunidad hasta el último de los delegados no comprometidos. En cuanto a Corey, había instalado su campamento base en Essex House, en Central Park South, y su principal función era ahora mantener un perfil alto con reuniones con gobernadores y delegados todavía no comprometidos, además de hacer apariciones públicas destinadas a causar un impacto óptimo.

Price también tenía en marcha una operación de caza de delegados. Spencer había recibido informaciones sobre investigadores privados, pagados por Rohr, pero proporcionados por hombres de paja, cuyo objetivo era el chantaje.

—Marotta lo necesita —le había dicho Spencer a Corey la noche anterior—. Tus delegados se preocupan; los de Marotta son funcionarios, movidos por la avaricia o el miedo. Son como ratas de laboratorio en un experimento de Price. Nuestra estrategia es convencer a la prensa de que cuando decimos que

343

estamos ganando delegados, sea cierto. Cada uno de los delegados que anunciemos deberá anunciar su compromiso en público, lo cual tiene la virtud añadida, esperemos, de crear pequeños acontecimientos mediáticos. Todo esto, con suerte, ayudará a empujar a Illinois y a Nueva York hacia nuestro lado y a llevarnos hasta la victoria.

Sin embargo, ya era domingo e Illinois parecía perdido.

—Vayamos a comprobar nuestra cabina —propuso Spencer—, allí no nos puede oír nadie.

Pertrechado en la cabina, Corey se sorprendió con la vista fija en el espacio que ocuparía la delegación de Illinois, diez hileras de sillas vacías que, al día siguiente, estarían ocupadas por setenta y tres seres humanos con distintas necesidades y aspiraciones, y con diferentes grados de lealtad hacia Charles Blair.

—Hasta si Marotta nombra a Blair —dijo Corey—, creo que podemos dividir a su delegación. Tenemos un aliado allí, Drew Tully.

Spencer valoró la propuesta.

—El senador Tully no puede soportar a Blair, y si algo tiene claro es que no quiere que Blair le haga sombra. Pero si Blair pacta la vicepresidencia, luchará como un gato salvaje para mantener su delegación. Sería muy fuerte que un jefe de condado de las profundidades del estado se saltara a un hombre que puede acabar siendo a un presidente muerto de la presidencia.

—Los titulares tampoco quieren perder —respondió Corey—. En noviembre, Marotta perderá Illinois, y algunos de estos chicos perderán con él. —Tomó un sorbo rápido de cocacola light—. Una convención empatada tiene su propia ley y, en Illinois, los delegados no parecen inclinados a seguir a Blair. Al final todo es un tema de poder en estado puro: ¿quieres ofender a Blair, o quieres ofenderme a mí y a mi amigo, el senador Tully?

—Eso —respondió Spencer con severidad— depende de lo que quiera o necesite cada uno de los delegados, y de si están convencidos de que vas a perder. Parte del poder de Blair depende del impulso que estará creando a favor de Marotta. Y entonces, ¿qué

ofrecerás, Corey? ¿Un puesto de juez? ¿La embajada en las Sey-
chelles? —Se volvió hacia él y dijo—. Nombrar a George Costas
tu vicepresidente podría ser más eficiente. Los ciento dos delegados de Nueva York tienen un aspecto inmejorable.

—Y, luego, ¿qué? —preguntó Corey con más calma de la
que sentía—. Con la vicepresidencia prometida a Costas, Larkin le da Misisipi a Marotta, y Christy sigue su ejemplo. Y si
Blair ha vendido la delegación para convertirse en vicepresidente, yo soy la única apuesta de la ciudad para todos los demás. Es mejor mantenerlos a todos en el juego. Hay otra cosa,
aunque pueda parecer menor. Costas es débil. Para utilizar una
frase de Christy, su temperamento no está a la altura de los
tiempos difíciles.

—¿Y el de Larkin sí? —dijo Spencer, con un tono un poco
desdeñoso—. En cuanto a Christy, su selección es inconcebible.
Aparte de Costas, éstos son los únicos tíos que te pueden vender delegados al por mayor.

—Sí —dijo Corey, secamente—. Tenemos un problema,
¿no?

Spencer le dirigió una mirada interrogativa.

—¿Hay algo ahí, Corey, que te estés guardando?

—Es posible. Necesito darle unas vueltas. —Su tono se volvió práctico—. Estoy seguro de que puedo mantener a Costas
jugando un poco más. ¿Qué va a ofrecerle Marotta ahora? ¿La
Secretaría de Comercio?

Spencer miró hacia abajo, a la sala de la convención.

—Eso nos deja con Christy, ¿no es así?

—Desde luego.

—Odia a Marotta, eso lo sabemos. Pero, al final, tampoco
puede apoyarte a ti. A sus seguidores no les gustas, y a ellos no
les has dado nada.

—¿Qué propones?

Spencer apoyó el mentón sobre las manos unidas.

—El matrimonio homosexual —dijo, finalmente—. Y también las uniones civiles. Sé que no te gusta oírlo; tampoco a mí
me gusta decirlo. Pero si quieres la ayuda de Christy, has de
echar por la borda a los homosexuales.

—¿Y qué hay de Darwin? —preguntó Corey, cortésmente—. ¿Crees que bastará con los homosexuales?

345

—Es posible —respondió Spencer con calma—. Si Marotta gana, él, no Christy, será el gran jefe entre los evangelistas, con toda su influencia y un gran poder que dispensar. No creo que Christy se conformara fácilmente con esto. Sin embargo, contigo como semiconverso, pero no su rival, Christy seguiría siendo el primero de los cristianos. Piénsatelo, Corey. Desde luego es mejor que nombrarle vicepresidente. Y el lunes necesitarás desesperadamente que los delegados de Christy voten a favor de asegurar «tu» delegación de Alabama. Son cuarenta y ocho votos que no nos podemos permitir perder.

Corey observó a su jefe de campaña en silencio.

—Te propongo una cosa —dijo, finalmente—. Mientras te enteras de lo que ocurre con Blair, yo acudiré a la recepción de delegados del reverendo Bob. Esperemos que todo lo que necesite sea amor.

2

*L*os cálculos que habían llevado a Rob Marotta a contemplar un movimiento decisivo, aunque peligroso, habían empezado aquella mañana, con Bob Christy.

Se habían encontrado en el apartamento de uno de sus se-guidores; Magnus Price había pensado que era un buen lugar para pasar desapercibidos. Tras tomar un café, Price y Marotta observaron a Christy y a su juvenil director de campaña, Dan Hansen. Pero Marotta le habló a Christy como si no hubiera nada más en la sala; se estaba jugando demasiado como para fa-llar con él.

—Han sido unas semanas muy difíciles —reconoció—. Busco la manera de curar las heridas.

La máscara bondadosa de Christy no lograba ocultar la aversión de sus ojos azul grisáceo.

—No soy yo quien tiene que pedir, Rob. Eres tú quien tiene que ofrecer.

Price, advirtió Marotta, permanecía tan inescrutable como Buda. Y, al igual que su pasividad, en el guion constaba lo si-guiente: consciente de que Christy odiaba a Price por conside-rarle un traidor, Marotta había decidido, a pesar de su propio rencor, tratar con Christy directamente:

—Se merece usted tener una plataforma —le dijo, delica-damente—. Una plataforma que le permita poner en práctica sus valores. Después de Iowa, Magnus le ofreció la Secretaría de Educación. Usted lo rechazó. —Marotta sonrió—. Lo comprendo: me acababa de derrotar y esperaba obtener la nominación. Pero le mandé a Magnus no sólo con finalidad práctica, sino por respeto. La oferta sigue en pie: un cargo ministerial que le permita moldear la vida de los norteamericanos de la próxima generación.

Ya mientras pronunciaba estas palabras, Marotta se horrorizaba al imaginarse a Christy en su gabinete: demasiado testarudo para admitir control, demasiado poderoso como para echarlo. Christy apretó los labios como si probara un trozo de fruta amarga.

—Me siento halagado —respondió, con un deje de ironía—. Pero me sentiría como un hombre sin la escritura del sitio donde duerme, viviendo del sufrimiento de su casero. Preferiría ser dueño de mi propia casa.

Marotta esperó que su sonrisa reflejara menos ansiedad de la que sentía:

—No estoy seguro de seguirle.

Sentado junto a Christy, Dan Hansen le lanzó a Price una mirada divertida. Pero Price parecía haber abandonado su cuerpo, tan absorto estaba en Christy que no advertía nada más.

—Claro que me sigues —le respondió Christy, como si animara a un niño vergonzoso a hablar—. Dime un cargo constitucional cuyo ocupante no pueda ser despedido.

A pesar de la tensión que sentía, Marotta bromeó:

—¿Justicia?

—Permíteme que te lo ponga más fácil. Limítate a la rama ejecutiva.

Marotta frunció el ceño.

—Eso es muy grande, reverendo.

—No tanto como la presidencia, Rob. Es lo que me pides que te entregue.

Marotta se inclinó hacia delante.

—Sabe tan bien como yo lo que ocurre si le elijo antes de hacerme con la nominación. Los moderados del norte, Costas y Blair, colocarán a Grace a unos escasos cincuenta votos de la nominación.

—Y Larkin te daría Misisipi —le apuntó Christy—. Al fi-

nal, su gente no soportaría que él apoye a Corey, y eso te coloca a ti a cincuenta votos de ganar. —Se volvió hacia Price—.
¿Podemos escuchar tu voz, Magnus? Apuesto a que tú tienes
cincuenta delegados indecisos en tu libretita negra de pecados
y secretos. Real o imaginaria.

Marotta se sintió invadido por la aprensión. El afilado comentario de Christy los acercaba peligrosamente a una cuestión latente en aquella reunión: Mary Ella Ware. Price se limitó a suspirar.

—Me da usted demasiada importancia, reverendo. Y tenemos un problema práctico: en noviembre, Rob necesitará al
menos unos cuantos de los votos de moderados que tanto
apego tienen por Grace. Y eso pone en el tablero a Costas o a
Blair.

—Si me ayuda a obtener la presidencia —intervino Marotta con firmeza—, tendrá usted un amigo muy agradecido y
poderoso. Y un cargo en el gabinete.

Con una media sonrisa, Christy negó con la cabeza.

—De eso ya hemos hablado.

—No tanto. —Price hablaba ahora con una impaciencia
apenas contenida—. ¿Quiere usted arriesgarse a perder a sus
delegados, Bob? Tal vez no quieran apoyar a un perdedor seguro frente a un casi seguro nominado. El que está en riesgo es
usted. Si lo retrasa mucho más, sus delegados empezarán a
abandonar el barco.

Christy esbozó una sonrisa fría.

—Gracias por eso, Magnus. No sueles decirme lo que está a
punto de ocurrir antes de que ocurra. —Se levantó bruscamente; Hansen tenía cara de preocupado, y se levantó apresuradamente con él—. Todos hemos dicho ya lo que teníamos
que decir. Al menos, de momento.

Marotta se sintió de pronto próximo a Christy, de una manera más íntima y real que antes: Christy se sentía arrinconado; el miedo a la irrelevancia y a la humillación le carcomía
por dentro.

—Manténgase en contacto —dijo Marotta.

—Lo haré, Rob. Puedes contar con ello.

Christy se marchó, dejando tras él un silencio pesado. Marotta miró hacia la puerta.

—Esa mujer —le preguntó en voz baja a Price—. ¿Qué sabes de ella?

—Nada. El tío está tan furioso con él mismo como con nosotros. Cuando se haya calmado odiará volver a parecer tonto. No tiene adónde ir sino hacia ti.

En silencio, Marotta intentó descifrar el gesto inexpresivo de Price.

—No habrá tregua para los malvados —dijo Price—. En especial, de los malvados. Sam Larkin está de camino.

A Marotta, todo en Sam Larkin le inspiraba desconfianza, desde su pasado como miembro de un *lobby* que enviaba a chicas como regalos del partido, hasta su aspecto: el pelo gris cortado a navaja, las manos blandas y cuidadas, los trajes caros y, por encima de todo, las mejillas con venillas rojas de bebedor y los ojos azules que podían pasar de la candidez a la venalidad en décimas de segundo. Cada rasgo de la cara de Larkin parecía dedicado a una función distinta: las cejas levantadas expresaban escepticismo, la nariz roja era como el faro de su sociabilidad, la boca gomosa se estiraba para adoptar cualquier emoción que sus ojos se negaban a adoptar. Marotta encontraba extraordinario que una persona pudiera parecer piadosa, cínica, alegre y corrupta a la vez, cuando de hecho era principalmente lo último. Pero en Misisipi lo elegían una y otra vez y, por tanto, ahí estaba, con las manos en la palanca que podía convertir a Marotta en presidente.

—Como dicen en el Gobierno federal —empezó Larkin con una sonrisa jovial—, estoy aquí para ayudar. Apuesto a que eso llena vuestros corazones de miedo.

Sonriendo, Marotta esperaba la última declaración de interés en convertirse en vicepresidente.

—Más bien de un profundo respeto —respondió con ligereza Marotta.

Larkin se puso una mano sobre el corazón.

—Me halagas, Robbie; desde luego que me halagas. Pero ya puedes dejar de hacerlo. Porque no he pedido verte en mi propia defensa.

—Eso resulta refrescante —rio Marotta.

—Al menos no directamente —se corrigió Larkin—. Creo que necesitas un vicepresidente… y a los delegados que vienen con él, ¿correcto?

Marotta miró a Price, quien, por una vez, parecía tan desconcertado como él mismo.

—Eso parece —reconoció Marotta.

—No puedo apoyar a Christy, eso está claro. Está demasiado colgado de su propio Dios, y quién sabe cuándo el asunto de esa mujer asomará su sucia cabeza de nuevo. De todos modos, tú necesitas a un moderado. —Larkin hizo una pausa como si diera respuesta a la pregunta más desconcertante de la vida—. El hombre al que necesitas, señor «presidente-en-potencia», es al gobernador Charles Blair.

Marotta no se molestó en ocultar su estupefacción.

—Me sorprendes, Sam.

Larkin sonrió.

—La gente no aprecia mi naturaleza desprendida. Pero Blair es la elección más evidente, y tú lo sabes. Necesitas a un moderado, pero no demasiado moderado. Blair no está salvajemente a favor del aborto, y es lo bastante bueno con los homosexuales.

—¿Lo bastante bueno para Misisipi? —preguntó Price, escéptico.

—Ahí no te puedo ayudar, Magnus. Puedo ayudar a vender a Blair a todas las delegaciones del sur. —Su tono era ahora práctico—. A los míos no les gusta Grace, y yo no quiero a Christy paciendo en mi jardín entre los evangelistas. Creo que Marotta-Blair es nuestro boleto de salida.

Marotta miró nuevamente a Price.

—No estoy muy seguro de Blair —le dijo a Larkin—. Parece más cerca de Grace.

—No están casados, Rob. Y puedo responder por Charles Blair: hemos pasado tiempo juntos en reuniones de gobernadores. Puede que sea un poco inexperto, pero es un tipo brillante, rápido, y tiene el aspecto del chico que mamá hubiera querido que se casara con tu hermana. —Larkin asintió con la cabeza, como si quisiera confirmar sus propias palabras—. Y lo mejor, a diferencia de Grace o Christy, es que está limpio como los chorros de oro: una esposa guapa, unos hijitos adorables, ni rastro de escándalo en su vida. Blair es la receta contra nuestras enfermedades, y ayudaré a mis compadres del sur a que se lo traguen.

Para terminar, Larkin miró a Price, no a Marotta.

—La idea ya se me había pasado por la cabeza —reconoció Price—. Lo que no se me había ocurrido es que tú me ayudarías a venderla.

Larkin levantó las manos.

—¡Soy el gran altruista todavía por descubrir! —dijo, con fingida resignación—. Blair puede ayudarte a obtener delegados moderados que, de lo contrario, apoyarían a Grace... Hasta podría darle a George Costas la cobertura suficiente para que te apoye, al menos, cuando se haya recuperado de su decepción. Blair es el hombre que necesitas. —Larkin hablaba con el medio tono de quien desvela un secreto—. Pero no es lo que Grace necesita. Grace necesita a alguien más conservador, y Blair lo sabe.

—Así que Blair sabe también que vendrías a verme.

Larkin se encogió de hombros con un gesto exagerado.

—Digamos que he ido a verle como un hermano menor. —Con una brusquedad sorprendente, la voz de Larkin se volvió sepulcral—. Grace no va a ser un contendiente fácil: es el hombre más luchador que he conocido en mi vida, y os odia a los dos más que al veneno. Es el momento de que demuestres tus agallas.

A Marotta, aquella comparación implícita con Grace le dolió más de lo que quiso demostrar.

—Gracias —dijo, serenamente—. Tus consejos merecen mi mayor consideración.

—Pues entonces te dejo que reflexiones —dijo Larkin—. No tenemos ni un minuto que perder.

—¿De qué demonios iba esto? —preguntó Marotta.

La mirada inquieta de Price mostraba preocupación.

—No es lo que Sam ha dicho que era, pero, si está ayudando a vender a Blair, podría ser lo mejor para nosotros.

—¿Y qué es lo que Sam quiere?

—Habría jurado que era la vicepresidencia: Sam es realista

con todo, excepto respecto a sí mismo. Ahora me parece que quiere volver a ser miembro de un grupo de presión. —Price echó la cabeza para atrás y miró al techo—. Si eso es lo que busca, es brillante de cojones. Un hombre que haya contribuido a colocar al presidente y al vicepresidente podría convertirse en el eje del *lobby* más poderoso de Washington. Estaríamos en deuda con él desde hoy hasta el Día del Juicio Final.

—¿Y eso te hace sentir mejor?

—Sólo si estoy en lo cierto. Y lo que me hace sentir peor es la sensación de que hay algún giro que no acabo de entender. Estamos hablando de algo demasiado importante como para equivocarnos.

—¿Sam o Blair?

—Los dos. Y todavía temo por Costas.

Marotta, que había perdido el hambre, contempló su pastelillo a medio comer.

—¿No podemos tentar con la vicepresidencia a Blair y a Costas?

—Sí y no. —Inquieto, Price se levantó—. Mañana por la noche sabremos si ganamos o perdemos los delegados de Alabama. Tal como están las cosas, tengo la sensación de que los delegados de Blair y de Costas votarán con los delegados de Grace. Pero si nos comprometemos con Blair antes de mañana, él le dirá a su gente que vote por nosotros. Eso nos daría la oportunidad de sumar los cuarenta y ocho de Alabama a los setenta y tres de Illinois. Llegados a este punto, nos faltarían sólo cien delegados. Si nombramos a Blair, tarde o temprano Larkin decantará los treinta y ocho delegados de Misisipi de nuestro lado, y cuando Costas vea que estamos a sesenta votos de ganar, puede que ceda.

Acabó de describir la situación con más convicción que al empezar, apareciendo ante Marotta como un hombre seducido.

—Esto es mucho suponer y adivinar —advirtió Marotta.

—No hablamos de geometría —replicó Price—, más bien de una pintura impresionista. Y vamos a añadir otro color a la paleta. —Price entrecerró los ojos, como si estuviera teniendo una visión demasiado sensual como para compartirla—: Supón que designamos a nuestro vicepresidente y que luego pedimos una votación de la convención, solicitando a Grace que nombre a su vicepresidente. En este momento, podría ceder y nombrarlo. De lo contrario, la convención podría obligarle a hacerlo. Nombrar a alguien, a quien sea, le va a perjudicar, porque aleja a los no clasificados: si elije a un conservador, aleja a los moderados; si elije a un moderado, aleja a los conservadores, incluyendo a los partidarios de Christy. De esta manera, elegir a nuestro hombre no nos perjudica, porque le perjudica mucho más a él elegir al suyo. —Se puso a dar golpes rítmicos con el pie, como si escuchara a los Allman Brothers—. Este cuadro me empieza a gustar.

—Un cuadro o un castillo de naipes —dijo Marotta—. Todo descansa sobre Blair y lo que sabemos de él. O lo que no sabemos. ¿Lo hemos investigado lo bastante?

—No tanto como me gustaría; hemos invertido la mayor parte de nuestros recursos en investigar a los delegados. Pero nuestro trabajo preliminar dio como resultado a alguien más inmaculado que el marido de Barbie.

—No hay nadie así.

Price sonrió.

—Estás tú, Robbie. Al fin y al cabo, nunca le has puesto los cuernos a Mary Rose.

—No, no lo he hecho —respondió Marotta, rígido—. Pero lo de Christy ha sido una sorpresa.

Price suspiró.

—Está bien —dijo, con calma—. Haré unas cuantas averiguaciones. Pero, aunque sólo sea para seguirle la corriente a Sam, será mejor que veamos a este tipo.

Al cabo de un momento, Marotta asintió. Luego se acercó a la ventana y miró hacia Central Park, el lugar de reunión de los jóvenes manifestantes que habían acudido a protestar contra la guerra, el calentamiento global y el poder de la derecha cristiana.

—Gobernador —oyó decir a Price—, ¿tiene un poco de tiempo para ver al senador Marotta?

Sentado frente a Charles Blair, Marotta pensó que lo conocía de la manera que los políticos se conocen entre ellos: por su trabajo en el partido, o por haber compartido una tribuna, o por reuniones en alguna convención. Lo que equivalía a decir que no lo conocía bien. La reunión parecía un *speed dating* en el cual Marotta estaba convocado para determinar el carácter de otro hombre, y tal vez su propio destino, a una velocidad indecente.

Blair era atractivo y ostensiblemente listo, un máster por Harvard que había hecho fortuna en la industria de la tecnología punta antes de meterse en política. Sin embargo, a sus cuarenta años, había algo en él que parecía inacabado, un afán infantil por agradar que traspasaba su barniz de autocomplacencia. Sin embargo, la primera media hora de conversación mostró sus cualidades con mucha ventaja: sus respuestas fueron claras, bien informadas, y demostró un buen dominio del lenguaje lleno de matices. Cuando Marotta comentó que Sam Larkin parecía tenerle mucho aprecio, Blair respondió con una sonrisa:

—Sam es el único granuja cincuentón que conozco. Pero eso le hace mucho más simpático, hasta cuando temo que me vaya a vaciar la cartera. De todos modos, en el fondo, Sam es un hombre serio y con un criterio de primera a la hora de juzgar las debilidades humanas. Estoy orgulloso de haberme ganado su respeto.

Era una respuesta justa, pensó Marotta.

—¿No dice usted nunca tacos, gobernador? —preguntó Price con su acento más arrastrado—. Llevamos casi cuarenta minutos de conversación y no se ha manchado usted los labios con una sola palabrota.

—¡Caray! —dijo Blair, con una carcajada con la que pretendía burlarse de sí mismo—. Me ha pillado usted, Magnus. Soy un *boy scout* crecidito que todavía oye la voz de regañina de su santa madre. Si el lenguaje salpimentado es lo que buscan, no soy su hombre. Pero hay mucha gente sinceramente religiosa a quien parece agradarle esto de mí.

Para Marotta, la media sonrisa de Price estaba en algún lugar entre el escepticismo y la satisfacción. Casi sin darle importancia, dijo:

—He oído que simpatiza usted con Corey Grace.

Blair asintió rápidamente con la cabeza.

—Me siento cómodo con él, tanto en lo personal como, en general, en lo político. Supongo que esto es en parte el motivo de esta reunión.

El hombre era lo bastante «simplista», reconoció Marotta.

—Lo es —dijo, sin rodeos—, hasta cierto punto.

Blair lo escrutó con una mirada tan seria que a Marotta le recordó, con cierto nerviosismo, a un ávido estudiante de primero de Derecho que respondía a la pulla de un profesor.

—No soy un moderado visceral —respondió, en el mismo tono directo—. A veces, Corey es demasiado displicente, en especial con los evangelistas. Yo mantengo el compromiso de conservarlos en nuestras filas.

—¿Y cómo propone hacerlo, teniendo en cuenta que es usted partidario de legalizar el aborto?

—Partidario hasta cierto punto —respondió Blair—. Estoy a favor de las leyes que tienen en cuenta el criterio de los padres, y contra el aborto a partir del segundo trimestre. —Hizo una pausa y luego añadió, con calma—: Si estamos discutiendo la posibilidad que creo que estamos discutiendo, sé que solamente hay un líder. El aborto no le gusta a nadie, y mucho menos, a mí. Yo defiendo la vida.

—¿Qué hay de las células madre?

Blair hizo una pausa breve.

—De nuevo, respeto su criterio.

—¿Y los derechos de los homosexuales? —intervino Price, ralentizando su habla para dar énfasis a cada una de sus palabras—. Para la gente de Christy es un tema infranqueable. ¿Aprobaría usted una enmienda constitucional para prohibir el matrimonio homosexual?

Blair ya había empezado a asentir con la cabeza.

—En una palabra: sí.

—¿Tiene una postura respecto a las uniones civiles?

Blair miró de frente a Price.

—¿Tienen ustedes un cargo para mí, Magnus? Los vicepresidentes no hacen las políticas —dijo con una frialdad sorprendente.

El brillo en la mirada de Price traicionó su intención.

—Eso ha sido admirablemente directo, gobernador, de modo que déjeme ser igual de directo. Con tanto en juego, sólo un loco trata de ocultar lo que un hombre normal ocultaría. —Hizo una pausa para dar énfasis a sus palabras—. ¿Hay algo que debamos saber sobre su vida antes de tomar esta decisión?

Porque si lo hay y me miente ahora, cortaré en pedazos su carrera política como si se tratara de un árbol caído.

Por un instante, Blair pareció irritarse.

—Le responderé al senador Marotta —contestó cortés y fríamente. En silencio, se volvió hacia Marotta y luego habló con la misma lentitud que lo había hecho Price—: No hay nada en mi vida que pudiera impedirle obtener la presidencia.

Su mirada era decidida. O era totalmente sincero, pensó Marotta, o era un mentiroso con mucha más práctica de lo que su perfil público había reflejado.

Se puso en pie y le tendió la mano.

—Gracias, Charles. Tendrá noticias nuestras muy pronto.

—¿Y bien? —dijo Price, cuando Blair se hubo marchado.

—Es bueno —dijo Marotta, tratando de verbalizar la duda que lo acuciaba—, pero no de la misma forma que Corey Grace. Es tan bueno que me molesta.

3

Cuando Corey y Dakin Ford abandonaban el hotel, al otro lado de la calle había manifestantes que gritaban: «¡No al matrimonio gay!», mientras otros formaban círculos de plegaria bajo pancartas que decían «Investigación con células madre = Clonación humana». Mientras seguía a Corey hacia la limusina, Ford bromeó:

—¿Y si clonamos a los gais?

Corey no respondió. Contemplando las caras a través del cristal ahumado, algunas dolidas, otras enfadadas, otras gritando, se preguntó cómo podía ningún líder mejorar un país tan dividido como aquél. Luego se concentró en el problema que debía solucionar.

—¿Qué opinas de Blair? —preguntó.

—Nunca me ha gustado. Tiene demasiada necesidad de agradar a los demás. —Ford se volvió hacia Corey y añadió, al grano—. Pero no está todo perdido. De aquí al miércoles por la noche hay mucho tiempo.

—Si para entonces sigo vivo. Cada decisión que tomo es como una bomba de relojería.

Ford estiró el brazo por el asiento trasero.

—Por cierto, todavía estamos trabajando en lo de Mary Ella Ware —dijo—. La clave de este misterio en particular es el abogado que ha contratado: Dalton Frye. No sólo es un protegido de Linwood Tate, sino que es una absoluta alimaña: la única vez que dijo la verdad fuepor que se equivocó. Pero el hecho de que sea abogado convierte sus trapicheos con Ware en «confidenciales». —Ford movió la cabeza con indignación—. Siempre he dicho que el examen para obtener la licencia de abogado debería contener un test de psicodiagnóstico visual: cualquier idiota que vea una cabeza de lobo cuando le enseñan un ramo de flores no es apto para practicar la abogacía.

—Tal vez Christy le enseñara la pilila, pero si no lo hizo, me juego lo que quieras a que el dinero no va de Ware a Frye, sino de Frye a Ware.

—¿Y cómo lo podemos saber?

—Con métodos taimados, hijo mío. —La sonrisa de Ford no alteró su expresión decidida—. Espero que funcionen: no tenemos tiempo que perder en procesos legales.

Corey decidió que era mejor no preguntar.

Cuando hacía quince minutos que su propia recepción había empezado, Christy permanecía encerrado en su suite, discutiendo la estrategia con Dan Hansen.

—Así que crees que va a nombrar a Blair —dijo, en tono reflexivo—. El servilismo le sienta a este chico como un traje recién estrenado.

—Si es cierto, Corey Grace se convierte en nuestra única esperanza.

Christy negó con la cabeza:

—No aguanto a Marotta, y Grace me gusta. Pero es casi imposible imaginar una situación en la que Corey me eligiera a mí, o en la que yo pudiera aceptarlo.

—Pues entonces acabarás apoyando a Marotta. No ganamos nada quedándonos en un callejón sin salida.

Christy le dedicó a su director de campaña una mirada de asco:

—Ese tipo me tendió una trampa. Para merecer mi perdón, la vicepresidencia es lo único lo bastante generoso. Darle la presidencia a Marotta a cambio de nada pesaría sobre mi conciencia. Y lo peor —añadió Christy— es que quiere llevarse a los conservadores cristianos de mi lado, y utilizarlos para sus cínicas finalidades y las de hombres como Price y Rohr. La política hace que me cueste separar los designios de Dios de los míos propios, pero estoy convencido de que eso no es lo que el Todopoderoso tiene en la cabeza.

—Pues entonces —propuso Hansen—, ¿por qué no darle uno o dos días de reflexión para que nos revele sus designios? Tal vez Él ayude a que Grace vea la luz.

Christy miró a Hansen con escepticismo.

—Si no es la vicepresidencia, Grace debería darme algo que consolide mi postura ante todo el país. No una simple promesa vaga: me refiero a un cambio de actitud en un tema que consideramos esencial. Y eso no sería propio de Grace.

Hansen se encogió de hombros.

—Odia a Marotta, quiere ser presidente y parece que Blair lo ha traicionado. Cosas así hacen mella en un hombre. ¿Crees que le gustaría decir: «Presidente Marotta»?

—No —dijo Christy en voz baja—. Se sentiría como si tuviera una lombriz royéndole el alma.

Hansen se levantó.

—Pues bajemos, Bob. El senador Grace va a venir a rendirte homenaje. Estaría bien que estuvieras allí para recibirle.

En la recepción de Christy se respiraba un ambiente peculiar. Aunque el lugar, un salón de hotel, era estándar, el grupo que la animaba era un conjunto de *heavy* metal cristiano que gritaba sus disonantes alabanzas a Jesús, y los asistentes, cuya reacción ante la música iba del éxtasis a la perplejidad, compartían un aspecto de decidida bondad que parecía ir más allá de la política.

—No entiendo cómo parecen todos tan endemoniadamente transportados —refunfuñó Dakin al oído de Corey—, si no hay ni una sola gota de licor a la vista.

—Esta gente se coloca con la vida —respondió Corey, y avanzó a su lado hacia el grupo de amigos y delegados de Christy.

Al verlo, uno tras otro lo fueron saludando, sonriendo, estrechándole la mano, a menudo con una frase de bendición o unas palabras cálidas de bienvenida. Su actitud le transmitía que no era uno de ellos, pero que había tratado a su líder con respeto, y ellos llevaban grabado que ningún hombre está más allá de la redención. De modo que Corey se tomó su tiempo, sonrió, intercambió bromas, hizo pequeños contactos. Para su sorpresa, una mujer regordeta, de cierta edad, lo besó en la mejilla.

—Dios mío —le dijo—, eres realmente guapo.

Corey se rio.

—Todavía no es demasiado tarde para nosotros —dijo, antes de continuar su avance por entre los delegados.

Cuando Christy lo vio, abrió los brazos, provocando que los que estaban a su alrededor dejaran espacio para Corey. Entre el murmullo de voces, Christy abrazó a Corey como si fuera un pecador redimido.

—Creo que no has venido aquí a tomar una copa —le dijo con un sonrisa radiante.

Corey levantó el pulgar hacia Ford.

—Eso lo hace Dakin. ¿Cómo estás, Bob?

—Contento de verte. —Tomó a Corey del brazo—. Vamos a dirigir unas palabras a mis amigos.

Los dos hombres se dirigieron al escenario. Tras un gesto del reverendo, la banda se quedó en silencio. Christy cogió el micro y anunció:

—Os quiero presentar a todos a un invitado muy especial, un hombre que puede que sea mi rival, pero que, desde luego, es mi amigo: el senador Corey Grace.

El sincero placer de Christy pareció propagarse por las miradas de la gente que había en el lugar: con las caras animadas, dedicaron a Corey una larga ovación. Sólo cuando ésta menguó, prosiguió, ahora con voz solemne:

—Cuando viví mi momento más bajo, con mi honor cuestionado y mi campaña patas arriba, Corey Grace dio la cara por mí. Y supe que, a pesar de nuestras diferencias, ambos creemos que Dios creó la política para hacernos más nobles, no para denigrarnos. Tengo muchas esperanzas puestas en el senador Grace. Entre ellas, la esperanza de que Dios dé fuerzas a Corey para trabajar para todos nosotros.

Tras sonreírle ante ese desafío velado, Christy le pasó el micrófono a Corey.

Por un instante, estuvo tentado por un impulso grotesco de declarar que había rechazado la clonación, que había despedido a su último homosexual del equipo, que había adoptado el celibato y que había contratado a Jesucristo como su asesor de compras.

—Gracias, reverendo —dijo, con una sonrisa—. Aparte del Todopoderoso, es usted lo más difícil de seguir que cualquier político pueda encontrarse en su carrera.

Esta broma algo arriesgada arrancó una carcajada de buena voluntad. Corey miró al público con una expresión seria:

—El respeto no se da, se gana. Bob se ganó el mío una noche en Carolina del Sur, cuando habló con delicadeza de alguien a quien quiero mucho, rechazando el odio por motivo de raza; luego me defendió de acusaciones que, a su manera, eran tan aberrantes como las esgrimidas contra él. Por este motivo, nunca olvidaré a Bob Christy.

Tras detenerse, Corey pensó en el otro momento que no era capaz de olvidar: cuando su hermano lo escuchó denunciar a aquella persona.

—Es cierto que tenemos nuestras diferencias. Tal vez, con el tiempo, se suavizarán. Pero compartimos la creencia que os ha llevado a todos vosotros a creer en la política: que, por el bien de nuestros hijos, y en tiempos tan peligrosos, debemos dejar este país mejor de lo que lo encontramos. Y —Corey añadió con un tono incisivo— este fin tan noble no puede alcanzarse con maneras sórdidas.

Ante esto —una clara patada en el trasero a Rob Marotta—, los delegados de Christy se pusieron a aplaudir.

—De modo que, estoy orgulloso de estar aquí con vosotros —concluyó—. Esperemos todos, y roguemos, para que podamos marcharnos de esta convención con algo más de lo que sentirnos orgullosos.

Entre una ovación creciente, Christy se acercó más a él.

—Bien dicho —le dijo, de profesional a profesional.

A un lado vio a Ford sonriendo, consciente, como era la intención de Corey, de que acababan de poner más trabas para que Christy se acercara a Marotta.

—Vamos a ver qué dice esa tele —le indicó Christy, que señaló un televisor que había en un rincón del salón—. Veo a Marotta acercarse peligrosamente a un micro.

Υ

Mientras veía aquella declaración, a Corey le pareció que el humor de Marotta era entre triunfal y ansioso: pronunciaba cada palabra de halago con cuidado, como si sopesara su poder de convencer.

«Mi elección es la de un hombre de familia y de fe, con energía y con visión, con experiencia y con idealismo: el gobernador Charles Blair, de Illinois.»

Volviéndose, Marotta abrazó a Blair, que entraba ahora en la imagen.

—Parecen un par de vendedores engominados —les dijo Christy a Corey y a Ford.

Para Grace, parecían algo mejor. Pero comprendió el comentario de Christy: la sinceridad de Marotta parecía impostada, y Blair tenía una cara en la que el carácter no había tenido tiempo todavía de imprimirse.

«He basado mi elección —continuaba diciendo Marotta con absoluta convicción— en mi total confianza en la aptitud del gobernador Blair, en caso de necesidad, para asumir el cargo de presidente.»

—Eso ha sido llevar las cosas un poco demasiado lejos —opinó Ford—. Primero Blair tendrá que demostrar que llega a la altura de Dan Quayle.[4]

«Y reto al senador Grace —dijo Marotta con firmeza— a hacer lo que yo he hecho: decirle al país a quién quiere colocar a un paso del Despacho Oval.»

Christy miró a Corey; el tono de Marotta se hizo más duro: «En caso de que el senador Grace rechace hacerlo, mañana por la noche pediré a la convención que le exija que nombre a su compañero de campaña».

—Mierda —masculló Ford—. Magnus sabe bien cómo aguar una fiesta.

Corey pensó que era hora de marcharse de allí.

363

4. Político norteamericano que fue vicepresidente de George Bush, padre, famoso por sus meteduras de pata y sus vínculos con la derecha cristiana (*N. de la T.*)

Y

Corey y Ford entraron en la suite de Spencer y lo encontraron con Dana Harris mirando Rohr News. Spencer levantó la vista y le informó:

—Lo están calificando de jugada maestra. Hasta la CNN parecía estar un poco impresionada.

Corey se encogió de hombros.

—¿Y cómo lo llamamos nosotros, Hollis?

—Maniobra transparente —dijo, y leyó de su libreta—: «Esta decisión es demasiado importante como para ser otra jugada en el juego de ajedrez político del senador Marotta. El senador Grace hará su selección basándose en el interés nacional».

—Es bueno saberlo —dijo Corey—. En otras palabras, no mordemos.

—No podemos. —Mientras Corey y Ford tomaban asiento, Spencer prosiguió—: Magnus está montando este voto con la lista en la mano como prueba de fuerza. Si la convención vota a favor de hacernos elegir a nuestro vicepresidente, eso implica que Marotta tiene más delegados que nosotros: una señal para los indecisos de que se sumen a su tren. Obligarnos a comprometernos no es más que la guinda del pastel. Ya hemos repasado los motivos por los que no elegirás a Costas, y por los que no puedes elegir ni a Larkin ni a Christy.

—¿Y cuáles son? ¿No cumplen los estándares de grandeza de Blair?

—Ni los míos —dijo Spencer resueltamente—. No nos ponen arriba de todo. —Dirigiéndose a Corey, añadió—: He llamado a tu compañero de senado de Illinois, Drew Tully. Cito sus palabras: «Ese trozo de mierda no me dijo ni una palabra. Marotta recibiría una patada en el culo en Illinois, y desde luego no me van a sorprender con él».

Corey se rio.

—Creo que Blair tampoco cumple los estándares de grandeza de Tully.

—Exacto. Está dispuesto a iniciar una rebelión en la delegación de Illinois. Eso podría frenar la estampida que tiene prevista Magnus. —La voz de Spencer se hizo más intensa—. Haremos todo lo humanamente posible para convencer a Costas y a Larkin de que presionarte no les conviene en absoluto. Pero si perdemos esta votación, necesitaremos un elegido «de urgencia».

La habitación se quedó en silencio.

—Odio decirlo —se aventuró Dana Harrison—, pero tal vez necesites a un conservador del sur; sin embargo, ¿quién?

—Ben Carter —propuso Ford—. Es partidario de Marotta, es cierto, pero un gobernador de Florida te podría ayudar mucho en noviembre. Además, es evangelista sin ser absolutamente fanático.

—Es otro Blair —objetó Corey—. No tiene la suficiente fuerza para mantener a esos holgazanes a raya. Estamos hablando de un presidente potencial, ¿recuerdas?

—Pues, ¿quién?

Corey sacó el móvil.

—Tengo al hombre indicado, sólo tengo que marcar un botón.

Hollis Spencer sonrió un poco, como si adivinara adónde iba Corey.

—¿Billy Graham? —preguntó Ford.

—No. A ver si este perfil os suena un poco más presidencial: de profunda religiosidad, el primero de su familia que se licenció en la universidad. Dos medallas de combate en Vietnam. Jefe de los Estados Mayores Conjuntos. Secretario de Estado. —Corey hizo una pausa—. Ah, y es negro.

Por una vez, la expresión de estupefacción de Ford era genuina:

—¿Cortland Lane?

Corey sonrió:

—De alguna manera, eso pone lo de Blair en perspectiva, ¿no creéis?

4

$\mathcal{A}$ las seis de la mañana del lunes, Corey se reunió con Cortland Lane en su suite.

—Siento lo de la hora —dijo Corey—, pero el juego se llama «Avánzate a la prensa».

Con una sonrisa filosófica, Lane encogió sus anchos hombros. Hasta este gesto desprendía en él una sensación de poder. A los sesenta años, Lane seguía teniendo un aspecto imponente, parecía estar en forma, y aunque su rostro era plácido e imperturbable, su mirada conservaba la agudeza del militar en alerta.

—Lo entiendo muy bien —respondió—. Cualquier revelación pública de una oferta, u oferta potencial, tiene consecuencias.

—¿Y qué le parece «oferta provisional»? —dijo Corey, con claridad—. Estoy haciendo todo lo que puedo para evitar que me arrinconen, pero puede que la convención me obligue a decidir esta noche. Y necesito saber si está usted entre mis opciones.

Lane apretó los ojos en una expresión contemplativa.

—Hasta la muerte de Rally, no lo estaba. Ella estaba convencida de que me pegarían un tiro.

El peso de aquella afirmación enmudeció a Corey.

—Lo sé —respondió—. Siento no haber podido asistir a su funeral, Cortland.

Lane movió la cabeza.

—Eras candidato a la presidencia. Los retos a los que nos enfrentamos son demasiado graves como para equivocarnos.

—¿Y, entonces?

Lane puso cara de curiosidad.

—¿No tienes ya bastantes obstáculos que superar como para añadir el que yo representaría? El motivo por el que Rally temía que me presentara a la presidencia es el mismo por el que pediste protección del Servicio Secreto para Lexie. Soy negro.

Corey se sirvió más café mientras meditaba su respuesta.

—No puedo pedirle que ponga su vida en peligro, pero el riesgo político es mi preocupación. Quiero elegir a alguien que sea apropiado para ser presidente. Conoce usted sus propias cualidades, y el país también las conoce. ¿Me puede afirmar que Charles Blair es su equivalente?

Lane sonrió un poco.

—Si hubiera podido, no habría valorado la posibilidad de presentarme yo mismo a la presidencia. Por no herir a algunos. —Su tono se hizo sombrío—. Rally lo sabía. Justo antes de morir, me dijo: «ahora te puedes presentar». Como si, muriéndose, me estuviera haciendo un favor.

Corey sintió la angustia silenciosa de su mentor, pero no podía hacer nada para aliviarla.

—Bueno —dijo Lane a media voz—, pues, está hecho.

—Y aquí estamos —respondió Corey—. Tiene usted que evaluar muchas cosas, lo sé. Pero, si tuviera la oportunidad de transformar este país, ¿lo haría?

Lane asintió con la cabeza, mientras se levantaba:

—Cuando me planteé la presidencia, pensé que tal vez podía hacerlo. Pero no sé si la vicepresidencia brinda esta oportunidad.

—¿Ni siendo el vicepresidente Lane? —Corey sonrió—. Le garantizo que, como presidente, puede que me falten buena parte de sus virtudes. Pero Marotta y yo somos los únicos que jugamos. Suponga que es usted el factor que determina quién gana.

Para sorpresa de Corey, Lane se rio.

—Eso sí que es fuerte, capitán. Si llega a ser por mí, no habrías llegado a general ni en un millón de años. Eras demasiado famoso. —Como si estuviera viendo la sombra de Joe Fitts cruzando por el rostro de Corey, Lane añadió, en voz baja—. Han pasado muchas cosas desde entonces: a ti, al país... He conocido a los cuatro últimos presidentes, y sé las cualidades, tanto de corazón como de mente, que la presidencia requiere. Por eso estoy aquí.

Incluso ahora, pensó Corey, el respeto de Lane significaba más para él que el de cualquier otra persona.

—Y se lo agradezco.

—Pues entonces, hablemos de lo que tú requieres. Parece ser que todos los expertos opinan que necesitas a un conservador cristiano y del sur.

Corey se encogió de hombros.

—Me preocupa mucho más elegir a alguien capaz de enfrentarse a problemas como Al Qaeda y Oriente Medio, los asuntos en los que usted y yo estamos de acuerdo. Así que, en mi opinión, sólo necesito que sea cristiano. Supongo que deberíamos hablar de lo que, en términos políticos, ser cristiano significa para usted.

—La primera norma es lo bastante simple —respondió Lane con prontitud—. No confundir nunca las dos. La religión es la busca de la mejora espiritual y no un billete hacia la certeza política. —El tono de Lane se volvió irónico—. ¿Te acuerdas de cuando Christy propuso poner los Diez Mandamientos en todos los edificios públicos del país? Me pregunto cómo se hubiera sentido si alguien hubiera intentado lo mismo con los Cinco Pilares del islam.

»Se supone que la fe ha de ser redentora, no coactiva. Eso es lo que Christy no entiende. El Jesús que yo venero nos enseñó humildad y compasión. —Lane se apoyó hacia atrás, con la taza de café entre las manos—. Por lo que a mí respecta, todos los norteamericanos tienen los mismos derechos y obligaciones.

Corey se tapó la boca en un gesto no totalmente fingido de desánimo:

—¿Está a favor del matrimonio entre homosexuales?

Una sonrisa se dibujó en las comisuras de los labios de Lane:

—Mira, teniendo en cuenta todo lo que se nos viene encima, es un tema que me importa bien poco. Y aquí tienes la mejor solución que te puedo ofrecer: la unión civil para cualquier pareja que la quiera, sea gay o hetero. Y luego dejemos que cada religión defina el matrimonio como le venga en gana. La separación entre Iglesia y Estado significa exactamente esto. Si la Iglesia católica quiere limitar sus matrimonios a hombres y mujeres, el Estado no tiene por qué interferir en ello. Lo mismo para la súper Iglesia de Christy. —Lane se encogió de hombros, en un gesto de fatalidad—. El problema es que Christy quiere sacralizar su horror con los homosexuales en la Constitución, algo tan descabellado como la prohibición y, al fin y al cabo, igual de absurdo. Pero supongo que Christy está a punto de empezar a ejercer una gran presión. No veo cómo puedo apoyarte, a menos que tú cedas.

Aquel comentario tan perspicaz demostraba que Lane evaluaba la dinámica política mucho más de cerca de lo que Corey pensaba.

—Y entonces —dijo Corey—, ¿qué haría usted?

Con expresión grave, Lane posó su taza sobre la mesa.

—Es difícil de responder. Las posibilidades que tú y yo más tememos, como una nueva oleada de terrorismo, la proliferación nuclear, la dependencia del petróleo, la preparación militar y todas las fisuras en salud, economía, educación y religión, en fin, todas pueden ser determinantes para nuestro futuro. Tú tienes el valor de enfrentarte a ellas, Marotta no. Y aquí estamos, hablando del matrimonio entre homosexuales.

—Porque eso es de lo que quieren hablar Marotta y Christy —intervino Corey, amargamente—. La diferencia es que Christy se lo cree.

Lane se encogió de hombros.

—Con el tiempo, Christy se desvanecerá. ¿Te acuerdas de lo que dije cuando Christy culpó del 11-S a los homosexuales, a los partidarios del aborto y a la ACLU[5]?

—Claro. Que usted culpaba a los islamistas radicales que estrellan aviones contra edificios.

5. American Civil Liberties Union, organización nacional de defensa de los derechos individuales. (*N. de la T.*)

369

—Muchos cristianos conservadores estuvieron de acuerdo, incluidos algunos evangelistas jóvenes cuya agenda, en asuntos como la pobreza, el calentamiento global y el SIDA en África, es mucho más amplia que la de Bob Christy. Para muchos de ellos, y también para mí, los valores cristianos incluyen el respeto a la vida, hacia la diversidad, y la libertad de adorar a Dios de la manera que cada uno crea conveniente. Bin Laden no respeta ninguna de estas cosas. Necesitamos a un presidente que sepa ver la diferencia.

»Y ése es tu caso. Así pues, ¿qué debes hacer con el matrimonio homosexual? —Lane se inclinó hacia delante, hablando con claridad—. Hace siglos, cuando Enrique de Francia se convirtió al catolicismo para ser rey, dijo: «París bien vale una misa». Tal vez el concepto siga siendo vigente. Todo depende de qué valor le das a despedirte de la nominación, si llega el caso, frente a la posibilidad de convertirte en un homófobo temporal.

Corey sintió una punzada de culpabilidad.

—Sé cuál debería ser la respuesta, pero, a veces, darla me sienta como una pequeña muerte.

—No tan pequeña —dijo Lane, con serenidad—. Christy todavía no sabe lo de tu hermano, ¿no?

—No. Por no hablar de la reacción de Clay cuando oyó, de los labios de Christy, que su profesor de inglés, que era homosexual, merecía haber muerto.

Lane lo miró.

—Clay ya no está aquí para perdonarte ni para acusarte. Eres tú quién tiene que decidir hasta dónde llega tu obligación con tu hermano muerto. Pero, si algo sé, es que si Clay estuviera vivo, bajo el mandato del presidente Marotta no le irían mejor las cosas.

Mirando a Lane, Corey vio la expresión tibia de un ángel, limpia de malicia y de misericordia, la imagen de un hombre cuyas decisiones habían necesitado la muerte de otros y que sabía que algunas cosas había que escogerlas sin sentimentalismos.

—Usted también debe tomar una decisión —respondió Corey—. Y la suya no puede esperar.

Lane se rio con agudeza.

—Ya hablas como un presidente. —Ahora se puso serio—.

Si decides no ir conmigo, no te guardaré rencor, pero hay demasiadas cosas en juego como para inhibirme de ésta. Si me pides que vaya a tu lado, lo aceptaré.

Corey suspiró. Le invadió una mezcla de alivio y agradecimiento.

—Gracias, Cortland. Si se da la ocasión, seré un presidente mucho mejor con usted a mi lado.

Lane movió la cabeza, maravillado.

—Aquel día, en la Casa Blanca, ¿quién lo hubiera imaginado?

—Ésta es fácil: ni usted ni yo.

Lane bajó la vista, como si estuviera ponderando las improbabilidades de la vida.

—Sí que tengo otra pregunta, si quieres respondérmela. ¿Qué está pasando entre Lexie y tú?

—Esto… Hace una hora le dije que no podía pedirle que arriesgara su vida. Presentarse a la presidencia significa que hay unas dosis de dolor, y hasta de peligro, que no puedo pedirle que comparta. Al final he aprendido que si amas a alguien, te importa más eso que lo que necesitas de esa persona.

Lane sonrió levemente.

—Es un sentimiento muy bello, Corey. Supongo que ése es el regalo que te ha hecho Lexie.

—Y también Janice…, su regalo de despedida. Por eso dejé que se fueran, ella y Kara.

Lane lo miró con expresión de profunda compresión.

—Tal vez la señorita Hart necesite algo distinto.

—Le mantendré informado —dijo—. Gracias, Cortland.

371

5

—*T*enemos problemas —le dijo Price al gobernador Larkin—. Christy ya ha empezado a agitar a los sureños y a los evangelistas, diciendo que Blair es excesivamente blando con Dios y los homosexuales. Y ahora Drew Tully está fomentando una rebelión en la propia delegación de Blair, argumentando que sólo Grace puede ayudar a los otros candidatos a obtener Illinois.

Eran las ocho de la mañana del lunes en la suite de Marotta, el primer día de la convención. El senador observaba cómo Larkin cortaba una porción de sus huevos Benedict de su plato mientras escuchaba a Price con una sonrisa leve e inmutable.

—Nos están apretando —dijo Marotta—. En revancha por apoyar a Blair, Christy está presionando para introducir enmiendas a la plataforma que apoya la prohibición del matrimonio homosexual y de las uniones civiles, la enseñanza del diseño inteligente en las escuelas públicas, la exposición de los Diez Mandamientos en los juzgados federales y la ilegalización de la investigación con células madre. No puedo desvincularme de todo esto, Sam. Quedaría como una puta barata.

—Y Christy lo sabe —respondió Larkin con una risa de alivio—. Su jugada consiste en hundir a Blair o, si no lo consigue, mantener su nombre en juego asegurando su liderazgo sobre los evangelistas. Y vosotros ya sabéis que lo único que Christy se lleva es un día o dos de marearos la perdiz.

—En otras palabras —dijo Price—: Christy tendrá excusa

para dar apoyo a Grace en el voto vicepresidencial de esta noche. Pero no hay manera de que pueda apoyar a Grace a la presidencia, a menos que Grace le nombre vicepresidente a él, o, al menos, ceda en los temas que le preocupan.

—Precisamente. —Con un fastidio sorprendente, Larkin se limpió los labios con la servilleta de tela—. Lo único que tenéis que hacer Blair y tú es declararos rotundamente contra el matrimonio homosexual y las uniones civiles, y tal vez contra los maestros abiertamente homosexuales en las aulas, si os sentís presionados. Y luego pedirle a Grace que haga lo mismo.

—No lo hará, ésta es mi predicción: los héroes no ceden. ¿Y qué demonios hará Christy entonces?

Marotta se tomó la última cucharada de cereales integrales con leche descremada, algo importante en su incesante carrera por mantenerse tan en forma como Grace.

—Necesitamos tu ayuda, Sam.

—Y la tendrás —afirmó Larkin—. Dentro de una hora me reúno con la delegación de Georgia, para promocionar las virtudes de Charles.

—Más allá de esto —dijo Price—, necesitamos el apoyo de tus delegados para obligar a Grace a elegir un vicepresidente, y para meter a nuestra versión de la delegación de Alabama.

—Alabama —dijo Larkin con una sonrisa—. Ese estado sacado de una jodida república bananera, Magnus, que salió con una delegación alternativa después de que Grace ganara las primarias. De alguna manera dio la sensación de que tu primera objeción era que los negros pudieran votar en unas primarias republicanas.

Price le dedicó una sonrisa sardónica.

—Espero que no te avergüences tan fácilmente, Sam. La última vez que lo miré, los negros que te votaron cabían en una cabina telefónica..., y todavía quedaba espacio para diez raciones de pollo frito.

Larkin agitó su servilleta a modo de bromista rendición.

—Me has pillado, Magnus. Esta noche, cuando digan nuestro nombre, Misisipi podrá tener la cabeza bien alta en defensa de la pureza de nuestro proceso de primarias, inmaculado y sin los votos de extranjeros. Tipo Carolina del Sur.

Aquel comentario afilado puso a Marotta en guardia.

—Necesitamos una cosa más de ti, Sam. Que defiendas mi nominación.

—¿Tú quieres el sol, las estrellas y la luna, Rob? —dijo Larkin, que extendió sus manos—. Cuando llegue el Día del Juicio Final, allí estaré. Pero resulto más creíble hablando a favor de Blair si todavía no estoy en tu saco. Es todo cuestión de saber esperar al momento oportuno. Como dicen en los anuncios de Viagra: «Cuando llegue el momento, estaré listo».

Marotta sabía que la negativa no era menos firme por presentarse de manera amistosa. Larkin se levantó:

—Tengo que irme, chicos. Tengo una labor de misionero que hacer a favor del joven señor Blair.

Cuando hubo salido, Price dijo con amargura:

—Ya me siento mejor. Sigo pensando que Sam quiere ser el miembro más poderoso de los grupos de presión de Estados Unidos. Pero acabo de descubrir su segundo secreto: sigue manteniendo viva la posibilidad de que Grace le elija como vicepresidente. Y está soñando, por supuesto; al final le ocurrirá como a Christy: no tendrá adónde ir.

El móvil de Price empezó a sonar. Marotta le observó escuchando con una concentración tal que sus facciones se quedaron inmóviles.

—No —dijo lentamente—, me ocuparé personalmente.

Se levantó bruscamente.

—¿Quién era? —preguntó Marotta.

—Nuestro cazadelegados en Illinois. Parece ser que hay un delegado que necesita mi atención personal. —Price sonrió—. Me ocuparé de la mecánica, Rob. Tu trabajo ahora mismo es saludar y sonreír a cualquier delegado que quiera pruebas fotográficas de su buena relación con un futuro presidente. Será mejor que te lleves un paquete de Kleenex.

Al cabo de menos de una hora, Marotta se encontraba sonriendo a un vendedor de coches de Provo, Utah, el primer delegado de una hilera que se extendía hasta el fondo del salón de baile del hotel.

—Desprende usted una sensación presidencial —le aseguró el hombre, convencido—. Parece estar inspirado por Dios.

374

—Puede que no comprendas —le decía Price a Walter Riggs— lo importante que eres para nosotros.

Riggs se movía inquieto.

—No soy más que un senador —respondió, pasándose una mano por el corto pelo canoso—. Mi divisa siempre ha sido: «Para mantenerte en el cargo, sé humilde». No tengo ningún delirio de grandeza.

—Hay gente —dijo Price arrastrando las palabras— que tiene la grandeza infusa. Puede que sea tu oportunidad. —Se apoyó hacia atrás y dobló las manos encima del estómago—. Supongo que sabías que Drew Tully le está buscando las cosquillas al gobernador Blair, intentando vender la moto de que Grace es el único que puede garantizar la reelección de los chicos que estáis por debajo. Y se dice, Walter, que tú puedes estar comprándosela.

Price contempló vacilar a Riggs y luego decidirse, en una muestra de candor:

—Sabes todo lo que hay que saber, Magnus. Sabes que mi distrito se está volviendo más suburbano que rural. A esta gente no le importan tanto los gais como promocionar la investigación con las células madre. Y las mujeres, bueno, parecen estar todas enamoradas de Corey Grace. —Sonrió a modo de disculpa—. La última vez sólo me llevé mi distrito por unos quinientos votos, y no puedo evitar temer perder las siguientes.

—Lo comprendo —dijo Price en tono tranquilizador—. Pero hay veces en las que, sencillamente, hay que sacrificarse. Esta noche tenemos dos grandes votaciones: una para meter a nuestra delegación de Alabama; la otra para obligar a Grace a designar a su vicepresidente. Tu delegación vota bajo la consigna de unidad: si uno más de la mitad de vosotros vota por la delegación de Grace, la puta delegación entera ha de votar igual. Así que ese pequeño voto tiene un poder inmenso. —Price hizo una pausa y miró fijamente a los ojillos preocupados de Riggs—. Nuestros cálculos sugieren que ese pequeño voto podría ser el tuyo. Tal vez podrías decirme, Walter, lo que piensas hacer.

Por un instante, la pregunta pareció haberle robado la capacidad de habla.

—Respeto al senador Marotta —dijo cautelosamente—,

pero el senador Tully proviene de mi distrito, y él es quien nos proporciona los fondos federales. No tengo más alternativa que votar con él.

Price miró al techo, como si se tomara en serio el dilema de Riggs.

—Supón, entonces, que no tienes que votar.

Riggs le dedicó una sonrisa incómoda.

—No veo cómo podría ocurrir.

—Tal vez sufras una intoxicación alimentaria —sugirió Price—. Me han dicho que hay otro miembro de tu delegación que la va a sufrir, aunque él todavía no lo sabe. Podría organizar que os lleven el mismo almuerzo.

Riggs lo miró como si le estuviera hablando en suajili.

—¿Intoxicación alimentaria? —repitió.

—Eso. O tal vez de cocaína. —Price sonrió—. Supongo que sabes que ese chico tan emprendedor que tienes en la universidad se ha puesto a hacer negocios. Parece que esos chicos de Northwestern tienen pasta de sobra, curiosamente.

Los ojos de Riggs brillaban con fuerza, con una mezcla repentina de rabia, negación y miedo. Price buscó en el bolsillo de su chaqueta y sacó un teléfono móvil.

—Por si no me crees, hagamos un pequeño experimento. Marcaré el 3 en este móvil. Cuando Walt Junior responda, organizaré una compra en el restaurante que emplea para vender cocaína. Sin embargo, el chico que se presentará para comprarle será un agente de la Policía secreta. Supongo que sabes cuál es la pena de cárcel por traficar con coca en Illinois. Mucho más larga desde que aprobaron la ley que tú apoyaste.

Rigg lo miró, empalideciendo por segundos.

—Qué gracioso —advirtió Price—. Ya empiezas a parecer un poco enfermo.

A las diez de la mañana, Corey y Spencer dieron un paseo por Central Park. Hacía ya tanto calor y bochorno que Corey supuso que al mediodía el camino de asfalto empezaría a brillar. La comitiva del Servicio Secreto que seguía a Corey los rodeaba por todos los lados, seguidos de un contingente de periodistas. Mientras caminaban, Spencer se secó la frente.

—Lo siento —dijo Corey—, me empezaba a entrar claustrofobia. Bueno, ¿cómo tenemos la agenda?

—Tres ruedas de prensa: delegados indecisos declarando a favor tuyo. —Mirando por encima de su hombro, Spencer bajó el tono de voz—. Pero el tío de las Islas Vírgenes quiere tener poder de veto sobre tu elección de vicepresidente.

Corey lo miró con agudeza.

—¿Es corrupto?

—No.

—Pues, entonces, sé un precio que se puede pagar.

En un silencio momentáneo, anduvieron hacia la glorieta de la banda.

—Luego está el gobernador de Indiana —prosiguió Spencer—. Está apoyando a su hijo en su carrera hacia el Senado. Cambiaría el voto de su delegación en Alabama si le dieras un buen trabajo a su hijo en tu Administración.

Corey miró hacia la glorieta.

—El hijo es un idiota, ¿no?

—Un idiota insustancial. Pero maleable. Lo único que quiere son un par de años en Washington, ocupando espacio. No hará lo bastante para joder nada.

—En Washington siempre hay sitio —dijo Corey, sardónico— para un tipo así. Pero antes, Indiana ha de votar bien.

—Correcto. Y eso nos lleva a la gobernadora de Utah.

Corey puso los ojos en blanco.

—Una tonta de primera, controla unos tres delegados y se le acabó el mandato en las primarias. En cualquier otra circunstancia, tendría suerte si consiguiera un trabajo de repartidora de Correos.

—Bajo estas circunstancias —lo informó Spencer a media voz—, quiere ser embajadora en el Reino Unido. Se rumorea que Marotta le ha prometido el Reino Unido a Linwood Tate. Ella no puede ser mucho peor que Tate.

De pronto, Corey se sintió invadido por una sensación de absurdo: ahí estaban, en Central Park, regateando por la presidencia como mercachifles.

—No me importa a quién le ha prometido Marotta la embajada: quiero a un profesional tratando con Gran Bretaña. Tal vez los suizos la aguanten: son neutros en casi todo. ¿Qué más?

377

—Peticiones de reuniones —resopló Spencer—. Una es del nuevo líder de los Republicanos del Arcoíris: espera que estés de acuerdo en que los homosexuales se merecen algo mejor que lo que les ofrecen Christy o Marotta. Eres la única esperanza de los republicanos homosexuales.

Corey se detuvo, contemplando por encima de los árboles el perfil gótico de un edificio de viviendas que daba al parque.

—¿Qué me aconsejas?

—Ya sabes lo que hay. No ganas nada con reunirte con ese tío: la mitad de los republicanos homosexuales están tan cómodos dentro del armario que odian a los que han salido de él. Y ese tipo parece tan desesperado por conocerte que me asusta. Y, encima, si se filtra la noticia, Christy se volverá loco.

Corey cruzó los brazos, abandonando su interés por la arquitectura.

—Dile que me reuniré con él en privado, sin filtraciones; de lo contrario, ésta será nuestra última reunión. Y no lo haré hasta pasada esta noche. —Al advertir la expresión dolorosa de Spencer, Corey añadió—: Limítate a hacerlo, Hollis.

Spencer no respondió.

—La otra petición —le dijo a Corey deliberadamente— es de Christy. Quiere que habléis de tu postura respecto a los homosexuales.

—Dios mío —dijo Corey, con acritud—. ¿Es que nadie piensa en nada más?

—Parece ser que no. Pero reunirte con Christy es tan importante como gratuito reunirte con el tío del Arcoíris.

—Pues, entonces, lo primero es lo primero. ¿Cuándo propone Christy que nos encontremos?

—A las dos en punto —dijo Spencer—. Eso te deja tiempo para otro asunto.

Al poco rato de entrar en la suite de Corey, la delegada de Montana se dejó caer en el sofá, hecha un mar de lágrimas.

Marilee Roach era maestra de escuela, con el pelo muy rizado y un rostro redondo que, cuando no estaba controlado por la angustia, era tan agradable como poco interesante. Triste y avergonzada, se secó los ojos.

—Me presenté como delegada porque creía en usted.

Corey miró a Spencer, intrigado.

—Cuénteme sólo lo que ha ocurrido —le dijo, delicadamente.

—Brian, mi marido, trabaja para el estado. El gobernador le ha dicho que, si voto por usted, lo despedirá. —Su voz se llenó ahora de rabia y desesperación—. La única manera que tengo de salvar su puesto es votar por Marotta.

—Hay otra manera —le sugirió Spencer—. Hágalo público.

Ella siguió mirando a Corey.

—Hollis tiene razón. Podemos hacer una aparición conjunta ante la prensa. Si contamos su historia en público, el gobernador no se atreverá a tocar el trabajo de su marido.

Al verla cerrar los ojos, Corey reprimió una sensación de piedad que no podía permitirse.

—En Montana también hay puestos federales —le prometió—. Si salgo elegido, podría alejarlo de la zarpa del gobernador para siempre.

La mujer abrió los ojos, como dos ventanas a la esperanza y al miedo.

379

—Usted quiere que yo sea presidente —concluyó Corey con firmeza—. Con su ayuda, Marilee, puedo serlo. Sé que no nos decepcionaremos el uno al otro.

Ella consiguió sonreír levemente y asintió con un gesto lento de la cabeza.

Por un instante, Corey se imaginó la noche sin dormir que seguiría a su momento de valentía pública, la pequeña disminución de orgullo que sentiría al aparecer en el foco público a su lado. Pero no le podía dejar que se lo imaginara antes de que ocurriera.

—Hasta nuestra rueda de prensa —le dijo—, habrá alguien con usted: Dana Harrison. Ella la ayudará a redactar su declaración.

La rapidez de la decisión parecieron dejarla aturdida.

—¿Para cuándo?

—Las cinco en punto. —Ya de pie, Corey tomó su mano entre las suyas—. Nunca se lo podré agradecer lo bastante —le dijo, y corrió a su reunión con Christy.

Y

Christy lo recibió en la sala de banquetes vacía de un restaurante propiedad del amigo de Corey, Danny Meyer.

En la tranquilidad de sus horas libres, se sentaron cara a cara a una mesa cubierta tan sólo por un mantel blanco. Hasta en aquel ambiente tan desnudo, Christy emanaba una sensación de fuerza y sentido común.

—Casi llegamos al final —le dijo a Corey—, no hay tiempo para bailar el minueto.

—No, no lo hay.

—Supongo que sabes que quiero ser vicepresidente.

Corey dibujó una sonrisa de cansancio.

—Lo sé.

—¿Y?

Corey ordenó sus pensamientos.

—Al otro lado de esta puerta, Bob, hay un ejército de agentes del Servicio Secreto, un cielo lleno de helicópteros y una sala de convenciones rodeada de policía y perros capaces de detectar una bomba. Estamos en una época en la que ningún presidente puede contar con que llegará al final de su mandato. Sin embargo, yo quiero ser presidente. Más que eso: creo que debo serlo. Tengo que elegir a la persona que me puede ayudar a ganar, y que está preparada para sustituirme si muero. Ésta es la única directriz que debo seguir.

La sonrisa de Christy no era más que un montón de arrugas alrededor de los ojos.

—Si no ganas el miércoles, no estarás en las elecciones de noviembre. Si no ganas las dos votaciones de esta noche, no ganas el miércoles. El resto de lo que has dicho está de más.

Corey se encogió de hombros.

—Si el miércoles gana Marotta, Bob, ni serás vicepresidente ni la voz política de los evangelistas. Rob te cortará por las rodillas.

La sonrisa de Christy se redujo ahora a un parpadeo:

—Y si te apoyo y no obtengo nada a cambio, me estaré cortando otra parte de mi anatomía.

Compartieron un momento de silencio. Con calma aparente, Corey preguntó.

—¿Qué es lo que quieres, Bob?

—Un cambio de corazón y de mente, declarado públicamente en una rueda de prensa: el apoyo a la prohibición constitucional del matrimonio entre homosexuales y de las uniones civiles. Además de una condena pública de los homosexuales confesos que enseñan en nuestras escuelas públicas.

Corey inclinó la cabeza.

—Hace tiempo que me lo pregunto —dijo, finalmente—. ¿Recuerdas cómo nos conocimos? ¿O, más exactamente, nuestro primer encuentro?

—Como si fuera ayer —dijo Christy, a media voz—. Sólo que hace catorce años. Yo estaba dando un discurso en un parque, la primera vez que te presentabas al Senado. —Hizo una pausa y luego se citó, de memoria—: «Corey, amigo, vuelve a casa: no sólo a Lake City, sino a la casa de Dios». Un estudiante había matado a un profesor que le había hecho proposiciones homosexuales, un incidente muy triste. Pero yo pensaba que un hombre así no tenía cabida entre nuestros jóvenes. —En el rostro de Christy ya no quedaba ni rastro de la sonrisa—. Tenía otro motivo para hacer aquel discurso. Te miré y, con todo lo joven que eras, vi una amenaza contra mi propio sueño: convertir el Partido Republicano en el instrumento de Dios. Y aquí nos tienes, Corey. Al final resulta que te aprecio, pero eso no ha sido nunca por quién eres como hombre. —La voz de Christy era ahora fría y serena—. Podría hacerte presidente, pero tengo principios, como tú también los tienes. No me obligues a ayudar a ganar a Marotta porque estás demasiado enamorado de los tuyos.

Corey seguía manteniéndole la mirada.

—Tendrás tu respuesta, Bob. Pero no antes del voto de esta noche.

Christy miró de nuevo a Corey un momento, y luego movió la cabeza con tristeza:

—Pues, entonces, ya se verá, ¿no? Ya se verá.

6

En la suite de Marotta, Magnus Price vio con satisfacción que los primeros momentos de la convención se estaban desarrollando como tenía previsto.

Fuera del Madison Square Garden, miles de manifestantes cristianos protestaban contra la candidatura de Corey Grace; mostraban sus llamativas pancartas, proporcionadas por el personal de campo de Price, a través de la cadena de noticias Rohr News. La publicidad recurrente que hacía el partido de su lema de la noche inaugural: «Saludamos a la familia norteamericana», había sido financiada por Alex Rohr y llevaba fotos de Marotta, Mary Rose y sus hijos en varios momentos felices. Con un contraste descarado, Frank Flaherty entrevistó al jefe de la Asociación Nacional del Rifle, que protestaba porque, a pesar de la importancia que podía tener una población armada frente a posibles atentados terroristas, Corey Grace no respetaba el derecho a llevar armas, el que daba la Segunda Enmienda. En ese momento, Mary Rose y los niños entraron en la cabina de los VIP, situada encima de la sala de convenciones.

—Qué bonito —dijo Price, con una risita.

Marotta contempló a su mujer arrodillándose para consolar a Jennifer, la pequeña de cuatro años, que estaba confundida y un poco asustada por el coro orquestado de «Mary Rose» que se levantaba entre los delegados.

—Sí —respondió en voz baja Price—, es ella.

Y

Dentro de su limusina, Hollis Spencer estaba sorprendido por el contraste entre la realidad y el mosaico tan bien presentado por Rohr News. Mientras Mary Rose aparecía en Rohr con la serenidad de su cara redonda tranquilizando a la audiencia, el golpeteo de las hélices de los helicópteros sonaba a través de su ventana y los manifestantes furiosos hacían presión contra las barreras. En el móvil, el cazadelegados de Illinois le informó:

—Riggs y Statler han llamado: baja por enfermedad; pero no creemos que estén en sus habitaciones, Hollis. Es como si hubieran desaparecido.

Un temor escalofriante nubló la mente de Spencer:

—¿Cuál es el cálculo en Illinois?

—El senador Tully cree que estamos a un voto.

—Llamad a sus esposas —soltó Spencer—. La gente no desaparece así como así.

383

Al contemplar a Mary Rose Marotta, Corey pensó de inmediato en Lexie.

Anhelaba llamarla, pero había poco que pudiera decirle, y nada que pudiera pedirle, con justicia. Así pues, observó cómo la cámara se paseaba por delante de los delegados: un par de judíos con su kipá; unos pocos negros bien vestidos casi perdidos entre los blancos acomodados; senadores y congresistas regodeándose de su propia prominencia, peces gordos ante sus súbditos. Pero ya empezaba a notar el sudor y la tensión que emanaban los delegados, acosados por tantos contadores de votos que debían de tener los nervios de punta. Una al lado de la otra, las delegaciones de Ohio y Pennsylvania —la primera de Corey, la segunda de Marotta— levantaban sus pancartas como si se tratara de armas primitivas. El sistema de megafonía escupía melodías *rithm and blues* y de *soul* elegidas claramente para demostrar el alma festiva y enrollada del Partido Republicano, pero también para agitar a los delegados, ya demasiado tensos.

Entonces, el podio de los oradores llamó la atención de Corey: por alguna rareza visual, los focos que lo iluminaban materializaron una leve pero discernible cruz.

Corey se sintió invadido por un escalofrío: en un instante, la convención pasó de ser un local de Las Vegas a convertirse en una macroiglesia. Llamó a Spencer.

—No estoy alucinando, ¿no?

—No, chico. Es el regalo simbólico de Magnus a los evangelistas. El partido de Rob Marotta es su refugio espiritual.

En la pantalla gigante que había detrás del podio apareció un elefante dibujado que emitía un chillido tan aterrador que uno de los niños de Marotta se escondió.

—Parece que le estén apretando los testículos —le dijo Corey a Spencer.

—Y también a nosotros —dijo Spencer—. Tengo que averiguar dónde están esos delegados perdidos.

Corey no se había sentido nunca tan inútil.

Suspendido entre el pasado y el futuro, observó a un legionario norteamericano recitar la jura de la bandera, remarcando las palabras «ante Dios» con tanta fuerza que unos cuantos delegados rompieron a aplaudir. Luego el Garden se quedó a oscuras y en silencio.

En la pantalla gigante de detrás del podio apareció el Golden Gate. Al lado del mismo podio, una joven violinista, atrapada en un solo foco que volvía a materializar la forma de la cruz, inició su evocadora interpretación del *Amazing Grace*. En la oscuridad, algunos delegados agitaron las llamitas de sus mecheros. En otra pantalla, una secuencia de fotos mostraba a ciudadanos de San Francisco con los rostros llenos de lágrimas, una madre y un hijo en un funeral, una joven con una foto de su padre. La última imagen, tomada en una misa de funeral, mostraba a Marotta abrazando a una mujer que había quedado viuda.

—Una imagen conmovedora —entonó Frank Flaherty.

Corey cambió de canal.

Cuando se encendieron las luces, la cámara de la CNN repasó a los delegados con sus gorros de guerra: rojos los de Marotta, azules los de Grace; había también texanos con sus gorros vaqueros y camisas de cuadros; muchachas acicaladas que parecían debutantes o salidas de las hermandades universitarias; blancos de mediana edad que seguían las normas como ellos las interpretaban, con orgullo y, algunas veces, con amargura; un puñado de negros, hispanos, asiáticos… Y todos ellos decidirían, tal vez ya esa misma noche, si Corey Grace sería su nominado.

Sonó su teléfono móvil. Convencido de que sería Spencer, Corey apretó ansiosamente el botón de hablar.

—Eh —dijo la voz de ella—, ¿qué haces?

A pesar de su ansiedad, Corey se rio sorprendido y complacido.

—*Zapping* —respondió—. La vida es bastante aburrida sin ti.

Ella guardó un breve silencio.

—Sé que debe de ser un momento complicado.

—Lo es.

Se imaginó a Lexie a su lado, con su mirada refinada evaluando sus estados de ánimo, llena de afecto y astucia.

—¿Habrías hecho algo de manera distinta? —le preguntó.

Era la pregunta indicada.

—Hay cosas que habría deseado hacer mejor; pero ¿distinto? No lo creo.

—¿Ni siquiera en relación con nosotros?

—En especial en relación con nosotros. —Buscó las palabras adecuadas—. ¿Cuántas ocasiones tenemos de amar a una persona que es tan ideal que da la sensación de refugio? En mi vida sólo cuento a una.

—¿Y ahora dónde está? —preguntó Lexie—. Mirando cómo Mary Rose Marotta practica su sonrisa de primera dama.

—Por Dios, Lexie: tú no serás nunca como ella. Ni puedes ni quieres. —Corey habló con más delicadeza—. Tú y yo nos encontramos como adultos. Me enamoré de la mujer que tanto has luchado por ser, con experiencias tan distintas a las mías, una vida llena de significado que es la tuya propia. La política es un enorme parásito; chupa la vida de todas las personas menos la del candidato. Y no es lo que quiero para ti, ni tampoco quise arrastrarte por el pasado. Carolina del Sur ha sido una

385

prueba de fuego para los dos: fui yo quien eligió presentarse a la presidencia, no fuiste tú. El precio debo pagarlo yo.

—Los dos —respondió ella—. ¿No sabes cuánto te echo de menos? Y me preocupo por ti.

—Pero yo no soy Marotta: perder no me destruirá.

Ella volvió a quedarse en silencio.

—Eso espero, Corey. Pero quiero que ganes.

El móvil de Corey emitió un pitido que indicaba que llegaba otra llamada. Corey miró la identificación del llamante y dijo:

—Tengo que responder; ¿puedo llamarte más tarde?

—Mi vida espera —dijo, con una carcajada compungida—. Nadie está pendiente de votar por ella.

—Yo también te echo mucho de menos —le dijo Corey, a modo de despedida.

La nueva llamada era de Spencer.

—Hemos perdido Illinois —le soltó a bocajarro.

Cuando empezó la votación sobre Alabama, Dana Harrison y Jack Walters llegaron para verlo con él.

En la CNN se mostraba la escisión del partido, la rabia y la desconfianza ostensible entre los delegados, en grupos demasiado juntos o atrapados en los pasillos llenos de guardas de seguridad, policía, periodistas, grandes donantes con pases VIP y cazadelegados que ladraban por sus teléfonos móviles. Respondiendo a una pregunta, un delegado de Grace hecho polvo le escupió a Candy Crowley: «El voto de Alabama es sobre el racismo. Marotta le está enseñando al país quién es realmente».

Jack Walters emitió un leve silbido.

«En medio de todo este pandemónium —decía Jeff Greenfield por la CNN—, la convención debe decidir qué grupo de delegados se llevará los críticos cuarenta y ocho votos de Alabama. Y hasta esto resulta complicado. En algunas delegaciones cada delegado tiene libertad para votar lo que quiera; otras, como Illinois, siguen la norma de la unidad, bajo la cual cada delegado debe votar como la mayoría, sea cual sea su preferencia. Así pues, lo que estamos viendo en muchas delegaciones son pases de lista beligerantes. La amargura que eso genera es tan obvia como son impredecibles los resultados. Pero una primera pista del resultado final la dará el importantísimo voto de Iowa, los primeros delegados de entre las disciplinadas filas de Christy que dirán hacia dónde se inclina la mano del reverendo.»

Walters se volvió hacia Corey.

—¿Hollis no sabe todavía hacia dónde se decantarán?

—No. Pero tampoco lo saben los delegados de Iowa. Esperan una llamada de móvil desde arriba.

En la pantalla se empezó a pasar lista: «Alaska», gritó la presidenta de la convención con su voz ronca.

Carl Halprin, el antagonista de Corey, el mejor apoyo de Rohr en el Senado, proclamó con voz gritona: «¡El gran estado de Alaska da sus veintinueve votos a la delegación del senador Marotta!».

En la esquina derecha de la pantalla apareció el número 29 debajo del nombre Marotta. A través de Idaho, la votación avanzaba tal y como se esperaba, con los 173 delegados de California a favor del margen de Corey de sesenta votos.

«Illinois.»

Un Charles Blair con aspecto demacrado, agitado por la casi pérdida de su delegación, consiguió sacar una voz lo bastante fuerte para responder: «Illinois da sus setenta y tres votos a la delegación del senador Marotta».

A su espalda, el senador Tully movió la cabeza con un gesto asqueado.

El contador indicaba que Marotta tenía una ventaja de trece votos.

«Indiana.»

El jefe de la delegación, un fiel a la NRA, dijo, lacónico: «Treinta y dos votos para la delegación de Marotta».

Corey advirtió que Marotta iba ahora cuarenta y cinco votos por delante.

—Está todo en manos de Christy —dio Corey—. Si nos vota, tal vez tengamos el apoyo de Nueva York. De lo contrario, Hollis cree que Costas puede ceder ante Marotta.

«Iowa.»

Expectante, Corey se sorprendió apretando los puños. El jefe de la delegación de Christy, un pastor que parecía deslumbrado con su repentina importancia política, dijo con voz temblorosa: «Iowa da sus treinta y dos votos a la delegación del senador Grace».

Corey suspiró aliviado.

—Gracias a Dios —murmuró Dana, sin un ápice de ironía.

El teléfono móvil de Corey empezó a sonar.

—Ya está —informó Spencer—. Costas acaba de decirme que Nueva York está con nosotros. Eso significa que ganamos con cincuenta votos de ventaja.

—¿Qué hay del voto que me obliga a nombrar un vicepresidente?

—En eso Costas también nos apoya, esperando tu buena voluntad. Eso deja el resultado en manos de Christy. —Spencer bajó la voz—. ¿Cortland Lane está dispuesto?

—En caso de necesidad.

Spencer guardó un momento en silencio.

—Si alguien puede hablar con Christy, Corey, ése eres tú.

—Ahora no. Es su momento de máxima influencia: volverá a presionarme con lo de los homosexuales. Voy a desplegar nuestro papel de cobardes hasta mañana.

«Nueva York.»

«Nueva York —proclamó el gobernador Costas por la CNN— otorga sus ciento dos votos a la delegación del senador Grace.»

El teléfono de Corey sonó y entró otra llamada.

—¿Sí? —respondió.

Christy se rio levemente:

—¿Empiezas a sudar un poco?

Corey disimuló su sorpresa.

—Un poco. Gracias por Alabama, por cierto.

—No hace falta. La verdad es que un predicador que intenta que los negros se incorporen a su rebaño no debe rechazarlos en las urnas. Le dije a mi gente que este voto era cuestión de principios, y lo es.

—Principios —dijo Corey—. Todos debemos tenerlos.

Dana y Jack Walters habían desviado su atención de la pantalla, intentando descifrar la expresión de Corey.

—¿Piensas preguntarme qué voy a votar esta noche en lo de la vicepresidencia?

—Quiero hacerlo, Bob. Pero ¿por qué estropear la sorpresa?

Christy se rio brevemente.

—Eres un tipo duro, Corey. He decidido emitir otro voto de confianza, sólo que esta vez, el principio es mantener a Marotta colgando de un hilo. Tus nuevos delegados de Alabama casi compensan Illinois. Mañana por la mañana, después de haber perdido dos votaciones presenciales, Marotta me necesitará mucho más. Y tú también. Haznos un favor a los dos y piénsatelo un poco.

—Lo haré —dijo Corey, y Christy se despidió.

La última llamada después de que Corey hubiera derrotado a Marotta en su treta vicepresidencial fue de Lexie.

—Felicidades de nuevo —dijo—. Parece que sigues ganando.

Corey intentó descifrar si detrás de la calidez de su voz había alguna leve nota de lamento.

—¿Qué hay de ti? —preguntó—. ¿Estás bien?

—Todo lo bien que debo estar. A estas alturas ya deberías saber eso de mí. —Vaciló un poco y luego añadió—: Que duermas bien, Corey. Mañana te espera otro largo día.

En la penumbra, Marotta estaba sentado a un lado de la cama, con Mary Rose detrás de él.

—Deberías dormir —le dijo ella.

Marotta no era capaz de responder a aquel consejo tan bienintencionado y, a la vez, tan inútil.

Mary Rose le masajeó un poco los hombros.

—Vamos, sigues siendo el favorito, Robbie.

Marotta no pudo decirle lo que quería. Ella no había estado, porque él así lo había querido, a su lado en Carolina del Sur.

7

$\mathcal{A}$ la mañana siguiente, después de hacer ejercicios en las máquinas del gimnasio del hotel, Marotta fue a desayunar a la suite de Price.

—¿Cómo están los niños? —preguntó Price.

—Duermen todavía, casi todos. Jenny ha tenido pesadillas por el maldito elefante y Mary Rose tuvo que acostarse con ella.

—Un paquidermo lleno de esteroides —murmuró Price—. ¿A quién se le ocurrió tamaña tontería? —Cogió el mando de la tele—. Dicen que Christy está a punto de hacer un anuncio.

—¿De qué?

—No tengo ni idea.

Sumado a la nueva tensión que envolvía su mirada, aquella admisión tan clara sugería que la dureza del fracaso de la noche anterior también empezaba a pasarle factura a Price: había demasiados ingredientes que no podía controlar —hombres con sus propios motivos y ambiciones— como para que Price siguiera fingiendo omnisciencia. Como para subrayar este hecho, el busto de Christy llenó la pantalla y su voz de tenor delató el placer que sentía en el dominio del escenario: «Nuestros delegados se han reunido para deliberar —anunció—. Para ayudarnos a desplegar esta tarea enorme, invitamos a los senadores Grace y Marotta a rezar con nosotros de rodillas por la guía de Dios Todopoderoso en la selección de nuestro nominado. Sea cual sea su respuesta, lo haremos a las doce del mediodía de hoy. Invitamos a todos los norteamericanos a acompañarnos y, esperamos, a unirse a nosotros en sus plegarias».

—Ni de coña —le escupió Marotta a Price—. Es una jugarreta para copar el foco de atención. Esto me haría parecer como su suplicante, no el de Dios. Lo siguiente va a ser querer que condene a los Teletubbies porque Tinky Winky lleva bolso.

Price sacó su móvil con rabia.

—Llamaré a Dan Hansen —dijo.

Marotta lo observó esperando nerviosamente la respuesta.

—¿Dan? Soy Magnus. Déjame sugerirte que los candidatos oren juntos en privado. Traeremos a Blair, si quieres.

Price escuchaba ansioso.

—Está bien —respondió, en tono desenfadado—. Esperamos su llamada. —Colgó el teléfono y masculló—. Cabrón.

—¿Qué ocurre?

—Christy hablará contigo directamente —dijo, sonrojándose y con la frente sudada—. Dan tenía instrucciones de decirme que una plegaria es algo demasiado serio como para dejarla en manos de un funcionario.

A pesar de sus preocupaciones, Marotta se rio.

391

—No lo entiendo, Rob —dijo Christy al teléfono—. Para los niños norteamericanos, ver a sus líderes humillándose ante Dios sólo puede ser bueno.

—Es que yo me estaría humillando ante ti, Bob.

—Eso sería bueno para mis delegados —respondió Christy con calma—. Ellos lo quieren. Yo lo quiero. Parece que deberías hacerlo. —Su voz bajó un tono—. ¿Te acuerdas de Carolina del Sur, Rob? Yo lo recuerdo como si fuera ayer.

Una nueva oleada de miedo invadió el alma de Marotta. No era la primera vez que se preguntaba si Christy había sido víctima de una falsa acusación y, de ser así, qué podía haber tenido que ver Price. Mirando a Price, dijo:

—Lo que Carolina del Sur tiene que ver con esto se me escapa.

La cara de Price era totalmente inexpresiva.

—¿De veras, se te escapa? —dijo Christy.

La sensación de aprensión de Marotta se intensificó.

—Y de eso de la plegaria, ya te diré algo.

—Si Marotta lo hace —le dijo Spencer a Corey— y tú no, Christy perderá el control de los acontecimientos. Marotta lo sabe. Y también te conoce, por eso se presentará.

Corey movió la cabeza, incrédulo.

—Un círculo de plegaria pública. ¿Quién se hubiera imaginado que la nominación podía acabar así?

Se acercó a la ventana que daba a Central Park. El cristal se estaba empañando; se formaba una fina barrera entre su aire acondicionado y el calor ya sofocante de una mañana de verano.

—Llamaré a Bob personalmente.

—¿Y entonces? —preguntó Christy.

—¿Te acuerdas de mi conferencia en Carl Cash? Dije que no creía que a Dios le importara mucho esta elección, y que la forma como vivimos es una expresión más auténtica de nuestra fe que cualquier plegaria que podamos recitar en público. Así que ésta es la respuesta a la cual me acojo. —Aunque se sentía lleno de inquietud, Corey hablaba con serenidad—. Al final, Bob, este asunto no tiene que ver con Dios. Tiene que ver contigo y con Marotta: incluso si se presenta, sea cual sea la plegaria que recite, sólo será tan buena como el hombre que la pronuncia. Ya le conoces: a cambio de un acto carente de significado espiritual, espera que lo conviertas en presidente. No te culpo por poner toda la carne en el asador, pero tu momento de satisfacción acabará hacia las 12.30; el de Marotta empezará a las 12.31, y podría durarle mucho más.

Christy permanecía en silencio, entonces dijo.

—No se trata sólo de mí —dijo, con franqueza—. Se trata de mi gente. Necesito conservarlos. Muchos de ellos se preguntan qué influencia tengo aquí en la Tierra, y cuál es el posible beneficio que podría emanar de tu nominación. —La voz de Christy contenía una resignación pesarosa—. Ésta es la manera que tengo de conservarlos, Corey, y tú no me estás ayudando. Se está acabando el margen de maniobra.

Y

En su suite del Michelangelo, Sean Gilligan se arreglaba el lazo Windsor en su pajarita Hermès, mientras pensaba, como hacía a menudo, que había sobrepasado las imaginaciones más atrevidas de un chico católico del interior del estado de Nueva York hijo de un encargado de las barcazas que cruzaban los Grandes Lagos. Sin embargo, también era cierto que la suerte era una especie de talento: como estudiante de segundo de carrera se dio cuenta de que el Partido Republicano se podía convertir en algo más que una pasión para él, podía ser una carrera lucrativa. Y, así, los años de trabajo como personal de los congresos y funcionario del partido —planeando recaudaciones de fondos, otorgando favores, ayudando en campañas y, finalmente, concibiendo tácticas— le habían merecido un despacho en la calle K y, por fin, convertirse en socio principal de su propia consultoría, con amigos en todos los rincones de Washington. Gilligan se había convertido en mucho más que en un miembro de un *lobby*: era un reputado asesor de estrategia.

De todos modos, para desgracia de Gilligan, todavía había unos cuantos hombres poderosos a los que debía más favores de los que había sido capaz de devolver. Desviando la vista del espejo, se fijó en el sobre de Manila que había en su maletín abierto y luego trató de escuchar la voz desdeñosa pero satisfecha de Frank Flaherty en Rohr News: «Según nuestras fuentes, el senador Grace ha informado al reverendo Christy de que él hace sus oraciones en privado, y que no pensaba contar con Dios para que eligiera al favorito. —Flaherty torció un poco la boca—. Qué curioso, dirían algunos».

Cuando sonó el teléfono, Sean supo quién llamaba.

—Lo sé —dijo—. Grace la está cagando.

—El tío no puede evitarlo —dijo su cliente—. Ha llegado la hora de que lo salvemos.

Sentado a la mesa redonda de la suite de Hollis Spencer, Gilligan deslizó el sobre por encima de su superficie lacada.

—¿Qué es? —preguntó Spencer.

Gilligan vaciló, incómodo con aquel papel que pensaba que ya no le era propio.

—Algo que yo no te he dado.

Spencer abrió el sobre. Unidas con un clip había una serie de fotos, recibos de tarjeta de crédito y un informe del que no constaba el autor.

—Blair —murmuró Spencer tras mirar una de las fotografías.

—Más maricón que un sireno. —Gilligan puso el dedo en la esquina de una foto especialmente explícita—. Este tío se encontraba con Blair en prácticamente cada viaje que hacía fuera del estado. Unos cuantos nos preguntábamos por qué su mujer no lo acompañaba nunca a las reuniones de gobernadores. Esa foto lo explica todo.

—¿Quién es él?

—Se llama Steven Steyer. Antes era entrenador en el gimnasio de Chicago en el que Blair solía ir a ponerse en forma. —Gilligan hablaba con un leve deje de asco—. Hace un par de años Blair le dio un chollo de trabajo en Springfield, tipo «asesor del Consejo de Educación Física de Gobernación». Al parecer, los mejores consejos los daba de noche.

Impertérrito, Spencer examinó las fotos y luego leyó el informe.

—Es una jugada tan sórdida —comentó— que casi es extraña. ¿De quién ha sido idea?

—De un admirador secreto del senador Grace. Es lo único que estoy autorizado a decir.

Spencer levantó la vista de las fotos, la mirada fría y contenida.

—Tú no eres admirador de Corey, Sean, ni tampoco lo son tus compinches. Corey representa todo lo que no soportáis: un senador que deplora el mundo en el que te mueves. —La voz de Spencer se hizo más severa—. Esto está hecho para apuñalar a Blair, y quien sea que lo ha hecho quiere que el puñal lleve las huellas de Corey. Para nosotros es arriesgado, pero también lo es para ti. Sencillamente, dime a quién le debes tanto.

Aunque se sintió provocado, Gilligan se limitó a encogerse de hombros.

—Eso no es asunto tuyo, Hollis. Tu misión es derrotar a

Marotta, y si no utilizas este material y tu rival obtiene la nominación, lo utilizarán los demócratas para hundirlo. Le debes
a tu candidato, por no decir a tu partido, pinchar la burbuja de
Blair ahora.

Spencer lo miraba por encima de sus gafas de leer. Gilligan
se imaginó la progresión de su razonamiento, incluyendo el
que le decía que lo mejor era callar.

—Ya has hecho tu trabajo —le dijo Spencer—. Ahora ya te
puedes marchar.

Spencer encontró a Corey en su suite, estudiando sus notas
para una charla formal con delegados indecisos. De fondo sonaba la CNN.

—¿Qué hay? —dijo Corey, con una leve irritación—. Llego
tarde.

—Un asunto muy rápido. —Agitando el sobre delante de
Corey, le dijo—. No quiero que lo abras, pero te diré lo que hay
dentro: las pruebas de que Charles Blair tiene un amante homosexual en nómina.

Corey se puso pálido.

—¿De dónde viene?

—Me lo ha entregado Sean Gilligan. Hace el trabajo sucio
de parte de alguien.

Corey trató de aclarar sus emociones, que iban desde el
pragmatismo hasta la cautela y hasta una profunda tristeza, a
pesar de todo, por Blair y su familia, víctimas de esa debilidad,
de aquella locura.

—No son los demócratas —añadió, finalmente—. Se lo habrían guardado para octubre. Y, desde luego, tampoco viene de
Marotta.

—Claro: bien utilizado, esto lo podría retirar de la carrera:
el cruzado antihomosexuales que ha elegido a un mariquita
como compañero de campaña. Los evangelistas se tirarían de
los pelos.

Al oír una voz familiar, Corey se volvió hacia la CNN y vio
a Marotta de pie frente a los delegados de Christy: «Por favor,
senador —le imploraba un delegado—, díganos qué razón le
daría al Señor para que lo admitiera en el Cielo».

Marotta bajó la vista: «No le daría un motivo —respondió—. Sencillamente, le pediría misericordia, por todo lo que nuestro Señor Jesucristo hizo por nosotros en el Calvario».

Su interlocutor asintió con un gesto vigoroso de la cabeza. En aquel instante, Corey deseó hundir a Marotta con cualquier medio que tuviera a mano.

—No puedo dejar que este tío sea presidente, Hollis.

—Blair está acabado —dijo Spencer, como hablando de una obviedad—. Si no lo filtramos nosotros, lo harán por otro lado. Lo que me preocupa es que, quienquiera que se haya tomado las molestias, tiene unos planes que datan de antes de su elección. Y no sabemos cuáles son. —La expresión de Spencer se hizo más sombría—. Si lo filtráramos nosotros y se supiera, quedarías tan pringados como Marotta.

Mientras, en la CNN, Marotta aparecía al lado de Christy, mostrando una Biblia: «Creo, como Bob —decía, con énfasis—, que las únicas normas que se necesitan para construir una sociedad decente se encuentran en este libro. Así es como aprendí que la homosexualidad es pecado, que el matrimonio entre gais y sus sucedáneos violan la ley de Dios y que transmiten un mensaje erróneo a nuestros jóvenes».

Corey contemplaba a Christy con su media sonrisa. Luego desvió la mirada de la pantalla.

—¿Cuánto tiempo tengo para decidir? —preguntó.

—Horas, como mucho. Si Christy se decanta por Marotta, puede que estés acabado. Después de la reunión con los indecisos, tu siguiente cita es con el señor Arcoíris. Lo llamaré para cancelarla.

Corey se dirigió hacia la puerta y luego se volvió:

—No —dijo—. Lo veré, aunque sea muy brevemente.

—¿Por qué, por Dios?

—Se lo debo a alguien que conocí hace tiempo.

Por la CNN se veía a Marotta, arrodillado junto a Christy en un círculo de plegaria, buscando la ayuda de Dios.

$\mathcal{M}$ientras le daba la bienvenida al nuevo líder de los Republicanos del Arcoíris, Corey ya estaba deseando que la reunión hubiera acabado. Había avanzado poco con los delegados indecisos, y su decisión sobre la vida secreta de Blair —tal vez un cáliz envenenado, pero, posiblemente, su última esperanza— no podía esperar más. Cuando su nuevo suplicante se acabó de presentar, Corey le indicó una silla con la mínima calidez indispensable.

Jay Cantrell era un hombre guapo, sorprendentemente joven, con el pelo negro azabache y unos ojos oscuros y receptivos que indicaban su conciencia del estado de ánimo de Corey.

—No quiero hacerle perder el tiempo, senador. Pero, al menos, usted ha tenido una actitud decente con los asuntos que nos afectan. Christy y Marotta nos están usando de chivos expiatorios: Christy porque se lo cree; Marotta porque haría cualquier cosa para ganar. Sé que está usted muy presionado para unirse a su club, pero, se lo imploro: no lo haga.

Detrás del aplomo y la corrección de Cantrell, Corey notaba su desesperación por ser escuchado.

—¿Por qué hace usted esta labor tan desagradecida? —le preguntó Corey sin rodeos—. Está usted tratando con gente que le odia no por quién es, sino por lo que es. ¿Qué saca de ser republicano?

—Sencillamente, lo soy —respondió Cantrell sin vacilar—.

Hay millones de homosexuales que, como personas, somos profundamente conservadores. ¿Por qué deberíamos ser demócratas? —Su tono, aunque apremiante, era sereno—. Buena parte de este asunto es personal. Cuando una persona se entera de que alguien a quien quiere es homosexual, sus prejuicios empiezan a suavizarse. Y cada movimiento significativo en el progreso humano de nuestra historia (el sufragio universal, los derechos civiles, el matrimonio interracial) ha necesitado a gente que lo apoyara desde los dos partidos. Si pudiéramos hacer que nuestro partido fuera más tolerante, incluso en sus márgenes, todo el sufrimiento invertido habría merecido la pena.

»Y eso nos lleva de nuevo a usted, senador. Los conservadores cristianos quieren que adopte su homofobia, pero su instinto le dice otra cosa: lo ha demostrado tanto en su vida personal como en la política. La elección que haga ahora es tan definitoria para usted como para nosotros importante. Le suplico que no nos cierre la puerta.

Mientras lo escuchaba, Corey sentía sus emociones entrar en conflicto. Se sentía culpable por su hermano, solidario con los argumentos de Cantrell, molesto por las sutiles referencias a Lexie, y ambiguo sobre el asunto de Blair. Con el tono más desapasionado que fue capaz de adoptar, le dijo:

—¿Qué me propone que haga con la realidad?

—Lo que ha hecho hasta ahora. No tiene por qué convertirse en un cruzado por los derechos de los homosexuales. Elija a un conservador cristiano si tiene que hacerlo. —Cantrell se inclinó hacia delante, mirando a Corey a los ojos—. Eso le daría mucho margen para ir cambiando de tono gradualmente. Lo único que necesitamos es que permita a los norteamericanos que nos dejen formar parte de sus familias. Además, creo que este tema es tan importante para usted como lo es para mí. O, al menos, debería serlo.

Desconcertado y molesto, Corey decidió poner punto final de inmediato a la reunión.

—Gracias —le dijo, en tono informal; luego se levantó para indicarle que la reunión había terminado—. Sintiéndolo mucho, se nos ha acabado el tiempo.

Cantrell no hizo ningún ademán de moverse. Suspiró,

como si se preparara para algo difícil, y luego se sacó una carta del bolsillo de la chaqueta.

—Hasta ahora —dijo— ni siquiera estaba seguro de si algún día iba a hacer esto.

Le ofreció el sobre a Corey.

Las únicas palabras que había escritas en el mismo eran «Para Corey Grace». Habían pasado trece años, pero Corey reconoció la caligrafía de inmediato. Con torpeza, sacó la carta del sobre y leyó la primera línea:

Cuando leas esto yo ya estaré muerto.

Corey se sentó, cerró los ojos un momento y luego siguió leyendo.

Algo ocurrió entre mi compañero de habitación y yo. No soy capaz de enfrentarme a mamá y papá. Pero, en especial, no me atrevo a enfrentarme a ti.

No puedo permitirme avergonzarte, o que gente como el reverendo Christy me utilice contra ti.

Ésta es mi manera de huir. Me he dado cuenta de que aquí no hay lugar para mí. No sé cuál es mi lugar; no existe, creo. Estoy asqueado conmigo mismo, y demasiado confundido para continuar. Sencillamente, soy incapaz de seguir viviendo así.

Te quiero; siempre fuiste un buen hermano para mí, y no es culpa tuya que no haya podido ser como tú.

CLAY

La firma estaba escrita en una caligrafía tan temblorosa que el nombre era apenas legible, su hermano simplemente lo había garabateado.

Cuando Corey levantó la cabeza, Cantrell estaba pálido.

—¿De dónde la has sacado? —le preguntó Corey.

Cantrell le sostuvo la mirada.

—La dejó en su bolsa.

399

—Eres «Jay» —dijo Corey, lentamente—. El cadete sobre el que me escribió.

—Soy su compañero de habitación —le corrigió Cantrell—. El cadete que eligió vivir.

Esta última frase, percibió Corey, explicaba mucho sobre en quién se había convertido Cantrell. Con un temor no verbalizado, Corey levantó la carta y preguntó:

—¿Cómo llegó a pasar todo esto?

—Desde mi primer día en la Academia —respondió Cantrell en tono amargo—, ese veterano me puso en su punto de mira.

—Cagle —dijo Corey.

Por un instante, Cantrell se quedó atónito; luego, lentamente, asintió.

—Cuando has mostrado tu fragilidad una vez, hay gente que se divierte descubriendo cuánto eres capaz de resistir. Pero Cagle era distinto. La mayoría de los veteranos superan la diversión de hacer novatadas, hasta los más sádicos, a los que les gusta cebarse con los más débiles. Pero Cagle era de los que detectan a los homosexuales, y me odiaba por ser lo que sabía que era, y odiaba a Clay por estar a mi lado. —Cantrell se frotó brevemente los ojos—. Advertí a Clay que mantuviera la distancia, que no se hiciera amigo mío, pero él no quiso escucharme. Tal vez sabía que, en realidad, no deseaba lo que le estaba diciendo. Nos convertimos en los dos objetivos únicos de Cagle. Se presentaba en nuestra habitación a las tres de la madrugada, nos despertaba para hacernos una inspección. Una noche nos puso la habitación patas arriba, supuestamente en busca de alcohol, y luego nos hizo quedarnos despiertos para limpiar el desorden que había provocado. A las horas de las comidas nos hacía levantarnos y escucharle, y responder a pregunta tras pregunta para que no tuviéramos tiempo de comer. Nos obligaba a lavar las letrinas con cepillos de dientes, fregando de rodillas mientras él se ponía encima de nosotros, gritando que nos habíamos dejado algo sucio. Día tras día, nuestra única pregunta era qué iba a hacer para torturarnos, no si iba a hacerlo. —Cantrell se quedó mirando al suelo—. Era inhumano, y creo que la mayoría lo veía. Era como si Cagle estuviera invirtiendo todo su miedo y su odio en forzarnos a marcharnos, pero ninguno de sus compañeros quería quedar como una rata, de modo que el tema duraba y duraba.

Corey movió la cabeza, indignado.

—Y, entonces, ¿cómo demonios permitisteis que os pillara mientras estabais practicando sexo?

—Yo no lo sabía —respondió Cantrell, desesperado—. Quiero decir, yo me conocía a mí mismo, pero no sabía si Clay… Aquella noche, Cagle nos despertó pasada la medianoche, de nuevo asediándonos con preguntas y quejas hasta que estuvimos agotados. Yo estaba a punto de explotar. Cuando, finalmente, se marchó, me eché a llorar. —Cantrell hizo una pausa, luego prosiguió con voz monótona—. Clay me rodeó con sus brazos. Él también tenía miedo, me dijo. Miedo de fracasar, de lo que dirían sus padres, de decepcionarlo a usted. «Si no fuera por Corey, no estaría aquí. Estoy aquí sólo porque él me ayudó», me dijo.

—Así pues, ¿lo sabía? —dio Corey, en voz baja.

Cantrell no pareció oírle.

—Abrazado a él, empecé a sentirme excitado, y luego me di cuenta de que él también lo estaba. «Está bien, está bien», me dijo. —Cantrell cerró los ojos—. Por un momento, Clay hizo que todo fuera bien. Me olvidé de que todo lo demás existía. Sin embargo, entonces, Cagle abrió la puerta de una patada y nos sorprendió con la luz de su linterna. Era como si supiera que aquello iba a ocurrir —concluyó Cantrell en un murmullo—. Dijeron que la muerte de Clay había sido un suicidio, pero yo todavía la considero un asesinato.

—¿Asesinato? —dijo Corey—. Si es así, hay culpables a los que acusar.

Cantrell seguía mirando al suelo.

—Cagle no debería ser oficial de las Fuerzas Aéreas.

—No lo es. Lleva trece años fuera.

Cuando Cantrell levantó los ojos hacia él, Corey dijo:

—Cuando me hice senador, obtuve un puesto en el Comité de las Fuerzas Armadas. Me interesé personalmente en la carrera de Cagle, y también lo hizo un amigo mío muy poderoso. Cagle consideró oportuno abandonar.

La expresión de Cantrell registró primero sorpresa, luego satisfacción:

—Muy bien.

—Tal vez para las Fuerzas Aéreas —dijo Corey—. Para mí no estaba tan bien. No me resultó tan fácil deshacerme de la persona contra la que sentía tanta rabia.

Cantrell lo observó en silencio. Corey sintió que habían dejado de ser un senador y una de sus muchas visitas. Ahora eran dos extraños unidos incómodamente por la culpabilidad y el dolor, y por la mella que había hecho en sus dos vidas tan distintas.

—¿Le hubiera usted aceptado, senador?

—¿Cuándo estaba vivo? Supongo que sí. Desde luego que le acepté cuando ya estaba encerrado en el armario de la muerte.

El comentario, no menos corrosivo por el tono plano de Corey, provocó que Cantrell mirara la carta.

—¿Qué va a hacer con esto?

Corey pensó primero en su hermano y luego, inevitablemente, en Rob Marotta, Bob Christy, Charles Blair y, al final, en sus padres.

—¿Aparte de desear que jamás me la hubieras dado? —respondió—. En este preciso instante, sinceramente, no lo sé.

—¿Qué tal el señor del Arcoíris? —le preguntó Spencer.

Corey estaba sentado a la mesa de la suite de su ayudante, con el sobre condenatorio para Blair entre ellos.

—Hablemos de Blair.

—Hablemos de la nominación. Tal y como yo lo veo, tus opciones se reducen a esto: cargarte a Blair o aceptar las exigencias de Christy en cuanto a los homosexuales. O las dos cosas a la vez. A menos que quieras coger esto, llevárselo a Blair y advertirle que se retire.

—No puedo hacer eso —dijo Corey, simple y llanamente—. Parecería que somos nosotros los que hicimos que lo siguieran. No tengo ninguna deuda con Blair que justifique tal riesgo.

Spencer hizo una pausa, y miró a Corey con mayor detenimiento.

—¿Estás bien?

—Sólo un poco cansado, así que acabemos con esto. No veo la posibilidad de que nos carguemos a Blair. Como tú mismo has dicho, no sabemos de dónde viene esto, y no quiero que lleve nuestras huellas.

—Ya lo he pensado. ¿Por qué no se lo damos al señor Arcoíris? Él sabrá qué hacer con ello, y debe de estar harto de ver a homosexuales que no han salido del armario jugando la carta del homófobo.

—No —dijo Corey en voz baja.

Spencer lo miró desde el otro lado de la mesa, como si esperara una explicación.

—Piénsatelo bien —le suplicó—. Tarde o temprano, Blair está acabado. ¿Por qué darle a este Judas chaquetero un indulto temporal, arriesgándonos a convertir a Rob Marotta, un oportunista moralmente dudoso que os ha arrastrado a ti y a Lexie por el suelo, en presidente de los Estados Unidos? A veces, las cosas que no queremos hacer resultan necesarias. ¿Tú quieres ser presidente o un puto santo de escayola?

Corey pensó en la carta que llevaba en el bolsillo.

—No voy a jugar el juego de otros, Hollis. Devuélvele a Gilligan su informe con instrucciones de decirle a quienquiera que se lo mandó que no nos interesa.

—Así que no piensas hacer nada —escupió Spencer, lleno de frustración.

Corey sintió una intensa compasión: Spencer no conocía —y él no pensaba decírselas— las razones por las que estaba actuando como debía.

—Oh, sí que estoy haciendo algo. Si estás en lo cierto, hay alguien con oscuros motivos que está desesperado por sacar a Blair de en medio: ahora, no más tarde. Si no mordemos el anzuelo, harán otra maniobra. La votación empieza dentro de unas veintiocho horas; para entonces, sabremos cuál es.

—Para entonces —dijo Spencer— puede que Christy ya haya colocado a Marotta arriba de todo. ¿Qué piensas hacer?

—Nada —dijo Corey—. Excepto contárselo yo mismo.

Corey y Christy estaban ahora sentados frente a frente, a un metro de distancia.

—Esto es una sorpresa —le dijo Christy—. ¿Tengo algún motivo para esperar que hayas visto la luz?

—Vengo por otro asunto, Bob. —Corey se sacó del bolsillo la carta de su hermano—. Quiero que leas esto.

Christy miró a Corey más de cerca. Mientras levantaba las cejas, se sacó las gafas de leer del bolsillo de la camisa.

—¿Qué es?

—La nota de suicidio de mi hermano.

A Christy se le heló la expresión, como si percibiera algo en Corey que le resultaba nuevo y desconocido. Con una reticencia evidente, empezó a leer. En el tiempo que le llevó acabar, las facciones de Christy se hundieron. Por primera vez, su cara pareció la de un viejo.

—Aquel día en el parque —le dijo Corey—, mi hermano también estaba allí.

Christy movió la cabeza, con un gesto lento y pesado.

—Cómo me debes de odiar —dijo, al cabo de un rato—. Y cómo has debido de odiar fingir lo contrario.

—Sí que te odiaba —dijo Corey, claramente—, pero no tanto como me despreciaba a mí mismo. Era mi hermano y no me di cuenta de lo más importante de él. De lo contrario, nada de lo que tú hubieras dicho o hecho habría acabado con una nota de suicidio.

Con cuidado, como si le entregara una frágil taza de porcelana, Christy le devolvió la carta.

—¿Qué quieres de mí, Corey?

—Nada.

Christy negó con la cabeza, con expresión sombría.

—No, algo quieres. A menos que este momento sea lo bastante placentero para ti.

Corey se encogió de hombros.

—Deberá serlo. No pienso utilizar esto contra ti. No habrá una rueda de prensa patética en la que explote la muerte de mi hermano para «humanizar» mi postura con los derechos de los homosexuales. Ni siquiera espero que te ablandes; el respeto que te tengo nace de que crees en lo que dices. —Corey hizo una pausa, y luego prosiguió con voz serena pero firme—. Lo único que quiero que sepas es que no puedo acompañarte en esto: ni ahora ni nunca. Si existe un Dios, lo cual, sinceramente, me pregunto, creo que nos juzga a nosotros dos con más dureza de la que juzga a Clay. O tal vez, sencillamente, nos juzgamos a nosotros mismos. Sea lo que sea, para mí, utilizar de chivos expiatorios a gente como mi hermano debido a tus creencias sería sólo empeorar las cosas.

Christy lo miró sin decir nada, como si la finalidad de las palabras de su interlocutor convirtieran cualquier respuesta en superflua.

—Así que haz lo que tengas que hacer —le dijo Corey antes de marcharse.

405

9

$\mathcal{H}$acia las cinco de la tarde, dos horas antes de abrirse la sesión nocturna del martes, Corey y el senador Drew Tully estaban tramado cómo derribar el dominio de Blair sobre la delegación de Illinois.

Tully, con su cara tan ancha que parecía hecha de placas de granito, tomó un sorbo rápido de whisky.

—Con Riggs y Slater podía haberlo hecho, pero ahora se supone que están tan enfermos por esa «intoxicación alimenticia» que se han marchado corriendo a casa, sustituidos por un par de lameculos de Blair. Puede que yo esté en el Comité de Apropiaciones, pero ahora tengo a mi delegación imaginándolo como presidente, Dios mío. La idea de que Blair pueda estar tomando decisiones de vida o muerte me da ganas de vomitar: si pudiera doblegar a ese gilipollas, créeme que lo haría. Es tan asquerosamente «perfecto».

—Sigue intentándolo —lo apremió Corey—. Y si crees que puedo influir en algo hablando con algún delegado, llámame. —Puso una mano en el hombro de Tully—. De una cosa estoy seguro, Drew: tengo muchas más posibilidades de ser presidente de las que Charles Blair tendrá nunca.

Con expresión de dudarlo, Tully asintió y luego se acabó de un trago el whisky.

Υ

Las dos horas siguientes transcurrieron entre escaramuzas. A riesgo de convertirse en una paria del partido, una delegada de avanzada edad, de Missouri —comprometida con Marotta pero no obligada por la ley del estado—, anunció que cambiaba su voto a favor de Corey por su postura en el tema de las células madre.

—Mi marido tiene alzhéimer —dijo en rueda de prensa—. Dios no quiere que la gente real sufra por no dañar una célula en una probeta.

Sin embargo, al cabo de unos minutos, uno de los cazadelegados de Corey, en busca de votos desesperadamente, fue abucheado en una reunión de la delegación de Idaho. Luego, Rohr News informó de los rumores que decían que Christy iba a comprometer sus delegados con Marotta.

En cuanto a Blair, Spencer informó a Corey de que no había rumores en absoluto.

Y así, los cazadelegados, según cálculos de Spencer, estaban atrincherados, descubriendo a delegados que se vendían por razones tan triviales como profundas: entradas para la Super Bowl, una cena con Lexie, una aparición conjunta con Corey en el programa *Larry King Live*, un partido de golf con un antiguo presidente demasiado viejo para andar... Y luego estaba Harold Simpson, el pomposo y corrupto congresista de Oklahoma, que, aunque se inclinaba por Marotta, propuso cambiar su voto por un puesto en el Tribunal Supremo.

—Que pruebe con el Tribunal de Apelaciones —le indicó Corey a Spencer—. ¿Cómo quiere que lo ponga en el Alto Tribunal?

Al cabo de unos minutos, Spencer volvió a llamarlo:

—Simpson no traga —le dijo—. Insiste en hablar contigo directamente.

Con los nervios de punta, Corey miró el reloj.

—¡No sabe nada! —exclamó—. Pues, entonces, espero que disfrute de nuestra conversación.

Cuando sonó el móvil de Corey, Simpson le espetó:

—Me necesitas, y el Tribunal Supremo también me necesita. Puedo aportar mucha experiencia en el mundo real.

—Oh, estoy convencido —dijo Corey—. Así que veamos el aspecto que tiene ese mundo real. En el mundo real, tienes dinero y favores de contratistas militares que rebosan de tus bolsillos. Si decidiera convertirme en una nominación de mierda, al menos querría que se aguantara. La tuya no lo haría: los demócratas te hundirían como un saco lleno de piedras. Y si Marotta te ha dicho algo distinto, miente. Pero no lo ha hecho; de lo contrario no estarías llamando a mi puerta. Así que, o te conformas con el Tribunal de Apelaciones, o te vas al infierno.

—¿Intentas mandarme a la mierda? —dijo el congresista, casi gritando.

—No me molesto ni en intentarlo. Si algún día llego a presidente no tendré por qué gustarte. Pero, por tu bien, será mejor que tú me gustes a mí. —Corey bajó la voz—. No pierdas el tiempo haciéndote el ofendido, Harold. Sencillamente, dale tu respuesta a Hollis.

Cuando colgó, Corey se dio cuenta de que tenía la frente empapada de sudor.

Respiró hondo y se quedó quieto un instante, lo más parecido a la meditación de lo que era capaz ahora.

La convención ya había empezado. Por la CNN se emitía un cortometraje convencional sobre el voluntariado, llamada *Gente solidaria*, en la que aparecía Mary Rose Marotta leyendo cuentos a un grupo de niños de parvulario, seguido de la puntual entrada de Mary Rose al acto nocturno.

«Debe de ser una parodia —pensó Corey—. Sencillamente, esto no puede ser real.»

Entonces empezaron los coros: «Mary Rose, Mary Rose, Mary Rose...».

En el exterior de la convención, los manifestantes se habían reunido para protestar contra la guerra y el poder de la derecha cristiana, mientras que en el podio, la senadora Lynn Whiteside, una de las seguidoras de Corey, trataba de convencer por el terreno minado de las células madre.

—Aunque puede que no estemos de acuerdo en algunos temas —aventuró, animosamente—, estamos unidos por nuestro amor a Dios.

En el auditorio de la convención, los miembros de varias delegaciones —algunos comprometidos con Christy, otros con Marotta— se levantaron, y le dieron la espalda. Uno de ellos, un hombre mayor que llevaba una gorra roja con una trompa de elefante dibujada, se puso de rodillas a rezar mientras las lágrimas le caían por las mejillas.

Corey se sacó el móvil del bolsillo y llamó al jefe de su comitiva del Servicio Secreto.

—Necesito un poco de aire fresco —le dijo.

Ataviado con unos vaqueros y un polo y escoltado por agentes del Servicio Secreto vestidos de paisano, Corey avanzó entre la multitud de manifestantes y se adentró hasta las vallas que rodeaban el Madison Square Garden.

Estos manifestantes en especial eran jóvenes y desafectos; furiosos contra el partido de Corey por la guerra, el medio ambiente, y por su oposición al aborto y a los derechos de los homosexuales. Pero lo que más inquietaba a Corey era la pura irrelevancia de la retórica que llenaba el interior del Garden respecto a cualquier tema que tuviera relación con la calidad del futuro de todos aquellos jóvenes. Miró las pancartas que tenía a su alrededor: «Basta de ecoterrorismo, abajo el Partido Republicano»; «Iraq: 25.000 norteamericanos muertos o mutilados; 600.000 iraquíes muertos» ; «Proteged a nuestros soldados: respetad la Convención de Ginebra»; «Jesucristo apoya el derecho universal a la sanidad, no los recortes de impuestos a los ricos»; «Derechos humanos significa derechos para los homosexuales».

A Corey, le vinieron dos ideas a la cabeza: que el mundo de la política era mucho más complejo de lo que ninguno de estos manifestantes jamás se imaginaría, y que la política, tal y como se practicaba en la actualidad, se había ganado a pulso su odio y su desprecio.

Aunque la aglomeración era tan grande que se tocaban hombro con hombro, nadie pareció reconocerle. Al alcanzar las vallas de metal, Corey se quedó frente a una hilera de agentes de Policía que llevaban máscaras antigás. Tenía a dos hombres del Servicio Secreto a su espalda; a un lado, una mujer joven, alta y de aspecto extraño llevaba una pancarta en la que se leía «Dejadnos entrar»; al otro lado, un chico flacucho con ojos muy oscuros gritaba: «Que se joda Dios, que se joda Dios», tan fuerte que se le tensaba la musculatura del cuello y su voz casi ahogaba el rumor de las hélices que sobrevolaban la zona. El objetivo de todas las consignas, advirtió Corey, era una hilera de delegados de rostros impertérritos que eran escoltados hacía la entrada por los guardas de seguridad. Una vez dentro, añadirían aquella experiencia a su lista de quejas contra los filisteos que se oponían al Partido Republicano, doblando sus esfuerzos por purgar Estados Unidos de tan malignas influencias. Las barreras, decidió Corey, eran una metáfora.

Atrapado entre los furiosos, frustrados y desaforados, Corey esperó hasta que el chico que tenía al lado se hubiera cagado en Dios tantas veces que ya no le quedara voz. Entonces le preguntó:

—¿Crees que te han oído?

El chico se volvió hacia él con expresión tensa y restos de hostilidad.

—No nos ven, no nos oyen…, tan sólo nos odian. No son tan distintos de Al Qaeda.

Éste no sería un momento Hollywood, pensó Corey, uno de aquellos instantes en los que el candidato circula por entre la masa atenta, repartiendo esperanza y comprensión. Este proceso, de ser posible, llevaría años…, y con un presidente muy distinto del que Magnus Price pretendía darles.

—No os conocen —le respondió Corey—. Ni los conocéis a ellos. Y mañana será algo peor.

El chico lo miró, reconociéndolo de pronto:

—¿Qué demonios hace usted aquí?

—Escapar de la burbuja. El ambiente es tan demente ahí dentro como aquí fuera.

—Usted tiene todo el poder. A nosotros no nos escucha nadie —dijo el chico, tras mover la cabeza, impresionado.

Corey sabía que los motivos de que eso ocurriera eran demasiado complicados para explicarlos en una respuesta sencilla.

—Lo haría —respondió—, pero tendréis que pensar en un eslogan mejor.

Dividido entre la hostilidad y la confusión, el chico no respondió.

—¡Suerte! —dijo Corey, que se dio la vuelta para marcharse en medio del calor de los cuerpos que se apretujaban, los gritos de los manifestantes y el ritmo machacón de los helicópteros.

Corey se dio cuenta de que durante aquella última hora no había cambiado nada: el secreto de Blair seguía siendo secreto; los rumores de que Christy apoyaría a Marotta seguían siendo rumores. El orador de la convención que aparecía por el monitor de Corey, un pastor negro fundamentalista, había sido elegido por Magnus Price para fusionar la diversidad simbólica con una denuncia del matrimonio entre homosexuales lo bastante furibunda como para complacer a los evangelistas. A través de Rohr News, las cámaras mostraban a menudo imágenes de Mary Rose y sus hijos, las caras humanas del «Saludo a la familia norteamericana» del partido. Todo este despliegue coreografiado de charlatanería e hipocresía, unido al tumulto del exterior, la ruina potencial a la que se enfrentaba Blair y la carta de suicidio de su hermano, no hacía más que intensificar la desesperación de Corey. Con una determinación no menos emotiva por su brusquedad, llamó a Lexie.

411

—¿Lo estás viendo? —preguntó.

—A ratos. Lo que soy capaz de soportar tiene un límite.

—No sé cómo decirte esto, Lexie, así que te lo diré tal cual es: quiero tenerte a mi lado.

Por un momento, Lexie se quedó en silencio.

—¿Qué pasa? ¿Estás tan seguro de que vas a perder que ya no importa lo que hagas? ¿O todos estos planos de Mary Rose te están atacando los nervios?

En aquellas palabras había la suficiente verdad como para hacerle pensar.

—Puedo perder perfectamente —admitió—. Y ver a Mary Rose me da ganas de gritar. Pero hay algo más en todo esto. Hoy me han pasado muchas cosas, más de las que tengo tiempo de contarte, así que puede que eso te vaya a sonar egoísta: es tanto el bien que me hace tenerte al lado, que estar sin ti me duele. Cuando estás conmigo pienso con más claridad, percibo mejor las cosas, me enfrento a los hechos con mayor sinceridad. Lo echo de menos, igual que echo de menos lo que me pasa cuando te miro. Has hecho que estar solo me parezca una desgracia. —Hizo una pausa, y luego le soltó el resto—. Para mí nunca ha habido nadie como tú. No creo que lo vuelva a haber nunca. Quiero pasar el resto de mi vida contigo.

Por unos instantes, sólo hubo silencio.

—No puedo ser la artista invitada —dijo, en tono sereno—, entrando y saliendo de tu vida, dependiendo de tus necesidades y ambiciones. Sencillamente, es demasiado difícil para mí. —Los sentimientos que reprimía se colaron ahora por sus esfuerzos de hablar de manera controlada—. Sigues queriendo ser presidente, y yo sigo siendo una ex adicta a la heroína. No ha cambiado nada, excepto que me necesitas.

Corey echó una ojeada a la CNN y vio una imagen de Mary Rose hablando al oído de su hija.

—¿Y si quiero casarme contigo?

Lexie soltó una carcajada suave, aunque también sorprendida.

—Has tenido un mal día. Si sigues así, mañana querrás tener un hijo conmigo.

—O dos —respondió Corey—. Admito que ha sido un día difícil, pero hay una cosa que está más clara que el agua: no quiero ser presidente sin ti, y no quiero la vida sin ti.

—Están en medio de una crisis —protestó ella— y, de pronto, te pones a hablar de matrimonio, hasta de familia, cuando llevamos meses sin vernos. ¿Qué crees que tengo que pensar? —La emoción la hacía hablar más rápido—. Todavía te quiero, ¿de acuerdo? Pase lo que pase, creo que siempre te querré. Pero una cosa es casarse con un senador, y otra casarse con el presidente. Una declaración así no es justa.

Corey sintió que su frustración crecía.

—No quieres ser una artista invitada en mi vida. No puedes enfrentarte a la idea de casarte conmigo. ¿Dónde te deja eso?

—Ahora mismo, mirando la convención por televisión. Al fin y al cabo, es uno de los acontecimientos más importantes de tu vida.

De pronto, Corey se dio cuenta de que Lexie discutía con ella misma y que lo mejor era quedarse callado. Al cabo de una larga pausa, ella le preguntó:

—¿Quieres realmente que vaya?

412

—Sí.

Más silencio.

—Esto es una locura —dijo ella—. Pero si me puedes reservar una habitación de hotel, encontraré un vuelo. Ya tendré tiempo de arrepentirme más tarde.

—¿Viene? —preguntó Spencer.

Corey visualizó a Spencer en su cabina, fastidiosamente distraído de la locura que tenía a sus pies.

—Viene —respondió Corey.

—Pues entonces ya sabes lo que estoy obligado a decir. Si Lexie aparece, es otra señal hacia los conservadores sociales de que no eres realmente uno de ellos.

—Mira, ya he rechazado apuntarme a la agenda antigay de Christy. Después de eso, la llegada de Lexie no se va a notar tanto. Excepto para mí.

—Excepto para Christy —dijo Spencer, cansinamente—. Acabo de oír que planea esperar hasta la primera votación de mañana por la noche. Si aparece Lexie, con toda su carga de células madre, puede que Christy pierda el control de sus delegados. Ese impulso tuyo podría costarte la nominación.

Por un instante, Corey se preguntó lo que habría hecho de conocer la decisión de Christy. Pero éste era el primer pago a plazos en su petición a Lexie y no podía, ni quería, hacerse atrás.

—Quiero que esté en el Garden —respondió Corey—, a tiempo para la primera votación. Dile a Jack que le encuentre una habitación.

413

10

—*R*ohr es el hombre —le había instruido su jefe a Gilligan—. Ha invertido demasiado en Marotta como para dejarle hundirse ahora. Además, la historia es mucho más letal para Blair si proviene de la prensa de la derecha.

Gilligan lo meditaba mientras desayunaba. Su jefe era un hombre astuto, pero, como la reacción de Grace había demostrado, la política practicada bajo una presión tan fuerte era mucho más un arte que una ciencia, gobernada por motivos demasiado complicados para predecirlos…, en especial los de Marotta y Price. Sin embargo, había algo de lo que estaba seguro: antes de la votación de esa noche, los destinos de varios hombres quedarían alterados por lo que estaba a punto de hacer.

Con grandes recelos, cogió el teléfono y marcó el número de Alex Rohr.

Demasiados asuntos, pensó Price, estaban llegando directamente a sus manos. Era miércoles: con tan poco tiempo hasta el inicio de las votaciones, los delegados que estaban en posición de regatear insistían en no dejar nada al azar. En la última hora había prometido construir una presa; había amenazado con una inspección de Hacienda; le había prometido a un ex cargo un trabajo fantástico presionando a favor de la industria automovilística; había regalado sus entradas de la Super Bowl y se había enfrentado a un senador, al que había amenazado con arruinar su carrera. Y ahora, el congresista Harold Simpson, de Oklahoma, empalagoso y corrupto hasta la médula, había vuelto, chuleando con su apoyo a cambio de un cargo en el Tribunal Supremo de los Estados Unidos.

—Grace me ha prometido el Tribunal de Apelaciones —dijo Simpson, sin aparentar ninguna vergüenza—. Ahí es donde estoy, a menos que Rob pueda mejorar la oferta.

Eran las nueve de la mañana, pensó Price, y ya tenía los sobacos de la camisa empapados de sudor.

—Harold —le prometió—, la segunda vacante es tuya.

Le sonó el móvil y la pantallita le indicó el nombre de Alex Rohr.

—¿Por qué no la primera? —preguntó Simpson, testarudo.

—Esos justicieros son endemoniadamente viejos —le espetó Price—. Uno de ellos tiene ochenta y seis años; el otro padece demencia senil; otro tuvo una baja por cáncer. Limítate a no meterte en problemas el tiempo suficiente para que dos de ellos se jubilen o se mueran.

Tocó el botón del móvil y atendió la llamada de Rohr.

—¿Cómo estás, Alex?

—Más jodido de lo que tú ya sabes. La cagaste bien cagada, Magnus.

Rob Marotta le había prometido a Mary Rose que podrían llevar a los niños en el barco *Circle Line* que da la vuelta a Manhattan. Aunque estaba planeado como una actividad de cara a la prensa —en parte para mostrar la confianza de Marotta, en parte para retratar su perfil de devoto de la familia el día definitivo para su candidatura—, se trataba de algo importante para Mary Rose, de una recompensa para su prole por haber interpretado un papel muy estresante en un concurso que los dos más pequeños apenas comprendían. Así pues, que Price convocara una reunión privada le provocó tanta exasperación como ansiedad. Cuando Price abrió la puerta de su suite, Marotta cerró la puerta detrás de él y preguntó:

—¿Qué demonios va mal?

415

Mientras se sentaba, Price parecía agitado:

—Blair.

Al instante, la ansiedad de Marotta se convirtió en pavor:

—¿Qué le pasa?

—Siéntate —le pidió Price—. Y luego llamas a Mary Rose.

Marotta sabía que era mejor no discutir. Llamó a su mujer y le dijo:

—No tengo tiempo de explicártelo, pero tendrás que ir sola. Diles a los niños que se lo compensaré.

Mientras lo decía, sabía que Mary Rose estaba pensando lo mismo que él: que los niños estaban demasiado acostumbrados a esas promesas.

—Hay un problema —añadió apresuradamente—, pero todavía no sé su gravedad.

—Lo siento —respondió ella, en un tono sereno que no lograba ocultar su decepción—. ¿Hay algo que pueda hacer?

—Sencillamente, ocúpate de que pasen una mañana divertida. —Marotta hizo una pausa, muy consciente de que Price lo escuchaba—. Te quiero, Mary Rose.

Al colgar, Marotta miró a Price tan fijamente que, por una vez, su interlocutor le pareció sobrepasado por las circunstancias.

—Blair es homosexual —dijo, con voz monótona—. Se la ha estado mamando o follándose a un entrenador personal al que tenía en nómina. Alex tiene documentación, fotos, recibos de tarjeta de crédito…, todo lo que la prensa necesita para sacarlo hoy mismo a la luz.

Marotta sintió unas ganas repentinas de vomitar que lo dejaron frío y sudoroso. Con la disciplina que le otorgaba toda una vida en la política, trató de desmenuzar aquel desastre en las partes que lo componían:

—¿De dónde lo ha sacado Alex? —preguntó.

—De Sean Gilligan. Pero éste alega que le llegó de forma anónima.

—¿Te lo crees?

—No. Pero éste no es el problema inmediato. —Price hablaba nerviosamente—. Rohr no piensa decírselo a los suyos: por lo que a él respecta, Blair está todavía dentro del armario. Pero quien sea que le dio este informe a Gilligan dispone de once horas para darnos por el culo. Cuando se dé cuenta de que Rohr está tapando ese secreto no tan pequeño de Blair...

La voz de Price se apagó, como si las consecuencias potenciales fueran demasiado ruinosas como para ser pronunciadas.

—Se limitó a sentarse aquí y mentirnos —dijo Marotta, enfurecido—. Si los conservadores cristianos se enteran, nos sacarán la alfombra de debajo de los pies a Blair y a mí. Y yo seré el tío que les ofreció un candidato homosexual para ser vicepresidente.

—Blair tiene que marcharse —dijo Price, claramente—. La única pregunta es cómo lo hacemos sin que signifique darle a Grace la nominación.

—Blair se va ya, maldita sea. Diremos que su familia se lo ha pensado mejor.

—Entonces ya puedes despedirte de Illinois —replicó Price—. Si Blair se retira hoy, Drew Tully se llevará toda la delegación hacia Corey.

Marotta tenía la sensación de que sus cuidadosos cálculos se les estaban yendo de las manos. Cada decisión que pudieran tomar tenía consecuencias que nadie podía anticipar; todas ellas parecían plantear la alternativa entre la victoria y la integridad.

—Tal vez lleguemos a un acuerdo con Costas... —dijo Marotta, finalmente—, y lo sacamos en una rueda de prensa. Eso distraerá a la prensa. Si alguien saca lo de Blair después de eso, ya no formará parte del *ticket*.

—Sólo estarías cambiando Illinois por Nueva York —respondió Price—. Los fanáticos de la Biblia no se fían de Costas en absoluto, y aunque Blair ya no esté, descubrir que tu primera opción era un mariquita los pondrá todavía más histéricos; en especial, a los de Christy. Y luego está Larkin: si ahora sacamos a Blair, presionará para ser vicepresidente él.

—Que le den por culo a Larkin —dijo Marotta con un tono tranquilo—. El muy lameculos nos debe una: él es quien nos vendió la moto de Blair, para empezar.

Por un momento, la expresión de Price se tornó enigmática.

—Sí —dijo—, ya me acuerdo. Pero puede que Sam no lo vea igual. Incluso puede que intente hacer un trato con Grace.

Marotta se levantó.

417

—En fin, que estamos jodidos hagamos lo que hagamos: ¿es esto lo que quieres decir?

—Tal vez. —La voz de Price era tensa, con un registro más alto de lo normal—. Supón que aguantemos a Blair durante unas once horas más, que tratemos de aguantar el asunto lo bastante para ganar la primera votación. Y luego le cortamos los huevos a Blair.

—¿Cómo lo hacemos?

—Es un riesgo —dijo Price, mientras se secaba la frente, aparentando pensar mientras hablaba—. Nos acercamos a Costas confidencialmente, le decimos que Blair tiene problemas y le prometemos la vicepresidencia si nos ayuda a obtener el apoyo de sus muchachos. La condición es que no se lo cuente absolutamente a nadie hasta que tengamos la nominación en el bolsillo. Costas lo aceptará, estoy convencido. De esta manera, conservas Illinois y añades Nueva York.

—¿Y sufrir las siguientes doce horas con dos vicepresidentes? —Marotta se volvió a sentar—. El otro problema es proteger el secreto de Blair. Quien sea que esté tras él tiene doce horas para hacerlo público.

Por un momento, Price apoyó el mentón sobre sus manos apretadas, con los ojos entrecerrados.

—Supón que Alex le dice a Gilligan que Rohr News aireará lo de Blair esta noche…, y luego no lo hace. Cuando empiece la votación, Blair seguirá en el armario.

Marotta se dejó caer pesadamente en su butaca, tentado, pero a la vez preocupado por el riesgo que conllevaba tamaña duplicidad.

—Llamemos a Costas —dijo—. Y luego decidimos a partir de ahí.

A pesar de sus rasgos patricios, la expresión de perplejidad del gobernador Costas, con sus grandes ojos pardos, hizo que Marotta se imaginara estar ante un sapo guapo pero atónito.

—¿Os cargáis a Blair? —dijo, intrigado.

—Es confidencial —dijo Price, desenfadado—. Se está decidiendo tan precipitadamente que Blair todavía no lo sabe. Pero te garantizo que cederá.

Pensativo, Costas miró a Price y a Marotta, como si sus antenas hubieran captado algo salvaje.

—No se lo vais a decir —dijo, llanamente.

—No se merece la cortesía. Nos ha mentido, y necesitamos esos delegados. La pregunta es si tú nos puedes ofrecer los tuyos.

Marotta observó las distintas emociones que cruzaban por el rostro de Costas: cautela, duda y, en cuanto al secreto de Blair, una mezcla de curiosidad y temor.

—Tengo la sensación de que estoy andando por encima de la tumba de alguien —dijo.

Marotta se inclinó un poco hacia delante.

—Es inevitable, George. La pregunta de Magnus sigue estando en pie: ¿puedes aportar tus delegados?

Costas parpadeó.

—Creo que sí. Pero Grace tiene muchos seguidores, algunos de los cuales no simpatizan mucho contigo. Sería una ayuda si les dijéramos a mis delegados que yo sería tu nominado...

—No lo serás si lanzamos Illinois por la borda —intervino Price—. Estamos poniendo a prueba tu liderazgo, George. Convence a los tuyos de que apoyar al senador Marotta es lo mejor para Nueva York.

Una arruga apareció en la expresiva boca de Costas.

—Sólo me creerían si supieran lo que no puedo contarles. Si llegamos a noviembre, Rob no se llevará Nueva York. Grace, al menos, tiene alguna posibilidad, y mis delegados lo saben. Me estás poniendo en un callejón sin salida.

—Mira... —empezó Marotta.

Price levantó una mano y pidió silencio a su candidato. Con voz amable le preguntó a Costas.

—¿Quieres ser vicepresidente?

Costas asintió:

—Sí.

—Pues entonces escúchame bien, gobernador. Cuando te miras al espejo te imaginas vicepresidente, incluso presidente. En cambio, cuando los líderes del partido te miran ven a un mierda. Ésta es la única oportunidad que vas a tener en tu vida.

Marotta se estremeció interiormente, no sólo al oír la ver-

419

dad escupida con tanta brutalidad, sino también al imaginarse lo que debía pensar Price realmente de él. Y, sin embargo, sostuvo la mirada de Costas y luego asintió.

El gobernador bajó la vista.

—Dadme una hora —dijo—. Necesito hablar con Louise.

Sin introducción previa, Price vació el contenido del sobre y extendió las fotos delante de Charles Blair. Por un instante, éste las miró y luego, aunque no emitió ningún sonido, empezó a mover la boca.

—Estás acabado —le dijo Price—. Lo único que no sé es si hacemos que parezca un accidente o si te embalsamamos como es debido.

La humedad veló los ojos de Blair, como si le hubieran dado un golpe en la cara.

—¿Qué quieres? —logró preguntar.

—Que seas mi esclava sexual, Charles. Te retirarás cuando yo te lo diga. Si es dentro de dos horas, así sea. Pero mi preferencia ahora mismo es aguantarlo un día más, para que puedas conservar tus delegados. —La voz de Price se llenó de desprecio y de asco—. Tendrás que fingir un poco, Charlie. Pero sabe Dios que se te da bien.

Blair cerró los ojos.

—Lo siento...

—«Lo siento, siento haberos mentido, Magnus. Siento poder costarle a Rob la nominación. Siento haber embaucado a mi mujer, haciéndole creer que soy hetero. Siento haber mantenido a un tarado lleno de músculos con el erario público para poder follármelo por el culo», lo imitó Price, burlón. Eres el trozo de mierda más lamentable que he visto en política en toda mi vida. Pero lo lamentarás mucho más, a menos que seas capaz de entregar tu delegación a mi candidato. Si no lo haces, Alex Rohr publicará esta información en todos los canales de prensa de su propiedad. No sólo tienes que luchar por mi candidato. Tienes que luchar por tu matrimonio, por tu familia y por cualquier resto de dignidad que puedas fingir que te queda. ¿Me has entendido bien?

Blair asintió en silencio, más pálido que antes.

—Tengo que ir al baño —empezó a decir antes de salir corriendo.

Mientras miraba por la ventana, Price oía a Blair vomitar al otro lado de la puerta.

11

A las dos en punto —cinco horas antes de que se reanudara la convención—, Spencer y Corey miraban la CNN.

Mientras, el gobernador Costas aparecía en una rueda de prensa organizada apresuradamente, con Rob Marotta a su lado.

Aunque era alto, Costas tenía los hombros caídos y leyó su declaración de una manera entrecortada que le restaba fuerza: «Ha sido una competición amarga —recitó—. Sin embargo, después de días de pensar mucho en ello, he llegado a la conclusión de que el senador Marotta es el candidato que puede unir mejor los elementos tan dispares que tenemos en nuestro partido, incluyendo los que apoyan al senador Grace y al reverendo Christy».

Corey se puso a contar los delegados de Marotta.

—Si Costas conserva Nueva York —dijo—, Marotta se queda a tan sólo veinte votos de ganar la primera votación.

Con los ojos pegados al texto, Costas seguía leyendo: «La apertura al centro de nuestro partido está ejemplificada por el senador Marotta y su elección del gobernador Blair».

—Lo saben —murmuró Spencer. Miró a Corey y dijo con decisión—. Marotta y Price saben lo de Blair y le han prometido la vicepresidencia a Costas.

—No puedo creerlo.

—Créetelo: es exactamente lo que Magnus haría si estuviera lo bastante desesperado. —Mientras observaba la expresión de Corey, Spencer cogió su móvil—. Te lo demostraré.

—¿A quién llamas?

—A Blair.

Spencer aguardó con impaciencia, la viva imagen de la furia silenciosa.

—Soy Hollis Spencer —dijo—. Póngame con el gobernador Blair. —Apretó los ojos—. No me importa si está reunido con Jesucristo y con John Lennon a la vez. Si Blair no se pone al teléfono deseará estar tan muerto como esos dos.

Por televisión, Costas estrechaba la mano de Marotta.

—Hola, gobernador —dijo Spencer—. Supongo que sabe que lo echan. Desde luego, Marotta lo sabe. —Escuchó brevemente y luego volvió a hablar con voz más baja—. Basta ya de comedia. Lo sabemos, desgraciado. Dejaré que Corey decida lo que hacemos con esta información, pero yo, de usted, me retiraría antes de que empezara la votación.

Spencer colgó el teléfono.

—Así que tenías razón —dijo Corey.

—Claro. El pobrecito hijo de puta está más asustado que un ratón.

—¿Y si no se retira?

—Haremos que se retire: no tenemos elección.

Corey negó lentamente con la cabeza.

—¿Y cómo? Le hemos devuelto las pruebas a Gilligan. Además, no sé si sería capaz de hacerles esto a su esposa y a sus hijos.

—Magnus lo sería: le está haciendo chantaje para conservar Illinois. Por eso estamos tan cerca de perder. —Spencer se puso rojo, la viva imagen de un hombre mayor peligrosamente sobreexcitado—. Por Dios, Corey, reacciona. ¿Quieres realmente entregar la victoria a Rob Marotta?

Corey se reclinó en su silla y miró a Marotta por la CNN, probando una sonrisa de falso triunfo mientras subía al micro del estrado.

—Encuentra a Drew Tully —le dijo a Spencer—. Dile que creemos que Marotta va a sustituir a Blair por Costas. Puede convocar una reunión de la delegación y pedirle a Blair que lo niegue. Si Blair se desmonta, o con sólo que dos delegados se pasen a mi bando, bajo la norma de la unidad Drew se hará con el control de toda la delegación e Illinois pasa a mi bando. Blair se desmontará, supongo. Pensará que Tully sabe lo que nosotros sabemos.

Spencer lo miró con expresión suspicaz y luego cogió su móvil, que estaba sonando.

—Claro —le dijo a quien llamaba, y luego tapó el receptor—. Sam Larkin quiere vernos.

Corey echó un vistazo al reloj.

—Dile que a las cinco en punto.

—¿Por qué tan tarde?

—Antes necesito ver a alguien. —Mientras se dirigía hacia la puerta, Corey dijo—: Llama a Tully.

Con dos agentes del Servicio vigilándolo desde una distancia prudente, Corey llamó a la puerta de su suite.

Al cabo de un momento, la puerta se entreabrió y apareció la cara de Lexie.

—Sólo soy yo.

—Sólo tú —dijo ella sonriente— y sólo con unos meses de retraso.

—No ha sido culpa mía —dijo él, con exasperación fingida—. Pero ¿vamos a discutirlo con la puerta por medio o me dejas pasar?

Lexie abrió la puerta. Corey entró y la cerró detrás de él. Luego la acercó y la abrazó con fuerza, sintiendo su cuerpo contra el suyo, oliendo el aroma de su piel.

—No he cambiado de idea —murmuró—. Cásate conmigo.

Ella se separó y le puso un dedo en los labios, que luego sustituyó con sus labios. Por un momento su beso fue suave; luego se hizo más profundo.

Corey buscó la cremallera de su vestido.

—¿Ahora? —preguntó ella.

—Es que… hace tanto tiempo…

Con la cabeza apoyada contra su hombro, Lexie soltó una carcajada.

—¿Qué pasa, se te ha olvidado de lo que era porque ha pasado demasiado tiempo?

Mirándola a la cara, Corey le bajó el vestido por los hombros. Su piel morena atrajo de nuevo sus labios. Cuando le rozó los pezones sintió que se estremecía. El vestido cayó al suelo, y luego también el escaso trozo de tela que le cubría la suave maraña de vello por debajo de la cintura.

—Sígueme —le susurró.

Soltándose de sus brazos, Lexie entró en el dormitorio y se tumbó en la cama. Él se quedó a los pies, desvistiéndose, atrapado por la belleza de su desnudez.

Incluso cuando entraba en su cuerpo, Corey seguía mirándola a la cara.

—Te quiero —le musitó, y luego los dos se quedaron en silencio.

Estaban tumbados el uno junto al otro; sus rostros a escasos centímetros de distancia.

—Lástima que las cosas no sean tan fáciles como ésta —dijo Lexie con una sonrisa.

—Y no sabes ni la mitad de lo que está ocurriendo.

—Cuéntamelo.

Rápidamente, Corey le contó lo de la carta de Clay, el secreto de Blair y todos los cambios que había implicado. Cuando terminó, Lexie tenía la mirada preocupada, hasta triste.

—Tantas vidas rotas.

Corey no supo qué responder. Ella le tomó las manos entre las suyas.

—Yo también te quiero —le dijo—. Por eso estoy aquí. Incluso pienso que, como pareja, tenemos algo único que ofrecer a este país. Pero también pienso que, si ganas, no creo que podamos salvar lo nuestro.

—¿Y si no soy presidente?

—Pero yo sigo queriendo que lo seas —respondió—. De modo que no puedo ver más allá de esta noche. Pero si quieres que esté en la convención, allí estaré. Puede que sea lo único que me queda por ofrecerte.

Abrumado por las preocupaciones, Corey miró el reloj.

—Tengo que irme —dijo, a regañadientes, antes de besarla una última vez.

Y

De lo sublime a lo traicionero, pensó Corey, y se concentró en Sam Larkin.

Cómodamente sentado en la suite de Corey, Larkin miró a Spencer y luego trasladó su mirada solemne a la figura de Corey.

—Tienes un problema —le dijo a bocajarro—. Tus amigos supuestamente moderados, Blair y Costas, están abandonando tu barco como ratas. Y ahora se rumorea que ha vuelto tu amiguita.

Corey se encogió de hombros.

—Unos se van, otros vuelven.

Larkin abrió un poco más los ojos.

—Lo que estás a punto de perder es la nominación. Es hora de que vayamos al grano, hijo. Necesitas a mis delegados. Necesitas mi apoyo explícito para evitar que Christy y sus delegados se pasen al bando de Marotta. Y con tu selección de líos románticos —que, por cierto, te envidio—, necesitas a un compañero sureño que atraiga a los blancos con, digamos, un aspecto más tradicional.

Corey sonrió.

—¿Por qué eres tan decoroso, Sam? ¿Por qué no dices, directamente, «racistas»?

—Los racistas votan —dijo Larkin con desenfado—. Algunos hasta son delegados. Se te ha pasado el momento de tener prejuicios. Dentro de menos de dos horas empiezan los discursos de nominación, y luego las votaciones. En algún momento entre entonces y ahora, me tendrás o lo perderás todo.

Corey miró a Spencer.

—Ayúdame un poco, Sam. La última vez que miré estabas cantando las excelencias de Blair ante los delegados del sur. Ahora quieres el puesto para ti. ¿Qué ha cambiado?

—El recuento de delegados. —Larkin le dedicó una sonrisa lenta—. No se me ha escapado nunca que yo no soy para ti un ejemplo de lo que entiendes por buen gobierno, aparte de toda la presión que hice a favor de las corporaciones norteamericanas con problemas. Pero ahora pienso que un hombre que quiere ser presidente ha de pasar por encima de estas cosas. A menos que sea tonto.

Corey se encontró mirando a los ojos azules y cínicos de Larkin, mientras trataba de calcular las posibilidades de que Blair se doblegara, o fuera expulsado, entre ahora y la primera votación. Puso todo su temple en una última jugada:

—Me gustaría contar con tu apoyo —le dijo a Larkin—. Tal vez lo necesite. Pero tengo motivos para pensar que mi situación no es tan desesperada como sugieres. Si hoy resistes, dedicaré a tu oferta toda mi consideración. —Su voz se suavizó—. Marotta tiene problemas; tal vez lo hayas oído, Sam.

Por un momento, Larkin vaciló. Luego, recuperando la calma, dijo:

—Dedicaré a tu «no oferta» toda mi consideración, Corey. Desde luego. A menos que consiga otra mejor, claro.

Con un apretón de manos como único ceremonial, Larkin se marchó. Cuando Spencer cerraba la puerta detrás de él, Corey dijo.

—Maldito hijo de puta: es él quien le ha echado el lazo a Blair.

Spencer hizo una pausa, con la mano todavía en el pomo.

—¿Eso crees?

—Estoy seguro. Cuando le vendió la moto de Blair a Marotta, estoy convencido de que lo hizo, esperaba presionarme para que yo lo eligiera a él. Pero si Marotta acaba ganando, Sam pierde. Así que le soltó a Gilligan la mierda que había recogido de Blair, y luego le dijo a Sean que me la diera a mí.

Spencer sonrió ligeramente:

—Pero tú no picaste, así que Larkin ha empezado a improvisar.

—Eso es lo que me parece. De una manera u otra, Larkin le dio las pruebas a Marotta, pero él y Price han decidido aguantar la primera votación. Luego Sam ha hecho doblete conmigo, con la esperanza de explotar mi hora de debilidad. —Corey consultó el reloj—. Si no me equivoco, Larkin no dejará que Blair sobreviva más allá de las nueve. No puede.

—¿Y si te equivocas? —Spencer habló con tono deliberado—. A menos que Blair explote bajo la presión, tu única alternativa es hundirle o perder. Pero no te sientes capaz de hacerlo, y no quieres tener a Larkin de vicepresidente. Tu virtud tiene un precio, y se llama Rob Marotta.

Corey se quedó en silencio mientras, una tras otra, una galería de caras pasaban por su mente: Clay, Lexie, Larkin, Marotta y, finalmente, Joe Fitts. Entonces le sonó el móvil y, mientras contestaba, sonó también el de Spencer.

—Eh —le dijo Dakin Ford—. No tengo tiempo para explicártelo, pero he hecho mis progresos con Mary Ella Ware. Bueno, en concreto, con su abogado. El tío se ha empezado a preocupar por su licencia para ejercer, tal vez por si pudiera acabar pasando un tiempo en una celda carcelaria con un «compañero especial» llamado Bubba.[6] —Ford soltó una risita sardónica—. Va a ser una noche movidita para mí: dentro de unos minutos tendré que apoyar tu nominación con un discurso intensamente emotivo. Sin embargo, me tendré que reunir con mi picapleitos justo después. Sea lo que sea que tengas que hacer para sobrevivir a la primera votación, hazlo.

Cuando Corey levantó la vista, Spencer estaba aguantando su móvil, con expresión preocupada:

—Es Marotta.

Corey cogió el teléfono.

—Hola, Rob. ¿Buscas entradas para la Super Bowl?

Marotta no se rio.

—Es hora de que hablemos —dijo—. Tú y yo a solas, en persona.

6. *Bubba* es un nombre afectuoso entre hermanos, tipo «Tete» en español, pero tiene también una connotación carcelaria. Se utiliza para designar el típico compañero de celda grandullón con tendencia a abusar de los débiles, en especial sexualmente. (*N. de la T.*)

12

Cuando Marotta abrió la puerta de su lugar de reunión, la televisión estaba puesta en el canal que retransmitía la convención.

No se dieron la mano. Le hizo un gesto a Corey para que tomara asiento en un sofá de piel. Marotta se sentó al borde de una butaca, con una postura alerta y el rostro compuesto pero sin expresión. Corey decidió dejarle hablar primero; el curso de la conversación podía estar marcado por el hecho de que Blair hubiera advertido a Marotta de que Corey conocía su secreto.

—Esto ha sido muy duro —empezó Marotta—. La política en puestos así puede resultar brutal.

Corey negó con la cabeza.

—No todo es política, Rob. Y la política tampoco es excusa para hacer cualquier cosa para ganar.

Mientras Marotta lo observaba, en el televisor se oyó la voz de Dakin Ford.

«En tiempos de guerra —decía Ford a la convención—, no hay ni sustitutos del carácter ni sucedáneos del coraje.»

Inclinando la cabeza hacia el televisor, Marotta dijo, a media voz:

—Nadie te puede discutir eso a ti.

—Tal vez no, pero hay gente que puede intentarlo. Desde luego, eso es lo que hiciste en Carolina del Sur.

Marotta frunció el ceño.

—No piensas ponérmelo fácil, ¿no?

Corey se encogió de hombros.

—¿Por qué debería hacerlo?

Una algarabía de gritos y ovaciones hizo desviar a Marotta la mirada hacia el televisor. Cuando su mirada se quedó allí, Corey le siguió.

Sonriendo, Ford saludó con la mano a alguien del auditorio. La cámara enfocó a una sonriente Lexie Hart, que le devolvía el saludo desde la tribuna VIP. Más delegados se volvían hacia ella mientras todas las cámaras la enfocaban: de pronto, la convención se paralizó, entregada a los gritos de entusiasmo de los delegados de Corey, que llevaban tres noches seguidas sufriendo la adoración coreografiada de Mary Rose Marotta. En un momento eléctrico, Lexie, que parecía totalmente cómoda en su nuevo papel, apareció trascendentalmente como la primera dama de un país lleno de promesas.

El aplauso encendió una especie de manifestación, con los seguidores de Corey llenando los pasillos. En la delegación de Ohio, y luego por los delegados que la rodeaban, se levantó un coro de voces: «Lexie, Lexie, Lexie…».

Ford apoyó los brazos en el podio, sonriendo todavía, como un espectador que disfrutara plenamente de la escena que tenía delante. Luego Lexie se sentó, desconectando de la multitud, para permitir que la convención volviera a recuperar la enorme labor a la que se entregaba.

—Bonito momento —comentó Marotta, con seguridad—, pero estás a punto de perder.

Tenso, Corey se volvió hacia él.

—¿Todavía lo crees?

—Lo sé. Lo único que me pregunto es qué ganas con representar esta comedia. —Inclinado hacia delante, Marotta hablaba por encima del ruido que provenía del auditorio de la convención—. Si esta noche te retiras y me das tu apoyo, ganarás a cambio la gratitud del partido, y tal vez mucho más.

Corey vaciló, intentando adivinar los motivos de Marotta. Si sabía que él también había averiguado lo de Blair, el temple que mostraba revelaba unos nervios de acero.

—¿Y qué puede ser? —preguntó Corey.

—Las secretarías que tú elijas —dijo Marotta, tranquilamente—. Secretario de Estado o Defensa.

«No se ha enterado», se dijo Corey. De pronto había varias suposiciones que hacer: que Blair temía más a Marotta y a Price que a Corey; que Blair tenía previsto aguantar la primera votación como Marotta le exigía; y que sus únicas posibilidades de resistir hasta la segunda votación dependían de si el informante anónimo —Sam Larkin, suponía Corey— delataba a Blair durante la hora siguiente. Como si la oferta de Marotta fuera de poca importancia, Corey se volvió hacia el televisor.

Por unos instantes, los dos hombres miraron a un congresista negro conservador —un antiguo astro del fútbol elegido para nominar a Marotta— que sucedió a Ford en el podio.

—¿Crees realmente que Blair puede aguantar Illinois? —le preguntó Corey con desenfado.

Aunque resistió la tentación de examinar la expresión de Marotta, Corey podía sentir una nueva tensión en la estancia.

—¿Por qué no debería poder? —dijo Marotta, desdeñoso.

431

Corey volvió a encogerse de hombros, mirando todavía como el defensor de Marotta iba calentando al público.

«No podemos entregar este partido —proclamaba el hombre—, ni pensamos hacerlo, a aquellos que no están dispuestos a proteger ni las vidas de los inocentes ni la santidad del matrimonio.»

—Olvídate del partido —bromeó Corey—. ¿Cómo puede cualquier presidente dar la responsabilidad del Departamento de Defensa a un tío como éste?

Marotta no respondió.

«¿Quién —proseguía el congresista— evitará que la agenda homosexual deshaga la estructura moral de nuestra nación?»

Con un regocijo fugaz y amargo, Corey intentó imaginarse la incomodidad de Marotta, atrapado con un rival al que intentaba captar como número dos mientras uno de sus acólitos lo denunciaba.

«¿Quién —insistía el congresista— hablará contra aquellos que personifican la decadente cultura de Hollywood, que educa a nuestros jóvenes en la promiscuidad y la violencia?»

Mientras una ovación gutural brotaba de entre los delegados de Marotta, unos cuantos se volvieron a mirar a Lexie.

—En Carolina del Sur tuviste la ocasión de parar todo esto, Rob —dijo Corey con voz serena—. Lo podías haber parado cuando hubieras querido.

Sintió que Marotta se agitaba. El congresista de la tele siguió moviendo los labios mientras en la pantalla aparecía la palabra MUTE. Corey se volvió hacia Marotta.

—¿Empiezas a desear que el odio no tuviera sonido?

La expresión de Marotta evidenciaba sinceridad, hasta arrepentimiento.

—Deseo muchas cosas, Corey, pero sea quien sea a quien consideres responsable de todo lo que ha ocurrido, para detenerlo haremos falta los dos. Si no lo hacemos, el partido puede quedar dividido y puede que la nominación no valga la pena. Entonces, ambos tendremos que cargar con la culpa.

No era la primera vez que Corey se maravillaba ante la complejidad del ser humano, y de aquel ser humano en particular, el hijo predilecto de una familia trabajadora, según todos los informes tan buen marido y buen padre como su ambición le permitía ser; sin embargo, era esa misma ambición la que, al final, con sus esfuerzos por conseguir su meta más deseada, le arrebataba toda la decencia que podía haber dado significado a su logro.

—Los dos somos quienes somos —le dijo Corey—. Esta lucha nos ha llevado demasiado lejos.

Marotta negó con la cabeza, ofreciendo una pequeña sonrisa recatada.

—¿Hasta si es por el bien del país? Ambos sabemos que hay cosas más importantes que nosotros mismos.

Mirando a Marotta, Corey sintió que se le ponía la carne de gallina.

—¿Qué sugieres, Rob?

—Que me escuches. —Marotta parecía pedirle a su cuerpo una inmovilidad completa; y a su cara algo parecido a la calma—. Te estoy ofreciendo la vicepresidencia. No sólo la nominación: el puesto. Si nos presentamos en una sola lista, nadie nos podrá vencer.

A pesar de lo preparado que estaba, oír aquellas palabras de Marotta dejó a Corey petrificado.

—Después de todo lo ocurrido… —musitó.

—Sí. —Marotta se inclinó hacia delante—. ¿Tan sorprendente es? Los dos queremos ser presidentes. Después de ocho años como mi vicepresidente te tocará el turno a ti.

Atrapado entre la ambición y la repulsión, Corey tuvo la imagen de dos hombres que estaban a punto de definirse a sí mismos para siempre.

—De modo que Blair está dispuesto a apartarse.

Marotta asintió lentamente con la cabeza, con los ojos fijos todavía en Corey.

—Por el bien del partido, sí. Pero sólo por ti.

Corey sintió que se le escapaba la risa.

—Después de la guerra del Golfo —dijo—, pensé que ningún hombre sería capaz de volverme a inspirar repugnancia. Pero te había infravalorado, Rob.

Los ojos de Marotta se llenaron de rabia y confusión.

—Sé que Blair es homosexual —prosiguió Corey—. Sé que lo estáis chantajeando para conservar sus delegados. Sé que le has ofrecido su puesto a Costas. Y ahora me lo estás ofreciendo a mí. Si estuvieras en mi piel, Rob, y supieras todo esto, ¿qué harías?

En el silencio que siguió, la tez de Marotta se volvió de color ceniza.

—Tranquilo, los dos sabemos la respuesta —dijo Corey—. Me ficharías para destruir a Blair. Y eso te da más o menos una hora para preguntarte si me he vuelto como tú.

Marotta se levantó.

—¿Qué es lo que quieres, maldita sea?

Corey se levantó y se enfrentó a él.

—Tendremos que verlo. Pero hay algo por lo que no tienes que preocuparte: yo no te pediré que seas mi vicepresidente.

Corey se dio la vuelta y se marchó.

Mientras volvía a Essex House, Corey miraba la CNN y hablaba con Spencer por teléfono.

—Tully no puede hacerse con Illinois —lo informó Spencer.

—¿Hay algún rumor sobre Blair?

—Todavía no, sigue conservando la delegación por un solo voto. ¿Qué demonios quería Marotta?

—A mí de compañero de lista.

—Bromeas.

—No. Al final casi podía oler su desesperación. Está como nosotros: preocupado por Illinois. Excepto que él no sabe lo que pensamos hacer.

Spencer se quedó un momento en silencio.

—O no hacer. Si Blair se mantiene, creo que perderemos la primera votación —dijo con amargura.

Por la CNN, Jeff Greenfield le decía a Wolf Blitzer: «Para hacerse con la nominación, el senador Marotta necesita los votos de 1.051 delegados. Según nuestros cálculos, se encuentra a cinco o seis delegados de conseguirlo. Incluso si el gobernador Larkin se ciñe a su estatus de hijo predilecto, en el caso de que Christy se decante por Marotta, acaba la partida».

—¿Qué hay de Christy? —le preguntó Corey a Spencer.

—Sigue sin inmutarse. Pero está bajo presión para que entregue sus delegados a Marotta. ¿Por qué quedar al margen cuando Marotta llegue al ciento cincuenta y uno?

Corey le dio las gracias y llamó a Drew Tully.

Tully estaba en medio de la delegación de Illinois con la frente cubierta de sudor y observando a Blair mientras éste daba una charla animada y precipitada a un grupo de delegados a los que Tully perseguía. La frenética atención de Blair desprendía cierta actitud desesperada, y su mirada saltaba de un rostro a otro como si fuera un monitor de juegos entre un grupo de niños alborotados. El ambiente de antagonismo dentro de la delegación estaba exacerbado por el calor y la rabia claustrofóbica de dos delegados rivales colocados a tan poca distancia. Al descolgar, Tully buscó en su BlackBerry información de última hora.

—¿Alguna novedad? —preguntó Corey.

—Nada —dijo Tully.

En ese momento recibió un mensaje de texto de su amigo Sean Gilligan: «Urgente: consulta el informe Gage de inmediato».

—Te llamo ahora mismo —le dijo a Corey.

Cuando Corey llegó a su suite, Dana Harrison y Jack Walters ya estaban allí reunidos para mirar la votación. Spencer estaba llamando por el móvil.

—Dile a Dana que se baje el informe Gage en su ordenador —dijo Spencer, apresuradamente.

Por un instante, Corey se preguntó por qué Spencer se molestaba en consultar ese blog tan furibundo y de extrema derecha, hasta que, rápidamente, cayó en la cuenta.

—Alguien le ha filtrado a Gage lo de Blair.

—Todo menos las fotos —respondió Spencer.

En el auditorio, Drew Tully cogía a Blair por el brazo, sacándolo de un aparte con dos seguidores.

—No tengo tiempo para atenderte —le dijo Blair a Tully con voz aguda.

Los delegados —un senador estatal barrigudo y un maestro repeinado, sustituto de Walter Riggs— miraban atónitos cómo Tully agarraba a Blair del cogote y le acercaba la cara a pocos centímetros de la suya.

—Busca el tiempo —le masculló Tully con dureza—. Acabo de abrir la puerta de tu armario.

A Blair se le quedaron los ojos vidriosos. Desde el podio, la presidenta de la convención proclamó:

—La votación por estados va a empezar…

—Estás en todo el informe de Gage —le dijo Tully a Blair rápidamente—, de modo que esto es lo que vamos a hacer: celebraremos nuestro propio *caucus*, aquí mismo, en el auditorio, y nos iluminarás respecto a tu «estatus». No está bien hacer votar a la gente sin haberles informado de que estás acabado.

Desde la cabina de arriba, Spencer llamó al mánager de Christy, Dan Hansen.

—Hora de la verdad, Dan. ¿Qué pensáis hacer, chicos?

—Esperar, si podemos. Pero Luisiana se deshace: puede que tengamos un levantamiento entre manos.

Spencer miró hacia la delegación de Luisiana y vio a dos delegados cara a cara, con una postura y un tipo de gesticulación que delataban un enfrentamiento virulento.

—¿Tienen algún portátil ahí abajo?

—Desde luego.

—Diles que consulten el informe Gage. Puede que sea lo único que necesitáis.

En la Essex House, Corey y Jack Walters miraban cómo empezaba la votación mientras Dana Harrison observaba la pantalla de su portátil. Al volverse, miró a Corey, atónita:

—Blair es homosexual. El informe Gage acaba de delatarlo.

Dividido entre la piedad y el alivio, Corey se imaginó la escena en la delegación de Illinois; en las horas siguientes, vendría la rápida y terrible descomposición de toda la vida de Blair.

—Lo sé —dijo a media voz—. Blair está acabado.

—Pero eso es bueno para nosotros. El tío te dejó tirado.

«Alabama», se oyó por la CNN.

El cabeza de la delegación, un ex congresista de pelo cano, proclamó: «Con gran orgullo, en representación del gran estado de Alabama, doy los cuarenta y ocho votos al próximo presidente de los Estados Unidos, el senador Corey Grace».

Mientras la muchedumbre soltaba una ovación, la cámara enfocó a Lexie Hart, sonriente mientras la esposa de Dakin Ford, Christie, le susurraba algo al oído.

De en medio de la delegación de Alaska, la siguiente en votar, un hombre alto con un disfraz de Tío Sam gritó: «¡Traidores!» a los delegados de Alabama.

«Alaska», llamó la presidenta.

La votación prosiguió: cada delegación votó de la manera que se esperaba.

«Idaho.»

Impaciente, Corey esperó que Idaho siguiera el guion.

«El gran estado de Idaho —gritó su gobernador—, hogar

del Boise State, el nuevo orgullo futbolístico de Estados Unidos, tiene el orgullo de dar sus treinta y dos votos al senador Rob Marotta.»

«Illinois.»

Cuando la cámara enfocó a Illinois, Corey vio que la delegación se había agolpado alrededor de Blair y de Tully: formaban una avalancha desordenada, todos tratando de ver y oír. Nadie se dio cuenta de la llamada a votar.

«Illinois», repitió la presidenta, con voz estridente.

Sentado junto a Corey, Spencer masculló:

—Vamos, Tully.

En la pantalla se vio a Tully hablando rápidamente con Blair, con expresión venenosa, mientras un rumor de confusión se extendía por el auditorio. Entonces Tully plantó el micrófono en la cara de Blair.

Tomándolo, Blair se volvió hacia el podio con la cara descompuesta.

«Illinois pasa.»

«Eso —dijo Jeff Greenfield por la CNN— sí que es una sorpresa. ¿Qué está pasando, Candy?»

De pie en el pasillo, junto a la delegación de Illinois, Candy Crowley parecía igual de atónita.

«En estos momentos —respondió— no puedo darte una explicación precisa, pero empiezan a circular rumores de que el gobernador Blair tiene previsto retirarse como compañero de lista del senador Marotta.»

«Indiana.»

«Indiana —dijo el jefe de la delegación, con tono apagado y preocupado— da sus cincuenta y cinco votos al senador Marotta.»

Desde arriba, Hollis Spencer lo veía como un organismo grande y patoso: Spencer pensó en un dinosaurio que mandaba un mensaje desde su pequeño cerebro hasta su cola. La convención estaba respondiendo a un estímulo que no acababa de comprender del todo.

«El próximo —dijo Jeff Greenfield— es Luisiana.»

Desde su móvil, Spencer le preguntó a su jefe de votación:

—¿Cómo está el cálculo?

—Depende de Christy. Si escoge a Marotta, se acabó; si aguanta, parece que el tema está en manos de Illinois.

—¿Y qué demonios hacen?

—Intentan hacer un recuento. Está todo muy jodido allí abajo.

«Luisiana», llamó la presidenta.

—Ahí va —le dijo Dana a Corey.

El jefe de la delegación, un cura, anunció con firmeza: «La delegación de Luisiana, comprometida con un país regido por Dios, que respeta la santidad del matrimonio y la vida humana en todas sus formas, tiene el orgullo de dar sus cuarenta y cinco votos a la personificación de estos valores, el reverendo Bob Christy».

Corey se dejó caer en la butaca. En un tono que vacilaba entre la languidez y la ironía, exclamó:

—¡Gracias a Dios!

«Con este voto de Luisiana —informó Greenfield—, la única hacha que queda por caer es la del gobernador Larkin.»

Los siguientes estados se pusieron a la cola: primero Maine, luego Maryland, Massachusetts, Michigan y Minnesota.

«Misisipi.»

El jede de la delegación, el aliado de Larkin, recitó tranquilamente: «Misisipi vota por su hijo predilecto, el gobernador Sam Larkin».

«Todavía quiere un cargo», pensó Corey.

Veintiún minutos más tarde, Corey miraba cómo la presidenta llamaba al último estado.

«Wyoming.»

En una esquina de la pantalla, el marcador de la CNN mostraba a Marotta con 1.015 votos, a Grace con 837, y a Christy con 109; Larkin seguía con 38.

«Wyoming —respondió el jefe de la delegación con sentido de la oportunidad— da sus veintiocho votos al próximo presidente de los Estados Unidos, el senador Rob Marotta.»

«Con esto —dijo Wolf Blitzer con emoción—, el senador Marotta se queda a ocho votos de la nominación republicana, de modo que esta votación está en manos de Illinois, el estado nativo del compañero putativo del senador, el gobernador Charles Blair. Bajo la regla de la unidad, un solo delegado puede determinar el voto de la delegación entera, y así, decidir si el senador Marotta gana en esta primera votación.»

Agitado, Corey cogió el móvil:

—¿Qué está pasando? —le preguntó a Spencer.

—Siguen votando, creemos.

La cámara se acercó a la delegación de Illinois. En medio de ella, el senador Drew Tully agitaba un trozo de papel en la cara de Blair y le arrebataba el micrófono de las manos. Rápidamente, la imagen cambió hasta enfocar a Lexie, impávida, excepto por un leve movimiento de sus labios; luego enfocaron a Mary Rose Marotta, toqueteando el crucifijo que le colgaba del cuello mientras que con la otra mano sujetaba la de su hija mayor; luego volvía a la imagen de Illinois.

Corey apretaba su móvil con fuerza. De espaldas al gobernador, Drew Tully anunció, con satisfacción evidente: «Illinois otorga sus setenta y tres votos al candidato que nos llevará a la victoria en noviembre, el senador Corey Grace».

Mientras la convención rompía en ovaciones y en amargos abucheos, Corey se inclinó hacia delante.

—¡Sí! —gritó Dana, mientras Walters ponía una mano sobre el hombro de Corey—. Seguimos vivos.

«Es uno de los momentos políticos más dramáticos, por no decir sorprendentes, que este periodista ha vivido —decía Wolf Blitzer—. Y nos llega entre informaciones frescas, ni confirmadas ni negadas por el director de comunicación del senador Marotta, de que el gobernador Blair va a ser sustituido.»

«En estos momentos, decir que los delegados están confundidos —añadió secamente Jeff Greenfield— es no hacer justicia a los que parecen directamente catatónicos.»

En el podio, la presidenta de la convención hacía corrillo con el presidente del Partido Republicano, aliado de Marotta, mientras Blitzer proseguía: «Lo siguiente que debería suceder, al parecer, sería la convocatoria de una segunda ronda de votaciones. ¿Candy?».

Desde la delegación de Illinois, Candy Crowley tenía una expresión sombría: «El resultado de esta delegación, sabemos ahora, ha sido fruto de un informe de Internet en el que se detalla la supuesta implicación del gobernador Blair en un aventura homosexual».

—No habrá una segunda votación —dijo Corey tranquilamente—. Esta noche no. Los amigos de Marotta lo impedirán.

—¿Por lo de Blair? —preguntó Dana.

—Claro. Necesitan tiempo para presentar a Costas y para intentar reparar los daños, mientras se trabajan a Christy y a Larkin. Cualquiera de ellos servirá: lo único que Marotta necesita son ocho votos.

Con aspecto agobiado, la presidenta de la convención regresó al estrado: «La convención queda aplazada —anunció apresuradamente— hasta la una del mediodía de mañana».

Corey buscó su móvil y llamó a Lexie.

En una limusina de cristales ahumados, Corey se dirigía con Lexie a una fiesta postelectoral que se celebraba en la sala de baile de un hotel.

—¿Estás seguro de que quieres hacerlo? —le preguntó Lexie.

Una vez en el hotel, Corey vio varias limusinas ya aparcadas ante la puerta, mientras que otras daban la vuelta a la manzana.

—Hubiera preferido estar a solas contigo —le respondió—, pero, después de la experiencia de casi muerte clínica de esta noche, se supone que tengo que hacer una muestra ritual de autoconfianza.

Lexie sonrió.

—Algunos lo llamarían puro teatro —le dijo, antes de besarle.

Patrocinada por un grupo de presión con fuertes vínculos con la presidencia del partido, la fiesta había sido inicialmente prevista para celebrar la victoria de Marotta. Seguía siendo el mayor evento de la ciudad, con numerosas barras, mesas con platos calientes, camareros uniformados sirviendo copas y canapés en bandejas de plata, y una banda de *rythm & blues* que servía de preludio para la actuación de un conocido cómico. De pie junto a Lexie en la entrada, Corey le susurró:

—Ahí vamos.

En pocos segundos, su aparición desencadenó una corriente entre los juerguistas. Empezó a formarse una aglomeración a su alrededor, con la gente ávida de tocar a Lexie y a Corey, gente superada por la excitación del momento. Con un aspecto tan fresco y relajado como si fuera media mañana, Lexie estrechaba manos, sonreía y establecía contactos fugaces con todos aquellos que lo estaban anhelando. Y de pronto apareció Sam Larkin, sonriendo ampliamente delante de ella.

Tras tomar su mano, Sam la retuvo más tiempo del necesario:

—Un placer —musitó—. Me deja sin aliento.

Los ojos de Larkin desprendían una alegría lasciva; luego se volvió hacia Corey.

—Has estado a punto de que te echaran de la isla, chico. Si llega a ser por el pobrecito Charles, lo habrían hecho. Parece que vas a necesitar un aliado.

Con esto, Corey sintió que sus dudas sobre el papel de Larkin se desvanecían del todo.

—Desde luego —dijo Corey, tranquilamente—. O dos.

Por los ojos de Larkin se coló un escalofrío. Puso una mano en el hombro de Corey y se le acercó para decirle algo en privado:

—No te queda demasiado tiempo, Corey. He oído que Rob ha convocado una rueda de prensa para las diez de la mañana. Eso nos da unas diez horas, buena parte de la noche. Una cosa positiva es que yo no necesito dormir mucho.

Corey miró al rostro astuto de Larkin, al tiempo que se preguntaba cómo debía de ser estar a merced de aquel hombre.

—Necesito dormir un poco, Sam. Quedemos para desayunar.

Mientras Larkin lo miraba, asintiendo lentamente con la cabeza, sonó el móvil de Corey. Sin dejar de mirar a Larkin, respondió.

—Se acabó la fiesta —le dijo Dakin Ford—. Acabo de reunirme con Mary Ella Ware.

13

$\mathcal{A}$ las cuatro de la madrugada, Rob Marotta se encontraba mirando los dígitos iluminados de un despertador de hotel. Incapaz de conciliar el sueño, se encontraba tan inquieto que tenía la sensación de que la fiebre lo rondaba.

Mary Rose yacía cerca de él, apretujada contra su hija Jenny, que una vez más había cambiado de cama. Pero la presencia de su esposa y de su hija no lo ayudaba a sentirse menos solo. La víspera de conseguir lo que había ambicionado toda su vida, a punto de asegurarse el triunfo con la bendición de George Costas, el hundimiento público de Blair lo había llenado de unos malos presentimientos que no era ni capaz de verbalizar. La dinámica de la convención tenía demasiados ingredientes en movimiento: cosas importantes que desconocía, motivaciones humanas que escapaban a su control, enemigos que no era capaz de identificar. Hasta la cercanía de la victoria lo intimidaba.

Ocho votos, y no había sido capaz de lograrlos, a pesar de todo lo que había hecho, para bien o para mal.

Larkin, que podía haberlo convertido en el nominado, seguía reservándose. Christy, que a estas alturas ya debería haber capitulado, había elegido burlarse de él unas cuantas horas más. Y Corey Grace seguía en la carrera.

Grace. Siempre Grace.

Había hombres con suerte. Algunos, sin merecerlo, parecían ser los favoritos de Dios. Estaban los que, aparentemente derrotados, siempre parecían resurgir de sus propias cenizas. El copiloto de Grace había muerto, pero él regresó de Iraq. Si Grace llega a entrar en el despacho de Marotta un minuto antes, los terroristas lo habrían matado con los demás; si llega a entrar un minuto más tarde...

Marotta se encogió ante sus propios pensamientos.

Mientras miraba el rostro ensangrentado de Corey por encima del cuerpo sin vida de un terrorista, Marotta había sentido la dolorosa certidumbre de que debía la vida a un acto de valentía del que él, de haberse encontrado en el lugar de Grace, habría sido incapaz. Así, había elegido no mirar cuando Magnus Price y muchos otros trabajaban para transformar a Grace, el héroe, en un traidor, todo para convertirle a él en presidente. En aquel momento de sinceridad descarnada, Marotta comprendió por qué despreciaba a Corey tan profundamente: no sólo porque era arrogante, o guapo, o afortunado más allá de lo que cualquier hombre desea, sino porque el desprecio que le demostraba, por su negativa absoluta a aliarse con él, hacía aflorar en Marotta el desdén que sentía por sí mismo.

Desearle la muerte a Grace no le bastaba; con un deseo visceral más doloroso por imposible, deseó hacer desaparecer a Grace de su mente. Pero Rob Marotta, el luchador, siempre se sentiría inferior, obligado por el destino a hacer cosas que Grace jamás haría, a saber cosas de sí mismo que nadie más podía saber.

«¿Estás despierta?», deseaba decirle a Mary Rose.

Sin embargo, ¿qué le diría? Había dejado escapar su oportunidad para cambiar el rumbo de las cosas. La había perdido cuando la mandó a casa desde Carolina del Sur, consciente de que iban a ocurrir cosas que no quería que ella viese. Tal vez Mary Rose lo amara porque él le ocultaba los motivos por los que no debería hacerlo.

Rob Marotta, el luchador, estaba solo.

Por la mañana alejaría todas sus dudas y miedos y sacaría pecho con la ambición sin tregua que lo había llevado hasta allí. En una imagen de seguridad, aparecería con Costas; luego derrotaría a Grace de una vez por todas. Acabaría lo que había empezado.

En medio de la quietud, escuchó la respiración pausada de su esposa y envidió su reposo.

—Vas a hacerlo, ¿no? —dijo Lexie.

Se incorporó en la cama, con las sábanas recogidas a su alrededor para protegerse del frío del aire acondicionado. Corey estaba sentado en una butaca, al lado, con la corbata sin anudar.

—Si puedo —respondió.

Su sonrisa, el menor movimiento de sus labios, no cambió su expresión interrogativa.

—Es mucho. E incluso si es posible, ¿cómo te sentirás?

Mirándola a la cara, Corey se dio cuenta de lo precioso, y, tal vez, lo fugaz que era no sentirse solo.

—Supongo que ya lo averiguaremos, ¿no?

—Sólo quiero que estés bien —le dijo—. ¿Cuánto tiempo has dormido, cariño?

—Nada.

—Aquí hay sitio —dijo, abriendo las sábanas a su lado.

Corey se desvistió y se deslizó a su lado, abrazándola como lo había hecho aquella primera noche en Martha's Vineyard.

—¿Te acuerdas de eso? —le preguntó.

—Claro que me acuerdo —respondió ella—. Y ahora duerme un poco.

A las 8.45 del jueves por la mañana, Rob Marotta estaba en la suite de Price, preparando la reunión con George Costas de las 9.15. Por Rohr News, las cámaras del exterior del hotel de Charles Blair captaron su salida. Blair trataba de sonreír con una especie de rictus horrible; caminando con rigidez a su lado, su esposa parecía demacrada y mortificada, ya separada de él. Sus dos hijos pequeños, un niño y una niña, parecían desconcertados y, por la manera en que Janet Blair los cogía de la mano, se hubiera dicho que eran de su propiedad, como en un intento de excluir a su marido. Al ver esta escena, Marotta sintió un breve escalofrío. Blair estaba totalmente arruinado.

—Le he dicho que se marchara —dijo Price—. Es mejor para nosotros que no esté.

Mientras Charles Blair subía a la limusina y desaparecía de la imagen, sonó el teléfono de Price.

Escuchó atentamente, con el cuerpo tan quieto que Marotta se puso muy tenso.

—¿Cómo ha podido pasar? —exclamó con una voz suave.

Cuando Marotta escudriñó su cara, Price hizo una mueca como si emergiera de pronto de la oscuridad.

—No hables con nadie —ordenó, antes de colgar.

—¿Quién era? —exigió Marotta.

—Alex —respondió Price apresuradamente, mientras ponía la CNN.

A Marotta le llevó un momento reconocer a la mujer que había en el estrado.

«Soy Mary Ella Ware», dijo.

Marotta se sintió paralizado.

Al lado de Ware estaban Dakin Ford y otro hombre al que Marotta no reconoció.

«Estoy aquí esta mañana —dijo Ware con voz entrecortada— para pedirle perdón al reverendo Christy. A principios de este año se me acercó un abogado local, Stephen Hansberger, para preguntarme si quería hacer de voluntaria en la campaña del reverendo Christy. Me dijo que sabía que necesitaba dinero y que había alguien que podía facilitarme dos mil dólares a la semana. Lo único que tenía que hacer era tener los ojos y los oídos bien abiertos y llamar a cierto número de móvil con cualquier información que creyera que pudiera ayudar a la gente que opinaba que el reverendo no debía dedicarse a hacer política.»

Cuando Marotta se volvió hacia él, la expresión de Price era más de atención que de sorpresa.

«Nunca supe a quién estaba llamando —siguió leyendo Ware—, pero cada semana me llegaban los dos mil dólares en efectivo por correo.»

Marotta, un poco atropelladamente, pensó que no había problema: sin reuniones, sin cheques firmados por nadie…

Ware continuó su relato, aunque le fallaba la voz: «Un día…, un día, este hombre me dijo que podía ganar bastante dinero como para comprarme una casa. Cuando le pregunté cómo, me dijo que "poniendo al reverendo Christy en una situación comprometida"».

445

Abochornado, Marotta se volvió hacia Price y se dio cuenta de que su expresión seguía siendo opaca. Con un ataque de indignación, Ware dijo: «Le dije que no podía hacerlo, pero él me contestó: "No te preocupes, no tendrás que hacer nada". Y me explicó que lo único que tenía que hacer era quedarme a solas con el reverendo Christy».

Al ver a Ford mirando a lo lejos con una levísima sonrisa, Marotta sintió que se le secaba la boca.

Entonces Ware aclaró: «Le dije a esta persona que no podía hablar de esto con alguien que era tan sólo una voz en un teléfono móvil. Me respondió que me volvería a llamar. Al cabo de dos días me llamó para decirme que debía reunirme con un abogado que podía aconsejarme sobre mis problemas económicos, Dalton Frye».

Cuando el hombre que tenía al lado se puso a mirarse los zapatos, Marotta supo que lo peor estaba todavía por llegar. Y entonces se dio cuenta de que Price todavía no había abierto la boca.

Corey y Spencer estaban mirando juntos la CNN.

—Cuesta de creer —dijo Spencer— que ese tipo vaya a reconocer todo esto.

Mientras Ware se hacía a un lado, el hombre a su lado se inclinó hacia el micro.

—Ya has oído a Dakin —respondió Corey—. Ya tiene cancelados los cheques.

«Mi nombre es Dalton Frye», dijo el hombre.

Mientras veía aquello, Marotta sintió que su aprensión se convertía en pánico.

Dalton Frye, barrigudo y con el mentón hundido, parecía un hombre cuya astucia innata no iba acompañada de mucho carácter: «En febrero recibí una llamada de un viejo amigo, el gobernador Linwood Tate. Me pidió que me encargara de un "proyecto especial" para alguien que podía llegar a ser mi cliente más importante. Cuando le pregunté quién era el cliente, me hizo jurar que lo mantendría en secreto. —Frye tomó un sorbo de agua—. Luego me dijo que era Alex Rohr».

Pálido, Marotta miró a Price, que seguía sin inmutarse.

«Según el gobernador —prosiguió Frye—, iba a recibir un cheque de la Netherland Antilles Corporation, una subsidiaria de Rohr Vision ubicada en un paraíso fiscal. Mi papel inicial consistía en convertir el cheque en efectivo, y luego esperar instrucciones sobre a quién entregar el dinero, y qué decirle exactamente...»

En su mente, Marotta volvía a encontrarse en el vuelo a Carolina del Sur. Price le había dicho: «Lo que tienes que hacer es dejar que yo me ocupe de los detalles». Y luego Rohr había añadido: «Supongo, senador, que sigue usted queriendo ser presidente».

En pantalla, Frye proseguía su discurso: «No me sentía cómodo con lo que parecía un blanqueado de dinero. Cuando pregunté para qué era aquel dinero, el gobernador me dijo: "Política". Si seguía con aquello, me prometió que me esperaba otro cheque de doscientos mil dólares».

Frye se calló abruptamente, como si estuviera perdiendo su determinación. Ford lo miró con ojos gélidos hasta que Frye prosiguió, con voz entrecortada.

«Le pregunté al gobernador Tate si al menos podía decirme a quién iba a dar instrucciones y si era alguien de confianza. Como si eso bastara, lo único que me dijo fue "Magnus Price".»

—Miente, por supuesto —intervino Price con calma.

Marotta se levantó y cogió a Price por las solapas.

—¡Maldito hijo de puta! —dijo Marotta con fuerza—. Todo esto lo has montado tú y ahora piensas desentenderte.

Asqueado, el candidato miró a su director de campaña y vio el desdén que Price ya no se molestaba en ocultar. El móvil que Marotta llevaba en el bolsillo estaba empezando a vibrar.

Soltó el cuello de Price, y con su mano derecha cogió el teléfono para ver quién llamaba.

Corey Grace.

Le temblaba la mano mientras tocaba el botón para hablar.

—¿Corey?

—Estás acabado, Rob: Costas se retira. Price acabó contigo en Carolina del Sur, pero no ha sido hasta ahora que ha salido a la luz. —La voz de Grace era implacable—. Podrías intentar sobrevivir, pero sólo empeorarías las cosas. He convocado mi propia rueda de prensa a las diez en punto. Si quieres salir de ésta un poco mejor de lo que le ha tocado a Blair, te sugiero que estés bien atento.

Grace colgó sin esperar respuesta.

Corey se volvió hacia Christy.

—¿Y bien, Bob?

Con expresión sombría, Christy movió la cabeza.

—Imagínate estar en la piel de Marotta.

—Imposible. Es una de las cosas que te salvan. —Grace miró a Spencer y a Dan Hansen—: ¿Os importa si hablamos a solas?

—En absoluto —dijo Hansen—. Te esperamos abajo.

Cuando hubieron salido, Christy dijo:

—Supongo que sabes lo agradecido que te estoy…, ojalá pudiera apoyarte.

—Si fueras político, lo harías. —Corey se encogió de hombros—. La política implica compromisos, la búsqueda de un terreno común. Pero la religión, tal y como tú la defines, es asunto de creencia absoluta. Estamos destinados a no ponernos de acuerdo ya desde aquel primer día en Lake City.

Christy movió la cabeza con expresión compungida.

—Es triste, ¿no? Nos respetamos el uno al otro, y los dos amamos nuestro país. Pero nuestra idea de lo que significa es distinta.

—Como he dicho —respondió Corey, con una sonrisa—, la política es compromiso. Al menos por el momento, eres político, así que bajemos y veamos lo que podemos hacer.

14

*L*a situación en el salón era caótica: los periodistas lo abarrotaban; los cámaras buscaban la mejor posición, con sus instintos competitivos excitados hasta la fiebre ante la humillación de Blair, las acusaciones contra Rohr y Price, y la repentina cancelación de la rueda de prensa conjunta de Marotta con George Costas. Cuando entraron, Corey Grace y Bob Christy, seguidos del gobernador Costas y de Larkin, y del antiguo secretario de estado Cortland Lane, el movimiento de la prensa hacia el estrado fue tan desordenado que Corey tuvo que esperar un rato en silencio, con los otros detrás de él en el podio, a que el tumulto se calmara.

Esos pocos minutos le dieron la oportunidad de sentir que estaba viviendo una serie de emociones encontradas: esperanza, pena, aprensión, y la profunda fatiga de haber tomado tantas decisiones con tan poco tiempo para reflexionar. Sin embargo, mientras se iba imponiendo el silencio, lo que sentía más profundamente fue cierta paz, y su voz salió tranquila y firme.

—En las últimas doce horas —empezó— han ocurrido muchas cosas, y buena parte de ellas muy preocupantes: la retirada del gobernador Blair; las acusaciones contra Alex Rohr y contra la campaña del senador Marotta; la intensificación de la división ya muy dura dentro de la propia convención. Pero este momento de crisis nos ha empujado al reverendo Christy y a mí a dejar a un lado nuestras diferencias en un esfuerzo por dotar a nuestro partido y a nuestro país con un nuevo comienzo.

Corey hizo una pausa, suspendido al borde de un momento de cambio. Y entonces, con el convencimiento de que aquello era lo mejor, prosiguió con la misma voz serena:

—El reverendo Christy no puede dar apoyo a mi candidatura, ni tampoco puedo yo apoyar la suya. Pero ambos estamos de acuerdo en que sí hay un hombre a los que ambos podemos apoyar: un hombre de intachable patriotismo, de profundas creencias religiosas, con una experiencia sin parangón y con la capacidad intelectual y espiritual de hacer de Estados Unidos un lugar en el que todos los ciudadanos, de cualquier raza y condición, puedan creer. La mejor prueba de ello —añadió, con una sonrisa— es que los gobernadores Costas y Larkin también lo ven así. —De inmediato, y Corey se dio cuenta, Kate McInerny del *Post* advirtió hacia donde iba y se volvió hacia Jake Linkletter con una sonrisa de sorpresa y satisfacción—. Esta tarde —prosiguió Corey— le pediremos a la presidencia que vuelva a abrir las nominaciones, de modo que podamos presentar ante la convención el nombre del secretario de Estado Cortland Lane.

La sala estalló en aplausos. Entre el ruido ensordecedor, Corey se volvió hacia Lane y le dijo:

—Parece que les hace ilusión, Cortland.

Lane sonrió, con la mirada entusiasmada: era la viva imagen de un hombre decidido a enfrentarse a un reto que pensaba que ya le había quedado atrás. Al verlo, Corey tuvo la certeza de que había hecho lo correcto. Dirigiéndose de nuevo a los periodistas, levantó una mano para pedir silencio.

—Es el momento del secretario —les dijo— y, el reverendo Christy y yo estamos de acuerdo, el momento final y más importante de nuestras campañas. De modo que también nos hemos comprometido a que ninguno de los dos buscará, ni aceptará, una oferta de nominación a la vicepresidencia. Desde ahora y hasta noviembre, nuestra única ambición será ayudar a este hombre bondadoso y lleno de talento a convertirse en el presidente de los Estados Unidos. —Corey hizo una pausa y luego añadió, con una ironía tan leve que resultaba casi indetectable—: Tenemos todos los motivos para creer que el senador Marotta, una vez haya reflexionado sobre esta oportunidad de renovar nuestro partido y nuestra política, se unirá a nosotros en este empeño.

Se volvió de nuevo hacia Cortland Lane, su mentor y viejo amigo, que se puso en pie. Mientras se daban un apretón de manos y un abrazo, Corey recordó aquel día, mucho tiempo atrás, en la Casa Blanca, y su impulsiva confesión sobre Joe Fitts.

—Quién lo iba a decir —le dijo Corey al oído.

—Desde luego —le respondió Lane con una sonrisa fugaz, antes de ponerse delante de la prensa con su presencia imponente y a la vez serena.

Cuando terminó la rueda de prensa, Corey estrechó la mano a Sam Larkin —que parecía amargamente divertido—, de George Costas —que tenía la sencilla esperanza de convertirse en el compañero de lista de Lane— y luego de Bob Christy.

—Como decimos en el Sur —le dijo Christy—, has hecho el bien.

—Los dos lo hemos hecho —sonrió Corey.

—Bueno —dijo Christy, con un deje de humor—, aplazamos el Día del Juicio Final por un tiempo. Al menos, hasta la próxima ocasión.

—Creo que el país puede permitirse esperar —respondió Corey—. Y para entonces, espero estar en éxtasis.

Christy tuvo la elegancia de reírse.

De nuevo en su suite, Corey y Hollis Spencer se ocuparon en solventar detalles, aplazando la inevitable decepción.

En las horas siguientes había muchas cosas que hacer y ninguno de los dos quería dejar nada al azar. Por la CNN, Wolf Blitzer decía: «En estos momentos, los delegados de Grace y Christy se están recolocando en las filas del general Lane, al igual que lo están haciendo las delegaciones de Nueva York y de Misisipi. Ahora ya parece seguro que en algún momento de esta tarde, Cortland Lane se convertirá en el nominado del Partido Republicano a la presidencia de los Estados Unidos».

Corey se sentía satisfecho, aunque en el fondo también había cierta tristeza. Al cabo de un rato, intentó agradecer todo lo que Spencer había hecho por conseguirle un premio al que, finalmente, había renunciado.

—Te debo mucho —le dijo Corey—. Y siento haber sido un cliente difícil.

—Siempre lo has sido —reconoció Spencer con una carcajada confusa—. Pero eso también te convierte en mi preferido. Y esta mañana ha pasado algo grande. ¿Cuánto hacía que tenías este truco en la cabeza?

—Unos días. El primer destello me vino el domingo, cuando Blair se pasó al bando de Marotta.

Los ojos de Spencer se iluminaron con interés:

—Ya lo había pensado. Así que cuando entrevistaste a Lane para la vicepresidencia, también estabas tratando de adivinar si estaba dispuesto a asumir la presidencia.

—Sí —admitió Corey—. Pero hay muchas cosas que se han puesto en su lugar, algunas de las cuales no podía prever. La que más me sorprendió fue el rol histórico de Sam Larkin como catalizador del progreso social, lo cual convertía a Cortland Lane en el primer afroamericano nominado por un gran partido político. Pero no tanto como ha acabado sorprendiendo a Sam.

—Justicia kármica —se rio Spencer.

—Hasta cierto punto. Pero creo que se dará por satisfecho habiendo jodido a Blair.

—Ese pobre cabrón. ¿Qué le hacía pensar que no lo iban a descubrir?

De nuevo, Corey se acordó de su hermano.

—El autoengaño es un asunto complicado —respondió—. Lástima que, al parecer, lo necesitemos.

Aunque quedaba poco tiempo para que la convención se reanudara, Corey necesitaba ver a Lexie.

Se quedaron frente al gran ventanal de su suite, mirando hacia Central Park: otro caluroso día de verano. Desprovistos de un objetivo, los grupos de manifestantes deambulaban cada vez más dispersos.

—Bueno —dijo ella—, ¿estás bien?

Corey seguía mirando por la ventana.

—Bastante bien. He saldado mis cuentas: Marotta está acabado, como debe ser. Puede que Price también lo esté; por su parte, Rohr está manchado, aunque sin una acusación formal. En el lado más positivo de la balanza, lo cual no es poca cosa, puede que mi amigo Bob Christy y yo hayamos cambiado nuestro país para bien, y que le hayamos dado un candidato capaz de enfrentarse a todos los retos que tenemos por delante. Cortland Lane es una buena persona, y por razones tanto ideológicas como personales, su nominación significa mucho para mí. Ahora veremos si puede ganar.

Lexie se volvió a mirarlo.

—¿Y tú?

—Sigo siendo senador. Sencillamente, ya no soy un presidente potencial; desde luego, no en el presente, y tal vez no lo sea nunca. Eso significa que soy libre de definir mi futuro por mí mismo. —Sonriendo, añadió—: Empezando por una semana o más en Cabo San Lucas, espero que acompañado.

Se dio cuenta de que lo que implicaba aquella frase era demasiado serio como para provocar la sonrisa de Lexie. En cambio, ella levantó la vista y le preguntó:

—¿Significa esto que sigo siendo libre para meditar tu propuesta?

Corey fue consciente de la suerte que tenía. El destino le había dado una vida que había ido más allá de lo que había esperado cuando era joven; ahora tenía una nueva oportunidad, se presentaba ante él un nuevo inicio. En silencio, contempló el rostro de Lexie.

«Seré un buen marido —le prometió en silencio—, un buen padre para nuestros hijos. Y todo lo demás que decidamos, estará bien para nosotros.»

—Por supuesto —respondió, con una sonrisa aparentemente desenfadada—. ¿Por qué crees que he hecho todo esto?

453

Nota del autor y agradecimientos

*E*mpecé a documentarme para escribir *La contienda* a principios de 2004. Un poco más tarde, aquel mismo año, dejé de lado el proyecto para escribir *Exilio*, mi novela «palestino-israelí»; pensé que escribir una novela sobre política norteamericana sería más adecuado cerca del año 2008.

En los años que pasaron, algunos de los temas principales de *La contienda* han ido adquiriendo mucha más resonancia: el malestar de la alianza entre los intereses empresariales y los conservadores religiosos; la politización de la ciencia; el impacto negativo de la polarización política sobre el Gobierno y las políticas públicas; la corrupción de nuestro sistema de financiación de las campañas; la fractura de la sociedad norteamericana por una política del egocentrismo; y el dominio en nuestro diálogo político de una mentalidad de marketing tan cínica que invita al desprecio y a la desconfianza. Otros temas, incluidos la consolidación de la prensa y nuestros eternos problemas de honestidad con el problema del racismo, se hacen más notables día a día.

Al final, escribí *La contienda* porque, como tantos de nosotros, creo que la política contemporánea, tal y como se practica, está acelerando la decadencia de Estados Unidos. Las elecciones de 2006 dejaron una cosa clara: hay millones de estadounidenses que quieren soluciones de sentido común a sus problemas comunes, no quieren división, desconfianza y desprecio. Y todavía más claro es el tema central de *La contienda*: nuestra necesidad de líderes auténticos que digan la verdad tal y como la perciben, y que se preocupen más por el país que por ellos mismos.

Corey Grace representa la figura del político deseado por todos.

Uno de los riesgos de crear políticos de ficción es que los lectores empiecen a proyectar a políticos reales como su prototipo. Teniendo en cuenta este aspecto, mi deuda con dos amigos del ámbito público incluye absolverlos de cualquier culpa por lo que Corey Grace cree en política o en religión. En concreto, la deuda de Corey con John McCain acaba con su biografía militar y su tendencia a la franqueza; su deuda con Bill Cohen acaba con la integridad política y personal de Bill, y con su matrimonio con una mujer afroamericana excepcional, Janet Langhart Cohen. Y, lo más importante, los puntos de vista de Corey difieren tanto de los de John y Bill que sólo pueden achacarse a mí. La manera en que Corey Grace se enfrenta al proceso de primarias del partido desde su incómoda posición en el centro político es *sui generis*.

De igual modo, me gustaría agradecer, y absolver, a todos aquellos que me han prestado su generosa ayuda. Como siempre, los puntos de vista —así como los errores— son sólo míos.

Mi punto de partida consistía en evaluar la actual dinámica política del Partido Republicano, incluyendo dónde podría tener cabida, si es que la tiene, un candidato como Corey Grace, y cómo podría desarrollarse en la realidad una convención que partía de una situación de empate. Agradezco el tiempo y la paciencia del politólogo Michael Barone; de los estrategas republicanos Rich Bond, Rick Davis, Ron Kaufman, Scout Reed, Mark Salter y John Weaver; y a los expertos en opinión pública Bill McInturff y John Zogby. Muchísimas gracias, en especial, al portavoz Newt Gingrich, al senador John McCain y al gobernador Mark Sanford por ayudarme a considerar ciertos aspectos de la personalidad de Corey Grace y por hacerme ver cómo ciertos acontecimientos podían afectar a su comportamiento. Otras personas que me ayudaron a dar forma al con-

456

texto político son el estratega Peter Fenn, Chris Lehane, Ace Smith y Marshall Wittmann; también Patrick Guerrero, de los Log Cabin Republicans; Cheryl Mills y Rob Stein, que han rastreado las raíces del dominio conservador en el último cuarto de siglo aproximadamente. Estoy también en deuda con mi viejo amigo Terry Samway, que me refrescó los conocimientos que ya tenía sobre el Servicio Secreto, y a la congresista Stephanie Tubbs Jones, por ayudarme a imaginar el comportamiento de Corey Grace y Lexie Hart en el crisol de Carolina del Sur.

La reciente historia política de Carolina del Sur me empujó a centrar allí la primera parte de las primarias. Estoy muy agradecido a los maravillosos ciudadanos de Carolina del Sur que, sin tener ninguna responsabilidad en mi crudo retrato de las primarias imaginadas, me ayudaron en el camino: el periodista Lee Bandy, el congresista James Clyburn, el locutor de radio y antiguo consultor Michael Graham, y los estrategas Rod Shealy y Trey Walker.

La última convención republicana dura fue la que enfrentó a Ford y a Reagan en 1976, y tuve la suerte de contar con los consejos de algunos de sus supervivientes clave: el secretario James Baker, David Keene, John Sears y la difunta Lyn Nofzinger. Y Ben Ginsberg resultó indispensable para ayudarme a imaginar la dinámica bizantina de tal enfrentamiento en la época actual.

El papel de las creencias religiosas en la política es un tema que suscita una considerable controversia. Tuve la suerte de entrevistar a expertos con muchos puntos de vista distintos: Michael Bowman, el doctor Harvey Cox y Jason Springs, de la Harvard Divinity School; Morris Dees, Carol Keys, Elliot Minceberg, el reverendo Barry Lynn, el doctor Alfred Moler, Jay Sekulow, Phyllis Schlafly, el reverendo Lou Sheldon y Doug Wead. Por su parte, el doctor Tom Murray me dio un cursillo acelerado sobre la ciencia y la ética de la investigación con células madre.

Una parte fundamental del personaje de Corey eran sus experiencias militares, desde su propia carrera hasta el suicidio de su hermano. Mi más sincera gratitud al teniente coronel Phil Kaufman, a mi primo Bill Patterson, al general Jack Rivers, al general Joe Ralston y a Bob Tyrer. Gracias también a Celia

Viggo Wexler, de Common Cause, que me dio una buena base en temas relacionados con la consolidación de nuestros medios de comunicación y las amenazas a la neutralidad de Internet.

Obviamente, la relación entre Corey Grace y Lexie Hart es un tema central de la novela. Le estoy agradecido a mi amiga, actriz galardonada con un oscar, Mary Steenburgen, por haberme ayudado a imaginar la relación de Lexie con su profesión. Gracias, en especial, a mis queridos amigos, el secretario Bill Cohen y Janet Langhart Cohen, que compartieron sus impresiones sobre cómo la política y la raza podían afectar la relación entre Corey y Lexie.

Por último, he contado con el maravilloso apoyo de mi pareja, la doctora Nancy Clair; con el apoyo de mi receptiva ayudante, Alison Thomas; y con el de mi estupendo agente, Fred Hill: todos ellos opinaron sobre el manuscrito. John Sterling, editor de Henry Holt, me ha ayudado a sostenerme a lo largo de mis dos últimas novelas: ha creído en ellas y ha discutido todos los aspectos de su fondo y de su estilo; además, finalmente, las ha editado con una claridad y un criterio que, supuestamente, ha desaparecido del mundo moderno de la edición. Por todo esto, el presente libro está dedicado a John.

Este libro utiliza el tipo Aldus, que toma su nombre
del vanguardista impresor del Renacimiento
italiano Aldus Manutius. Hermann Zapf
diseñó el tipo Aldus para la imprenta
Stempel en 1954, como una réplica
más ligera y elegante del
popular tipo
Palatino

***

**

*

La contienda se acabó de imprimir
en un día de invierno de 2009,
en los talleres de Egedsa
calle Rois de Corella, 12-16
Sabadell
(Barcelona)

***

**

*

Patterson, Richard North.

La contienda